HEYNE <

Das Buch

Manchmal findet man das Glück da, wo man es am wenigsten erwartet.

Elyse Bearden sollte eigentlich glücklich und zufrieden sein. Sie ist seit fast zehn Jahren mit dem erfolgreichen Zahnarzt Phil verheiratet, hat eine kleine Tochter und gute Freundinnen und fährt einmal im Jahr mit ihrer Familie in Urlaub. Doch immer stärker spürt sie, dass ihr in ihrem Leben etwas fehlt. So versucht die passionierte Töpferin sich mit ihren Tonarbeiten ein eigenes finanzielles Standbein aufzubauen. Ihr Leben wäre wohl weiter in diesen geregelten Bahnen verlaufen, doch die Begegnung im Flieger stellt es gründlich auf den Kopf.

»Treffend geschrieben und emotional mitreißend« *Kirkus*

»Wright hat mit ihrem Debüt einen echten Treffer gelandet« *Publisher's Weekly*

»Witzig, sexy, herzergreifend und klug. Von der ersten Seite an war ich süchtig nach diesem Buch.«
Dawn Clifton Tripp, Autorin von »Wasserzeit«

Die Autorin

Kim Wright arbeitet seit über zwanzig Jahren als Journalistin. Sie schreibt unter anderem für *Self*, *Vogue* und *Travel & Leisure*, und ihre Reiseberichte wurden wiederholt mit dem begehrten Lowell Thomas Award ausgezeichnet. *Ein Mann zum Abheben* ist ihr erster Roman. Kim Wright lebt in Charlotte, North Carolina.

Kim Wright

EIN MANN ZUM ABHEBEN

Roman

Aus dem Amerikanischen
von Andrea Hahn

WILHELM HEYNE VERLAG
MÜNCHEN

Die Originalausgabe LOVE IN MID AIR erschien bei
Grand Central Publishing, Hachette Book Group, New York

FSC
Mix
Produktgruppe aus vorbildlich
bewirtschafteten Wäldern und
anderen kontrollierten Herkünften

Zert.-Nr. SGS-COC-001940
www.fsc.org
© 1996 Forest Stewardship Council

Verlagsgruppe Random House FSC-DEU-0100
Das für dieses Buch verwendete
FSC-zertifizierte Papier *Holmen Book Cream*
liefert Holmen Paper, Hallstavik, Schweden.

Vollständige deutsche Erstausgabe 08/2010

Printed in Germany 2010
Umschlagabbildung: © photolibrary; plainpicture / Narratives
Umschlaggestaltung: Nele Schütz Design, München
Satz: KompetenzCenter, Mönchengladbach
Druck und Bindung: GGP Media GmbH, Pößneck
ISBN: 978-3-453-40671-1

www.heyne.de

Dank

Meine tief empfundene Liebe und mein inniger Dank gelten meinen Freunden und Autorenkollegen und -kolleginnen Alison Smith, Dawn Clifton Tripp, Laura Gschwandter, Mike Iskandar, Jason Van Nest und Jennifer Lloret. Mein besonderer Dank gebührt meinem wichtigsten Lehrer, Fred Leebron.

Ich danke meinem Agenten David McCormick, meiner Lektorin Karen Kosztolnyik, meiner Verlegerin Elly Weisenberg und dem gesamten Team von Grand Central und der Hachette Book Group, hier besonders der Lizenzabteilung.

Ganz besonders bin ich der MacDowell Colony zu Dank verpflichtet.

Herbst

Kapitel 1

Es war gar nicht vorgesehen, dass ich neben ihm sitze. Das war ein reiner Glücksfall.

Es ist der letzte Sonntag im August, und ich bin wegen einer Töpfereiausstellung in Phoenix. Ich habe einen Preis für meine Glasuren bekommen und siebzehn Objekte verkauft, folglich geht es mir gut. Am Morgen des Abreisetags mache ich eine Wanderung in einen Canyon hinter meinem Hotel. Arizona ist trügerisch. Morgens ist es kühl, weshalb der Aufstieg bis zum Ende des Pfads kein Problem darstellt, doch schon eine Stunde später, wenn die Sonne ganz aufgegangen ist und man sich den gewundenen Weg hinuntermüht, spürt man ein Pochen unter der Schädeldecke und erinnert sich daran, dass das hier nicht der Osten ist, sondern der Westen, wo es vorkommt, dass Menschen in der Hitze sterben. Als ich wieder unten ankomme, ist mir so schwindlig, dass ich in der Empfangshalle des Hotels meinen Kopf unter einen Trinkwasserbrunnen halte und mir das Wasser über den Nacken laufen lasse, bis ich wieder richtig sehen kann.

Ich fahre zum Flughafen, liefere meinen Mietwagen ab, begebe mich durch die Sicherheitskontrolle, rufe zu Hause an, esse einen Burrito und schleife mein Handgepäck zum Flugzeug. Neben mir auf 18A sitzt ein Mann mit starkem Akzent, der sofort anfängt, mir zu erklären, dass sein Sohn allein auf 29D festsäße und so gut wie kein Englisch spräche. Und würde es mir etwas ausmachen, den Sitz mit dem Jungen zu tauschen? 29D ist ein Scheißplatz, fast ganz hinten und in der Mitte einer Reihe. Ich möchte nicht tauschen. Meine Bluse ist voller Burritosoßeflecken, und meine Haare sind nach der Wäsche in einem Trinkwasserbrunnen zu einer ziemlich schrägen Frisur getrocknet. Mir ist heiß, ich bin müde, und ich will einfach nur nach Hause. Doch als Tory klein war, habe ich bei Flügen ständig Fremde um Hilfe gebeten, und die meisten von ihnen haben freundlich reagiert. Also sage ich, na klar, schiebe meine Illustrierte in meine Tasche und trotte in den hinteren Teil der Maschine.

Wie sich herausstellt, ist das fragliche Kind dreißig Jahre alt. Ich zeige ihm meine Bordkarte, deute auf seine und sage »Papa, Papa«, aber sein Vater hat nicht gelogen: Er spricht kein Wort Englisch. Alle, die sich in der Nähe der neunundzwanzigsten Reihe des Flugzeugs aufhalten, mischen sich in das Geschehen ein, und aus irgendeinem seltsamen Grund fängt die Flugbegleiterin an, Französisch zu sprechen. Wir sind schon fast startklar, als er endlich aufsteht und sich zu Papa in den vorderen Teil der Maschine begibt. Ich krabbele über den Kerl auf Platz 29C, lasse mich in meinen Sitz fallen und denke noch: Das hier ist eine der Situationen, in denen man bereut, dass man das Richtige tun wollte, doch da täusche ich mich. Es ist eine der Situationen, in denen das Karma schneller eine Kehrtwendung hinlegt als ein Bumerang.

Der Mann, der neben mir auf 29E sitzt, sagt: »Das war nett von Ihnen.«

Er ist groß, so groß, dass er sich leicht schräg auf seinen Platz gesetzt hat. Seine Knie berühren geradeso die Grenze zu meinem Platz. Ich frage ihn, warum er in Arizona wäre, und er antwortet, er habe eine Klettertour gemacht. Er ist Investmentbanker, er geht am Wochenende klettern. Er fliegt nicht gern.

Er dreht sich auf seinem Sitz noch ein klein wenig mehr zu mir, und ich drehe mich ein klein wenig mehr zu ihm. Ich sage, dass es mir seltsam erscheine, wenn jemand, der auf Berge klettern kann, Angst vorm Fliegen hat, doch er schüttelt den Kopf. Es sei eine Frage der Kontrolle, behauptet er und erzählt mir von seinem schlimmsten Klettererlebnis. Vor Jahren, als er gerade mit diesem Sport angefangen hatte, fand er sich in einer Zweierseilschaft mit einem Typen wieder, der die Karabiner nicht richtig befestigte, etwas löste sich und beide rutschten ab. Es gäbe nichts Schlimmeres, sagt er, als die Bergwand schon halb erklommen zu haben, um dann jenseits des Umkehrpunkts feststellen zu müssen, dass auf den anderen kein Verlass sei. Ich frage ihn, was der Umkehrpunkt sei, und er erklärt, dass es bei jeder Bergtour eine Stelle gäbe, ab der es gefährlicher sei umzukehren, als weiterzuklettern. Ich nicke. Mir scheint, das hätte ich wissen müssen.

Er fragt mich, ob ich verheiratet sei, und ich sage ja, seit neun Jahren.

»Neun Jahre«, wiederholt er langsam, als besäße die Zahl als solche eine Art Macht. »Neun ist irgendwie in der Mitte.« Eigentlich habe ich nicht das Gefühl, mich in der Mitte meiner Ehe zu befinden, aber nach Anfang oder Ende fühlt es sich auch nicht an. Ich glaube nicht, dass man eine Ehe messen kann, genauso wenig wie einen Ozean. Der Mann auf 29C hat sich Kopfhörer aufgesetzt. Inzwischen sind wir bei Wodka und Brezelchen angelangt.

»Das ist ein ganz eigenartiger Sport«, sagt er. Ich brauche einen Moment, um zu verstehen, wovon er spricht. »Jedes Mal, wenn ich gipfele, denke ich das Gleiche, nämlich dass wir nicht hätten herkommen sollen, weil Menschen am Himmel nichts zu suchen haben. Jedes Mal sage ich mir: ›Das hier ist deine letzte Klettertour‹, aber dann komme ich nach Hause, und ein paar Wochen später packt es mich wieder.«

»Vermutlich ist es schwer aufzuhören, wenn man einmal damit angefangen hat«, bemerke ich. Ich habe noch nie jemanden getroffen, der das Wort »Gipfel« als Verb gebraucht. Doch er hat die Augen geschlossen und sich im Sitz zurückgelehnt, als hätte ihn das bloße Erzählen der Geschichte erschöpft.

Ich ziehe das *Redbook Magazine* aus meiner Tasche. Auf der Titelseite steht: »48 Dinge, mit denen Sie einen Mann im Bett verrückt machen können.« Ich habe die Zeitschrift wegen dieses Artikels gekauft. Entgegen aller Logik glaubt ein Teil von mir immer noch daran, ich könnte meine Ehe durch Sex retten.

Gerry – sein Name ist Gerry – öffnet die Augen und fängt an, über meine Schulter hinweg mitzulesen. Sein kurzes Nickerchen scheint ihn neu belebt zu haben, denn er schlägt vor, dass wir die Liste durchgehen und jeder drei Dinge aufschreiben solle, die er gerne ausprobieren würde. Wäre es nicht ein Riesenzufall, wenn es dieselben drei Dinge wären?

Es beschleicht mich der heftige Verdacht, dass genau das passieren wird. Er ist natürlich ebenfalls verheiratet, und zwar mit einer Frau, die er zu Beginn seines Studiums an der University of Massachusetts in der Schlange zur Einschreibung kennengelernt hat. Irgendwann waren sie so lange zusammen gewesen, dass sie sich einfach anschauten und sagten: »Warum nicht?« Zwei Jungen und dann ein Mädchen, und die Tochter, sie sei die Liebe seines Lebens, sagt er – aber seine Frau, das sei etwas ganz anderes. Er sitzt breitbeinig da und hat seinen Oberschenkel an meinen gepresst, als wäre ich ein Gewicht, das er von sich wegdrücken muss, um seine Muskeln zu kräftigen.

»Verheiratet zu sein ist schwierig«, sage ich zu ihm. »In meinem ganzen bisherigen Leben ist es das Einzige, woran ich gescheitert bin.«

Das habe ich noch nie zu jemandem gesagt, ich habe noch nie das Wort »scheitern« benutzt, aber es kommt mir über die Lippen, als wäre es eine Tatsache. Vielleicht sollte man sich Dinge immer auf diese Weise eingestehen – einfach so, abgehoben in der Luft und einem vollkommen Fremden gegenüber.

Ich warte darauf, dass er mich vom Gegenteil zu überzeugen versucht. Mein Gott, zu Hause wären hundert Leute herbeigeeilt, um mich zu verbessern, noch bevor ich die Worte überhaupt ausgesprochen hätte. Sie hätten behauptet, der Wodka oder die Flughöhe seien daran schuld. Oder vielleicht mein Wunsch, diesen Mann zu beeindrucken, indem ich etwas Dramatisches sage, irgendetwas, das ihn dazu bringt, sich auf seinem Sitz nicht von mir abzuwenden. Jede Ehe kann gerettet werden, würden meine Freunde mir sagen – und vor allem eine saubere, wohlgeordnete kleine Ehe wie meine. Nein, natürlich bin ich nicht gescheitert. Wir machen nur gerade ein paar Turbulenzen durch.

Doch dieser Mann verbessert mich nicht. Er lächelt und schraubt den Deckel von seinem zweiten Wodkafläschchen ab. Seine Hände sind sehr schön. Für mich ist es unabdingbar, dass ein Mann schöne Hände hat, Hände, von denen du dir gleich vorstellen kannst, wie sie an dir hinabgleiten, Hände, die dir selbst dann ein wenig den Atem rauben, wenn sie die banalsten Aufgaben erledigen, wenn sie zum Beispiel eine Packung Brezeln aufreißen oder sich nach oben strecken, um das Gebläse anders einzustellen.

»Die Liste?« Er zeigt auf die Zeitschrift.

»Haben Sie Papier?«

Er zieht etwas aus seiner Hosentasche heraus. »Sie können es in mein BlackBerry eintippen.«

»Ich soll drei Dinge, die ich gerne im Bett ausprobieren würde, in Ihr BlackBerry eingeben? Werden Sie es wieder löschen?«

Er lächelt. »Irgendwann.«

Der Flug vergeht schnell. Als der Pilot uns mitteilt, dass wir uns im Anflug auf Dallas befinden, überrascht mich das so, als hätte ich vergessen, dass wir uns in einem Flugzeug befinden.

»Darf ich Ihre Hand halten?«, bittet mich Gerry. Es sind die Landungen, die er hasst. Da sei die Wahrscheinlichkeit abzustürzen am größten, so sei es auch beim Klettern, erklärt er mir, die meisten kämen beim Abstieg ums Leben. Während er mir das sagt, lächelt er wieder, und kräftige weiße Zähne blitzen auf. Ich stelle mir vor, wie sie Fleisch von einem Knochen reißen. Gute Hände und gute Zähne. Er ist natürlich so ein bestimmter Typ. Ein Aufreißer. Die Sorte Mann, die in tausend Metern Höhe eine Frau kennenlernt und sie überredet, ihre erotischen Fantasien ins BlackBerry einzugeben. Aus irgendeinem Grund ist mir das egal. Er fragt mich, wie lange ich in Dallas Aufenthalt habe.

Fast zwei Stunden. Er findet, wir sollten vielleicht zusammen etwas trinken gehen. Wenigstens einen Drink. Er behauptet, er sei etwas benommen, eine Auswirkung seiner Klettertour. Der Tag sei so seltsam, so intensiv gewesen. Er sei in letzter Minute umgestiegen, und vielleicht brauche er etwas, das ihn wieder zu sich bringt.

Das alles hat wahrscheinlich gar keine Bedeutung. Wahrscheinlich gehört er zu den Männern, die so etwas ständig machen. Andauernd lernen sich Leute in Flugzeugen kennen und tun es einfach, zusammengekuschelt unter dünnen

Flugzeugdecken oder in diesen billigen Hotels, die vom Terminal aus einen Shuttleservice anbieten. Ein Techtelmechtel zwischen zwei Flügen, nichts Besonderes, und ich sollte nicht einmal mit ihm sprechen. Ich habe neun Jahre lang mit keinem anderen Mann Sex gehabt als mit meinem Ehemann.

»Ich denke, wir könnten etwas trinken gehen«, antworte ich.

»Jetzt kommt der gefährliche Teil«, sagt er und greift nach meiner Hand.

Wir landen, ohne zu sterben. Er hilft mir, meine Tasche aus dem Gepäckfach über Reihe 18 zu holen. Wir gehen die Gangway entlang und finden eine Anzeigetafel für die Abflüge. Am unteren Rand blinkt die Uhrzeit auf: 17 Uhr 22.

»Das kann nicht stimmen«, sagt Gerry.

Wir sollten um 15 Uhr 45 landen. Wir sollten einen zweistündigen Zwischenstopp in Dallas haben. Ich schaue auf meine Armbanduhr, aber sie ist noch immer auf die Phoenix-Zeit eingestellt, und als ich auf der Anzeigetafel mit den Abflügen Charlotte entdecke, stelle ich fest, dass mein Flug laut Zeitplan in vierzehn Minuten geht.

»Können Sie mir bitte sagen, wie viel Uhr es ist?«, fragt Gerry den Mann, der neben uns steht und ebenfalls aus unserer Maschine ausgestiegen ist, folglich also kaum mehr Informationen besitzen dürfte als wir selbst.

Er sieht uns irgendwie mitleidig an. »Siebzehn Uhr dreiundzwanzig.« Dann fügt er hinzu: »Wir sind 'ne verdammte Ewigkeit in der Warteschleife gekreist.«

Ich soll von Gate 42 abfliegen, und das hier ist Gate 7. Gerry lebt in Boston. Er fliegt in zwanzig Minuten ab Gate 37. »Kommen Sie«, sagt er, »wir müssen uns beeilen.« Es scheint leichter, ihm einfach zu folgen, als nachzudenken, also tue ich es. Ihm folgen, meine ich, weg von der Anzeigetafel, den langen Gang hinunter, der zu den Gates mit den höheren Nummern führt. Wir schultern unsere Taschen und beginnen zu laufen, laufen so schnell wir können, bis wir das Laufband erreichen und aufspringen. Meine Brust schmerzt, und mir ist übel.

»Man hat uns betrogen«, sagt Gerry. »Wir könnten unsere Flüge einfach vergessen und uns ein Hotel suchen. Das hier ist Dallas. Keiner kennt uns. Wir könnten behaupten, dass wir unsere Anschlussflüge verpasst haben.« Auf dem Laufband bewegen wir uns schnell vorwärts, überholen rechts und links Paare und alte Menschen, schießen an ihnen vorbei, als wären sie Hindernisse bei einem Videospiel. Das geht so lange, bis wir hinter einer Frau mit Kinderwagen landen und stehen bleiben müssen.

Er wirft mir einen Blick zu. »Ich bin Ihnen zu nahegetreten.«

»Nein«, widerspreche ich. »Ich denke nach.« Selbst wenn wir so weiterrennen, verpassen wir vielleicht unsere Maschinen. Wenn wir jetzt aufhören würden zu rennen, dann wäre es eine jener Lügen, die kaum als Lüge gelten, und die sind mir am liebsten. Er hat ganz Recht, das hier ist Dallas. Keiner kennt uns. Er lässt seine Hand meinen Rücken hinauf- und hinuntergleiten, ich lehne mich ein wenig an ihn und spüre, wie die scharfe Kante seines Hüftknochens sich in meine Taille bohrt. Das Laufband bringt uns an Gate 16 vorbei, die Uhr dort zeigt 17 Uhr 27 an. Es ist sehr gut möglich, dass wir es nicht schaffen.

»Ich muss erst Montag zu einer Sitzung zurück sein«, erklärt er.

»Montag ist morgen.«

Er verzieht das Gesicht, so als würde ich mich vielleicht irren. Das Laufband ist zu Ende und spuckt uns vor Gate 22 aus. Ich sehe einen Wagen, an dem man Mineralwasser kaufen kann, doch dafür bleibt keine Zeit. Ich hänge mir meine Tasche über die rechte Schulter, er hängt seine über die linke, wir fassen uns an den Händen und laufen wieder los.

Der Flughafen ist endlos, es ist wie in einem Traum, und an irgendeinem Punkt sieht er mich an und sagt: »Es wird gut werden.«

Was? Was wird gut werden? Im Vorbeihasten sehe ich mich flüchtig in einer Spiegelwand. Meine Bluse ist voller Burritosoßeflecken, und meine Haare sind zu dieser wirklich schrägen Frisur getrocknet, und ich setze dazu an, ihm zu erzählen, dass ich normalerweise nicht so unmöglich aussehe. Das entspricht allerdings nicht ganz der Wahrheit. Ich sehe oft so unmöglich aus, aber wahrscheinlich will ich ihm einfach sagen, dass ich durchaus imstande bin, viel besser auszusehen. Ich halte Ausschau nach Anzeichen dafür, dass er so etwas hier ständig macht, denn bestimmt gehört er zu der Sorte von Männern, die so etwas ständig machen. Er ist groß und kräftig, hat Zähne, die dafür geschaffen sind, Fleisch von Knochen zu reißen, und genau in diesem Augenblick – die Uhr steht auf 17 Uhr 32 – zieht er mich zur Seite. Ohne Fragen zu stellen, gehe ich mit ihm in die Flughafenkapelle, wo er seine Tasche fallen lässt, die Hände auf meine Schultern legt und mich küsst.

Es handelt sich um einen jener Küsse, bei denen man das Gefühl hat zu fallen, als wäre einem der Aufzugboden unter den Füßen weggebrochen. Und als ich mich schließlich losreiße, sehe ich ein Wandbild mit Jesus darauf, einer Art spanischem Jesus, der ganz platt und verzerrt aussieht und seine langen, dünnen Hände ausstreckt, um eine 747 festzuhalten. Seine Augen blicken kummervoll, doch mitfühlend. Er hat hier, in der Flughafenkapelle von Dallas, offensichtlich schon alles gesehen.

»Ich brauche deine Karte«, sagt Gerry. »Deine Visitenkarte.«

»In Ordnung«, sage ich. Das Blut ist mir in die Wangen geschossen, und in meinen Ohren rauscht es. Gerry und ich schreien fast, als wären wir Kletterer hoch oben auf einem Berg und müssten uns über den Lärm des peitschenden Windes hinweg anbrüllen, um einander zu verstehen. »Aber du kannst mich nicht anrufen. Ich bin verheiratet.«

»Ich weiß«, sagt er. »Ich bin reich.«

»Du bist reich?«

»Ich verdiene eine Menge Geld, wollte ich damit sagen. Keine Ahnung, warum ich eine Menge Geld verdiene. Ich verstehe eigentlich nicht, warum sie mir so viel bezahlen, aber das könnte manches einfacher machen.« Er wirft einen Blick auf Jesus.

Was meint er damit, es könnte manches einfacher machen? Zum ersten Mal reagiere ich misstrauisch. Er ist wie ein Schauspieler, der plötzlich vom Text abweicht, und ich weiß nicht, was ich darauf antworten soll. Bis zu diesem Augenblick war er völlig glatt gewesen, so glatt, dass ich mir eingebildet hatte, er würde einfach spurlos von mir abgleiten, sobald wir uns voneinander verabschiedet hätten. Insgeheim habe ich mir schon die Geschichte zurechtgelegt, die ich Kelly morgen am Telefon erzählen würde, und mir ausgemalt, wie sie lachen würde, weil das Ganze ein derartiges Klischee ist. Elyse trinkt zwei doppelte Wodka und lässt sich in einem Flugzeug anbaggern. (»Das ist ein vierfacher Wodka«, wird Kelly sagen. »Was genau dachtest du, würde geschehen?«) Elyse knutscht in einer Flughafenkapelle herum. (»Während so ein Tex-Mex-Jesus die ganze Zeit zuschaut.«) Elyse geht zu ihrem Flugzeug, während der Mann eine andere Richtung einschlägt, zu einem anderen Flugzeug, das ihn in eine andere Stadt und in ein anderes Leben bringen wird. (»So etwas kommt vor«, wird sie mir sagen, während ich mit baumelnden Beinen in der Küche auf der Arbeitsplatte sitze und das Telefon an mein Ohr presse. »Es ist nicht wirklich was passiert, also kein Grund für Schuldgefühle.«) Kelly ist die Einzige, die mich schon kannte, als wir noch jung, hübsch und unbesonnen waren, als die Welt voller Männer zu sein schien und wir uns manchmal von unserem sexuellen Verlangen wegfegen, packen und in Situationen hatten bringen lassen, die im Durcheinander der Erinnerungen ein bisschen wie Szenen aus einem Film wirken. Sie ist die Einzige, die verstehen würde, warum ich erleichtert bin, einen kleinen Teil von diesem Mädchen noch in mir zu finden. Erleichtert darüber, dass ich mich, obwohl älter, argwöhnischer und beschwert durch die Last meiner Ehe, unter den richtigen Umständen noch immer packen und wegfegen lassen kann. Dass ich mich nach wie vor daran erinnere, wie es ist, einen Mann zu küssen, der scheinbar keinen Nachnamen hat.

Doch jetzt, urplötzlich, benimmt sich dieser Mann, der vor mir steht, gar nicht mehr wie ein Aufreißertyp. Er wirkt unbeholfen, verlegen und echt. Er will mir unbedingt etwas begreiflich machen, und ich befürchte, dieses Etwas wird gar nicht gut in die Geschichte passen, die ich Kelly erzählen will. Ich lege ihm meine Finger auf die Lippen, um die Worte aufzuhalten, doch es ist lange her, seit ich zuletzt in solch einer Situation war, und vielleicht ist der Text geändert worden. Wenn hier gerade jemand einen Fehler macht, dann zweifellos ich.

Er schiebt meine Hand weg und drückt sie einen Moment lang, um die Zurückweisung abzumildern. »Nein«, sagt er. »Du musst mir zuhören. Mein erstes Auto war ein verdammter AMC Pacer. Kannst du dich an die überhaupt noch erinnern? Die flogen in die Luft, wenn jemand in dich reinfuhr. Einen ganzen Sommer lang schlief ich hinter dem Haus der Großmutter eines Freundes in einem Zelt, weil ein paar von uns vorhatten, nach New Orleans zu gehen und eine Blues-Band zu gründen. Allerdings konnten wir nicht einmal halbwegs ordentlich spielen und waren die ganze Zeit zugekifft, außerdem, du weißt ja, wie das ist mit dem Blues ... Ich aß ständig diese japanischen Instant-Nudelsuppen. Kennst du die? Von denen gab es vier Päckchen für einen Dollar. Ich dachte nicht im Traum, dass ich einmal ein reicher Arschloch-Banker sein würde, der andauernd durch die Gegend fliegt. Heute saß ich wahrscheinlich zum ersten Mal seit fünf Jahren in der Holzklasse, kannst du dir das vorstellen? Ich hatte Mist gebaut und meinen richtigen Flug verpasst, eigentlich hätte ich gar nicht mit dieser Maschine fliegen sollen. Verstehst du, was ich dir sagen will? Ich hätte gar nicht mit dieser Maschine fliegen sollen, und das Geld ist nicht, wer ich bin. Es ist nur Energie, weißt du, eine Art rohe Energie, die manches einfacher machen könnte. Das ist alles, was ich dir sagen will, es könnte manches einfacher machen.« Er atmet heftig aus. »Bist du böse auf mich?«

Ich schüttele den Kopf. Er küsst mich erneut. Dieses Mal reißt er sich zuerst los, und ich bleibe einsam und verlassen irgendwo zwischen seinem Kinn und seiner Schulter in der Luft hängen, mit immer noch geschlossenen Augen und offenem Mund. »Deine Karte«, sagt er in meine Haare hinein. »Ich brauche deine Karte.«

Ich bemühe mich, nicht ohnmächtig zu werden, drücke meinen Rücken flach gegen die Gipswand und öffne die Augen. Gerry rückt seine Hose zurecht, er sieht von mir weg, während er den Inhalt neu arrangiert, sein Gesicht ist rot wie das eines Teenagers. Ich grabe in meiner Handtasche, meine Hand findet Füllfederhalter, Mintbonbons,

Tampons, alles außer der Visitenkarte, die diesen Wahnsinn in die Zukunft befördern könnte.

»Ich zittere«, erkläre ich ihm, als er mir etwas in die Hand drückt. Dann laufen wir wieder, aus der Tür der Kapelle hinaus und durch den Flughafen zu Gate 37. Die Leute warten in einer Schlange vor der Gangway.

»Ich begleite dich zu deinem Gate«, schlägt er vor. »Wenn du deinen Flug verpasst hast, verpasse ich meinen auch.« Ich schaue auf den Bildschirm hinter dem Schalter. Mein Flugzeug hätte vor zwei Minuten starten sollen. Ich habe also keinerlei Einfluss auf die Situation, und dieser Gedanke gefällt mir außerordentlich gut. Jetzt gehen wir nur noch. Noch fünf Gates bis zu meinem, und auf dem Schild steht CHARLOTTE, und außer einer Frau in der Uniform der US Airways ist dort niemand mehr.

»Ist das Boarding schon abgeschlossen?«, frage ich sie und bin erstaunt, wie neutral meine Stimme klingt. Sie fragt mich nach meinem Namen, und mir wird bewusst, dass Gerry ihn jetzt gerade zum ersten Mal gehört hat. Ihr Blick geht zum Bildschirm. »Sie stehen noch am Gate, ich kriege Sie noch rein.«

Irgendwo hoch oben in der dünnen Luft zwischen Phoenix und Dallas lasen wir abwechselnd den *Redbook*-Artikel über das, was eine Frau mit einem Mann im Bett alles anstellen kann. Gerry suchte sich drei Dinge aus der Liste aus. Ich kann mich nur noch an eines erinnern, nämlich, dass er es mag, wenn Frauen zeigen, dass sie es wollen. Wenn sie sich auf den Kerl stürzen, die Initiative ergreifen. Alle Männer mögen das. Ich weiß, dass ich für ihn das Alphaweibchen sein soll, die Nicht-Ehefrau, die Frau, die man in fremden Städten trifft, die cool und aggressiv, unkompliziert und selbstsicher ist. Wie aufs Stichwort breche ich in Tränen aus. Gerry küsst mich wieder, allerdings fühle ich mich so schwach, dass ich kaum den Mund öffnen kann. Wie ein Bergsteiger mit schlechter Ausrüstung rutsche ich von seiner Zunge ab.

Ich reiße mich los und folge der Dame von US Airways in den Tunnel. Ich schaue mich nicht um. Während wir gehen, schniefe ich, und sie tätschelt meinen Arm und sagt: »Abschiede am Flughafen können sehr schwer sein.« Noch nie habe ich als letzter Passagier ein Flugzeug bestiegen. Alle starren mich an, während ich den Mittelgang hinunter auf den einzigen freien Platz zustolpere. Neben mir sitzt eine freundlich aussehende ältere Dame, und ich würde ihr am liebsten alles erzählen, aber das Gepäckfach über unseren Köpfen ist voll, und ich brauche mein letztes Quäntchen Kraft, um meine Tasche unter den Sitz vor mir zu schieben. In meiner Hand halte ich Gerrys zerknitterte Visitenkarte. Meine habe ich nicht gefunden, er kann mich also nicht anrufen. Wenn, dann muss ich ihn anrufen, und das gefällt mir gar nicht. Denn wenn ich zuerst anrufe, dann wird er immer wissen, dass ich mich aus freien Stücken und mit klarem Kopf auf die Sache eingelassen habe, dass ich bereit bin, eine Affäre einzugehen, und dass es mir egal ist, dass er verheiratet ist und ich ebenso. Er wird wissen, dass ich mich dafür entschieden habe, dass ich es wollte und mir im Klaren darüber war, worauf ich mich einlasse, bevor ich zum Hörer gegriffen und gewählt habe.

Als wir vom Gate wegrollen, bin ich ganz ruhig, oder genauer gesagt befinde ich mich in jenem eigenartigen Zustand, in dem man so aufgewühlt ist, dass man sich benimmt, als wäre man ruhig. Ich schließe meine Augen und versuche mir einen platten, hageren Jesus vorzustellen, der mein Flugzeug in der Hand hält. Gerry mag Landungen nicht, ich mag keine Starts. Ich kann dieses Gefühl, in meinen Sitz zurückgedrückt zu werden, nicht leiden. An dieser

Stelle bete ich Sachen wie: »In deine Hände übergebe ich meinen Geist«, oder vielleicht heißt es auch: »In deine Hände empfehle ich meinen Geist.« Keins von beidem macht besonders viel Sinn, aber auf einer Startbahn würde ich alles beten. Ich würde Hebräisch, Arabisch oder Suaheli sprechen, wenn ich es könnte, nur um mich nach allen Seiten hin abzusichern. Heute allerdings bin ich viel zu erschöpft, um mit Gott zu feilschen. Zur Hölle damit, irgendwann müssen wir alle das Zeitliche segnen.

Ich öffne meine Augen und schaue mich um. Die nette Dame neben mir hält ihren Kopf gesenkt und bewegt die Lippen. Gut so. Soll sie nur für uns alle beten. Wenn Gott sie verschont, stehen die Chancen gut, dass ich aufgrund meiner bloßen Nachbarschaft zu ihr am Leben bleibe. Ich sehe auf die Karte in meiner Hand hinunter und übe, seinen Namen laut auszusprechen. Ich bin mir nicht sicher, was mir da eben passiert ist. Was hat es zu bedeuten? Ich drücke meine Handflächen auf meine zitternden Oberschenkel und lausche darauf, wie die Motoren unter mir an Kraft zulegen. Genug Kraft, um uns in den Himmel zu katapultieren, wo wir nichts zu suchen haben, wohin wir uns aber trotzdem ab und zu begeben.

Kapitel 2

Phils Wecker geht morgens als Erster los. Ich liege in der blaugrauen Dunkelheit und warte auf die Geräusche der Dusche, seines Reißverschlusses, das Klimpern seiner Autoschlüssel, das Öffnen des Garagentors. Um 7 Uhr 05 beginnt der Kaffee durchzulaufen. In fünfunddreißig Minuten kommt Torys Mitfahrgelegenheit. Sie will das neue, zwanzig Dollar teure Rugby-Shirt von Gap Kids nicht anziehen. In diesem Leben wird es ihr nicht mehr gelingen, das Wort »Portemonnaie« richtig zu buchstabieren. Ihre Vokabelliste ist mit einem Magneten am Kühlschrank befestigt. Wir haben erst Dienstag, deshalb muss ich noch auf die Liste schauen, am Freitag werde ich sie jedoch auswendig kennen. Ich rufe ihr die Wörter zu, während ich das Gap-Shirt wieder zusammenfalte und das alte von Target raushole, das sie so liebt. Ich bringe ihren Zimttoast zu dem Sessel, in dem sie sich vor dem Fernseher zusammengerollt hat. Nach all den vergeblichen Jahren jagt der Kojote noch immer den Road Runner.

Die eine Katze will hinaus, die andere herein. Sie reiben sich an der Glastür, ihre Schwänze schnalzen gegen die Scheibe. Es folgt eine Sendepause, was bedeutet, dass wir spät dran sind. Ich rufe Tory zu, dass sie sich die Zähne putzen soll, schließe ihre Butterbrotdose und ziehe den Reißverschluss an ihrem Schulrucksack zu. Sie lädt ihre Brotrinden in dem Teil der Spüle ab, der keinen integrierten Müllschlucker hat. Ich gebe ihr einen Kuss auf die Stirn und schicke sie hinaus ans Ende der Auffahrt, wo sie auf die Mutter warten soll, die diese Woche mit dem Fahrdienst dran ist.

Auf der Veranda liegt die morgendliche Jagdbeute der Katzen, eine kleine Maus mit starrem Blick. Das ist die ultimative Perversität – sie werden bestens gefüttert, und trotzdem gehen sie auf die Pirsch. Die Maus ist bereits steif, und ich fege sie über den Rand der Veranda, wo sie im freien Fall in den Sträuchern landet, einem Massengrab für all jene Tiere, die die Katzen in früheren Nächten umgebracht haben. Das Stück Erde unter der Veranda ist schon ganz dunkel, angereichert mit zahllosen kleinen gekrümmten Skeletten, und die Blumen gedeihen dort prächtig. Das Fernsehbild flackert durch die Verandatür. Der Kojote wurde einmal mehr von seiner ACME-Rakete im Stich gelassen und fällt in den Canyon. Er hält ein Schild hoch, auf dem »HILFE!« steht.

Ich denke aus Prinzip nicht darüber nach, wie die Maus gestorben ist. Sie und all die Vögel, Eichhörnchen und Maulwürfe mit aufgerissenen Mäulern, die ich an anderen Tagen gefunden habe, oder das junge Häschen, das ich in ein Geschirrtuch gewickelt und im weichen Boden hinter dem Schaukelgerüst begraben habe. Ich stelle den Besen weg und schütte Friskies in die grüne Schüssel. Die Katzen, Pascal und Garcia, sind Bruder und Schwester. Sie fallen über das Fressen her, als hätten sie ewig nichts gekriegt, und schieben dabei mit ihren Köpfen meine Hand vom Napf weg.

Ich gehe in die Küche, schenke mir eine weitere Tasse Kaffee ein und bleibe an der Spüle stehen, wo ich die Ränder von Torys Toast esse. Im Haus ist es still. Diesen Teil des Tages mag ich, es ist der Einzige, über den ich wirklich selbst bestimmen kann, und rasend schnell eilen meine Gedanken zu jenem Ort, wo sie sich seit achtundvierzig Stunden immer wieder sammeln. Gestern habe ich die Schecks von meiner Reise nach Phoenix bei der Bank eingereicht und die Rechnungen beglichen, die Phil fein säuberlich auf der Küchentheke gestapelt hatte. Ich habe meinen Koffer ausgepackt, die kleinen Lotionen und Seifen, die ich immer aus den Hotelzimmern mitgehen lasse, in das Weidenkörbchen unter meinem Waschbecken geworfen und meine grüne Seidenbluse ausgewaschen. Alle Spuren der Reise sind beseitigt, und nichts außer einer einzelnen Visitenkarte beweist, dass es diesen Mann wirklich gegeben hat. An ihn zu denken macht süchtig, das weiß ich noch von gestern, wo mich die Erinnerung so trunken machte, dass ich mich wie ein Hollywoodsternchen aus früheren Zeiten ins Bett zurückzog. Ich schaue auf die Uhr und gebe mir fünf Minuten, ganz genau fünf Minuten, um darüber nachzudenken, wie sehr und wie wenig mein Leben sich verändert hat. Fünf Minuten, um in der lächerlichen und berauschenden Vorstellung zu schwelgen, dass es drüben in Boston einen Mann gibt, der mich will. Fünf Minuten, und danach werde ich anfangen zu arbeiten.

Als wir vor sieben Jahren hier eingezogen sind, habe ich die Garage zu einem Atelier umgebaut. Na ja, nicht ganz. Zunächst war die Garage nur zur Hälfte ein Atelier, um Platz zu lassen für Phils Gartengeräte und sein Auto, doch manche Dinge haben eben die Eigenschaft, sich auszubreiten. Natürlich steht hier meine Töpferscheibe. Es gibt einen mit Plastik ausgekleideten Eimer, in dem ich den Ton aufbewahre. Und es gibt Säcke mit Schamotte sowie drei Reihen Regalbretter und den Tisch, auf dem ich die Tonmasse knete. Ferner ist da diese kleine Gerätekammer, in der laut Phil normale Leute ihren Rasenmäher aufbewahren würden. Ich nutze sie als Feuchtraum, in den ich meine Töpfe gleich nach dem Formen bringe. Ein krankenhausüblicher Luftbefeuchter steht darin. Die Gefäße sollen langsam trocknen, versuche ich Phil zu erklären, also müssen sie in einem Feuchtraum trocknen. Doch er behauptet, das sei unlogisch. Offenbar glaubt er, ich hätte mein Atelier nur erweitert, weil ich ihn verdrängen will, hätte meine Werkzeuge ausgebreitet und seine Gerätekammer okkupiert, um eine Art von hausfraulich-feministischem Standpunkt zu demonstrieren.

Heute Morgen finde ich – nicht zum ersten Mal – eine Nachricht vor. An einem Topf, den ich auf dem Knettisch stehen gelassen hatte, klebt ein Post-it, auf dem ein einziges Wort zu lesen ist: »Meins.« Wie so viele Nachrichten meines Mannes ist auch diese unmöglich zu verstehen. Will er damit sagen, dass ihm der Topf gefällt und er ihn haben möchte, um ihn vielleicht mit in die Praxis zu nehmen und auf seinen Schreibtisch zu stellen? Höchst unwahrscheinlich. Oder dass der Knettisch in den Teil der Garage eindringt, der offiziell seine Hälfte ist? Eine plausiblere Theorie, denn der Tisch hat sich seit Wochen Zentimeter für Zentimeter auf Phils Territorium vorgeschoben – schon seit ich ihn vergrößert und gedreht habe, um nicht in der Nachmittagssonne arbeiten zu müssen. Schwer zu sagen, warum ihn ausgerechnet jetzt entweder der Topf oder der Tisch irritiert haben oder warum er mir das nicht gestern beim Abendessen mitgeteilt hat. Ich habe immer wieder für eine direkte Kommunikation plädiert, doch Phil scheint sich mit Post-its wohler zu fühlen. Offenbar macht es ihm nichts aus, dass ich nie so recht weiß, was er mir eigentlich sagen will. Manchmal bestehen die Nachrichten aus einem einzigen Wort, etwa »Gut«, »Warum?« und »8 Uhr 15«. Manchmal sind sie auch länger und ein wenig klarer: »Bitte mitnehmen«

auf einem Stapel Wäsche, der für die chemische Reinigung bestimmt ist, »Nicht jetzt« auf dem Prospekt einer nahe gelegenen Frühstückspension. Ich hebe sie alle auf, diesen nie endenden Strom von Post-its, und manchmal ordne ich sie quer über der Kühlschranktür zu Sätzen an: Gut, nicht jetzt. Warum bitte mitnehmen?

Heute Morgen bin ich aber nicht in der Stimmung, Detektiv zu spielen. Ich ziehe das »Meins« vom Topf und klebe es vorne auf mein T-Shirt. Gestern hat eine Galeriebesitzerin aus Charleston angerufen und drei Musterstücke bestellt, mit dem Hintergedanken – mein Hintergedanke, nicht unbedingt ihrer –, dass sie noch mehr kaufen wird. Mir bleiben vier gute Stunden, bis ich mich mit den anderen Frauen am Sportplatz der Grundschule treffe.

Die Herstellung eines Tongefäßes besteht aus einer Menge einzelner Schritte. Zuerst öffne ich den mit Plastik ausgeschlagenen Eimer, schiebe die feuchten Tücher beiseite und hole den Ton heraus. Ich trage ihn zum Tisch, streue etwas Schamotte darauf und knete drauflos. Stumpfsinnige, aber ziemlich schwere Arbeit. Auf meine Arme bin ich stolz. Immer wieder werde ich gefragt, ob ich einen Personal Trainer habe. Nachdem die Tonmasse geknetet ist, schneide ich sie wieder und wieder in Stücke, um die Luftblasen zu entfernen. Dann wandert sie auf eine kleine runde Scheibe, die Töpferscheibe, die ihrerseits auf den Scheibenkopf aufgesetzt wird. Mit deren Hilfe forme ich den Topf. Paradoxerweise handelt es sich dabei um den leichtesten Teil des Prozesses, obwohl die Leute oft glauben, das Formen sei die eigentliche Kunst. Die Töpferscheibe wird schließlich in den Feuchtraum getragen, wo der Topf mehrere Tage trocknen muss. Zu diesem Zeitpunkt handelt es sich noch um unfertige Rohware, die in meinen Augen irgendwie monströs wirkt, was ja bei unfertigen Dingen nicht selten der Fall ist. Ich stecke den Luftbefeuchter ein und warte, bis er polternd anläuft, lehne mich gegen den Türrahmen und atme den rohen, nassen Geruch des Tons ein. Als gestern die Galeristin angerufen hat, habe ich die Nummer auf dem Display nicht erkannt, und mein Herz hat einen Sprung gemacht. Mir hätte klar sein sollen, dass 843 die Vorwahl von South Carolina ist und nicht die von Massachusetts, dennoch, für einen Augenblick …

Es kann immer etwas schiefgehen. Du kannst alle Schritte problemlos durchlaufen, und trotzdem springt der Topf. Zum Beispiel ist es schwierig, ihn von der Scheibe zu lösen. Ich habe sogar schon einige Töpfe verloren, als ich sie gewendet habe, um den Boden abzudrehen. Sie können zerspringen, wenn du während des Knetens die Luftblasen nicht gründlich entfernt hast, und hast du sie gründlich entfernt, können sie trotzdem zerspringen. Es kommt vor, dass du den ganzen Vorgang bis zum Glasieren schaffst und plötzlich hältst du inne und denkst: »So habe ich ihn mir aber gar nicht vorgestellt.« Vielleicht taugt eins von drei Stücken für den Markt, und das ist in meinem Berufszweig eine ziemlich hohe Ausbeute. Töpfer müssen sich daran gewöhnen, Dinge wegzuwerfen. Mein Atelier ist voll von aufgegebenen Projekten. Manchmal recycle ich den Ton, manchmal werfe ich die Töpfe einfach in den Müll, doch manchmal lasse ich sie auch so lange herumstehen, bis ich sie fast schön finde. Schön auf eine hässliche Art und Weise.

Als ich aufschaue, ist es ein Uhr. Fürs tägliche Walking bin ich ein bisschen spät dran, aber eine von uns kommt immer zu spät, und wir wissen alle nur zu gut, dass leicht etwas dazwischenkommen kann und sich kein Zeitplan voll und ganz unter Kontrolle halten lässt. Wir sind übereingekommen, dass diejenigen, die als Erste da sind, einfach loslaufen und die Übrigen in ihrem eigenen Tempo dazustoßen oder aussteigen. Das ist einer der Vorteile, wenn man einen Rundkurs benutzt.

Na klar, als ich ankomme, sind Kelly, Nancy und Belinda schon da. Ich stelle das Auto ab und winke ihnen zu, aber sie sehen mich nicht. Vom Hügel oberhalb des Sportplatzes der Grundschule aus beobachte ich sie. Wie so oft liegt Kelly ein bisschen in Führung und dreht sich, während sie spricht, nach den anderen um. Wenn sie wollte, könnte sie viel schneller walken. Genaugenommen könnte sie joggen. Doch welchen Sinn würde das machen?

Wir wollen nämlich nicht rennen, sondern reden. Hier draußen in den Vorstädten sind wir auf Gedeih und Verderb von unseren Freunden abhängig. Vielleicht hätte es mich irgendwann einmal überrascht festzustellen, dass ich fast jede Frau aus meinem Bekanntenkreis über meine Kirche kennengelernt habe und dass es der Höhepunkt meines Tages ist, mich mittags um eins mit ihnen zu treffen, um eine Stunde zu walken, bevor wir die Kinder abholen. Aber inzwischen bin ich darüber hinweg. Ich kann es mir nicht leisten, darüber nachzudenken, denn dazu brauche ich diese Frauen viel zu sehr. Durch das feuchte, üppig wachsende Gras mache ich mich auf den Weg nach unten. Im Lauf der Jahre haben wir Geheimnisse und Spielzeuge geteilt, haben Autositze, Kinderwagen und Wiegen weitergereicht, als die Kinder älter wurden, und uns beim Beaufsichtigen abgewechselt, damit wir uns gelegentlich einen freien Nachmittag gönnen konnten. Einmal habe ich aus einer fürchterlichen Notlage heraus – ich konnte kein Fläschchen finden – sogar Belindas schluchzende Tochter gestillt. Wenn ich es laut ausspreche, kommt es mir allerdings komisch vor, so als wären unsere Körper austauschbar. Wir haben diesen Running Gag, dass wir eines Tages mal mit den falschen

Ehemännern von der Kirche nach Hause gehen sollten. Wir diskutieren darüber, wie lange es wohl dauern würde, bis sie es merken, doch um ehrlich zu sein, bin ich mir nicht sicher, ob wir selbst es überhaupt merken würden. Wir sind zu beschäftigt. Der Kleinkram unseres täglichen Lebens spinnt uns ein wie Baumwolle, und wir treffen uns fast jeden Mittag auf der Bahn, um die Pfunde von der Schwangerschaft abzulaufen, von dem Baby, das mittlerweile die zweite Klasse besucht, um auf sechzig oder fünfundsechzig Kilo oder irgendetwas Annehmbares zu kommen. Wir sind immer in Bewegung, eher wie Nomaden als wie Hausfrauen. Wir umkreisen das Eingangstor der Vorschule, laden Lebensmittel ein und aus, passieren den Drive-in-Schalter und reichen an roten Ampeln ein Chicken Nugget nach dem anderen nach hinten, fahren das mittlere Kind zum Fußball, das älteste zum Kieferorthopäden, beziehen Betten und wechseln Handtücher aus, wirbeln im Kreis in der zyklischen Welt der Frauen.

Um 14 Uhr 30 habe ich Tory abgeholt, und wir sind wieder zu Hause. Das Schuljahr hat erst angefangen, und sie ist müde vom frühen Aufstehen. Noch hat sie sich nicht daran gewöhnt und braucht wahrscheinlich ein Nachmittagsschläfchen, aber meine Unruhe hat sie scheinbar angesteckt. Sie wirft ihren brandneuen Schulrucksack auf den Tisch und schlingt ihre Arme um meine Taille.

»Kann ich dir helfen, Kaffee zu machen?«, fragt sie.

Eben will ich ihr erklären, dass ich vor dem Abendessen keinen Kaffee trinke, da entdecke ich das sehnsuchtsvolle Verlangen in ihrem Gesicht und gebe nach. Vergangene Woche hat Phil mir eine Cappuccino-Maschine zum Geburtstag geschenkt, aber ich habe mir Zeit damit gelassen, sie aufzubauen. Einem Chemiebaukasten gleich gehören eine Menge kleiner Tassen und Teller dazu, auf die Tory ganz versessen ist. Sie sitzt auf dem Boden und wickelt vorsichtig jedes Teil aus. Im Radio spielen sie Jazz, ich glaube, es ist Miles Davis, allerdings halte ich alles für Miles Davis. Wie gerne würde ich Trompete spielen können, oder vielleicht Saxophon, und dadurch etwas Kühles, Erotisches und Gleichmütiges ausstrahlen. Ich hebe meine Arme hoch und strecke meinen Rücken durch.

»Guck mal.« Tory hat alle Tassen aus ihren Schachteln geholt. »Reichen die für einen Kaffeeklatsch?«

»Locker. Das hast du toll gemacht.« Es wäre so einfach, sie den ganzen Nachmittag da sitzen und Tassen stapeln zu lassen, doch ich habe ihr Hausaufgabenheft gesehen. Bis Donnerstag muss sie einen Zeitstrahl über ihr Leben anfertigen, und morgen Abend bin ich nicht zu Hause, um ihr dabei zu helfen. Wir holen die große Rolle gelbes Papier und eine Schachtel mit Zündhölzern vom Kamin. Damit kokle ich die Kanten an, so dass es nach einem historischen Dokument aussieht. Den gleichen Kunstgriff haben wir letztes Jahr in der zweiten Klasse angewandt, als sie eine Präsentation über Thomas Jefferson machen musste. Der Lehrerin gefiel sie so gut, dass sie sie im Vorraum der Aula aufhängte. Seitdem hält Tory es für das Geheimnis des akademischen Erfolgs, wenn man etwas an den Rändern versengt. Während sie das Papier festhält, führe ich mit der einen Hand das Streichholz am unteren Rand entlang, in der anderen halte ich für den Fall, dass alles in Flammen aufgeht, einen nassen Schwamm bereit. Wir haben gerade drei Ränder fertig bearbeitet, als Phil kommt. Er wirft einen Blick auf den Zeitstrahl und fragt mich, wo ich das gelernt hätte. Die Antwort, dass meine Mutter es mir beigebracht habe, scheint ihn zu überraschen. Phil hält meine Mutter für verrückt und akzeptiert grundsätzlich nur widerwillig Beweise dafür, dass sie irgendetwas Praktisches zum täglichen Leben beisteuern kann.

»Jetzt musst du für eine gute Tasse Kaffee nicht mehr aus dem Haus gehen«, sagt er.

Ich brauche einen Moment, um zu kapieren, dass er von der Cappuccino-Maschine spricht. »Ich finde sie toll«, sage ich. »Gestern wollte ich sie benutzen, aber irgendetwas mache ich falsch. Der Dampf hat funktioniert, doch die Milch hat nicht geschäumt.« Phil blättert die Post durch. Ich sehe ihn ein bisschen unscharf. Wegen des Staubs nehme ich im Atelier meine Kontaktlinsen heraus, und meine Brille finde ich gerade nicht. Vielleicht habe ich sie in Phoenix vergessen, vielleicht auch im Flugzeug. »Du weißt ja, dass ich morgen Abend Literaturkreis habe. Ich habe es dir erzählt, erinnerst du dich?«

Phil reißt den Umschlag einer Rechnung auf und schaut gedankenverloren auf das Blatt. »Zu viel Milch.«

»Was?«

»Der Aufschäumer funktioniert nicht, weil du zu viel Milch nimmst.«

»Hast du gehört, was ich wegen meines Literaturkreises gesagt habe?«

Tory und ich sind mit dem letzten Rand des Zeitstrahls fertig. Er sieht fantastisch aus. Sie pustet über die Kanten. Die Haare trägt sie im Nacken zu einem Pferdeschwanz gebunden, und ihr Gesicht wirkt so ernst wie das einer Pilgerin. Ich frage mich, wie viel sie von dem, was sich zwischen mir und Phil abspielt, mitbekommt, oder ob sie glaubt, alle verheirateten Leute würden so miteinander reden.

Vielleicht ist das ja auch so.

Ich habe aus der Zeitung Artikel ausgeschnitten, Wohnungsanzeigen, Ratschläge, wie man einen eigenen Kredit bekommt, Anfangszeiten für Kurse zum Programmieren von Computern. Keine Ahnung, was das alles zu bedeuten hat; Kelly habe ich gesagt, dass ich nach einem Zeichen suche. Sie behauptet, das einzige Zeichen, nach dem ich suche, laute AUSGANG. Irgendwie wünsche ich mir, dass etwas Endgültiges geschieht, zum Beispiel ein Autounfall. Kein tödlicher, sondern einer, der dich aufrüttelt und dazu bringt, etwas Einschneidendes zu tun. Vielleicht schlägt Phil mich oder wird wegen Betrugs verhaftet, oder er brennt mit seiner Zahnhygienikerin durch, aber ich glaube kaum, dass er es mir so leichtmachen wird. Ich habe einen netten Mann geheiratet, und genau das wird mir am Ende zum Verhängnis werden.

»Guck mal, Papa.« Tory wedelt mit einem Foto vor seinem Gesicht herum. Sie hat den ganzen gestrigen Abend lang Fotoalben durchgeschaut, und dieses Bild von mir und Phil, das zwei Tage vor ihrer Geburt entstanden ist, hat es ihr besonders angetan. Ich bin unglaublich dick und habe den roten Veloursbademantel an, doch selbst der geht vorne nicht zu. Aber ich lächle, und die Aufnahme ist so scharf, dass man den Titel des Buches lesen kann, das neben mir liegt, ein grausiger Krimi und damit die einzige Sorte Lektüre, die mich während des letzten beschwerlichen Schwangerschaftsmonats beruhigen konnte. Auch Phil lächelt, er sieht jung und zuversichtlich aus, während er mich umarmt und seine Hände auf meinen Bauch legt, als wäre er ein Basketball, den er gleich in die Kamera prellen wird.

»Geh bitte vorsichtig mit dem Bild um«, ermahne ich Tory. »Klebe es nicht ein, sondern nimm Fotoecken, und pass auf, dass du es nicht verlierst und dass es nicht geknickt wird.« Es ist mein liebstes Bild von uns beiden.

»Wer hat es gemacht?«

»Ich habe den Selbstauslöser eingestellt«, erklärt Phil, »dann bin ich drum herumgelaufen, um bei deiner Mutter zu sein, bevor er knipst. Ich wollte dieses Bild machen, weil ich wusste, dass ganz bald etwas Wunderbares geschehen würde.« Tory senkt den Kopf, als sei ihr das peinlich, in Wirklichkeit aber ist sie hochzufrieden.

»Du bist ein toller Vater«, sage ich zu Phil. Leise, als wäre es ein Geheimnis, das wir vor Tory bewahren müssen.

»Schön zu hören, dass es Dinge gibt, die ich gut mache«, gibt er zurück.

Es ist fast sechs Uhr. Ich stehe vor der Spüle und lasse Wasser über die Tomaten und Pilze laufen. Währenddessen blase ich in meine unsichtbare Posaune. Tory klettert auf Phils Rücken herum und steckt ihre Füße in seine Hosentaschen, als wären es Treppen. Er hält seine Hände auf, um ihr einen besseren Halt zu verschaffen, und sie kämpft sich auf seine Schultern hoch, schaukelt hin und her, packt mit ihren kleinen Fingern seinen Bart, schlägt ihm beinahe die Brille von der Nase, während sie sich hochreckt, und klatscht mit den Handflächen gegen die Decke. Viele Jahre sind es nicht mehr, die er sie auf diese Weise wird emporheben können. Ich stehe an der Spüle und beobachte die beiden, meine Tochter und diesen durch und durch anständigen Mann, den ich offenbar nicht lieben kann.

Kapitel 3

Diesen Monat richtet Kelly den Literaturkreis aus, und das heißt auch, dass sie das Buch auswählt. Kelly ist keine große Leserin, weshalb das, was wir lesen, keine große Literatur ist.

Kelly ist die Reiche in der Gruppe, auch wenn es sie wahnsinnig machen würde zu hören, dass ich sie so betitle. Ihr Haus steht in einer jener Siedlungen, wo man an der Einfahrt anhalten und dem Pförtner seinen Namen nennen muss, bevor man eingelassen wird – es ist völlig ausgeschlossen, in dieser Nachbarschaft einfach mal vorbeizuschauen. Allerdings komme ich so oft, dass Kelly irgendwann ein Foto von mir ins Pförtnerhaus gebracht hat – einen Schnappschuss auf ihrer Hochzeit, den sie bei Kinko's hat nachmachen lassen. Darunter steht: DIESE PERSON IST IN JEDEM FALL EINZULASSEN. Inzwischen kennen alle Pförtner meinen Minicooper, und dieser hier sieht nur flüchtig von seiner Zeitung auf und winkt mich durch. Ich bin keine gefährliche Frau. Das kann jeder auf den ersten Blick erkennen.

Als ich in die Auffahrt einbiege, steht Marks Auto nicht da, was vermutlich bedeutet, dass er im Club zu Abend isst. Die meisten Ehemänner haben eine Möglichkeit gefunden, am Abend des Literaturkreises nicht zu Hause sein zu müssen. Ich betrete die Küche, wo Kelly gerade Brownies auf einer Kuchenplatte verteilt.

»Schau sie dir an«, sagt sie. »Genau wie in einer dieser verdammten Zeitschriften, oder?«

»Du erstaunst mich«, erwidere ich, und es stimmt. Kelly ist wie eine Flüssigkeit – ihre Persönlichkeit nimmt die Form jedweden Gefäßes an, in das man sie gießt. Erst als sie Mark heiratete, hat sie Kochen gelernt, jetzt ist sie wahrscheinlich die beste Gastgeberin unserer Gruppe. Sie gehört zu denen, die bei einer Kochsendung ein bestimmtes Gericht sehen und den ganzen Vormittag damit verbringen, im Biomarkt irgendwelche obskuren Zutaten aufzuspüren. Kelly gibt sich einer Sache mit ganzem Herzen hin. Sie weiß, wie man einen Tag ausfüllt.

»Wie war es in Phoenix? Du hast von der Reise nicht viel erzählt.«

»Mit dem Anschlussflug in Dallas ist es richtig eng geworden. Ich war mir nicht einmal sicher, ob mein Gepäck mitkommen würde.«

Mit dem Tortenheber in der Hand dreht sie sich zu mir um. »Das hast du mir jetzt schon zweimal erzählt. Warum beschleicht mich das Gefühl, dass hinter dieser Geschichte mehr steckt?«

»Ich erzähle es dir, aber nicht, wenn gleich alle anderen anrücken.«

Sie nickt, umarmt mich abwesend und läuft hoch, um sich eine saubere Bluse anzuziehen. Ich sitze in ihrer Designerküche mit den gesprenkelten Marmorarbeitsplatten und glänzenden Kräutertöpfen und ertappe mich dabei, wie ich lächele beim Anblick einer Avocado, die in einer hölzernen Obstschale ganz obenauf thront. Kelly hasst den Geschmack von Avocados, liebt aber ihr Aussehen.

»Ihre Maserung ist fantastisch, nicht wahr?«, fragt sie. Manchmal reibt sie mit einer über meine Wange, um ihrer

Aussage Nachdruck zu verleihen. »Sie sind so glatt und gleichzeitig so uneben.«

Also kauft sie jede Woche für ihr Obstarrangement eine Avocado und gibt sie am Ende der Woche den Vögeln – was ihren Mann auf die Palme bringt.

Als Phil und ich einmal hier zum Essen eingeladen waren, nahm Mark die Avocado aus der Schale, fuchtelte damit vor meinem Gesicht herum und sagte: »Weiß du, was diese gottverdammten Dinger kosten?«

»Ja«, sagte ich. Ich kenne den Preis von allem und jedem in diesem Haus. Wahrscheinlich weiß ich sehr viel mehr darüber als er. »Sie kosten einen Dollar neunundachtzig.«

»Wusstet du, dass sie sie in den gottverdammten Garten hinauswirft?«

»Frauen machen seltsame Sachen«, meldete sich Phil hilfreich zu Wort. Er neigt dazu, allem zuzustimmen, was andere Männer sagen – eine Charaktereigenschaft, die mir erst nach unserer Hochzeit auffiel. Hinzu kommt, dass er sich von Mark ein wenig einschüchtern lässt. Das tun wir alle. Er scheint immer am Rande eines Wutanfalls zu stehen, und er verdient so entsetzlich viel Geld.

»Hm.« Mark schleuderte die Avocado in die Schale zurück. »Sie tut so, als würden sie auf Bäumen wachsen.«

Fürs Protokoll: Kelly habe ich nicht in der Kirche kennengelernt. Wir kennen uns aus weit zurückliegenden Highschool-Tagen, und sie ist meine beste Freundin, selbst wenn ich schon zu alt bin, um irgendjemanden meine beste Freundin zu nennen, und wir darauf bedacht sind, unsere enge Verbundenheit vor den anderen nicht allzu offen zu zeigen. Aber ich weiß, dass sie es trotzdem wissen. Es scheinen immer zwei Gespräche gleichzeitig stattzufinden, das, welches alle hören, und das, welches – knapp unter der Oberfläche – nur zwischen mir und Kelly abläuft. Diese unausgesprochene Konversation ist es, die die anderen nervös macht. Sie denken, wir lachen über sie, und manchmal ist es tatsächlich so, meistens versuchen wir allerdings nur, etwas herauszufinden. Es ist, als würden Kelly und ich ein Geheimnis miteinander teilen, an das sich keine von uns so richtig erinnern kann.

Und dann gibt es da noch etwas anderes. Kelly ist eine Schönheit. Sie ist so schön, dass Leute innehalten, einfach nur um sie an sich vorübergehen zu sehen. Obwohl ich sie schon so lange kenne, vergesse ich das von Zeit zu Zeit, und wenn sie dann auf mich zukommt, benehme ich mich wie diese Fremden auf der Straße. Geschockt vom Blond ihrer Haare, schwindlig von ihrer Größe. Verblüfft über die Leichtigkeit, mit der sie durch die Welt geht. Dann fällt mir ein, dass ich mich seit fünfundzwanzig Jahren frage, wie es möglich war, dass jemand, der so groß, schlank und vollkommen ist, meine Freundin sein wollte. Denn mit vierzehn war ich nicht gerade cool.

Ohne sie wäre ich nicht einmal Cheerleaderin geworden.

Dort lernten wir uns kennen, beim Probetraining im Sommer, bevor die neunte Klasse losging. Ich war schon während der Junior Highschool zwei Jahre lang Cheerleaderin gewesen, doch da muss man nicht gut sein, um Cheerleader zu sein. Man braucht keine besonderen Gymnastikfähigkeiten oder so, sondern muss einfach nur niedlich und laut sein. Als ich beim Auswahltraining für die Highschool aufkreuzte, war mir sofort klar, dass sich diese Mädchen auf einem ganz anderen Niveau bewegten. Insbesondere Kelly. Sie fiel mir schon am ersten Tag auf. Viele der Mädchen waren gut, doch sie war die Einzige, die alles mit Leichtigkeit absolvierte, sich geschmeidig und lässig zurückfallen ließ und ebenso geschmeidig und lässig ihre Beine in die Luft warf.

Am dritten Tag brachten sie uns eine Pyramidenformation bei, und wie alle Mädchen, die keine Chance hatten, genommen zu werden, wurde ich in der unteren Reihe platziert. Kelly dagegen sollte ganz nach oben. Während sie an mir hochkletterte, stellte sie einen Fuß auf meinen Oberschenkel, anschließend den anderen auf meine Schulter. Und dann kam jener seltsame Augenblick, in dem ihr gesamter Körper über mein Gesicht glitt. Schließlich stellte sie sich hin, ihre Fußsohlen zitterten auf meinen Schultern. Ich hielt sie an den Fußgelenken fest, doch sobald sie sich aufgerichtet hatte, wozu sie nur wenige Sekunden brauchte, stand sie vollkommen still.

Sie sprach nicht mit mir, bis es Zeit war, sich fallen zu lassen. Dies ist der gefährlichste Teil jeder Formation. Sie rief herunter: »Du fängst mich doch auf, oder?«, und ich antwortete: »Natürlich.« So war es auch, obwohl mich die Wucht, mit der ihr ganzes Gewicht zu Boden stürzte, erschütterte und für einen Moment atemlos machte. Eine der Trainerinnen stand vor uns, um uns gegebenenfalls Hilfestellung zu leisten, musste aber nicht eingreifen. Ich fing Kelly perfekt auf, und die anderen Mädchen, die Cheerleaderinnen, die zurückkamen und für die das Auswahltraining nur eine Formalität war, klatschten.

»Du bist gut«, sagte Kelly. »Von dir würde ich mich sogar bei einem Salto auffangen lassen.«

Am ersten richtigen Schultag stand ich in der Cafeteria an und wollte eben mein Tablett nehmen und mich zu den Mädchen setzen, die ich noch von der Junior Highschool her kannte, als ich sie »Elyse?« rufen hörte. Beim Auswahltraining hatten wir Namensschilder getragen, dennoch überraschte es mich, dass sich Kelly an meinen Namen erinnerte und sogar wusste, wie man ihn ausspricht. Die wenigsten Leute wissen das. In der Junior Highschool wurde ich die Hälfte der Zeit Elsie genannt. Kelly saß mit den anderen Cheerleaderinnen, den beliebtesten Mädchen der ganzen Schule, am Tisch und forderte mich auf, mit ihnen zu essen. Der Raum verschwamm vor meinen Augen. Sie war ein Star – natürlich wollten sie sie bei den Cheerleadern dabeihaben, und irgendwie hatte sie diese davon überzeugen können, auch mich aufzunehmen. Ich schaute auf mein Tablett, ignorierte die Gesichter meiner früheren Freundinnen, die mir bereits einen Platz freigeräumt hatten, und atmete tief durch. Das war's, eine einzige beiläufige Einladung, und in diesem Moment war mir klar, dass sich mein ganzes Leben verändern würde.

Nach einem Monat bekamen wir unsere Regelblutungen gleichzeitig. Ich kann mich beim besten Willen nicht an den Grund erinnern, aber wir gewöhnten uns an, in den Pausen zwischen den Unterrichtsstunden auf der Toilette unsere Blusen zu tauschen, und dann konnte ich den ganzen Tag über ihren Duft nach Babypuder riechen. Kelly saß in der Klasse und zeichnete auf die Rückseite ihres Spiralblocks mittelalterlich wirkende Pentagramme, die sie violett und pink ausmalte. Von ihr lernte ich, diese Muster zu zeichnen, und jahrelang schlangen sie sich um meine Tongefäße. Ihre Mutter war diejenige, die mir als Erste das Töpfern zeigte. Kelly wiederum übernachtete so oft bei uns, dass mein Vater, der mich immer Baby nannte, anfing, sie Baby zwei zu nennen. Wir ließen uns den gleichen Haarschnitt verpassen – lange, lockige Zotteln, die als »Zigeunerlook« bekannt waren und jeden Morgen zwanzig Minuten lang auf heiße Lockenwickler gedreht werden mussten. Wir umrandeten unsere Augen mit Kajal und unsere Münder mit schimmerndem Lippenstift von Yardley, der Berryfrost hieß. Wir kauften uns die gleichen schwarzen Stiefel mit Plateausohle und zogen dazu lange Pullis mit V-Ausschnitten und kurze karierte Faltenröcke an, eine Zusammenstellung, die wir für intellektuell und witzig hielten, als wären wir Schülerinnen einer privaten Highschool, die nebenbei anschaffen gingen. Wenn ich mir Fotos von damals anschaue, überrascht es mich, wie sehr wir uns ähnlich sehen wollten.

Eine Zeit lang gingen wir sogar mit Zwillingen aus, schüchterne, strebsame Jungs, die wir wahrscheinlich nie wahrgenommen hätten, hätte es sie nicht in zweifacher Ausführung gegeben. Die Freitage waren für Sportveranstaltungen reserviert, aber an den Samstagabenden fuhren wir mit den Zwillingen, die Kelly stets die »Gebrüder Pressley« nannte, ins Drive-in-Kino. Frank und ich saßen immer hinten, Kevin und Kelly vorne. Wir kannten einander so gut, dass wir gar nicht erst so tun mussten, als würden wir uns den Film anschauen. Noch während der Filmvorschau begaben wir uns in Position, und fast im gleichen Moment, wenn Kelly sich hinlegte und Kevin über ihr in Stellung ging, fing ihr Fuß an, in nervösem Rhythmus gegen den Sitz zu klopfen.

Heute hört man immer, dass sich alles um Blowjob-Partys dreht und darum, was ein Mädchen für den Jungen tun kann. Ich aber bin in einer Zeit aufgewachsen, in der man von Mädchen nicht erwartete, dass sie in irgendeiner Weise aktiv wurden, und in der man einen Jungen vor Begeisterung fassungslos machte, wenn man sich einfach zurücklehnte und die Beine öffnete. Fast das ganze erste Highschool-Jahr und den darauf folgenden Sommer über sollte ich passiv daliegen, während sich Frank über mich beugte. Sein Gesicht war ganz weich und ernst vor Konzentration. Er untersuchte mich, als wäre ich ein Türschloss.

So wie ich für ihn ein Rätsel war, war ich auch mir selbst ein Rätsel. Frank öffnete den Reißverschluss meiner Jeans und drehte seine Hand um … Ich kann es immer noch spüren. Wie er seine Hand langsam nach unten gleiten ließ und mit dem Mittelfinger die ganze Länge meiner Öffnung entlangtastete, wie seine Handfläche sich über meinen Venushügel legte, der Griff, das leichte Zittern. Hatte ich ihn endlich an die richtige Stelle lenken und davon überzeugen können, dass sich diese entgegen aller Logik nicht unten, sondern weiter oben befand, und konnte ich ihn dann noch davon abbringen, mich auf dieselbe kräftige und systematische Weise zu reiben, die er wohl bei sich selbst anwandte, und stattdessen zu jenen kleinen, zarten Berührungen überzugehen ... dann baute sich allmählich etwas auf und auch mein Fuß fing an zu zittern und fiel mit dem gleichen nervösen Rhythmus in Kellys Klopfen ein. Wir waren so böse Mädchen, so böse, so verschwörerisch, und im Doppelpack waren wir noch schlimmer. Sie klopfte. Ich klopfte zurück. Wir hätten Häftlinge sein können, die die Nachricht von einem Gefängnisausbruch an den anderen weitergaben.

Frank verfolgte entschlossen seine Mission, doch mein andauerndes dirigierendes Umlenken verwirrte ihn ein wenig. Einmal flüsterte er mir zu: »Bist du dir sicher, dass es so richtig ist?« Ich war mir sicher, ich war mir plötzlich sogar so sicher, dass ich meine Hände auf Franks Handgelenk legte.

»Ja«, erwiderte ich – ich glaube, ich sagte es laut. Mit beiden Händen ergriff ich sein Handgelenk, führte ihn an der richtigen Stelle auf und ab sowie in kleinen Kreisen herum und hielt ihn zurück, so dass ihm nichts anderes übrigblieb, als mich sanft zu berühren. Immer und immer wieder folgten wir einem Muster aus Kurven und Kreisen, meine Hände legten sich um seine, man hätte meinen können, ich würde ihm das Schreiben beibringen.

»Bist du dir sicher?«, fragte er erneut.

Erst jetzt wird mir bewusst, dass er mich wahrscheinlich

bestens verstanden hatte, aber durch mein gemurmeltes »Ja, ja, ja …« erregt wurde und die Vorstellung genoss, ich könnte mich dank ihm derart vergessen, dass es mir nicht einmal etwas ausmachen würde, wenn Kelly und Kevin mich aufschreien hörten.

Jahre später saßen Kelly und ich bei einem Glas Wein und das Gespräch kam auf die Zwillingsbrüder. Älter, perverser und leicht betrunken wie ich war, sagte ich: »Weißt du, vielleicht hätten wir irgendwann mal tauschen sollen.«

Und Kelly antwortete: »Wieso bist du dir so sicher, dass wir das nicht getan haben? Sie sind doch total auf dieses Zwillingszeug abgefahren, erinnerst du dich nicht? Ständig haben sie die Plätze getauscht, um die Lehrer dranzukriegen, warum sollten sie das nicht auch bei uns versucht haben?«

Allein der Gedanke entsetzte mich, aber sie hat Recht, man kann es sich mühelos ausmalen. Die beiden, wie sie am Imbissstand Pläne aushecken, zurückkommen und einfach auf den jeweils anderen Sitz rutschen. Wie sie später in ihren Zimmern Bemerkungen darüber austauschen, inwieweit Kelly und ich uns unterscheiden oder ähneln. Ich sah sie vor mir, wie sie an ihren Händen schnupperten, wie Jungs – und Männer – das eben so tun, und den vereinten Duft von ihr und mir einatmeten.

Ich verbarg mein Unbehagen und sagte: »Das würde erklären, warum ich ihm dieselben Dinge immer und immer wieder von neuem beibringen musste.«

Kelly lachte. Noch immer glaubt sie bereitwillig an den Mythos, dass ich die erotischere von uns beiden bin, dass ich die Risikofreudige und Vorreiterin bin, obwohl ihr Klopfen vom Vordersitz, das nun Jahre zurücklag, uns hätte sagen sollen, dass dem nie so gewesen ist.

Während die Gebrüder Pressley zum Imbissstand gingen,

um für mich Popcorn und für sie Twizzler zu holen, kletterte ich flink und kichernd auf den Vordersitz und schaute mir bis zu ihrer Rückkehr zusammen mit Kelly den Film an. Der Besitzer des Drive-in-Kinos zeigte eine Menge alter Streifen. Vermutlich hatte er herausbekommen, dass die Kinder überhaupt nicht aufpassten und er auf diese Weise geschickt Geld sparen konnte. Doch Kelly und ich schauten hin, und wir liebten Katherine, Bette, Lana und Ingrid. Wir sahen zu, wie sie in elegante Räume hinein- und wieder herausstürmten, weinten und mit Martini-Gläsern warfen, in den Zeugenstand traten, zu wunderschönen Verrückten wurden, ausnüchterten, ihren Lippenstift überprüften und in Richtung Europa davonsegelten. Wir sahen zu, wie ihre makellosen Gesichter in die Schattenwelten des Sex entschwanden, während ihre geschlossenen Augenlider zuckten und die Musik anschwoll. Im Drive-in-Kino wurde unsere Leidenschaft für Elizabeth Taylor geweckt, eine Leidenschaft, die wir heute noch miteinander teilen.

»Frank sieht besser aus«, pflegte Kelly zu sagen und mich dabei anzustoßen, woraufhin wir stets noch heftiger lachen mussten.

»Tut er nicht«, widersprach ich jedes Mal. »Kevin ist der Prinz, und Frank ist der Frosch.«

Und Kelly schüttelte nur den Kopf und seufzte auf ihre pseudo-melodramatische Art: »Gib es zu, Baby. Du hast den besser aussehenden Zwilling abbekommen.«

»Was hältst du von dem Buch?«, fragt Kelly, als sie in die Küche zurückkommt. Sie hat nicht nur ihre Bluse, sondern auch ihre Hose gewechselt und ihre Haare mit einem Glätteisen bearbeitet. Neben ihr sehe ich scheiße aus.

»Nächsten Monat will ich *David Copperfield* behandeln«, sage ich. »Wir müssen zu den Klassikern zurückgehen. Er hat tolle Gedankengänge und sagt so was wie: ›Es gibt nur die eine Frage, nämlich ob sich ein Mensch zum Helden seiner eigenen Lebensgeschichte entwickeln wird oder nicht.‹ Ist das nicht fantastisch?«

»Puh. Gibt es das als Taschenbuch?«

»Ja, es ist alt, es ist von Dickens. Charles Dickens. Natürlich gibt es das als Taschenbuch. Findest du nicht, dass das ein toller Gedankengang ist?«

»Es ist ein toller Gedankengang.«

»Das ist genau das, was ich will, ich will der Held meines eigenen Lebens sein.«

»Was genau ist in Phoenix passiert?«

In diesem Augenblick hören wir die Tür aufgehen, und Nancy und Belinda kommen herein. Sofort entschuldigt sich Belinda, weil sie das Buch nicht ganz gelesen hat.

»Großer Gott, du siehst schrecklich aus, was ist los mit dir?«, fragt Kelly, die Belinda oft auf diese Art begrüßt, ohne je zu bemerken, wie taktlos sie klingt. Egal zu welcher Tageszeit man sie sieht, Belinda sieht immer so aus, als würde sie gerade aus dem Bett kommen.

Sie lässt eine lange Geschichte vom Stapel: Ihr Jüngster hat sich gerade in dem Augenblick, als sie das Haus verlassen wollte, einen Zahn am Esstisch ausgeschlagen, und Michael wollte nicht mit einem verletzten und wimmernden Kind alleingelassen werden, sie hat sich deswegen mies gefühlt, aber das war ihr Abend, und sie hatte fast das ganze Buch gelesen, oder zumindest hundert Seiten.

Nancy verdreht die Augen in Kellys und meine Richtung. Belinda ist fast zehn Jahre jünger als wir alle, und wir haben uns restlos daran gewöhnt, wie sie von Krise zu Krise taumelt.

Belinda sagt ständig, dass sie dick werde, und für den Fall, dass ihr jemand nicht glaubt, schiebt sie, während sie das sagt, ihren Pulli hoch. Sie behauptet, sie sei dumm, obwohl sie sich nicht bemüht, irgendeinen stichhaltigen Beweis dafür zu liefern, und sie weigert sich, etwas aus eigenem Antrieb zu unternehmen. Letzteres sagt vielleicht am meisten über sie aus. Die Liste ihrer Phobien ist lang und skurril und reicht vom Backen bis zum Überqueren von Brücken. Sie hat Angst davor, nachts Auto zu fahren, was einer der Gründe ist, warum Nancy sie abholt und überall hinbringt. Und Belinda betont ein ums andere Mal, vor allem aber wenn sie sich innerhalb der bewachten Tore von Kellys Siedlung aufhält, dass sie nicht wirklich hierherpasst.

Das stimmt allerdings, doch Belinda versteht nicht, dass keine von uns hierherpasst. Wir sind auf gewisse Weise alle hierher verpflanzt – ob wir aus dem Norden oder aus dem Westen kommen –, selbst Kelly und ich, die wir nur wenige Meilen von diesen schmiedeeisernen Toren entfernt aufgewachsen sind. Wir beide sind vielleicht diejenigen, denen am meisten bewusst ist, dass das nicht die Welt ist, aus der wir stammen. Vor zwanzig Jahren gab es diese Vorstädte noch nicht, inzwischen scheint sich aber das Farmland, über das wir mit unseren Rädern fuhren, zu roten Backsteinen auszuwachsen. Es gibt keine frei liegenden Felder mehr, sondern nur noch Straßen, die von riesigen Häusern in georgianischem Stil gesäumt sind. Meine Mutter sagt mit finsterer Miene: »Sie schießen aus dem Boden«, und tatsächlich: Fährt man sechs Monate lang nicht mehr auf einer bestimmten Landstraße, stehen die Chancen gut, dass man sie beim nächsten Mal nicht wiedererkennt.

Meine Mutter lebt in dem andauernden Zustand fehlender Orientierung, was sie meiner Meinung nach mit den Südstaatlern ihrer Generation gemeinsam hat. Oft ruft sie mich weinend von ihrem Handy aus an und erzählt, dass sie nur eine Abkürzung hatte nehmen wollen und ihr plötzlich nichts mehr bekannt vorkommt. »Ich verirre mich in meiner eigenen Heimatstadt«, sagt sie in solchen Fällen, und ich versichere ihr, dass dem nicht so ist. Die Wahrheit ist allerdings, dass ich mich manchmal selbst verirre.

Das würde Belinda überraschen, die überzeugt ist, dass all ihre Komplexe auf der Tatsache beruhen, dass sie in Alabama geboren wurde. Sie wuchs in armen Verhältnissen auf, und als sie Michael an der Universität kennenlernte, war auch er arm. Arm, aber genial, einer dieser schlaksigen, vom Land stammenden Nerds mit krummem Rücken. Wer hätte geahnt, dass er ein Computerprogramm schreiben würde, während er erst im zweiten Studienjahr ist, und es noch vor seinem Examen an die Bank of America verkaufen würde? Ganz bestimmt nicht sie, das steht fest. Alle behaupteten, sie hätte genau gewusst, wie man an so jemanden rankommen konnte, doch sie hasste es, wenn die Leute so sprachen. Das sieht so nach Berechnung aus, Tatsache ist aber, dass ein Mädchen nie weiß, was aus einem Jungen wird. Michael sprach sie einfach eines frühen Morgens auf dem Weg in die Klasse an und sagte ihr, dass sie hübsch sei. Am Abend zuvor hatte sie auf einer Saufparty einen Kerl getroffen, einen Kerl, der sechs selige Stunden damit verbracht hatte, sie zu vögeln, und dann verschwunden ist, ohne sich zu verabschieden. Belinda war verkatert und in ihrem Schlafanzugoberteil zu ihrer Klasse unterwegs, und Michael – der süße, schüchterne Michael – passte sich ihrem Schritt an und sagte ihr, dass sie hübsch sei.

Die beiden heirateten, sie wurde schwanger, vielleicht ist es aber auch andersherum gewesen, und sie lebten zwei Jahre lang in einem dieser schrecklichen Studentenwohnheime. Dann unterzeichnete er für eine sechsstellige Summe mir nichts, dir nichts bei der Bank. Sechs Ziffern und fünf Babys in fünf Jahren. Ihre Mutter hat ein Bild von Belindas

Haus an ihrem Kühlschrank hängen, festgehalten von einem Magneten.

»Nirgends in dem Wohnwagen, in dem sie lebt, gibt es auch nur ein einziges Bild von meinen Kindern«, erzählte mir Belinda mehrmals, wobei ihre Stimme vor Empörung schrill wurde. »Aber Mama ist zweifelsohne stolz auf mein Haus.«

Es überrascht also nicht, dass sie sich ein Stück weit als Hochstaplerin fühlt, doch Tatsache ist, dass sie genauso hierhergehört wie jede andere – dies ist nur ein weiterer Vermerk in der prallvollen Akte, die die Aufschrift trägt: »Dinge, die Belinda bisher noch nicht erkannt hat.« Sie versucht in einem fort aufzuholen. Sie kauft in diesen teuren Geschäften für die älteren Damen ein und ersteht Sweatshirts mit Abbildungen, und das nicht etwa für die Ferien, nein, sie trägt sie die ganze Zeit: Segelboote, Hartriegel und Tiere. Die meisten Sweatshirts sind vorne ausgebeult, weil sie während Belindas Schwangerschaften über dem dürftig gewölbten Bauch getragen wurden, was die Bilder ein wenig surrealistisch erscheinen lässt. Heute Abend hat sie einen Hund an, dessen Beine viel zu lang sind. Diese Sweatshirts und dazu knöchellange Jeansröcke und Ballerinas in grellen Farben, so stellt sich Belinda das Outfit einer intellektuellen Vorstadtbewohnerin vor, und sie weigert sich, dieses Bild aufzugeben, obwohl weiß Gott keine von uns sich so kleidet. Mich wundert, dass Nancy nicht versucht hat, sie eines Besseren zu belehren – hinsichtlich der Sweatshirts und auch hinsichtlich anderer Sachen. Belinda macht nämlich alles, was Nancy ihr sagt.

Nancy aber fühlt sich meiner Meinung nach selbst nicht wohl in ihrer Haut. Vor drei Jahren ist sie aus New Jersey hierhergezogen, und noch immer scheint sie von der Größe ihres Hauses überwältigt zu sein. Eine Menge Leute, die aus dem Nordwesten anrücken, sind so: Sie haben ein 400 000 Dollar teures einstöckiges Haus in einer Schlafstadt besessen, kommen her und schrecken vor dem zurück, was sie sich für 400 000 Dollar alles kaufen können. So ist das eben in dieser Welt. Die Immobilienmaklerin drückt auf ein paar Knöpfe und sagt dir, was du dir leisten kannst, und das ist mehr, als du glaubst, dass du dir leisten kannst. Wenn sie dir doch sagt, dass du die Bedingungen erfüllst, steht es dir ja wohl nicht zu, es zu bestreiten. Du ziehst ein, und dann wachst du eines Morgens auf, wanderst umher und fragst dich, wie zum Teufel du in diesem Mausoleum aus Granit und Marmor gelandet bist. Die schamlose Quadratmeterzahl macht uns alle auf gewisse Weise nervös: mich, weil ich mir ein bisschen Boheme und Künstlertum bewahre, Kelly, weil sie ihr Single-Apartment vermisst, Belinda, weil sie Angst hat, dass wir noch immer den Geruch der Wohnwagensiedlung an ihr wahrnehmen können, und Nancy, weil sie nicht aus dem Süden stammt.

Nancy hat rotes Haar und sehr blasse Haut, und sie ist äußerst stolz darauf, dass sie trotz ihres gefährdeten Teints keine Sommersprossen bekommt. Sie besitzt eine fast schon krankhafte Angst vor der Sonne. Sie kleidet sich, als befände sie sich mitten in einer nie enden wollenden Safari, und bewahrt im Fach zwischen den beiden Vordersitzen ihres Autos immer eine Tube Sonnencreme auf. Jedes Mal, wenn sie auf eine rote Ampel trifft, cremt sie sich und die Kinder damit ein. Die ganze Familie duftet nach Tropenfrucht. Nancy lässt von früh bis spät den Wetterkanal laufen und umgibt sich mit Thermometern. Sie kann dir zu jeder beliebigen Uhrzeit sagen, wie viel Grad es hat. So sagt sie zum Beispiel: »Es hat 34,5 Grad, und dabei ist es noch nicht einmal Mittag. Kaum zu glauben, oder? Nein, warte, warte, schau dir das an. Es hat 35 Grad.«

Sie gibt sich wirklich Mühe, ehrlich, doch ich erinnere mich an unseren ersten Literaturkreis, den wir in Nancys Haus abhielten. Wir kamen herein, setzten uns hin, und dann fing sie einfach an, über das Buch zu reden. Damals waren wir noch zu siebt im Literaturkreis, und wir alle sahen uns an und wussten nicht recht, was wir tun sollten. Ich fühlte mich unbehaglich. Allerdings fühlte ich mich unter anderem auch deshalb unbehaglich, weil ich mich so unbehaglich fühlte, denn was sagte das über mich selbst aus, wenn ich mich von so etwas derart aus der Fassung bringen ließ? Nancy sprach weiter über die Symbolik und die Erzählperspektive, bis Lynn sagte: »Entschuldige«, so als würde sie zur Toilette gehen. Doch sie ging in die Küche und tauchte ein paar Minuten später wieder auf, ein Tablett mit Gläsern voll eisgekühltem Tee in Händen.

»Ich glaube, du hast vergessen, die hier mit herauszubringen«, sagte Lynn leise. Nancy starrte die Gläser an, als hätte sie sie noch nie zuvor in ihrem Leben gesehen. Wahrscheinlich waren sie ihr seit Jahren nicht mehr unter die Augen gekommen. Sie sahen nach ihrem guten Kristall aus. Lynn hatte sie Gott weiß wo gefunden, hervorgeholt und schnell ausgewischt.

»Oh«, antwortete Nancy, die noch immer durcheinander war, sich aber bemühte, die Situation so gut wie möglich zu überspielen. »Möchte jemand etwas zu trinken haben?«

Mir fällt die Yankeefrau aus der Gartenfestszene in *Vom Winde verweht* ein, die die Südstaatler »verwirrende und halsstarrige Fremde« nennt. Ich habe den Verdacht, dass Nancy uns genauso sieht: als verwirrende und halsstarrige Fremde, als Leute, die eine oberflächliche Freundlichkeit zur Schau stellen, aber schnell beleidigt sind, wenn sie Regeln bricht, von deren Existenz sie nichts gewusst hat. Vielleicht betrachtet sie ihre Zeit in North Carolina als eine

Art ausgedehnte anthropologische Studie. Ein bisschen sieht sie wie Margaret Mead aus, wenn sie unter ihren überdimensionalen Hüten und hauchdünnen Schals hervorspäht und sich im Geiste Notizen über die unbegreiflichen Rituale der Ureinwohner macht. Tatsächlich gibt es eine Menge Regeln, und selbst wenn Kelly und ich diese vielleicht nicht immer befolgen, bringt es einen doch ein bisschen aus der Fassung, wenn man auf jemanden trifft, der noch nicht einmal etwas von ihnen zu wissen scheint. In den Hühnchensalat kommt kein rotes Fleisch. Man bedankt sich schriftlich und per US-Post, anstatt sich auf eine E-Card zu verlassen. Man verbessert nicht die Aussprache eines Menschen – egal was er sagt. Jede Frau über siebzig ist mit »Ma'am« anzureden, zu Freundinnen, auf die du böse bist, sagst du ebenfalls »Ma'am«. Man gibt nicht damit an, wie billig man etwas bekommen hat, oder noch schlimmer, wie viel man dafür bezahlt hat. Dies gilt insbesondere für Grund- und Hausbesitz. Andererseits ist es völlig in Ordnung, zu saufen wie ein Loch oder zu fluchen oder mit dem Ehemann einer anderen zu flirten. Genaugenommen ist es ein bisschen beleidigend, wenn du es nicht tust. Weigerst du dich, mit ihrem Mann zu flirten, unterstellt das, dass deine Freundin eine schlechte Wahl getroffen hat. Und wenn ihr beide nur zu gut wisst, dass sie eine schlechte Wahl getroffen hat, musst du ein bisschen heftiger flirten, um ihr dabei zu helfen, diese Tatsache zu verschleiern.

Und wenn du Besuch bekommst, musst du ihm unverzüglich etwas zu trinken anbieten. Mein Gott, Mädchen, weißt du denn nicht, dass es da draußen 35 Grad hat?

Jeff nahm also die Stelle hier an, und Nancy kam nach – es muss einer der schlimmsten Tage ihres Lebens gewesen sein, aber gesagt hat sie das nie. Sie macht das, was von ihr erwartet wird. Sie tritt jedem Verein bei und übernimmt in jedem Komitee den Vorsitz. Zudem hat sie versucht, ihr so unkomfortabel großes und spärlich möbliertes Haus zu einem Heim zu machen. Kelly und ich haben uns immer über sie lustig gemacht, ein bisschen zumindest, über ihre Sachen aus Kunsthandwerk und Rehazentren und ihre billig-schicke Deko. Über die Maltechnik, die sie Bellagio-Lasur nennt und mit der sie die Wände des großen Schlafzimmers gestrichen hat, so dass es aussieht, als würde ihr Bett inmitten einer Wolke aus marmorierten Pastelltönen schweben. Darüber, wie sie in ihrem alten Volvo-Kombi herumfährt, der voller Musterbüchern für Stoffe, halbvollen Farbdosen und einem zerbrochenen Beistelltisch ist, den sie aus irgendeinem Garagenverkauf gerettet hat. Im Baumarkt wird sie mit Namen begrüßt. Aber es macht mich auch traurig. Ich weiß, dass sie all die Stunden in dieses Haus steckt, weil sie versucht, irgendeiner Sache ihren Stempel aufzudrücken. Sie bemüht sich, es zu ihrem Eigentum zu machen, ganz so wie ein Hund, der an einen Baum pinkelt, und es liegt nicht an ihr, dass sie es nicht ganz schafft.

»Elyse hat das Buch nicht gefallen«, sagt Kelly.

»Ach«, erwidert Nancy. »Und was genau sollen wir lesen, Elyse? Warum erstellst du nicht einfach die Liste für den Rest des Jahres? Allen anderen würde das eine Menge Zeit ersparen.«

»Ich finde, wir sollten zu den Klassikern zurückkehren«, werfe ich ein.

»Natürlich findest du das«, sagt Nancy.

»Wenn wir ab und an ernste Literatur lesen, bringt uns das nicht um. Ich habe da an *David Copper …*«

»Wo ist Lynn?«, fragt Belinda plötzlich, und Kelly zuckt die Achseln. Lynn war seit Monaten nicht mehr beim Literaturkreis. Die offizielle Version lautet, dass sie in ihrem neuen Job zu viel zu tun hat, doch wir wissen alle, dass etwas anderes los ist.

Es stimmt vielleicht nicht, dass keine von uns für diesen Ort geschaffen ist. Als ich in mein Viertel zog, war Lynn diejenige, der ich ähnlich sein wollte, die ich am meisten bewunderte. Sie war diejenige, die den Literaturkreis ins Leben gerufen hatte, und wenn wir in der Kirche Whistabend hatten, versuchte ich immer, ihre Partnerin zu sein. Sie besaß – besitzt noch immer – eine natürliche, leichtfüßige Sportlichkeit, die mich an Kelly erinnert, und jene blaublütige Klasse, die gewisse Frauen haben, die aus Familien stammen, in denen man den Kindern Vornamen mit langer Tradition gibt. Lynn nahm an einem Halbmarathon teil, dann an einem Marathon, danach an einem Triathlon und schließlich, als sie sich das Knie ausrenkte – Ironie des Schicksals: Sie rutschte von einem Bordstein ab –, wechselte sie zum Walking. Innerhalb von wenigen Monaten hatte sie uns andere dazu gebracht, mit ihr zu walken. Ja, wenn man einmal darüber nachdenkt: Lynn hatte immer von allen am besten hierhergepasst, und darum ist man wie betäubt angesichts der Ironie, dass ausgerechnet sie diejenige ist, die sich zurückzuziehen scheint. Lynn ist feinsinnig und elegant, weiblich und liebenswürdig. Sie gehört zu der Sorte Frau, die aus der Küche anderer Leute eisgekühlten Tee serviert und den Anschein erweckt, als wäre das ganz okay so.

Doch Lynn ist auch die einzige geschiedene Frau unter uns.

Sie hält den Kopf hoch – an jenem Morgen, an dem ihr Mann sie verließ, räumte sie die Geschirrspülmaschine aus und brachte die Kinder rechtzeitig zur Schule. Es gibt – zumindest laut Nancy – Gerüchte, dass er sie noch ein letztes Mal zum Abgewöhnen vögelte und ihr dann, während sie ihren Slip und ihr Kleid wieder anzog, um den Kindern das

Frühstück zu richten, gut gelaunt mitteilte, dass er sich in seine Sekretärin verliebt hätte. Lynn machte alles, was von ihr erwartet wurde – sie kämpfte um das Haus, sie erhielt das volle Sorgerecht für ihre Jungen, sie hellte sich die Haare auf und drückte wieder die Schulbank. Aber sie kommt nicht mehr zum Literaturkreis.

Zunächst dachten alle, es sei wegen des Geldes. Wir aßen üblicherweise in einem Restaurant. Wir orderten immer einen Tisch im hinteren Teil, bestellten Wein und redeten ein bisschen über das jeweilige Buch. Doch eines Abends zog uns Nancy zur Seite: »Wisst ihr, nicht jede in der Gruppe kann dreißig Dollar für Gelbflossenthunfisch verschwenden.« Natürlich meinte sie damit Lynn, und schnell sagten wir alle, ja, es ist besser, wenn wir uns zu Hause treffen. Das war der Zeitpunkt, an dem wir anfingen, um die Wette Brownies zu backen. Keine von uns trifft sich wirklich gerne in Privathäusern. Allen gefiel es wesentlich besser, auswärts zu essen und Wein zu trinken. Es ist eigenartig, dass wir das wegen Lynn geändert haben und ausgerechnet Lynn jetzt nicht mehr auftaucht. Trotzdem hat keine von uns bisher vorgeschlagen, wieder ins Restaurant zu gehen. Vielleicht würde das den Eindruck erwecken, sie würde länger wegbleiben, und das wiederum wäre das Eingeständnis, dass sie sich inzwischen so weit außerhalb unseres Kreises befindet, dass sie überhaupt nie mehr zurückkommt.

Ich lehne mich an die Küchentheke und beobachte die anderen. Nancy und Kelly unterhalten sich darüber, dass Lynn, jetzt wo die Scheidung endlich durch ist, vielleicht ihre Versicherungsansprüche verlieren würde. Belinda schielt nach den Brownies und streicht sich die Haare glatt, die zu einem von jenen schludrigen französischen Zöpfen geflochten sind, mit denen man nur durchgeht, wenn man sehr jung ist. Mich macht ihre Gegenwart nervös, so als könnten sie sehen ... Was könnten sie sehen?

Ich habe das Gefühl, als würde es unter meiner Haut leicht und in hohen Tönen vibrieren – durch meinen ganzen Körper hindurch. Doch niemand behandelt mich anders als sonst, nicht einmal Kelly, die wohl am ehesten das Summen hören würde. Ihr ist klar, dass in Phoenix etwas passiert ist, denkt aber, dass ich zu viel Geld für Kleider ausgegeben oder in einer Hotelbar zu viel getrunken habe. Der Gedanke, dass ich einen Fremden geküsst haben könnte, würde ihr im Traum nicht einfallen. Wir sind alle durch und durch verheiratet. Unsere Vorstellung davon, etwas Schlimmes zu tun, geht nicht über das Essen von Käsekuchen hinaus.

»Ich hätte gewettet, dass Elyse dieses Buch gefällt«, sagt Belinda. »Darin kommt Sex vor.«

Okay, ich habe vielleicht nicht Recht.

»Dummer Sex«, schimpft Nancy. »Fast hätte ich würgen müssen, als ich die Stelle gelesen habe, wo er wie ein Tiger über sie gekommen ist. Wer sagt denn so etwas? Welche Frau sagt: ›Er kam wie ein Tiger über mich‹?«

»Ich habe fast das ganze Teil hindurch würgen müssen«, antworte ich. »Sie hätte doch nicht all die Jahre dort bleiben müssen, endlos leidend und mitleiderregend. Sie hätte etwas unternehmen können.«

»Was denn zum Beispiel?«, fragt Belinda. Was denn zum Beispiel mag ich nicht.

»Und es ist ein altes Buch.« Ich sage es mehr zu Kelly als zu den anderen. »Warum zum Teufel besprechen wir so ein altes Buch?«

»Du wolltest sogar *David Copperfield* lesen«, betont Nancy auf eine Weise, dank der schwer festzustellen ist, ob sie einen nur aufzieht oder ob sie wirklich dumm ist. »Es ist wie viel, zweihundert Jahre alt? Dreihundert?«

»Das ist etwas ganz anderes, und das weißt du.«

»Wollt ihr alle mit ins Wohnzimmer kommen?«, fragt Kelly. »Es gibt keinen Grund, in der Küche herumzustehen.«

»Was meinst du mit ›Sie hätte etwas unternehmen können‹?«, will Belinda wissen. »Ich habe so vor mich hingelesen und mir überlegt, wenn eines Tages der perfekte Mann vor meiner Tür stehen würde, dann ...«

»Sie hätte sich von vornherein nicht auf eine Affäre einlassen dürfen«, wirft Nancy ein. »Wenn sie danach mit ihrem Schicksal nicht glücklich ist, ist sie ganz allein schuld daran.«

»Sie ist mit ihrem Schicksal schon vor der Affäre nicht glücklich gewesen«, widerspreche ich.

»Ich weiß wirklich nicht, was ich tun würde«, fährt Belinda fort, »wenn ich urplötzlich ein Klopfen hören würde, hinausschaue, im Hof einen Laster stehen sehe, die Tür aufmache und *zack!*, da ist er.«

»Also wirklich«, sage ich, »sie ist doch nicht hergegangen und hat eine wunderbare Ehe kaputt gemacht.«

»Sie war zufrieden«, erwidert Nancy.

»Na toll«, sage ich, »zufrieden.«

»Das ist kein Schimpfwort.«

»Wir könnten uns hinsetzen«, wirft Kelly ein.

»Kommt schon«, sage ich, »man kann doch so eine Erfahrung nicht auslassen.«

»Was hätte sie deiner Meinung nach also tun sollen, Elyse? Sag uns das bitte, wo du doch tausendmal schlauer als alle andern bist.«

»Na ja, wenn man so darüber nachdenkt«, sagt Belinda, »wie groß sind schon die Chancen, dass der Transporter eines perfekten Mannes in deinem Hof eine Panne hat?«

»Gehen wir ins Wohnzimmer«, unterbricht Kelly. »Ihr

steht hier in der Küche rum, als glaubt ihr, ich hätte nicht einmal Stühle.«

»Oh, ich stimme dir zu, Nancy, ich stimme dir völlig zu. Sie hätte niemals eine Affäre eingehen und all diese Zufriedenheit aufs Spiel setzen sollen. Während ihre Familie zum Jahrmarkt gefahren ist, hätte sie ihre freie Zeit nutzen und die Wände lasieren sollen ...«

In der Sekunde, in der es mir über die Lippen kommt, bereue ich es schon. Nancy und ich kabbeln uns allmonatlich, und die anderen Frauen erwarten es. Vermutlich lassen sie deshalb ihre Kinder daheim zurück und fahren in die Nacht hinaus, um über Bücher zu diskutieren, die sie nicht gelesen haben. Aber noch nie zuvor bin ich gemein zu ihr gewesen.

Nancy wird blass, ihre Lippen werden zu einem bewegungslosen Strich. Ich werfe Kelly einen Blick zu, aber sie weicht ihm aus. Dieses Mal bin ich viel zu weit gegangen. Und dann öffnet Nancy schnell und ruhig den Reißverschluss ihrer Handtasche, zieht die Schlüssel heraus und verlässt die Küche. Ein paar Sekunden später hören wir ihren Motor anspringen.

»Wartet einen Augenblick«, sagt Belinda, »sie hat mich mitgenommen.«

Mir ist zwar nicht ganz klar warum, aber ich bin entsetzt. Wir treffen uns seit sieben Jahren, und noch nie hat jemand vorzeitig den Literaturkreis verlassen.

»Sie mag mich nicht.«

»Warum hast du das bloß gesagt?«, fragt mich Kelly. »Dieses Haus ist ihr Kunstwerk.«

»Sie hat mich noch nie leiden können.«

»Und du machst ziemlich viel Theater darum, dass du einen Job hast.«

»Na und? Ich töpfere und verdiene im Jahr etwa zwei Cent damit.«

»Ich rede nicht vom Geld. Elyse, du kannst manchmal richtig herablassend sein. Du führst dich auf, als wärst du in diesem Kreis die große Intellektuelle, die sich unters gemeine Volk mischt, indem sie bei uns anderen herumhängt …«

»Das stimmt nicht«, entgegnet Belinda. Belinda reiht bedächtig Wort an Wort, wenn sie spricht, so als würde sie sich an einen Traum erinnern. »Ich finde, du hast Recht. Nancy mag dich nicht, Elyse, aber das hat nichts mit der Töpferei zu tun oder damit, welches Buch wir im Literaturkreis lesen. Nancy ist wütend, weil Jeff gesagt hat, er würde dich gerne besteigen.«

Totenstille macht sich in der Küche breit. Das Wort »besteigen« hängt wie ein Fluch in der Luft. Kelly donnert die Tasse zurück in die Kaffeemaschine, wir zucken alle zusammen.

»Willst du damit sagen«, wendet sich Kelly an Belinda, »dass Nancy dir tatsächlich erzählt hat, dass er gern Elyse besteigen würde?«

»Ja, allerdings frage ich mich, ob Nancy das für etwas Übles hält. Als würde ›sie besteigen‹, na ja, etwas anderes bedeuten.«

»Belinda, Süße, das musst du erklären«, sagt Kelly. »So wie du das erzählst, macht das keinen Sinn.«

Belinda macht eine Pause, seufzt und schaut einen Moment vor sich hin. »Vor etwa einem Monat waren wir alle im Schwimmklub, es wurde spät. Obwohl es dann kühl wurde, konnte ich die Kinder nicht aus dem Wasser kriegen und zum Anziehen überreden, weil alle so viel Spaß hatten. Irgendwann war ich trocken und saß zitternd in einem Clubsessel. Nancy kam zu mir und fragte: ›Hast du nicht was zum Überziehen dabei?‹, und ich antwortete: ›Nein.‹ Ihr kennt das ja, man packt all den Krempel von den Kindern zusammen und lädt ihn ins Auto, vergisst aber, für sich selbst etwas mitzunehmen. Ich sagte also Nein, und sie zog sich ihre Bluse aus und legte sie mir um. Sie ist ein Engel, in dieser Hinsicht ist sie so nett, sie hat Geduld mit mir, wenn ich mich dumm anstelle, und an jenem Abend war es kalt, und sie gab mir im wahrsten Sinn des Wortes ihr letztes Hemd. Das werde ich ihr nie vergessen.«

»Gut«, wirft Kelly ein. »In dieser Hinsicht ist sie toll.«

»Sie ist in vielerlei Hinsicht toll«, bemerkt Belinda. »Ich glaube nicht, dass eine von euch weiß, wie oft sie von sich aus ihre Hilfe anbietet – nicht nur beim Essen-auf-Rädern. Sie hilft bei UN-Habitat und beim Hospizdienst ...«

»Sie ist eine Heilige«, sagt Kelly. »Was hat das mit Jeff und seinem Wunsch, Elyse zu besteigen, zu tun?«

»Elyse war da, wir waren alle da, Nancy und ich saßen in den Clubsesseln, jede ein Stück weit die Bluse um die Schultern, unsere Blicke wanderten über den Pool, und wir sahen, wie Elyse und Jeff miteinander sprachen, auch die beiden saßen in einem Clubsessel. Na ja, das war nichts Unrechtes, alle waren da, und sie haben sich nur unterhalten, das heißt, eigentlich war es eher ein Wortgefecht. Es hat ausgesehen, als würden sie sich streiten.«

Ich kann mich an diesen Abend erinnern.

»Und Nancy sitzt einfach nur da, schaut über den Pool und sagt, dass Jeff gerne mit Elyse diskutiert. Er folgt ihr bei jeder Party und so überallhin und verwickelt sie in ein Wortgefecht, weil ihm das gefällt. Und dann hat Nancy eine komische Stimme bekommen und gesagt: ›Er hat mir erzählt, dass er sie gern besteigen würde.‹ Das ist doch abartig, oder? Später habe ich mir dann überlegt, dass das der Grund für Nancys Abneigung gegenüber Elyse sein muss. Allerdings war das mit dem Lasieren der Wände auch ziemlich gemein.«

Kelly sieht mich an. »Hast du das gewusst?«

Er folgt mir überallhin. So viel ist mir aufgefallen. Er will über Politik diskutieren, er will über Religion diskutieren, er will über Bücher diskutieren.

Ich schüttle den Kopf. »Das ist lächerlich.«

»Warum?«, fragt Kelly. »Er ist Pfarrer und nicht tot.«

»Abgesehen von einer Million anderer Gründe ist Jeff Phils bester Freund.«

»Na und? Ich behaupte ja nicht, dass er dich eines Tages wirklich anbaggern würde. Wir reden darüber, was Leute ihrer Meinung nach gerne machen würden, und nicht darüber, was sie tatsächlich tun.«

Ich schüttle erneut den Kopf. »Das hat er mit ›besteigen‹ nicht gemeint. Ihr wisst, wie Jeff ist – er platzt einfach mit etwas heraus und denkt nicht darüber nach, wie es sich anhört. Alles, was er damit sagen wollte, ist, dass er sich gern mit mir unterhält. Jeff ist ein Stück weit naiv. Er gibt sich hart und trägt diese alberne Reißverschlussjacke …«

»Oh ja, er ist der rechtmäßige James Dean der Kanzel.« Kelly schiebt uns die Platte mit Brownies zu und schenkt uns Kaffee nach. »Willst du damit sagen, dass alles nur Show ist?«

»An dem Abend, von dem Belinda gesprochen hat, haben wir über die *Canterbury Tales* diskutiert …«

»Komm runter, Elyse, keiner geht zum Schwimmclub und diskutiert über die *Canterbury Tales*.«

»Jeff hat früher im Hauptfach Geschichte studiert und liebt es, über obskures Zeug zu diskutieren. Es gefällt ihm, und, mal ehrlich, kein anderer hier will mit ihm darüber reden. Ihr geht doch alle ein paar Schritte rückwärts, nach dem Motto: ›Mann, er ist der Pfarrer, also zählt seine Meinung mehr‹, und ganz bestimmt hebt ein Teil von ihm ab dabei, aber ein anderer Teil …«

»Will dich besteigen«, unterbricht Kelly, um deren Mund es zuckt.

»Will, dass ich ihm sage, wenn er nur Mist daherredet.«

Belinda sieht von ihren Brownies auf. »Ich verstehe, was du sagen willst. Er glaubt, dass du intelligenter bist als Nancy.«

Die Tür springt auf, und Nancy kommt wieder herein. Wir sind so vertieft gewesen, dass ich das zurückkommende Auto nicht gehört habe. »Entschuldigt«, sagt sie. »Entschuldigt.«

»Nein«, widerspreche ich. »Ich habe mich völlig danebenbenommen.« Wir lächeln uns an.

»Das ist echt beschissen. Ich war schon halb den Block runter und so angefressen, dass mein Mund ganz trocken war, da habe ich mir überlegt, dass die Kinder gebadet sind, ihre Hausaufgaben gemacht haben und Jeff früh nach Hause gekommen ist, um auf sie aufzupassen, also gehe ich heute Abend aus, komme, was da kommen will.« Sie wirft ihre Autoschlüssel auf die Theke und ihre Handtasche auf den Küchenstuhl. »Okay, Elyse, sag ehrlich, was du von dem Buch hältst?« Alle lachen.

»In Ordnung«, sagt Kelly, »wie auch immer, ich bin einfach nur froh, dass ihr alle bleibt. Ich dachte schon, ich muss Belinda nach Hause fahren und eine Platte mit Frischkäse-Brownies selbst aufessen. Mir ist egal, was wir lesen, ich will einfach nur, dass alle sich vertragen. Nächsten Monat behandeln wir *David Copperhead*.«

»Copperfield.« Ich scheine einfach nicht anders zu können.

»Ist es traurig?«, will Belinda wissen. »Denn auch wenn ich bei dem da nicht bis zum Ende gekommen bin, weiß ich, dass es traurig ausgeht.«

»Du kannst nicht erwarten, dass alles eine altmodische Romanze ist.« Kelly nimmt die Platte mit Brownies und geht ins Wohnzimmer. »Es soll angeblich die realistische Darstellung einer Affäre sein.«

»Was meinst du damit?«, fragt Belinda, die ihr folgt. »Dass etwas traurig sein muss, wenn es realistisch sein soll?«

»Was sie damit meint«, erklärt Nancy geduldig, so geduldig wie eine Heilige, »ist, dass die Frauen in Romanen mit ihren Liebhabern durchbrennen. Im richtigen Leben dagegen bleiben die Frauen.«

Kapitel 4

In meinem Traum kann ich fliegen. Oder wenigstens schweben. Er ist wie ein Kolibri über mir. Er bewegt sich von einer Stelle meines Körpers zu einer anderen, und auf meiner Haut kann ich das schnelle Flügelschlagen spüren. Er senkt seinen Kopf, immer wieder, als ob er trinken will.

Ich scheine mich nicht bewegen zu können. Ich will mich nicht bewegen. In meiner Hand halte ich ein Telefon. Er wirft seinen Kopf an meine Brust, und ich sehe, wie die Flügel aus seinen Schulterblättern herauswachsen und die kräftigen, angespannten Sehnen von seinem Rücken zu den gekräuselten weißen Federn verlaufen. Dann bin ich oben, weg vom Boden, und zittere unter ihm, allem Anschein nach von nichts weiter als seinem Mund festgehalten.

Das Telefon klingelt.

Nein, es ist der Wecker. Ich höre, wie Phils Hand auf die Uhr schlägt, ich höre, wie das Bett knarrt, als er aufsteht. Erst als er im Badezimmer ist und die Dusche angemacht hat, stehe ich auf, wickle mir seinen Bademantel um und schlurfe in die Küche.

»Er hat sich wie ein Kolibri über mir bewegt«, erzähle ich Pascal, der auf der Küchentheke sitzt. Er hebt eine Pfote und beginnt gelangweilt, sich zu putzen.

Ein paar Minuten später kommt Phil aus dem Schlafzimmer herein und scheint überrascht zu sein, weil ich Omeletts backe. Emmentaler, Spinat und ein schrumpliges Stück gekochter Schinken. Ich erzähle ihm, dass ich jemanden für die Eheberatung gefunden habe, eine Frau. Er erinnere sich doch, oder nicht? Ob er sich an sein Versprechen erinnere? Natürlich erinnere er sich, sagt er, und die Omeletts seien eine schöne Überraschung. Es ist eine Schande, dass er nicht mehr Zeit hat. Er isst im Stehen an der Küchentheke.

Im richtigen Leben bleiben die Frauen. Frauen können nichts besser als bleiben.

In der Grundschule ist Leichtathletiktag. Kelly, Nancy und ich sitzen auf Klappstühlen am Rand des Sportplatzes und schauen zu, wie die Kinder die einzelnen Stationen absolvieren. Kelly hat eine Geschenktüte für Tory mitgebracht, in der ein rot-orangefarbenes Rugby-Shirt steckt.

»Sie wird es lieben«, sage ich, und das wird sie auch. Es sieht fast so aus wie das von Gap Kids, das ich ihr gekauft habe, aber dieses hier ist ein Geschenk von Kelly, deshalb wird Tory es begeistert anziehen, so wie sie alles begeistert anzieht, was Kelly ihr mitbringt. Sie wird vielleicht sogar darauf bestehen, darin zu schlafen.

»Wie niedlich«, sagt Nancy. Seit Jahren schon hätte sie Kelly zu gern gefragt, warum sie keine Kinder hat, und sie glaubt mir absolut nicht, wenn ich ihr sage, dass ich es auch nicht weiß. Es ist ganz klar, dass Kelly welche wollte. Ist Mark zu alt? Er hat aus einer früheren Ehe erwachsene Kinder, also ist körperlich bei ihm alles in Ordnung. Hat sie ein Problem, oder haben sie einfach nur vor der Hochzeit eine Art Abkommen getroffen, nach dem er all das nicht noch einmal mitmachen muss?

Manchmal denke ich, Nancy sieht aus wie die Heldin aus einem viktorianischen Roman. Das gilt ganz besonders für einen Tag wie heute, wo sie sich in eine weiße langärmlige Bluse und einen lockeren cremefarbenen Musselinrock gehüllt hat. Auf dem Kopf trägt sie einen breitkrempigen Strohhut, und sie ist sehr darauf bedacht, ihre Füße unter dem Rock zu halten. Sie erzählt uns von der Tochter der besten Freundin ihrer Mutter. Warum sie uns diese Geschichte erzählt, weiß ich nicht, denn weder Kelly noch ich kennen die fragliche Dame, doch Nancy ist voll von Geschichten.

Wie auch immer, diese Dame war mit einem wortkargen Mann verheiratet. Ihre Ehe steckte in einer Krise. Vermutlich spricht sie insgeheim von mir oder sogar von Belinda. Ich werfe einen Blick zu Kelly. Mark sagt nie etwas. Verdammt, jede von uns könnte gemeint sein.

»Er war ein bisschen wie Phil«, sagt Nancy schließlich. Okay, toll, sie spricht von mir. Sie erzählt uns, wie dieses Mädchen ihrem Mann von Zimmer zu Zimmer gefolgt ist und versucht hat, ihn zu einem Gespräch zu bewegen. Als er die Badezimmertür zugemacht hat, hat sie sich davor gelegt, die Wange auf den Teppich, und durch den Türschlitz mit ihm geredet. Ich zucke zusammen, das kommt mir bekannt vor. Mitten in der Nacht hat sich diese Frau im Bett aufgesetzt, das Licht angemacht und den Mann an der Schulter gerüttelt: »Wach auf, wir müssen miteinander reden.«

»Sie hat ihn dazu gebracht, mit ihr zu reden. Inzwischen sind sie zwanzig Jahre zusammen.« Diese letzten Worte sagt sie mit Triumph in der Stimme, als würde es sich um die Pointe eines Witzes handeln. Anscheinend ist es das, was nötig ist, um zwanzig Jahre zusammenzubleiben. Du musst eine Ehe so unbedingt wollen, dass du bereit bist, sie einem Mann abzuringen, während er schläft.

»Manche Leute finden eine Möglichkeit, einfach alles

zum Laufen zu bringen«, antwortet Kelly mit dieser heiteren Stimme, die ich nie ganz deuten kann. Entweder ist sie zustimmend oder sehr sarkastisch. Ihre Baseballkappe hat sie tief ins Gesicht gezogen. »Man hört immer wieder von Leuten, die mit wenig anfangen, aber irgendwie schaffen sie es.«

»Schaut euch Megan an.« Nancy meint die Chorleiterin der Kirche. »Ihr Mann war so eifersüchtig, dass er ihr bis in die Arbeit gefolgt ist und auf dem Behindertenparkplatz gewartet hat, bis er sicher war, dass sie im Gebäude verschwunden ist.«

»Ja, ich hätte keine zwei Cent auf Megan gesetzt, als sie diese schlechte Stelle angenommen hat«, sagt Kelly. »Aber sie sind noch immer zusammen, oder?«

»Sie schlagen die ganze Rückseite ihres Wohnzimmers raus und bauen einen Wintergarten an.« Nancys Stimme wird vor Begeisterung schrill. Sie hebt einen Stock auf und zeichnet den neuen Grundriss von Megans Haus in den Staub. »Das Erdgeschoss wird doppelt so groß.«

»Erstaunlich«, sagt Kelly, »doppelt so groß.«

»Sie hält durch. Die Zeit hilft immer. Du musst nur bereit sein, es auszufechten, es auszusprechen, mehr oder weniger deine Ehe Stein für Stein aufzubauen.«

Ich kann zu dieser Unterhaltung offensichtlich nichts Besonderes beisteuern.

»Hast du eine Beratung in Erwägung gezogen?« Unvermittelt dreht sich Nancy zu mir um. »Jeff könnte nämlich die ideale Person dafür sein. Ich weiß, dass er dich mag, Elyse. Er versucht ständig, mit dir ins Gespräch zu kommen, sei es über Politik oder über Religion. Ist dir das aufgefallen, Kelly?«

»Er rennt ihr bei jedem Fest nach«, antwortet Kelly, zieht ein Fernglas heraus und wendet sich Tory zu. »Über was habt ihr euch beim Grillfest im Schwimmclub die ganze

Zeit unterhalten? Ihr beide habt eine Stunde lang drüben in einem Clubsessel gesessen.«

»Ich habe ihm den Prolog aus den *Canterbury Tales* rezitiert. In altem Englisch.«

»Genau so etwas habe ich mir gedacht«, sagt Kelly.

»Bevor er das theologische Seminar besucht hat, hat Jeff vor hundert Jahren im Hauptfach Geschichte studiert«, erklärt Nancy.

»Ja«, sage ich, »das hat er mir erzählt.«

»Er mag dich.« Nancys Stimme klingt etwas flach. »Er behauptet, die Komplexität deines Verstandes würde ihn faszinieren.«

Kelly gibt einen Ton von sich, der irgendwo in der Mitte zwischen einem Husten und einem Schnauben liegt.

»Am Montag um zehn Uhr suchen wir jemanden auf. Eine Frau. Natürlich haben wir an Jeff gedacht, aber dann haben wir beschlossen, dass es einfacher sein würde, mit jemandem zu reden, den wir nicht kennen.«

Das ist eine kleine Lüge. Ich musste mächtig anschieben, bis Phil zugestimmt hat, sich mit jemandem zu treffen, und wir haben nie darüber gesprochen, Jeff zu konsultieren. Selbst ich kann mir nicht vorstellen, mit einem Mann zu sprechen, der (a) Phils bester Freund ist, (b) Nancys Ehemann, (c) unser Pfarrer und (d) von der Komplexität meines Verstandes fasziniert ist.

»Ich glaube, das kann ich verstehen«, sagt Nancy derart langsam, dass klar ist, dass sie es nicht kann. »Das Wichtigste ist, dass ihr an der Ehe arbeitet.«

Vom Spielfeld her ist plötzlich ein Schrei zu hören, und wir richten uns alle auf. Es handelt sich nicht um eines von unseren Kindern, aber Nancy steht noch immer und geht zum Zaun.

»Falls ihr Eis braucht, ich habe welches«, ruft sie, und die

Lehrkraft, die sich über das wimmernde Kind beugt, winkt und nickt. Nancy bringt zu jedem auch nur annähernd sportlichen Ereignis Eis in einem Kühlbehälter und Zippertüten mit, egal ob es sich um unser tägliches Walking auf der Laufbahn oder um Volleyballspiele in der Kirche handelt. Wir ziehen sie damit auf, aber sie sagt, wenn ihr das Leben etwas beigebracht hat, dann die Tatsache, dass sich früher oder später immer einer verletzt.

Die Lehrkraft zieht das kleine Mädchen auf die Füße und gibt uns zu verstehen, dass alles in Ordnung ist. Wir machen es uns wieder auf unseren Stühlen bequem. Es ist ein herrlicher Herbsttag, einer von diesen Indian-Summer-Tagen, für die Carolina berühmt ist, und wir sitzen einen Augenblick lang in einvernehmlichem Schweigen da. Der Sportplatz ist mit Kindern übersät, und die Schule hat eine Hüpfburg angemietet, in der sie herumtoben können. Eine Maschine stellt Schmalzgebäck her, und ein Clown dreht Luftballons zu Figuren. Kelly summt in einem so tiefen Ton vor sich hin, dass es klingt, als würde sie schnurren. Ich strecke meine Beine aus und schließe halb meine Augen.

Einer der Väter kommt vorbei, ein Mann, den ich beim Sportverein gesehen habe. Er erzählt mir, dass er ein Softballteam für Mädchen bildet und Tory gerne im Trainingscamp dabei hätte. »Sie ist schnell«, sagt er. Er hat sie eben beim 400-Meter-Lauf gesehen und sich gedacht: »Das kleine Bearden-Mädchen ist schnell.«

Ich muss irgendwie komisch geschlafen haben letzte Nacht, denn wenn ich hochsehe, fühlt es sich an, als würde mein ganzer Kopf gleich abknicken. Ich setze mich zurecht und sage ihm, dass ich durcheinander wäre. Spielt man Softball nicht im Frühling? Doch er wirft ein, dass die Mädchen, wenn sie wettbewerbsfähig sein wollen, jetzt mit der Vorbereitung anfangen müssen. Und dann sagt er noch etwas über Torys »Sportlerkarriere«, das mich fast zum Lachen bringt. Sie ist generell zu jung für Softball, aber es hat wohl keinen Sinn, darüber zu diskutieren. Phils Ego wird davon begeistert sein. Wenn er hört, dass ein Trainer versucht, seine Tochter anzuwerben, lässt er alles stehen und liegen, um sie zum Training zu bringen, selbst wenn das bedeuten würde, dass er jede Verabredung in seinem Terminkalender absagen müsste.

»In Ordnung, ich sage es ihrem Vater.« Der Trainer tippt kurz an seine Kappe und geht.

»Habt ihr das gehört?«, sage ich, sobald er außer Hörweite ist. »Er behauptet von einer Siebenjährigen, sie hätte eine Sportlerkarriere vor sich. Diese Leute sind verrückt.«

»Sie ist wirklich schnell«, sagt Kelly. »Manchmal frage ich mich, ob du das überhaupt siehst.«

»Denk dran, Jeff will helfen«, wirft Nancy ein. »Er gibt sich die Schuld an dem, was zwischen Lynn und Andy passiert ist.«

»Das hat keiner kommen sehen«, bemerkt Kelly.

»Das habe ich ihm auch gesagt.« Nancy seufzt. »Aber jetzt hat er das Gefühl, er müsste …« Sie muss diesen Gedanken nicht vollenden. Wir wissen alle, dass Jeff Lynn angestellt hat, als sie einen Job brauchte, bei dem sie eine Krankenversicherung erhält und trotzdem noch an der Bushaltestelle sein kann, wenn ihre Kinder aus der Schule nach Hause kommen. Bis er sie beantragt hat, gab es noch gar keine Stelle mit dem Titel »Leitende Angestellte für Außenanlagen und Instandhaltung«, und ich bezweifle, dass irgendwer außer Jeff und Lynn einem genau erklären kann, welche Aufgabenbereiche sie umfasst. Doch der Kirchengemeinderat hat der Finanzierung dieser Stelle zugestimmt und sie vom Fleck weg eingestellt. Seit dem Tag, an dem ihr Mann das Haus verließ, prägt Mitleid mit Lynn unsere kollektive Selbstgefälligkeit. Vermutlich befinden sich in der Tüte, in der Kelly das Rugby-Shirt für Tory hat, auch noch zwei weitere Shirts für Lynns Jungen, die sie kaum kennt. Ihre Mutter kann nicht zum Leichtathletiktag kommen, weshalb Kelly ihnen ein Geschenk mitbringt.

»Ich bin davon überzeugt, dass Jeff ein hervorragender Eheberater ist«, sage ich. »Ich möchte einfach nur nicht mit jemanden sprechen, den ich privat kenne.«

»Genau«, sagt Kelly. »Falls sich herausstellt, dass das Problem im Schlafzimmer liegt.« Ich bin froh, dass ich ihre Augen unter der Baseballkappe nicht sehen kann. Das ist das Einzige, was mich davon abhält, laut loszuprusten.

»Hast du schon mal daran gedacht, es ... interessanter zu gestalten?« Nancy rutscht mit ihrem Stuhl ein paar Zentimeter näher an meinen. »Denn manchmal muss man das tun.«

»Phil mag nicht, dass etwas interessant ist. Er ist restlos mit dem momentanen Zustand zufrieden, das weißt du genauso gut wie ich. Ich bin das Problem.«

»Du könntest ein Verhältnis eingehen«, schlägt Kelly vor.

Mein Körper zuckt zusammen. Ich tue so, als würde ich ein Insekt verscheuchen. Gerrys Visitenkarte liegt seit drei Wochen in meiner Handtasche, in der Seitentasche, in der ich meine Schlüssel aufbewahre, so dass ich sie mehrmals am Tag sehe und berühre. Manchmal nehme ich sie heraus und starre sie an, gleite mit meinem Finger über die erhabene Schrift. Ich habe die Nummer auswendig gelernt, obwohl ich diese Nummer niemals wählen werde. *Ich arbeite an meiner Ehe*. Mein Mann und ich haben kommenden Montag einen Termin bei der Eheberatung. Frauen, die *an ihren Ehen arbeiten*, haben kein Recht auf Tagträume von Fremden, die sie in Flugzeugen kennenlernen.

»Wie kommst du auf die Idee, dass sich Leute immer

dann Wintergärten anbauen, wenn sie Affären haben?«, fragt Kelly.

Nancy dreht sich um, um sie anzusehen. »Glaubst du, Megans Mann hat ein Verhältnis?«

»Nein.«

»Na, Megan ist es sicher nicht.«

»Da hast du wahrscheinlich Recht. Aber warum, glaubst du, entwickeln Leute, die jahrelang im Dunkeln gesessen haben, plötzlich das Bedürfnis, eine Wand rauszuhauen?«

Nancy durchschaut endlich, dass Kelly sie nur aufzieht, lehnt sich zurück und entspannt. »Wenn Umgestaltung heißt, dass man ein Verhältnis hat, dann muss ich die Hure von Babylon sein.«

»Nein, ich finde nur, dass Elyse vielleicht eine Affäre haben sollte.«

»O Gott. Mit wem? Die einzigen Männer, die ich kenne, sind eure Ehemänner, und eure Ehemänner sind schlimmer als meiner.« Kelly und Nancy lachen.

Ich bin so weit gegangen, neun der zehn Ziffern dieser Telefonnummer zu wählen, bevor ich aufgelegt habe.

»Na, der Softball-Trainer scheint offensichtlich interessiert zu sein«, behauptet Kelly.

»Die Männer stehen auf Elyse«, sagt Nancy träge. »Ich frage mich schon immer, warum das so ist.« Sie zwinkert mir zu. »Ich habe es nicht so gemeint, wie es klingt.«

»Machst du Witze? Das liegt daran, dass sie eine Sprayerin ist, immer schon war. Männer können das auf einen Kilometer Entfernung riechen. Ich habe mein halbes Leben damit zugebracht, mich durch die Dunstschleier ihrer Sexualität hindurchzutasten, die sie überall, wohin sie geht, versprüht. ›Elyse? Elyse? Bist du irgendwo da drin, Mädchen?‹«

»Also bitte. Vielleicht war ich das mal, aber das ist vorbei. Schon lange.«

Nancy sieht nachdenklich aus, als würde sie versuchen, die These, dass ich eine Sprayerin sei, mit der These, dass mein Mann und ich Probleme im Bett haben, in Einklang zu bringen. »Das sehe ich einfach nicht«, sagt sie schließlich.

»Weil es nichts zu sehen gibt.« Ich nehme Kelly das Fernglas aus der Hand.

»Frauen sehen das nie«, sagt Kelly. »Männer schon.« Sie senkt ihre Stimme und ahmt sehr gut den Trainer mit seinem tiefen, schleppenden Akzent vom Land nach. »Ich habe zu mir gesagt, ›Das kleine Bearden-Mädchen ist schnell …‹.«

Wieder lachen wir. Tory ist gerade mit Weitsprung fertig geworden und stellt sich zum Hürdenlauf auf. Sie winkt, und wir drehen uns alle gleichzeitig zu ihr um – wie Gazellen an einem Wasserloch.

»Ich weiß nicht, warum«, sage ich, »das Muttersein fällt mir so leicht, das Ehefrausein dagegen so schwer …«

»Ab Montag kann alles ganz anders aussehen«, sagt Nancy. »Es bringt Unglück, wenn du so etwas auch nur behauptest. Willst du wie Lynn enden?«

»… oder warum Tory, mein größter Erfolg, sich als Ergebnis meines größten Scheiterns herausstellt.«

»Sag nicht ›Scheitern‹.«

»Meine Ehe ist gescheitert.«

»Du darfst dieses Wort nicht benutzen.«

Nein, ich darf nicht, aber seit ich es im Flugzeug zu Gerry gesagt habe, kann ich scheinbar nicht mehr damit aufhören.

»Es ist das passende Wort«, sage ich zu Nancy.

Sie verzieht das Gesicht. »Es gibt eine Menge Worte.«

Ich habe meine Ehe nicht sofort als gescheitert angesehen.

Am Anfang habe ich es versucht. Ich versuchte es jahrelang. Ich unternahm all diese kleinen Bemühungen, diese albernen Gesten wie den Kauf einer CD mit dem Titel *Es ist nicht zu spät, eine großartige Ehe zu führen.* Ich bestellte sie bei QVC, weil der Titel derart nach großem Leiden klang, dass es mir zu peinlich war, sie im hiesigen Buchladen zu kaufen. Bei meinem Glück würde mich damit einer in der Schlange stehen sehen und all meinen Freunden Bericht erstatten. Bei der ganzen Angelegenheit ist ein kleines bisschen Scheinheiligkeit dabei – jeder sagt dir, das du *an deiner Ehe arbeiten* sollst, aber wenn du einmal dabei erwischt wirst, wie du *an deiner Ehe arbeitest*, machen sie sich über dich lustig.

Und das Einzige, was noch schlimmer ist, als unglücklich verheiratet zu sein, ist, sich lächerlich zu machen.

Die CD-Reihe kam also per UPS an. Auf dem Schuber war vorne eine Frau abgebildet, die ihren Mann an der Krawatte zog – ihn spielerisch zu einem Kuss zu sich zog. Auf der Rückseite wurde erklärt, dass dieser Mann nicht sprechen würde. Er stand allein da. Die Frau wirkte weinerlich und frustriert. Sie forderte Sachen, die er ihr scheinbar nicht geben konnte. (Vielleicht forderte sie zu viel.) Dem Gesichtsausdruck des Ehemannes war nicht anzusehen, wie er sich angesichts der Tatsache fühlte, dass er gegen seinen Willen in diese leidenschaftliche neue Ehe gezerrt wurde.

Es waren sechs CDs. Ich sollte jede Woche eine anhören, und das tat ich. Den Schuber versteckte ich unter dem Bett. Wenn ich eine im Auto anhörte, sorgte ich dafür, dass ich sie nach der Sitzung herausnahm. Ich wollte sie nicht nur vor meinen Freunden verbergen – ich verbarg sie vor mir selbst. Dieses heftige Bemühen ist beschämend. Ich fühlte mich wie ein Kandidat bei einer politischen Wahl, der am Wahltag am Straßenrand steht und jedem Auto, das vorbeifährt, zuwinkt. Ich fühlte mich wie ein Hund im Käfig eines Zoogeschäfts, ein hässliches Mädchen beim Tanzen. Dieses schmerzhafte Verlangen, diese Hoffnung, die jeden Tag zerstört wurde und nachts, während ich schlief, wieder wuchs. Mit der Zeit verstand ich, dass es diese Hoffnung war, die ich vernichten musste, wenn ich überleben wollte. Und dann saß ich eines Sonntags neben meinem Mann in der Kirchenbank und schaute zu Jesus hoch, der über mir schaukelte, als wüsste er auch nicht so recht, was man da tun kann, und betete: »Okay, wenn du ihn nicht dazu bringst, dass er mich liebt, dann sorg wenigstens dafür, dass es mir nichts mehr ausmacht.« (Das war das Gebet, dass eines Tages erhört werden sollte, allerdings wusste ich das damals noch nicht.)

Am Ende der Reihe, auf dem allerletzten Track der sechsten CD, beantwortete die Therapeutin zwanzig häufig gestellte Fragen zu dem Thema, wie man eine Ehe wiederbeleben kann. Was tun Sie, wenn er nicht redet? Wenn er viel zu lange arbeitet oder Sie den Verdacht haben, dass da eine andere Frau ist? Wenn man in Bezug auf die Kinder nicht übereinstimmt? Wenn er Ihnen Geschenke mitbringt, die Ihnen nicht gefallen? Wenn Sie sich so dick und unattraktiv vorkommen, dass Sie überzeugt sind, seine Aufmerksamkeit nicht auf sich ziehen zu können? Wenn Sie sich so dick und unattraktiv finden, dass Sie es nicht wollen? Haben wir erwähnt, dass er nicht spricht? Leben nur Frauen im Land der Gefühle? Was tun Sie, wenn Sie alles versucht haben und es funktioniert noch immer nicht? Was, wenn es einfach nicht so ist, wie Sie es sich vorgestellt haben? Wie haben Sie es sich vorgestellt? Können Sie sich überhaupt daran erinnern? Die Frau auf der CD beantwortet alle Fragen – mit einer Ausnahme: Warum bleiben Frauen?

Kapitel 5

Als ich am Montagmorgen aufwache, hat mir Phil eine Nachricht auf der Küchentheke zurückgelassen. Er möchte, dass ich einen kompletten Gesundheitscheck mache. Er hat allmählich den Verdacht, dass meine Probleme biochemischer oder sogar hormoneller Natur sind. Vielleicht habe ich niedrigen Blutzucker. Es besteht immer die Möglichkeit einer frühen Menopause. Er hat sich die Freiheit genommen, die Therapeutin, die wir heute besuchen sollten, anzurufen und den Termin abzusagen. Es scheint vernünftig, zuerst mögliche körperliche Ursachen auszuschließen.

Das ist die längste Nachricht, die er mir je geschrieben hat.

Obwohl er Hausarzt ist und wir ihn nur aufsuchen, wenn Tory eine Nachimpfung braucht, rufe ich Dr. Bennett an, weil er der einzige Arzt ist, den ich kenne. Normalerweise dauert es ein paar Monate, bis du einen Termin bekommst – es sei denn, du schluchzt auf Teufel komm raus, wenn du anrufst. Wenn du anrufst und auf Teufel komm raus schluchzt, stellen sie dich auf die Warteschleife um, und wenn sie wieder dran sind, sagen sie dir, du kannst am Nachmittag kommen.

Dr. Bennett ist ein äußerst freundlicher Mann, der fast im Flüsterton spricht. Seine Arzthelferin nimmt mir Blut ab, und ich gebe ihr eine Urinprobe, sie wiegt mich und stellt mir ein ganzes Bündel von Fragen über meine Ess- und

Schlafgewohnheiten. Eine gynäkologische Untersuchung ist überfällig, und er nimmt sie vor. Allerdings kann ich offenbar mit dem Schluchzen nicht mehr aufhören, und an irgendeinem Punkt nach dem Abstrich und vor der Analuntersuchung schaut er durch das V zwischen meinen Beinen zu mir hoch und sagt sehr sanft: »Scheinbar sind Sie an Ihre Grenzen gestoßen.«

»Was?«

»Jeder hat persönliche Grenzen, und Sie sind scheinbar an Ihre gestoßen.«

Das stimmt so sehr und ist so freundlich gesagt, dass ich wieder zu weinen anfange und antworte: »Würden Sie das bitte meinem Mann sagen?«

Dr. Bennett fordert mich auf, mich anzuziehen und zu ihm in sein Sprechzimmer zu kommen, das in fröhlichen Kürbisfarben gestrichene Wände voller Fotos von Kindern auf einem Segelboot hat. Ich gebe ihm Phils Büronummer. Mir fällt auf, dass ihm das etwas peinlich ist, denn obwohl Phil Zahnarzt und kein praktischer Arzt ist, ist dies doch eine Frage der Berufsehre.

»Hier spricht Dr. Bennett, ich habe eben die Untersuchung Ihrer Frau abgeschlossen.« Er macht eine Pause und fährt fort: »Nein, ihr Blutzucker ist normal.« Er macht nochmals eine kurze Pause und sagt: »Es hat nicht den Anschein, dass sie bald in die Menopause kommt. Wir haben ihren Hormonspiegel getestet.« Pause. »Dr. Bearden, Ihre Frau befindet sich in einem guten gesundheitlichen Zustand, aber sie ist depressiv.« Pause. »Nein, das ist keine Diagnose, sondern eine Beobachtung. Ist Ihnen aufgefallen, dass sie sehr viel weint?« Und schließlich, nach der längsten Pause von allen: »Ja, ich denke, seelsorgerische Beratung könnte ein guter Ausgangspunkt sein.«

Ich bin erledigt!

Ein Teil von mir hat gewusst, dass wir diese Therapeutin niemals aufsuchen würden. Als ich angerufen habe, um den Termin zu vereinbaren, und die Sprechstundenhilfe mir Anweisungen erteilt hat, habe ich mich nicht damit aufgehalten, sie aufzuschreiben. Eine Therapie aufzusuchen ist für einen Mann wie Phil anscheinend ein großer Schritt, ein öffentliches Eingeständnis, dass etwas schiefgegangen ist. Phil ist kein Freund von großen Problemen. Phil bevorzugt Probleme, die er lösen kann.

Bis er abends nach Hause kommt, habe ich mich beruhigt und schneide Gemüse für einen Salat. Er bleibt an der Theke stehen und legt die Post darauf ab. »Ich nehme an, du bist stinksauer«, sagt er.

Ich zucke die Achseln. »Ich dachte, wir essen auf der Veranda.«

»Ich nehme an, du bist stinksauer«, sagt er ein zweites Mal und spricht, ohne meine Antwort abzuwarten, hastig weiter: »Ich weiß, dass du wahrscheinlich eine Therapeutin bevorzugt hättest, aber ich glaube nicht, dass das mir gegenüber fair gewesen wäre. Eine Frau würde sich automatisch auf deine Seite schlagen.«

Phils Wissen über Frauen ist ziemlich lückenhaft.

Ich schaue zu ihm hoch und zucke einmal mehr die Achseln, dieses Mal etwas deutlicher, so dass er gezwungen ist, meine enorme Gleichgültigkeit gegenüber dieser Situation wahrzunehmen. »Sie wäre vielleicht sowieso nicht in der Lage gewesen, uns zu helfen.«

Meine Zustimmung macht ihn noch nervöser, so nervös wie einen Spieler, der gleich am Anfang ein gutes Blatt in Händen hält. »Wahrscheinlich bist du nicht mit meinem Wunsch einverstanden, dass wir mit Jeff sprechen. Er hat heute angerufen, und irgendwie ist wie aus dem Nichts das Thema Eheberatung aufgetaucht. Er ist einverstanden, uns übermorgen zu treffen.« Offenbar wurde ich in der ganzen Stadt zum Notfall erklärt. »Und das ist auch nicht so drastisch, weißt du, wir fahren nur ab und zu hinüber, um mit Jeff zu reden.«

»Drastisch?«

»Es besteht doch keine Notwendigkeit, es so zu behandeln, oder? So, als würden wir uns mitten in einer Art Krise befinden? Um ehrlich zu sein, wäre mir nicht einmal bewusst, dass wir ein Problem haben, wenn du mir nicht ständig sagen würdest, dass wir eins haben.«

»Du könntest den Grill anwerfen.«

»Er wird gerecht sein«, sagt mir Phil. »Egal was du über Jeff denkst, er ist gerecht.«

»Das nehme ich an.«

»Du glaubst nicht, dass Jeff gerecht sein wird?«

»Ich denke, dass Jeff gerecht sein wird.«

»Und er könnte uns eine christliche Perspektive geben.«

»Na toll.«

»Sei nicht sarkastisch. Wir wissen nicht, was passieren wird.«

Natürlich wissen wir, was passieren wird. Ich bereite mich darauf vor, mit der Bibel eins über den Kopf gezogen zu bekommen. Ich habe den ganzen Nachmittag darüber nachgedacht; mir war klar, in welche Richtung Phil lenken wird, bevor er es selbst weiß, außerdem hat es Vorteile, wenn wir Jeff aufsuchen. Wenn ich weg bin, könnte sich das positiv auswirken; manchmal denke ich so und erlaube mir tatsächlich die Formulierung »Wenn ich weg bin«. Phil wird jemanden brauchen, mit dem er reden kann, es ist also vielleicht klug, Jeff in die Sache einzubeziehen, ihn zu dem Loch hinzubugsieren, das ich in die Mitte dieser Familie reißen werde.

Doch Phil macht immer noch meine Gelassenheit Sorgen. Offensichtlich hatte er sich auf eine Unterhaltung mit einer hysterischen Frau gefasst gemacht, und ich versage ihm die Möglichkeit, all seine tollen Sätze anzubringen. »Ich dachte, du magst Jeff?«

»Das tu ich, aber was spielt das für eine Rolle?«

»Er hat gesagt, ihr beide hättet immer eine ganz besondere Verbindung gehabt.«

»Und all das taucht aus dem Nichts auf? Komm, Phil, ich saß im Sprechzimmer von Dr. Bennett, als er dich angerufen hat.«

»Jeff meint, wir sollten uns in der einen Woche alle zusammen sehen, und in der darauffolgenden Woche solltest du alleine mit ihm sprechen. Auf diese Weise brauche ich ...«

»Nur jede zweiten Woche kommen? Das wäre vernünftiger, ja? Da du Zahnarzt bist und wichtig und ich jede Menge freie Zeit habe.«

»Jeff denkt ...«

»Nein, es ist in Ordnung. Lass es von einer deiner Praxishelferinnen vorbereiten und mir den Terminkalender als CC zukommen. Die Steaks warten, musst du wissen.«

Noch immer nachdenklich geht er nach draußen und wirft den Grill an. Das Telefon klingelt. Kelly.

»Schalte Kanal 27 ein.« Kelly fängt Gespräche oft ohne Einleitung an, und manchmal legt sie auch ohne Vorankündigung auf. Schon oft habe ich ins Leere gesprochen, bevor mir aufgefallen ist, dass sie gar nicht mehr dran ist.

Ich drücke die Fernbedienung. Ein alter Spielfilm läuft. Elizabeth Taylor sieht göttlich aus und erleidet einen Nervenzusammenbruch. Montgomery Clift versucht, sie zu retten. Katherine Hepburn fährt in diesem unheimlichen verschleierten Hut und mit dieser unheimlichen Stimme im Aufzug auf und ab.

»Ja! Ich liebe diesen Film.«

»Dreh laut auf«, sagt Kelly. »Sie beschließen eben, das arme Mädchen einer Gehirnoperation zu unterziehen.«

Elizabeth Taylor befindet sich aufgrund eines schrecklichen Missverständnisses im Irrenhaus. Montgomery ist natürlich im Begriff, das herauszufinden und sie zu retten, aber noch ist er nicht so weit. Elizabeth hat ihr Zimmer verlassen und landet in der Abteilung mit den wirklich Verrückten. Sie geht über eine Brücke, die über eine Grube mit Leuten führt, die geistesgestört oder geistig behindert sind oder vielleicht auch nur ungepflegt aussehen. Sehen sie denn nicht, dass sie keine von denen ist? Sie ist um Himmels willen Elizabeth Taylor. Ihr Make-up ist perfekt und ihre Taille so schmal. Die Insassen kreischen nach ihr und springen hoch, um sie an den Fußgelenken zu packen, und ich kann offenbar nicht mehr aufhören zuzuschauen. Was Phil Jeff gesagt hat, kann ich nicht erzählen.

»Phil und ich haben darüber gesprochen und uns entschlossen, der Therapeutin abzusagen«, erkläre ich Kelly. »Wir werden stattdessen Jeff aufsuchen. Am Mittwoch haben wir die erste Sitzung.«

»Ach wirklich?«, sagt Kelly. »Warte eine Sekunde, jetzt kommt meine Lieblingsszene.« Ich mache ein wenig lauter und gehe zum Bildschirm. Montgomery berichtet einem anderen Arzt, dass er eine professionelle Diagnose gestellt und zu dem Schluss gekommen sei, dass sie Erotomanin ist.

»Ich liebe das«, sagt Kelly. »Erotomanin. Das ist ein verdammt guter Film.«

»Ich weiß.«

»Willst du über die Angelegenheit mit Jeff reden?«

»Jetzt nicht. Wir grillen draußen.«

»Oh, schon gut. Was gibt's?«

»Phil glaubt, dass Jeff gerecht sein wird.«

»Gut, ja, unbedingt. Immerhin ist Jeff Phils bester Freund, und jeder weiß, dass er nichts weiter als verrückt nach dir ist.«

»Er will, dass ich Jeff in der einen Woche allein aufsuche, und wir in der nächsten Woche als Paar kommen.«

»Wann sucht Phil Jeff auf?«

»Du vergisst schon wieder: Phil braucht keine Beratung, mit ihm stimmt alles.«

»Das gefällt mir nicht. Du solltest deine eigene Therapeutin haben, Elyse.«

»Es ist zu schade, dass Montgomery Clift tot ist. Ich glaube, er war der einzige Mann in ganz Amerika, der mich wirklich hätte retten können.«

»Willst du, dass ich rüberkomme?«

»Nein. Wir kochen im Freien. Und es interessiert mich nicht wirklich, Kelly, mit wem ich spreche oder über was wir sprechen. Das bringt alles sowieso nichts.«

Phil kommt herein, um das Tablett mit Fleisch zu holen. Er zeigt auf das Telefon, und ich forme mit dem Mund den Namen »Kelly«, obwohl sie schon aufgelegt hat.

»Ich habe eine Frage«, sage ich.

Er fährt fort, Salz und Pfeffer auf die Steaks zu streuen.

»Ich habe eine Frage.«

»Oh.« Er schaut auf und schiebt mit dem Zeigefinger seine Brille hoch. »Ich habe gedacht, du telefonierst.«

»Du fragst mich doch immer, warum ich unglücklich bin. Jetzt frage ich dich: Warum bist du nicht unglücklich?«

»Muss das jetzt sein?«

»Im Ernst.«

»Schau dich um. Wir führen ein gutes Leben. Wir haben …«

»Ja, ich weiß. Wir haben Tory und das Haus und unsere Freunde und unsere Gesundheit.«

»Und wir haben uns.«

»Wir reden nicht miteinander.«

»Ich habe den Eindruck, wir reden die ganze Zeit miteinander.«

»Aber wir empfinden keine Freude.«

»Tja, da hast du mich kalt erwischt. Aber ich glaube nicht, dass du unglücklich bist, weil wir keine Freude empfinden. Ich glaube, dass wir keine Freude empfinden, weil du unglücklich bist. Das hier könnte uns Freude machen. Hier und jetzt. Das. Die Veranda, die Maiskolben und die Steaks.«

Irgendwie hat er Recht. Ich starre auf den Fernsehschirm. Montgomery Clift legt Elizabeth Taylor den Arm um die Schultern.

»Du übertreibst es«, sagt Phil. »Du willst zu viel.«

»Ich verstehe nicht, warum du nicht mehr willst.«

»Ich will mehr. Ich will Frieden.«

Frieden. Er geht wieder hinaus auf die Veranda. Das Tablett mit Fleisch hat er vergessen, und ich lege das Telefon, dessen Leitung tot ist, auf und bringe ihm das Tablett. Er nimmt es mir ab, und für eine Sekunde bleiben wir beide schweigend stehen, um Tory im Garten zu beobachten. Sie gräbt. Vor ein paar Wochen hat er ihr Gartenwerkzeug für Kinder gekauft, damit sie ihm bei der Gartengestaltung helfen kann, jetzt konzentriert sie sich heftig darauf und stößt mit ihrem rosafarbenen Plastikspaten immer wieder in den Boden rund um die Hortensien. Phil macht eine halbe Armbewegung in ihre Richtung, lässt den Arm aber wieder sinken. Unsere Blicke begegnen sich nicht. Ich gehe ins Haus zurück und fange an, die Geschirrspülmaschine auszuräumen. Dann geschieht etwas Seltsames.

Ich stelle die Messer immer mit der Spitze nach unten hinein. Phil denkt vielleicht, ich übertreibe, aber die Wahrheit ist, dass ich ein Gewohnheitsmensch bin, vorsichtig und voller Rituale. Die Messer ordne ich immer in der gleichen Weise an, aber als ich heute Abend in den Besteckkorb greife, zeigt ein einzelnes Schälmesser mit der Spitze nach oben. Hat ein anderer es hineingetan? Nein, ich bin grundsätzlich die Einzige, die den Geschirrspüler einräumt. Ein einzelnes Schälmesser, das entgegen aller Gewohnheit mit der Spitze nach oben zurückgelassen wurde. Ich lange hinein, um es herauszuholen, und schneide mich. Die Klinge bohrt sich in meine Handfläche.

Eine Sekunde lang tut es nicht weh, blutet nicht einmal, doch dann ist der Schlitz nicht mehr zu sehen von all dem Blut, das herausquillt, sich in meiner Handfläche sammelt und mein Handgelenk hinunterläuft. Ich habe mich geschnitten, und das vermutlich übel.

Ich könnte schreien. Ich könnte um Hilfe rufen. Ich könnte auf die Veranda hinausgehen und meinem Mann die Handfläche hinhalten. Ich könnte ihm mein Wundmal zeigen, und ich weiß, dass Phil es säubern und verbinden und mir sagen würde, dass nichts jemals so schlimm ist, wie es aussieht. In solchen Situationen ist er gut. Gütig, gelassen, methodisch. Ein Mann, der so gütig ist, dass er noch immer einen Tag pro Monat der Freien Klinik schenkt. Ein Mann, der an Torys Schule geht und über Mundhygiene spricht, der Zahnbürsten und Zahnseide verteilt und den Kindern eine Art Rap beibringt, den er über Karies geschrieben hat. Mir ist schwindlig, ich stehe auf unsicheren Beinen. Meine Hand scheint über einen eigenen Pulsschlag zu verfügen, und kleine graue Pantoffeltierchen schwimmen mir vor den Augen. Ich wickle ein Handtuch um mein Handgelenk und schließe die Augen. Atme ein und langsam aus, unterdrücke die aufsteigende Panik in meiner Kehle.

Sekunden vergehen. Es sieht nicht so aus, als würde ich umkippen. Ich mache die Augen wieder auf und gehe zu meiner Handtasche, die auf dem Küchentisch liegt, wo ich sie immer ablege, weil ich eine Ehefrau und eine Mutter und ein Gewohnheitsmensch bin, der seine Handtasche immer an derselben Stelle ablegt. Während ich hier stehe und einen Blick aus dem Küchenfenster werfe, kann ich meinen Mann und meine Tochter sehen. Sie hat ihm etwas gebracht, das sie ihm zeigen will – vielleicht eine Raupe, denn die sind ihre Lieblinge, oder vielleicht ein schönes Blatt oder einen schönen Stein.

Ich spüre den vertrauten Stich, den ich immer spüre, wenn ich Phil mit Tory beobachte. Er schließt den Deckel über dem Grill, dreht sich ganz zu ihr um und geht in die Hocke. Sie stecken die Köpfe zusammen, schauen auf ihre flache Hand hinunter, und die Ähnlichkeit zwischen beiden macht mich betroffen. Sie ist die Tochter ihres Vaters, aber wichtiger noch: Er ist der Vater meiner Tochter. Und natürlich bin ich froh, dass er in dieser Rolle aufgeht, dass sie in der Wärme ständiger Anerkennung lebt. Natürlich bin ich froh, dass sie sich nie um seine Aufmerksamkeit bemühen muss, und doch – während ich sie durch das Fenster beobachte, ist dieser vertraute Stich da. Denn während er sich über ihre Hand beugt, kann ich sehen, dass er liebevoll sein kann. Dass seine Gleichgültigkeit mir gegenüber auf freier Entscheidung basiert, dass sie eine von mehreren Möglichkeiten ist. Manchmal sage ich mir, dass er nur verletzt ist. Frauen sagen über Männer immer solche Sachen. Dass sie ihre Gefühle nicht zeigen können, dass sie ihre Sicht der Dinge nicht aussprechen können, dass sie anders als wir gepolt sind – fast so als wären sie eine eigene Gattung – und dass wir ihr Schweigen nicht persönlich nehmen sollen. Doch dann sehe ich Phil wie in diesem Augenblick, sehe ihn, wie er sich auf die Veranda kniet und Torys Hand in seine nimmt, und mir wird bewusst, dass er nicht verletzt ist und ich es mir nur eingeredet habe. Er könnte mich lieben. Aber er tut es nicht.

Die Blutung ist fast zum Stillstand gekommen. Ich werfe das feuchte Handtuch auf den Tisch und nehme das Handy aus meiner Tasche.

Ich wähle schnell. Dieses Mal alle zehn Ziffern. »Gerry, ich bin's, Elyse.«

Kapitel 6

Einmal in der Woche schicken die Frauen der Kirchengemeinde Essen an Bettlägerige, Mütter im Wochenbett und Menschen, die einen Todesfall in der Familie haben. Überwiegend machen das die älteren Damen, sieht man einmal von Nancy ab, die nicht nur das in unserer Kirche mittwochs durchgeführte Projekt Essen-auf-Rädern leitet, sondern freitags auch die Route einer anderen Kirchengemeinde übernimmt. Belinda hilft ihr aus schlechtem Gewissen, weil Nancy ständig allen Leuten erzählt, wie schwer die Tabletts sind und die alten Damen sie nicht in den Lieferwagen heben können. Wenn Belinda nicht da ist, muss Nancy fünfunddreißig Tabletts selber tragen.

Um zu Jeffs Büro zu gelangen, muss ich an der Küche der Kirchengemeinde vorbeigehen. Einen Augenblick lange überlege ich mir, den ganzen Weg um das Gebäude herum zu nehmen und den Hintereingang zu benutzen, aber nein, dass würde aussehen, als würde ich mich schämen oder so, und es gibt nichts, dessen ich mich schämen müsste. Abgesehen davon ist an der hinteren Tür eine Alarmanlage angebracht, die leicht losgeht, und das fehlt mir gerade noch. Ich gehe schnell an der Küche vorbei, dennoch sieht Belinda mich.

»Elyse?«

Es bleibt mir nichts anderes übrig, als hineinzugehen.

Gott sei Dank ist sie allein und fragt mich nicht, was ich an einem Mittwochmorgen so früh hier mache. Wahrscheinlich hat ihr Nancy erzählt, dass Phil und ich eine Eheberatung bei Jeff anfangen. Es gibt keine Privatsphäre, zumindest nicht in einer so kleinen Kirchengemeinde wie dieser.

»Ich will dir was zeigen«, sagt Belinda. »Du wirst dich wundern.«

Sie führt mich nach hinten zu den zweitürigen Gefrierschränken und öffnet sie. Dort liegen, eingewickelt in Alufolie und so ordentlich aufgeschichtet wie Backsteine, etwa hundert Kasserollen.

»Für was sind die denn?«

»Für Notfälle«, antwortet Belinda.

»Die müssen mit einer Menge Notfälle rechnen.« Ich kämpfe dagegen an, einen Backstein von dem darunterliegenden zu lösen. Oben auf jeder Kasserolle ist eine Karteikarte in der Größe 76 mal 127 Millimeter aufgeklebt, auf der Anweisungen stehen. Ich schiele nach unten auf die krakelige Handschrift. »›Hühnchen mit Nudeln und Pilzen. Eine Stunde lang bei 180 Grad erwärmen.‹ Meine Großmutter hat so was gemacht.«

»Meine auch«, bestätigt Belinda. »Ich glaube nicht, dass sie jemals irgendetwas gemacht hat, was nicht nach einer Dose von Campell's Pilzcremesuppe geschrien hat. Schau dir die an, die ganz unten, auf denen stehen Namen. Da gibt es einen ganzen Haufen von Miss Bessie Morgan, und dabei ist sie seit Jahren tot.«

»Woher weißt du überhaupt, dass die hier drin liegen?«

»Nancy hat heute Morgen drei davon rausgeholt. Sie bringt sie zu David Fontana.« Obwohl wir allein sind, senkt sie ihre Stimme. »Seine Frau hat ihn verlassen.«

Ich brauche eine Minute, um zu überlegen, von wem sie spricht. »Er geht nicht einmal hier in die Kirche, seine Frau und die Kinder dagegen schon, sie kommen allerdings nur zu Weihnachten. Warum bekommt er drei verdammte Kasserollen?«

»Ich nehme an, er befindet sich in einer Notsituation.«

»Wie viele bringen sie seiner Frau?«

Belinda scheint meine Frage zu verwirren. »Sie hat ihn verlassen, Elyse. Sie ist auf und davon gelaufen.«

Bei meiner Ankunft sitzt Phil bereits in Jeffs Büro und hat sich die Zeit genommen, seine weiße Arztkleidung gegen Jeans zu tauschen. »Du siehst gut aus«, sage ich. »Hast du die Jeans mit zur Arbeit genommen?«

»Offenbar.«

Okay. Es wird also einer von diesen Tagen.

Jeff kommt herein, fragt, was wir vom Wetter halten. Er scheint auf Smalltalk eingestellt zu sein, um uns eine vielleicht peinliche Situation zu erleichtern, doch Phil hat offensichtlich für den Nachmittag eine Operation angesetzt.

»Sie ist nicht glücklich«, sagt er.

Sollte Jeff überrascht sein, erholt er sich schnell. »Stimmt das, Elyse?«

»Ich bin in der Ehe nicht glücklich, so weit entspricht das der Wahrheit. Aber manchmal bin ich glücklich. Ich bin glücklich, wenn ich mit Tory zusammen bin oder wenn ich töpfere oder wenn ich alleine draußen bin …«

Jeff winkt mit der Hand, als möchte er meine Worte in der Luft ausradieren. »Ich verstehe nicht, was du sagen willst.«

Ich lege die Stirn in Falten. »*Ich* verstehe nicht, was *du* sagen willst.«

»Du hast eine seltsame Art, über unsere Ehe zu sprechen. Du sagst ›in der Ehe‹ oder ›wenn ich alleine draußen bin‹, als würde es eine Tür geben, durch die du ein und aus gehst.«

»Vielleicht ist es so.«

»Machst du Witze? Du bist immer verheiratet. Du bist jeden Tag verheiratet, jede Sekunde, ob Phil neben dir steht oder nicht.«

»In Ordnung, dann sage ich's deutlicher. Erinnerst du dich an die Predigt, die du vor ein paar Monaten über Dankbarkeit gehalten hast? Du hast gesagt, wir sollen aufschreiben, wann wir uns in letzter Zeit gefreut haben, und das habe ich tatsächlich gemacht. Ich bin nach Hause gegangen und habe die letzten zehn Situationen aufgeschrieben, in denen ich glücklich war. Du hast Recht gehabt, allein schon, dass ich sie auf dem Papier vor mir hatte, hat mir ein gutes Gefühl gegeben. Ich dachte: ›Na gut, ich motze eine Menge, aber wenn es darauf ankommt, habe ich ein ziemlich tolles Leben.‹«

»Schön zu wissen, dass da unten wirklich jemand zuhört.«

»Ja, das Problem ist nur, dass da unten wirklich auch jemand mitdenkt. Denn als ich mir die Liste angesehen habe, ist mir aufgefallen, dass es bei allen zehn glücklichen Situationen einen gemeinsamen Nenner gegeben hat. Phil war nicht dabei.«

Während ich das sage, schaue ich zu Phil hinüber. Ich möchte ihn nicht verletzen, und hätte er jemals so etwas gesagt, hätte es mich verletzt. Er sieht aber nicht traurig aus, sondern nur verärgert.

Jeff setzt sich in seinem Stuhl zurück, seine Finger sind verschränkt, und er schaut über die schwarze Einfassung seiner dicken Brillengläser. Diese Pose müssen sie ihm im Seminar für Eheberater beigebracht haben. »Was glaubst du, dass das bedeutet?«

»Das bedeutet, dass ich glücklich sein kann. Ich bin fähig dazu. Ich habe die Fähigkeit, mich zu freuen …«

»Nur so lange ich nicht da bin«, wirft Phil ein.

Jeff wendet sich an ihn. »Geht es dir genauso, Phil? So als hängt deine Fähigkeit, glücklich zu sein, davon ab, ob Elyse anwesend ist oder nicht?«

Phil lächelt selbstzufrieden. »Ich empfinde immer dasselbe, ob sie da ist oder nicht.«

Mein Gott, selbst ich weiß, dass das die falsche Antwort ist.

Jeff lässt es so stehen und dreht seinen Stuhl wieder mir zu.

»In Ordnung, Elyse besitzt also die Fähigkeit, sich zu freuen. Schauen wir uns das genauer an. Erzähl mir, wann du das letzte Mal glücklich warst.«

Ich beschließe, ihm vom vorletzten Glücksmoment zu erzählen.

Es ist noch nicht lange her. Zwei Tage bevor ich Gerry traf, und zwar auf der Kunstausstellung in Phoenix. Einige der Aussteller gingen zusammen zum Abendessen und luden mich ein mitzukommen, aber mir war nicht danach. Ich hatte so viel mit Kunden und angehenden Käufern gesprochen, dass ich heiser war. Ich überlegte mir, den Zimmerservice zu bestellen, aber in letzter Minute entschied ich mich anders: Ich wollte irgendwohin gehen, wo es einfach wahnsinnig toll war. Ich kehrte ins Hotelzimmer zurück, duschte, zog ein hübsches Kleid an und warf den Schal um, den ich mir vor Jahren in Florenz gekauft hatte. Er sieht wirklich wunderschön aus. Dann ging ich in das Restaurant, das der Hotelportier mir empfohlen hatte.

»Du bist allein ausgegangen?«

»Ja.«

»Das ist interessant. Manche Frauen fühlen sich unbehaglich, wenn sie allein ein Restaurant besuchen.«

»Es gibt nichts daran auszusetzen, wenn eine Frau allein zum Essen geht«, sage ich. Das Ganze hier lässt sich großartig an. Am Sonntag wird er wahrscheinlich auf der Kanzel stehen und allen verkünden, dass ich eine Erotomanin bin.

»Ja, ich glaube, dass das eine gute Sache ist«, antwortet er. »Erzähl mir mehr darüber.«

Es war eine wundervolle Nacht. Die Wände des Restaurants waren alle mit Spiegeln ausgestattet. Ich setzte mich an die Bar und bestellte Gänseleberpastete, Rucolasalat und einen Wein mit einem herrlichen Namen – *Covenant of the Moon* oder so ähnlich, aber vielleicht täuscht mich an dieser Stelle meine Erinnerung. Ich saß ganz allein und beobachtete mich beim Essen. Meine Haare hatte ich geglättet, ich trug meine Lieblingsohrringe und natürlich den Schal. Ich schaute in den Spiegel des Restaurants und fand, dass ich hübsch bin. Na ja, ›hübsch‹ ist nicht ganz das richtige Wort, eher wichtig. Ich fand, dass ich wie eine Person aussah, die wichtig war. Normalerweise ziehe ich ein Buch heraus, wenn ich allein in einem Restaurant bin, das tat ich jetzt nicht. Ich aß einfach nur sehr langsam und schaute mein Spiegelbild an, irgendwann schaute ich mir auch die Blumen an. Auf jedem Tisch standen drei Blüten – weiß, gelb und orangefarben –, die Vasen waren so geformt, dass alle drei Blumen in verschiedene Richtungen fielen. Die Messingarmaturen der Bar waren erst vor kurzem poliert worden, und mir fiel auf, dass jemand winzige goldene Sterne auf die tiefrote Decke über mir gemalt hatte. Aber vor allem hatten es mir die Spiegel angetan, es gab so viele, dass ich direkt in ein weiteres Bild von mir lief, als ich auf den vermeintlichen Ausgang zuging.

»Was hat dich daran glücklich gemacht?«, wollte Phil wissen. »Dass du gut ausgesehen hast?« Armer Phil. Die Tatsache, dass ich zu Hause in Cargohosen herumschlurfe, mich aber schick anziehe, wenn ich aus der Stadt weg bin, muss ihn ärgern.

»Nein«, wirft Jeff ein, der mich manchmal überrascht. »Du warst glücklich, weil du dir einfach einen Augenblick geschenkt hast und dasaßt und für alles offen warst.«

»Ja, ich war offen. Und ich wurde gesehen. Ich möchte gesehen werden.«

»Ich sehe dich«, sagt Phil, und ich schwöre, dass er versucht hat, einen heimlichen Blick auf seine Uhr zu werfen.

»Ich meine, richtig gesehen. Ich bin immer dann glücklich, wenn ich wahrgenommen werde, selbst wenn nur ich es bin, die mich wahrnimmt.«

»Du musst nicht in einem Restaurant in Phoenix sitzen, um dich so zu fühlen«, sagt Jeff. »Es gibt Möglichkeiten, die dieses Gefühl auch in deinem Alltagsleben wecken.«

»Oh ja, das ist eine wundervolle Idee«, kommt von Phil. »Wir gehen nach Hause, bedecken alle Wände mit Spiegeln, damit sie sich wie Ludwig in Versailles kommen und gehen sieht. Macht sie das glücklich?«

Jeff blinzelt und wendet sich ab, als wäre er empört. Diese Seite von Phil kennt er nicht.

»Ich möchte, dass du mich siehst«, sage ich, obwohl ich mir ziemlich sicher bin, dass das inzwischen nicht mehr der Wahrheit entspricht.

Heute Abend, während einer Werbepause, fragt mich Phil: »Wann willst du ins Bett gehen?«

Das ist sein Signal, er will Sex haben, und das Verrückte ist, dass ich auch Sex haben will. Gerry hat nicht zurückgerufen. Mir ist klar, dass es erst zwei Tage her ist, aber die Vorfreude liefert sich ein Kopf-an-Kopf-Rennen mit der Enttäuschung, und das alles hat mich ausgelaugt. Nachmittags gegen vier hat das Telefon geklingelt, und als ich abgenommen habe, hat sich am anderen Ende niemand gemeldet. Einen Augenblick lang hätte ich fast »Gerry?« gesagt, aber das wäre natürlich dämlich gewesen. Vielleicht ist es ja auch das Beste, wenn er mich nicht zurückruft, weil ich für ein Verhältnis zu dämlich bin. Dämlich, dämlich, dämlich.

»Um zehn«, antworte ich. Wenn ich sage, dass ich früh ins Bett gehe, ist das mein Signal, dass es diese Nacht okay ist. Er grinst, und ich erinnere mich für eine Sekunde daran, wie bezaubert ich einmal von seiner Jungenhaftigkeit war, seiner Schlaksigkeit, seinen wirren Haaren und seinem blauen Jeanshemd, das einen Kragen nach Art der Amish hatte. Doch das war vor acht Jahren. Jetzt haben wir normalerweise Sex in X-Form: Unsere Köpfe sind in verschiedene Richtungen gedreht, unsere Körper berühren sich nur im Beckenbereich. Diese Stellung habe ich wohl das erste Mal in einer alten *Cosmopolitan*-Ausgabe gesehen, und damals dachte ich, dass das Spaß machen würde, weil es einmal etwas anderes ist, etwas von den Dingen, die man gelegentlich ausprobiert. In jener Nacht nahm ich die Illustrierte mit ins Bett, Phil warf einen Blick darauf und sagte: »Kann funktionieren.« Ich bin mir nicht sicher, ab wann es unsere Standardstellung wurde, doch inzwischen begeben wir uns automatisch in diese Position. In einem X kann man sich nicht küssen. Man sieht sich nicht in die Augen. Der Vorteil ist, dass der eine nicht die Brust des anderen zerquetscht, und keiner muss sein Gewicht mit einem unnatürlichen Liegestütz zurückhalten. Ich bin mir nicht sicher, wann Phil und mir zum ersten Mal aufgefallen ist, wie schwer wir sind.

Zwanzig Minuten später, nachdem wir die Zähne geputzt, die Katzen hinausgelassen, die Schlösser kontrolliert und die Alarmanlage eingeschaltet haben, gehen wir ins Bett. Wir rücken zur Mitte.

Ich lege mich zurück und schließe die Augen. Sobald du dich im X befindest, vergisst du leicht, wo du bist. Du kannst dir mühelos vorstellen, dass du mit einer anderen Person zusammen bist – oder dass du selbst eine andere Person bist. Zweitausend Dollar und ein Aktienguthaben reichen nicht weit. Ich muss jeden Auftrag annehmen, den ich bekommen kann, auch die beschissenen, und ich muss mindestens noch ein Jahr bleiben. Das bedeutet noch zweiundfünfzigmal X-Stellung, sechsundfünfzigmal, falls wir in Urlaub fahren. Phil unternimmt einen halbherzigen Versuch, mich auf sich zu ziehen, aber ich rolle zurück, und als wir uns an den Hüften verbinden und er mit seinem üblichen Schaukelrhythmus anfängt, denke ich, dass das nicht übel ist, wirklich, es ist irgendwie beruhigend und nett. Gerry hat nicht angerufen, ich habe mich lächerlich gemacht. Was ist, wenn ich eine Ehe und eine Familie ruiniere, um dann wieder am Ausgangspunkt zu landen? Was ist, wenn sich das, was ein Ausgang zu sein scheint, nur als weiterer Spiegel herausstellt? Vielleicht bin ich ja in alle Ewigkeit dazu verdammt, in meine eigenen Spiegelbilder zu laufen und zu sagen: »Mist, ich glaube, es war am Ende doch mein Fehler?« Vielleicht hat Jeff ja Recht, und es gibt Möglichkeiten, mich auch in meinem Alltagsleben wie eine wichtige Person zu fühlen. Im letzten Track auf der vierten Ehe-CD wurden neue Dessous vorgeschlagen. Das könnte ich ausprobieren. Ja, es ist ein Klischee, aber manchmal funktionieren Klischees. Phil murmelt etwas, lässt eine Hand unter meine Hüfte gleiten, um mich ein bisschen weiter zu sich zu drehen und einen besseren Winkel zu finden. Ich sage mir, dass es nicht so übel ist, es ist sogar irgendwie angenehm, doch dann frage ich mich, wie ich mich heute Nachmittag gefühlt hätte, wäre in der Leitung Gerrys Stimme zu hören gewesen. In einem verborgenen Winkel meines Herzens weiß ich, dass ich alles dafür geben würde, wieder in der Flughafenkapelle von Dallas zu sein. Allmählich glaube ich, dass ich wie Elizabeth Taylor in einem alten Spielfilm bin, dass mit meinem Verstand etwas Wesentliches nicht stimmt, dass ich nichts so sehen kann, wie es eine normale Frau sehen würde.

Ich habe einen Fehler gemacht, als ich Phil geheiratet habe, und ich weiß, dass ich für diesen Fehler bezahlen muss – die Frage ist nur, wie lange ich bezahlen muss. Ich finde, dass ich schon ziemlich lange dafür bezahle. Und Gerry, Gerry ist ein Aufreißer, eindeutig ein Aufreißer. Eindeutig unerreichbar, eindeutig ein viel zu geübter Küsser, eindeutig verheiratet, eindeutig die falsche Wahl. Ganz zu schweigen von der Tatsache, dass er nicht zurückgerufen hat. Phil war ein Fehler, und Gerry ist es vermutlich auch – doch manchmal scheint es nur eine einzige Möglichkeit zu geben, einen Fehler wiedergutzumachen: Man muss einen neuen Fehler machen.

»Ich muss …«, sagt Phil, und ich antworte, dass das okay ist, ich bin nicht nah dran. Er stößt noch ein paar Sekunden zu, zittert und rollt sich von mir weg. Seine Hand streicht mir über die Haare. Ich kann nur vermuten, dass das Zuneigung ausdrücken soll. »Entschuldige«, flüstert er, und ich sage ihm, dass es mir gutgeht.

Kapitel 7

Der Softball-Trainer ruft an, und wie ich prophezeit habe, ist Phil begeistert. Ich bringe Tory zu ihrem ersten Training. Sie ist sechs Monate jünger als alle anderen und einen ganzen Kopf kleiner als das kleinste Kind.

Allerdings glaube ich, dass der Trainer Tory mag. Er kommt immer wieder zum Zaun herüber, um kurze Bemerkungen über sie zu machen, und sieht dabei durch seine Sonnenbrille aus Spiegelglas wie ein Polizist auf mich herunter. Den Ball vom Batting Tee, einer feststehenden Schlaghilfe, abzuspielen ist das eine, erklärt er mir, aber sie ist so weit, mit dem Schlagen auf ein bewegliches Ziel anzufangen. Das ist es, was Männer von Jungen unterscheidet. Die meisten Menschen sehen etwas auf sich zukommen und erstarren. Ob ich verstehe, was er meint? Ich weiß, was er meint.

Dann schlendert er zurück aufs Spielfeld, geht aber nicht ganz bis zur Abwurfstelle, weil er sonst zu hart werfen müsste. Tory sieht auf der Plattform so klein aus, und als sie den Helm aufsetzt, wirkt ihr Kopf so riesig und wackelig wie der eines Aliens. Er wirft, und sie holt viel zu spät aus. Der Ball knallt in den Maschendrahtzaun hinter ihr, der Co-Trainer holt ihn und wirft ihn zurück.

»Du hast ihn gut im Blick gehabt«, sagt der Trainer, der erneut wirft, langsam und in hohem Bogen, so dass sie genug Zeit hat nachzudenken. Zu viel Zeit. Tory steht da, während der Ball an ihr vorbeisaust. Mein Handy klingelt, und ich grabe in meiner Tasche danach, während ich immer noch Tory zusehe. »Jetzt bist du so weit«, ruft der Coach.

Eine Männerstimme fragt: »Ist das die richtige Nummer?«

»Was?«

»Ist das dein Handy? Du bist ganz schön schwer zu finden.«

Ich springe derart schnell auf, dass der Klappstuhl unter mir zusammenfällt, und eile zum Ende des Zauns, wo ich außer Hörweite der anderen Mütter bin. »Ich bin Elyse«, erkläre ich ihm.

»Ja, ich weiß, wer du bist. Schließlich habe ich dich eben angerufen.« Dann fährt er fort, mir zu erzählen, dass er mich gegoogelt, aber meinen Namen falsch geschrieben hat. Er dachte, ich hätte Burden und nicht Bearden gesagt, hat aber verschiedene Kombinationen ausprobiert, und schließlich hat Google ihn gefragt: »Meinten Sie: Elyse Bearden?« Von diesem Punkt aus hat er den Namen einer Galerie in Charleston gefunden, die meine Töpfe im Sortiment führt, und die Geschäftsführerin angerufen. Er hat sie angelogen und ihr erzählt, dass er meine Sachen sammelt und etwas Spezielles in Auftrag geben will, da hat sie ihm meine Nummer gegeben. Allerdings war es unsere Festnetznummer zu Hause, und als er angerufen hat, hat ein Kind abgenommen, er hat Panik bekommen und aufgelegt. Dann hat er sein Handy gecheckt und festgestellt, dass er eine Nachricht von mir erhalten hat.

Ich lache. Warum, weiß ich nicht. Alles, was er zu mir sagt, klingt witzig.

»Bist du schon immer so schwer zu finden gewesen?«

»Keine Ahnung. Ich kann mich nicht erinnern, wie es war, als mich das letzte Mal jemand gesucht hat.«

»Wo bist du. Kannst du sprechen?«

»Ich stehe an einem Baseballfeld. Meine Tochter ist erst sieben, aber sie wollen sie beim Softball haben. Sie macht ihr erstes Training.« Der Trainer lässt den Ball los, und Tory schaut hoch zu ihm. Der Helm bewegt sich, rutscht nach unten und bedeckt fast ihre Augen.

»Das ist klasse. Jetzt schon Softball?«

»Erzähl es mir nochmal. Erzähl mir, wie schwer es war, mich zu finden.« Er gibt die ganze Geschichte erneut zum Besten, einschließlich des Akzents der Galeriebesitzerin in Charleston, die immer »isch« statt »ich« sagt, wie die Angehörigen des englischen Königshauses oder so. Normalerweise kontrolliert er täglich sein Handy, sagt er, aber er hat das Ladegerät verloren, vielleicht hat er's in Arizona gelassen, und als er schließlich ein neues gekauft und das Handy wieder aufgeladen hatte, hatte er siebenundzwanzig Nachrichten darauf, meine eingeschlossen. Seine Stimme klingt anders als in meiner Erinnerung, und die Situation hat etwas Unwirkliches, etwas Magisches und Elektrisierendes. Noch nie zuvor habe ich mir Gedanken gemacht über das, was sich hinter einem klingelnden Telefon an Wissenschaft verbirgt, jetzt bin ich begeistert von dem Wunder unserer Verbindung – der Vorstellung von Satelliten, die über uns in der Finsternis des Weltalls schweben, Signale senden, Wellenlängen an Impulsen, die von einem dreidimensionalen Teil zum anderen pulsieren, so dass die Töne seinen Mund verlassen und unermessliche Entfernungen zurücklegen, bevor sie in meinem Ohr widerhallen. Der Trainer lässt den Ball los, und Tory holt aus, der Schlag wirft sie fast um.

»Sie hat gesagt, dass du talentiert bist«, berichtet er mir. »Sie hat gesagt, dass ich gut daran tue, so viel wie möglich von dir zu bekommen.«

»Sie hat Recht.« Ich stehe kerzengerade da und halte

mich am Maschendrahtzaun fest. Meine Körperhaltung ist perfekt, so als könnte er mich sehen.

»Bist du gerne Töpferin?«

»Es macht mich frei.«

Der Trainer kommt ein paar Schritte näher und versucht es erneut.

»Frei in dem Sinn, dass du leicht für ein paar Tage loskommen kannst?«

»O mein Gott. Meine Tochter hat eben ihren ersten Ball getroffen.« Der Ball fällt zwischen Abschnitt zwei und drei auf den Boden, und die Kinder, von denen sich einige inzwischen derart langweilen, dass sie sich aufs Spielfeld gelegt haben, knien sich hin und sehen zu, wie er an ihnen vorbeirollt. Der Trainer dreht sich in meine Richtung und grinst.

»Sie hat ihn getroffen?«

Ich erzähle ihm, dass sie ihn nicht nur getroffen, sondern ihn richtig fest getroffen hat. Er erzählt, dass er die Bank manchmal hasst. Manchmal glaubt er, dass es da draußen noch ein ganz anderes Leben gibt. Unterrichten oder eine Fahrradwerkstatt in Key West. Irgendetwas Handfestes. Etwas Einfaches. Etwas, bei dem man mit dem Herzen dabei ist. Ob ich schon mal darüber nachgedacht hätte, dass wir alle da draußen vielleicht ein ganz anderes Leben führen könnten? Ein Knall, lauter als der erste, und diesmal fliegt Torys Ball hoch in den Himmel und fällt irgendwo in dem leeren grünen Feld hinter dem dritten Abschnitt herunter.

Es ist schon so lange her, seit ich zuletzt ein derartiges Verlangen verspürt habe, dass ich zuerst fälschlicherweise an Grippe denke.

Es muss eine Erklärung dafür geben, dass ich am nächsten Morgen mit einem flauen Gefühl im Magen aufwache und mich im Badezimmer mit beiden Händen am Waschbecken festhalten muss, bis ich auf sicheren Beinen stehe. Beim Blick in den Spiegel wirkt mein Gesicht fahl und fremd.

Es fühlt sich ein Stück weit nach Schwangerschaft an, aber ich bin nicht schwanger. Jeden Morgen schlucke ich eine kleine blaue Pille, und ich bin froh, dass Phil vor ein paar Jahren die Sterilisation, die wir uns überlegt hatten, nicht vornehmen ließ, und wir uns entschieden, die Tür offen zu halten, wie er sagt. So habe ich einen Grund für die Einnahme der Pille und vielleicht … Gerry habe ich nicht danach gefragt. Er hat drei Kinder, und es kann gut sein, dass er, wie Phil es nennen würde, gekappt ist. Ich weiß nicht, wie ich diese Frage stellen soll, deshalb ist es gut, dass ich sie nicht stellen muss. Ich drücke die Pille durch die Folie und schlucke sie.

Den ganzen Tag über fühle ich mich träge und launisch. Ich kann mich nicht auf die Töpferscheibe konzentrieren und gehe zurück ins Wohnzimmer, um durch die Programme zu zappen, bis ich einen Spielfilm mit Bette Davis finde. Vielleicht bin ich krank, denke ich und lege mich auf die Couch. Ich sage das Walking mit den Mädels ab, und mir fällt nichts Reizvolles ein, das ich zum Mittag kochen könnte. Als ich um zwei Uhr die Kinder abhole, biege ich versehentlich in die Fahrbahn für Schulbusse ein und muss eine peinliche Kehrtwendung in drei Zügen machen, während die anderen Mütter in den Autos sitzen und zuschauen. Ich setze das erste Kind zu Hause ab, und als Tory quengelt, dass sie bei ihrer Freundin Taylor mitaussteigen will, gehe ich mit den Mädchen zur Küchentür und frage Taylors Mutter, ob das in Ordnung geht. Sie sagt, selbstverständlich, das sei gut, und dass ich ein bisschen müde aussehe. Ich sage ihr, dass das vielleicht die Grippe ist, sie sagt, ja, sie hätte gehört, dass etwas rumgeht.

Den ganzen Tag über bewahre ich mein Handy in meinem Büstenhalter auf. Zum Abholen der Kinder habe ich es ausgeschaltet, und sobald ich heimkomme, schau ich nach, ob irgendwelche Nachrichten eingegangen sind. Natürlich hat er nicht angerufen. Es ist erst einen Tag her. Er wird nicht jeden Tag anrufen. Ich gehe hinaus in die Garage und setze mich an die Scheibe. Ich gehe hinaus in den Garten und jäte ein bisschen Unkraut. Ich lege mich aufs Bett und stehe wieder auf. Ich lade eine Trommel Wäsche in die Waschmaschine, schalte sie aber nicht ein.

Um 16 Uhr 16 vibriert meine Brust.

»Ich glaube, ich werde krank«, erzähle ich ihm.

Er sagt, dass er sich auch nicht sonderlich gut fühlt.

Kapitel 8

Ich stehe in Frederica's Lingerie vor einem kreisrunden Tisch. Meine Hand wühlt in einem Stapel mit aubergine- und zimtfarbenen Strapsmiedern. Ich habe gelesen, dass man Farben nach Lebensmitteln benennen soll, um Dinge an die Frau zu bringen. Artischocke und Eierschale, Mango und Cabernet. Das klingt logisch. Frauen sind immer hungrig.

Morgens, bevor die Teenager kommen, ist es im Einkaufszentrum nett, dann spielen sie klassische Musik, und die Sonnenstrahlen fallen durch die Oberlichter auf die Schieferfliesen. Durch die geöffneten Türen des Geschäfts kann ich die Springbrunnen im Atrium sehen, die in ihrem unregelmäßigen Rhythmus pulsieren und Wasserfontänen in die Luft schießen. In diese Art Brunnen möchte man am liebsten hineinwaten, in Stilettostiefeln die marmornen Stufen erklimmen und sich über die Düsen stellen, bis die Fontäne ihre Richtung ändert und wie eine Kanonenkugel zwischen den Beinen hochsteigt.

»Fertig?« Die Verkäuferin, die sich Tara nennt, streckt ihre Hände aus, und ich reiche ihr die Kleidungsstücke und folge ihr zur Umkleidekabine. Diese ist klein, aber nett, mit einem gepolsterten Stuhl und einem oval eingerahmten Spiegel. Ich stehe ein Stück hinter Tara, während sie sich bemüht, die Kleiderbügel an die Haken zu hängen. Es sind viel zu viele Sachen. Zu große Auswahl. Symptomatisch für eine Frau, die nicht weiß, was sie will und wie sie sein möchte.

Ich ziehe mich bis auf meine hoch in der Taille sitzende Baumwollunterwäsche aus und schaue meine verschiedenen Alternativen durch. Locker fallende, geraffte Pyjamas, die mich an Spielfilme mit Katherine Hepburn erinnern. Sie denkt immer, sie könnte mit Spencer Tracy Katz und Maus spielen, aber er ist zu sehr Mann. Ich knöpfe die Pyjamas zu und stelle mich aufrecht vor den Spiegel. Tara ruft durch die Türschlitze, dass sie Tee kocht, und ich sage, dass das nett ist und ich gerne eine Tasse mittrinke. Ich schlüpfe in die Kimonos. Die mag ich sowieso am liebsten, sie verbergen alles und können doch jeden Augenblick zu Boden gleiten. Ein schneller Ruck am Seidenband um deine Hüften, und es ist passiert. Tara bringt den Tee, während ich mich von den Achseln abwärts in einen gelb-orangeroten Sarong wickle. Der ist gut – leicht und kitschig. Dorothy Lamour, die mit Bob und Bing am Strand herumtollt, meine Schultern wirken über dem geknoteten Tuch kräftig. Ich frage Tara nach diesen Strümpfen mit den elastischen Bündchen, die, die angeblich von selbst oben bleiben. Funktionieren die wirklich, und würde sie mir wohl ein Paar in Schwarz, halbtransparent, bringen?

Frederica steckt voller Gespenster. Das letzte Mal war ich zum Dessouskauf mit Kelly hier, kurz vor ihrer Hochzeit mit Mark. Als bekannt wurde, dass sie für ihre Flitterwochen einkauft, brachte man uns in den Umkleideraum am Ende der Kabinen, einen Raum, der so groß war, dass es für sie ein Podest gab, auf dem sie stehen konnte, und für mich ein ganzes Sofa. Als würde sie sich auf eine kürzlich Verstorbene beziehen, nannte die Verkäufern Kelly ständig mit gedämpfter Stimme »die Braut«. Über Kellys Gesicht huschte so blitzartig Verärgerung, dass nur jemand, der sie so gut kannte wie ich, es wahrnehmen konnte. Genau so ist es, wenn ihr Leute die ganze Zeit sagen, dass sie gut aussieht. Kelly hasst es, auf etwas reduziert zu werden. Doch die Verkäuferin bestand darauf, ihr diese riesigen, wallenden Negligés zu bringen, hauchdünne Wolken aus Rosa und Weiß.

»Die sehen aus, als würde Eva Gabor darin Pfannkuchen backen.« Kelly gab sie zurück.

Das Mädchen war zu jung, um den Hinweis auf Eva Gabor zu verstehen, aber sie schien zu verstehen, dass wir etwas Erotischeres verlangten. Sie kam mit einem schwarzen Bustier zurück, an dem lange Strapse flatterten. Kelly nickte und zog sich die Jeans aus. Ihr Körper sah noch immer wundervoll aus, ihre Taille war so schmal wie eh und je. Ich ließ mich auf das Sofa fallen und beobachtete sie bei ihrem Kampf mit dem Bustier, in das sie sich wie eine Schlange wand, die versuchte, wieder in ihre alte Haut zu schlüpfen. Es war ein anstrengendes Kleidungsstück, das ihre Brüste oben herausschob und ihre Hüften zu einer übertriebenen Kurve aufbauschte. Ich fragte sie, wie man es ablegt, wenn es an der Zeit für Sex ist.

»Dummerchen, die legt man nicht ab, das ist doch der ganze Witz daran«, antwortete sie und wirbelte vor dem Spiegel herum, wobei die Strapse wie kleine Peitschen auf ihre Oberschenkel schlugen. Die Verkäuferin hatte uns Prosecco gebracht – vermutlich eine weitere Vergünstigung, wenn man sich in dem großen Umkleideraum am Ende aufhält, der offensichtlich Fredericas Pendant zu einer Hochzeitssuite darstellte. Es war klar, dass sie uns glücklicher sehen wollte, als wir waren. Sie schenkte die Sektgläser mit solcher Überschwänglichkeit ein, dass ich schon dachte, sie würde von uns Freudenschreie, Applaus oder einen Toast erwarten. Als Kelly nur sehr ruhig sagte: »Das ist nett, stellen Sie sie bitte auf den Tisch«, schaute das Mädchen für einen Augenblick enttäuscht drein. Doch sie setzte ein professionelles Lächeln auf und ließ Kelly und mich endlich allein. Kelly bestand darauf, dass ich auch etwas anprobiere, und obwohl ich mir bewusst war, wie mein Nachschwangerschaftsbauch im Vergleich zu ihrem aussah, stand ich auf, zog meine Jeans aus und ergriff den ersten Kleiderbügel, der am Haken hing. Es war ein roter Seidenbody, der mir ständig über die Schultern glitt, während ich den Sektkorken knallen ließ.

Während der nächsten Stunde schütteten Kelly und ich den billigen Prosecco hinunter und reichten die Strapsmieder, Höschen und Bodys von der einen zur anderen, in dem stürmischen, sinnlosen Versuch, unseren Schmerz zum Schweigen zu bringen. Auch wenn wir darüber spekulierten, ob diese Kleidungsstücke ihren Verlobten oder meinen Mann leichter verführen würden, empfanden wir in Wirklichkeit tiefe Trauer um Männer, die nicht da waren. Um den Mann, der sie verlassen hatte, und den Mann, der noch nicht zu mir gekommen war.

Als Kelly das Podest erklomm, die leere Proseccoflasche in der Hand, die Wangen tiefrot und das Haar zerzaust, hätte ich sie beinahe gefragt, was sie tun würde, wenn Daniel zurückkäme. Ich hatte ihr nie erzählt, dass er mich angerufen hatte, ihr nie erzählt, dass seine Handynummer auf der letzten Seite meines Telefonbuchs unter der Abkürzung D. stand.

»Lass sie in Ruhe«, hatte ich zu ihm gesagt. »Du hast ihr einmal das Herz gebrochen, und ich bring dich um, wenn du hier aufkreuzt und es ihr nochmal brichst.«

Als ich es zu ihm sagte, klang es gut, aber als ich sie in diesem Umkleideraum sah, so erhitzt, so wunderschön, so verzweifelt, fragte ich mich, ob ich wirklich versuchte, sie zu schützen. Vielleicht war mir nur klar, dass ich zum ersten Mal in meinem Leben völlig allein sein würde, wenn Daniel zurückkommen und sie fortreißen sollte.

Das ist keine glückliche Geschichte. Warum fällt sie mir jetzt ein? Ich atme kräftig aus und ziehe ein pflaumenfarbenes Mieder über den Kopf. Es passt gut zu meinem Teint. Tara drückt die Tür auf. Sie bringt die schwarzen Strümpfe und dazu einen Armvoll Büstenhalter. Sie möchte, dass ich sie anprobiere, behauptet, es sind die bequemsten BHs, die es auf dem Markt gibt, und sobald Frauen sie anprobieren, nehmen sie sie in allen Farben. Man kennt das ja. Damen tun alles, um einen wirklich bequemen BH zu finden, und mir wird bewusst, dass ich so auf sie wirke: wie eine Frau, die in großen Mengen kauft.

»Bringen Sie mir bitte die High Heels aus schwarzem Satin, die aus dem Schaufenster.«

Ich setze mich auf den kleinen Stuhl und ziehe vorsichtig die Strümpfe an. Ich liebe das Geräusch, das Nylonstrümpfe verursachen, wenn das eine Bein am anderen reibt, und stelle mir vor, wie Gerrys Hände mit einem stürmischen Ruck meine Knie auseinanderdrücken und sein Kopf sich zwischen meinen Oberschenkeln hochschiebt. Tara klopft an die Tür und reicht mir wortlos die Schuhe herein. Sie sind zu klein, aber ich zwänge meine Füße trotzdem hinein und stelle mich aufrecht vor den Spiegel. Das alles zusammen ist ziemlich gemein und reizvoll, allein schon wie die Schuhe die Beine auf Augenhöhe des Käufers bringen. Genaugenommen machen sie das doch auch mit den Süßigkeiten an der Kasse, oder? So ist es eben. Was man sieht, will man haben, und ich möchte eine Süßigkeit an der Kasse sein, wenigstens für eine Weile. Ich möchte das heimliche Laster sein, von dem man weiß, dass es nicht gut für einen ist, bei dem man aber trotzdem zugreift. Man greift hastig zu, schuldbewusst, wirft dabei einen Blick über die Schulter, um sich zu vergewissern, dass diese Maßlosigkeit nicht beobachtet wird. Ich stehe in den High Heels wackelig vor dem Spiegel, drehe meine Hüften erst zur einen, dann zur anderen Seite und murmle: »Würden Sie gerne etwas davon haben, mein Herr?«

»Sind Sie sicher, dass Sie diese Büstenhalter nicht brauchen?«, will Tara wissen, doch innerhalb von fünf Minuten bin ich vor der Tür und wandere durch das Einkaufszentrum, in der Hand die Schuhe, ein pflaumenfarbenes Höschen, ein silbrig glänzendes Mieder und die halterlosen Strümpfe, eingewickelt in eine Wolke aus schreiend pinkfarbenem Seidenpapier. Ich summe vor mich ihn, während ich die Tüte hin und her schwenke und die Richtung zum Bistro einschlage, in dem ich Nancy zum Mittagessen treffe, gehe noch zu Gap Kids, wo ich für Tory einen Anorak kaufe, zu Home and Garden, wo ich mit den geschlossenen Augen die Klangkörper von allen Windspielen, die dort aufgereiht sind, anstoße und heimlich ein bisschen tanze. Zu Nordstrom, wo ich auf jedes Handgelenk ein anderes Parfüm sprühe, zu Barnes & Noble, wo es so viele Geschichten von so vielen Menschen gibt, die auf so viele Arten liebten und verloren. Vorbei an den Brunnen und durch die Pfützen aus Licht, die sich über den schönen Schieferboden ergießen. Dorthin, wohin Frauen wie ich gehen, wo immer das auch sein mag.

Kapitel 9

»Was willst du?«, fragt mich Jeff.

»Genau das ist es, ich bin mir nicht ganz sicher. Ich weiß, ich weiß, du findest es unfair, dass Phil erraten soll, was ich will, wenn ich es selber nicht weiß.«

Jeff schüttelt den Kopf. »Du klingst verständnisvoll. Aber du musst eins wissen – Phil weiß sehr genau, was er will. Er will diese Familie um jeden Preis zusammenhalten.«

»Um jeden Preis?«

»Genau das waren seine Worte.«

»Ich denke, es ist leicht, ›um jeden Preis‹ zu sagen, wenn du weißt, dass die Rechnung ein anderer bezahlt.«

Jeff lehnt sich in seinem Stuhl zurück und faltet sehr sorgsam die Hände.

»Ist es dir nicht sonderbar vorgekommen«, frage ich ihn, »dass Phil derjenige war, der angerufen hat, um sich den Termin für unsere Eheberatung zu holen?«

Es war verdammt sonderbar, und das weiß er. »Die Paare treffen alle möglichen Sorten von Arrangements«, antwortet er. »Ich dachte, dass bei euch Phil derjenige ist, der die familiären Termine vereinbart.«

»Ich bitte dich. Selbst wenn du ihm eine Pistole an den Kopf hältst, würde er den Namen von Torys Lehrerin oder ihres Kinderarztes nicht wissen. Er wollte einfach sichergehen, dass wir hier landen. Er wollte sichergehen, dass diese ganze Sache vor einem Gericht stattfindet, das ihm gewogen ist.«

»Du glaubst also nicht, dass die Kirche auf die Bedürfnisse der Frauen genauso reagiert wie auf die der Männer?«

»Treffer.«

»Du hast Recht. Natürlich hast du Recht. Aber du sprichst nicht von der Kirche, Elyse, sondern du sprichst von mir.« Jeff reibt sich die Augen. »Fühlst du dich nicht wohl damit, weil wir Freunde sind?«

»Ich hatte mir überlegt, um eine eigene Therapeutin zu kämpfen. Es scheint mir nicht zu viel verlangt, dass ich losziehe und eine unbefangene Person anheure. Doch dann dachte ich mir, dass es kein so großes Problem ist und ich Phil den Wunsch erfüllen kann, es in der Familie zu lassen.«

»In der Kirchenfamilie.«

Ich lache, ohne recht zu wissen warum. »Ja, in der Kirchenfamilie.«

»Du klingst, als hättest du schon das Handtuch geworfen, dabei haben wir noch nicht einmal angefangen.«

Was soll ich antworten? Er hat Recht. »Versteh das nicht falsch, aber es ist egal, mit wem wir sprechen. Es ist zu spät.«

»Phil hat noch etwas anderes gesagt. Er glaubt nicht, dass du dir voll und ganz bewusst bist, was das für Tory bedeutet.«

Er fängt an, über diese Studien zu reden, die selbst heute noch beweisen, dass Kinder aus gescheiterten Ehen in der Schule nicht gut sind. Sie haben früher Geschlechtsverkehr, ihre eigenen Ehen scheitern. Ich habe dieselben Studien gelesen. Dann gibt es da noch die Biografien. Geh in die Bibliothek, nimm eine aus dem Regal. Jegliche berühmte Persönlichkeit kommt aus einer gescheiterten Ehe, und von da aus fallen die Dominosteine einer nach dem anderen um. Diese Menschen, diese Scheidungskinder sind anders. Sie laufen breitbeiniger als wir anderen, so als wären sie auf einem Schiff aufgewachsen. Es sind Menschen, die gelernt haben, jeden Augenblick eine Veränderung zu erwarten. Sie wachsen vielleicht zu einer Berühmtheit heran, aber sie sind nicht glücklich.

Jeff setzt seine Brille ab, und ich frage mich nicht zum ersten Mal, ob sie echt ist. Sie hat eine breite, schwere schwarze Fassung, wie sie Michael Caine trug, und ich habe Jeff außerhalb des Büros noch nie mit ihr gesehen.

»Natürlich weiß ich, was mit den Kindern passiert«, sage ich ihm. »Das ist das Einzige, was mich hier noch hält.« Es ist eine kleine Lüge, aber eine, die meiner Ansicht nach Jeff zum Schweigen bringen müsste. Ich traue ihm glatt zu, dass er die Brille zum Schein trägt. Jeff besitzt eine Menge Requisiten.

»Ich weiß nicht, Elyse, du wirkst so …« Jeff zögert, sucht nach einem Wort.

»Wütend? Stur?«

»Tja, natürlich bist du wütend und stur, aber in dir geht noch etwas anderes vor.«

»Glaubst du, dass ich Angst habe? Du denkst wie Phil, denkst, dass ich zwar diese wilden Ankündigungen vom Stapel lasse, aber wenn es ernst wird, zu viel Angst habe, um zu gehen und mein eigenes Leben zu führen. Du hältst mich einfach nur für die Frau eines Zahnarztes, die mit zwanzig Dollar im Geldbeutel in einem Vierhunderttausend-Dollar-Haus lebt und große Sprüche macht, aber nicht die Mittel hat, das Ganze durchzuziehen.«

Jeff rutscht auf seinem Stuhl herum und schiebt die Bibel auf seinem Tisch zurecht. Ob es sich wohl um eine unbewusste Geste oder eher um eine kleine Drohung handelt? Phil hat hier das Rennen gemacht, er hat die Wände geradezu mit seiner Sicht der Dinge tapeziert. Es ist sehr schwer zu beweisen, dass du nicht verrückt bist, dass du nicht egoistisch bist. Es ist fast unmöglich zu beweisen, dass du nicht paranoid bist. Egal was ich sage, Jeff – oder vielmehr alle, wirklich der ganze Kreis – wird versuchen, mich zurückzuholen. Meine Gründe werden nie gut genug sein. Meine Erklärungen werden nie ankommen. Mir wird nur ein einziger Weg erlaubt sein, diese Ehe zu verlassen – der über die Bahre.

»Was ist mit deiner Hand passiert?«

»Was?«

»Deine Hand, warum ist sie verbunden?«

»Phil hat mich beschuldigt zu übertreiben, also habe ich mir ein Messer in die Handfläche gebohrt.«

Auf Jeffs Gesicht liegt ein seltsamer Ausdruck, und wir sitzen lange schweigend da, bis er endlich etwas sagt: »Die Ehe ist etwas Komisches, oder?«

»Urkomisch.« Ich starre auf das Kreuz hinter seinem Kopf und beiße mir auf die Unterlippe. Aus irgendeinem Grund ist er der Letzte, vor dem ich weinen möchte.

Als ich von Jeffs Büro aus den Flur hinuntergehe, sehe ich Lynn im Innenhof stehen und mit einem Mann reden, der ein Klemmbrett in der Hand hält. Offenbar hat sich die Kirchengemeinde entschlossen, mit den Renovierungsarbeiten weiterzumachen, und sie hat die Aufgabe übernommen, die Kostenvoranschläge einzuholen. Sie trägt ein hellrosa Kostüm, eine Chanel-Imitation, und wirkt für diesen Anlass lächerlich overdressed. Ihre Haare sind zu einem ordentlichen kurzen Bob geföhnt, und sie sieht in dem Kostüm und mit den geschmackvollen Accessoires gut aus, sie wirkt schlank. Ihrem Gewicht scheint es nicht geschadet zu haben, dass sie nicht mehr mit uns walkt. Lynn ist schon immer diszipliniert gewesen. Wenn wir mit dem Literaturkreis zum Essen gingen, bestellte sie sich nur eine Vorspeise und behauptete steif und fest, satt zu sein.

Ich winke ihr zu, habe aber das Gefühl, dass das nicht okay ist. Sie versucht, professionell zu sein. Sie versucht, sich mit ihrem neuen Job vertraut zu machen. Was sie absolut nicht braucht, ist, dass ich bei ihr herumhänge.

Gerry bittet mich, ihm einen Augenblick Zeit zu lassen, dann wird er mich zurückrufen. Als er »einen Augenblick« sagt, wird mir mulmig. Es war ein Fehler, ihn anzurufen. Er ruft mich an, nicht ich ihn. Vielleicht hält er mich für aufdringlich. Vielleicht meint er, bereits in der Falle zu sitzen. Aber ich fahre trotzdem zum Einkaufszentrum und schwenke zum anderen Ende des Parkplatzes ein, in den Abschnitt, der sich nur in der Weihnachtszeit füllt. Kaum bin ich ein paar Sekunden da, klingelt das Handy.

»Entschuldige. Ich musste erst einen leeren Sitzungsraum finden.«

»Ich komme gerade aus einer Sitzung bei der Eheberatung. Diesmal hat sie nur zwischen Jeff und mir stattgefunden.«

»War er gemein zu dir?«

»Nein, das ist das Schlimme daran, er war nett.«

»Ich muss dir etwas sagen. Lach mich nicht aus.«

Ich kichere bereits. »Was?«

»Ich bekomme einen Ständer, wenn ich deine Nummer wähle.«

»Nein, tust du nicht«, widerspreche ich, obwohl mich der Gedanke total glücklich macht. Ich lächle das Lenkrad an.

»Ich schwör's. Ich bin wie der Pawlow'sche Hund. Ich drücke die 704 und krieg einen Harten. Wo bist du?«

»Auf dem Parkplatz vom Einkaufszentrum. Am anderen Ende, dort wo sie bei Sears die Reifen wechseln.«

»Sehr romantisch. Wo liegt deine Hand?«

Ich schaue auf meine verbundene Hand hinunter. »Du machst dir immer Sorgen darum, wo meine Hand liegt.«

»Kannst du sprechen?«

»Ich muss zur Schule ...«

»Nicht vor 14 Uhr 05.« Er kennt meinen Terminkalender. »Ich frage dich nicht, ob du nach Europa fliegst, ich brauche nur fünf Minuten.«

»Ich hatte noch nie Telefonsex.«

»Wir haben keinen Telefonsex. Gott, das klingt furchtbar. Wir unterhalten uns, das ist alles. Niemand bekommt wegen einer Unterhaltung Probleme.« Eine unverschämte Lüge, aber ich lache trotzdem. Die Uhr auf meinem Armaturenbrett zeigt 13 Uhr 15.

Fünf Minuten später habe ich meine Unterwäsche bis zu den Knien heruntergezogen, und mein Kopf liegt auf dem Autositz auf. Er fragt, ob das für eine Weile reichen wird.

»Ich glaube schon.«

Ich rufe ihn am Nachmittag zurück.

Kapitel 10

An den Samstagen fahren die Kinder morgens mit uns zum Sportplatz und beschäftigen sich auf den Schaukeln und Kletterburgen, die auf dem Spielplatz der Grundschule stehen, während wir walken. Kelly und ich sind heute schnell unterwegs, schnell genug, um uns von Belinda und Nancy abzusetzen. Eine Gruppe Cheerleaderinnen trainiert in der Mitte des Platzes. Sie bilden Pyramiden und fallen wieder in sich zusammen, üben das Feld hinunter Läufe mit Überschlägen und kommen zum Abschlusssprung.

»Schau dir diese Mädchen an«, sage ich. »Sie sind so jung und sehen so gut aus.«

Kelly seufzt. »Das Leben ist lang.«

Tory hat sich entschlossen, mit uns zu walken. Sie muss laufen, um mit uns Schritt zu halten, aber offensichtlich ist ihr die Teilnahme am Gespräch der Erwachsenen das wert. Auch sie schaut zu den Mädchen und dann wieder zurück zu uns. »Als du und Mommy Cheerleaderinnen gewesen seid, habt ihr euch da gegenseitig in die Luft geworfen?«

»Wir haben nicht solche Sachen gemacht wie die«, antwortet Kelly. »Damals waren wir keine Turnerinnen. Wir sind nicht in Trainingslager gefahren und haben keine ausgefallenen Sachen gelernt. Aber eine Hebefigur hatten wir …«

»Du hast Mom gehoben?«

»Sie hat mich gehoben.«

»Kelly war, wie wir es nannten, eine Fliegerin«, erkläre ich. »Ich war Fängerin, weshalb ich am Boden geblieben bin.«

»Warum haben sie dich unten hingestellt?«

»Weil deine Mutter kräftig genug war, mich aufzufangen.«

»Sag ihr die Wahrheit. Ich bin immer am Boden geblieben, weil ich nie den Mumm hatte zu springen.«

»Du hast nie darauf vertraut, dass ich dich fange.«

»Das stimmt«, gebe ich zu. Ich lege zwei Finger an meinen Hals, um meinen Puls zu fühlen. »Ich hatte bei keiner das Vertrauen, dass sie mich fängt.«

»Du hast ständig eine riesige Sache daraus gemacht, dass ich Tracy McLeod hab fallen lassen.«

»Wer ist Tracy McCrowd?«, will Tory wissen und greift nach Kellys Hand.

»Irgendein kleines, jammerndes Nichts, das absolut uninteressant ist. Aber einmal habe ich sie so gut wie fallen gelassen, und deine Mom ist nie darüber hinweggekommen. Wahrscheinlich hat es daran gelegen, dass Tracy die ganze Zeit durch die Schule hinkte und jedem erzählt hat, sie hätte sich den Knöchel gebrochen.«

»Sie *hat* sich den Knöchel gebrochen.«

»Tory, erinnerst du dich an die Geschichte, die du dir ausgedacht hast, als du klein warst?«, fragt Kelly, die eindeutig das Thema wechseln möchte. Wir halten seit zwanzig Minuten dieses Tempo, und ihr geht allmählich ein bisschen die Puste aus. »Du bist auf meinen Schoß geklettert, ich habe sie aufgeschrieben, und deine Mom hat sie in dein Babybuch geklebt. Sie handelte vom Leben einer Cheerleaderin.«

»Du hast sie aufgeschrieben?«

»Ja, aber ich kann sie auswendig.« Wir bleiben stehen, Kelly räuspert sich und rezitiert:

Vor langer Zeit wurde ein Mädchen geboren.
Sie war eine Ballerina.
Sie war eine Cheerleaderin.
Dann war sie eine Ehfau.
Dann ist sie gestorben.

Tory hebt fragend die Augenbrauen. »Was ist eine Ehfau?«

»Wahrscheinlich hast du ›Ehefrau‹ sagen wollen«, erkläre ich Tory, die bei dieser Erinnerung lächelt. »Allerdings war es komisch, dass du ›Ballerina‹ und ›Cheerleaderin‹ gekannt hast, aber nicht das Wort für ›Ehefrau‹.«

»Du warst so lustig«, sagt Kelly. »Wenn ich gekonnt hätte, hätte ich alles aufgeschrieben, was du je gesagt hast.«

Tory nickt, als wäre das eine vernünftige Reaktion auf ihre brillante Kindheit. Wir setzen uns wieder in Bewegung, und sie schielt zu den Cheerleaderinnen. »Habt ihr hübsch ausgesehen, du und Mommy?«

»O Gott, wir haben wahnsinnig toll ausgesehen.«

»Und deine Tante Kelly konnte fliegen.«

»Es war nicht wirklich Fliegen, sondern eher Fallen.«

Tory sieht zu Kelly hoch. »Bringst du mir bei, wie man fällt?«

»Da gibt es nichts beizubringen. Du lässt einfach los.«

Tory kneift wie immer, wenn sie nachdenkt, die Augen zu. Sie möchte Kelly glauben, aber etwas in ihr ist nicht überzeugt.

»Es ist nicht so, dass du wirklich etwas lernst.« Kelly blickt unverwandt zum Feld und zu den jungen Mädchen hinüber, die aneinander hochklettern. »Es ist eher so, als würdest du etwas vergessen. Aber wenn du willst, hebe ich dich hoch und lasse dich fallen …«

»Okay«, sagt Tory, allerdings mit leiser Stimme.

»… und deine Mom kann dich auffangen, denn deine Mom ist die stärkste Frau der Welt. Frag sie mal.«

»Es gibt zwei verschiedene Arten von Stärke, das ist alles.«

Tory ist sich noch immer nicht sicher. »Wie hoch würdest du fliegen?«

»Sie konnte einen gebückten Salto«, sage ich. »Sie war die Beste.«

»Habt ihr ein Bild davon?«

Ich lache. Typisch Tory, sie will Beweise haben.

»Ich glaube, ich könnte eins ausgraben.« Auch Kelly lacht. »Du darfst nicht so streng mit uns sein, Tory. Wir waren nicht immer Ehfaun.«

Kapitel 11

Kelly war einmal verliebt.

Der Mann war verheiratet. Eines Morgens saßen wir vor unserem Lieblingscafé – dem mit der asiatisch aussehenden Veranda und dem Lichtdesign im Stil von Frank Lloyd Wright –, und da erzählte sie es mir voller Trotz. Was ich dabei empfand oder was ich antwortete, weiß ich nicht mehr. Ich war selbst erst seit ungefähr einem Jahr verheiratet. Vermutlich sagte ich ihr irgendetwas Lächerliches wie: Die Ehe ist eine Tür, durch die die Menschen ein und aus gehen. Allerdings muss ihr meine Reaktion gezeigt haben, dass ich sie nicht verurteilen würde, dass ich nicht finster dreinschauen und sie fragen würde, wohin das ihrer Meinung nach wohl alles führen soll.

Damals schien Kelly immer leicht beschwipst zu sein. Vielleicht erschien es mir so, weil ich selbst mit Tory schwanger und abstinent war und mir deshalb ihr zunehmendes Abheben stärker auffiel. Sie erzählte mir von all den Männern, mit denen sie sich getroffen hatte, während wir nichts voneinander gehört hatten, wie sie ihnen manchmal einfach einen Blowjob gab, weil sie sich nicht wohlfühlte und es eine gute Sache zu sein schien, auf die Knie zu gehen, wenn man nicht wusste, was als Nächstes zu tun war. »Ist das nicht schrecklich?«, sagte sie. »Ist das nicht traurig?«

Ich schüttelte den Kopf, denn es gibt keine Frau, die nicht irgendwann einen erigierten Penis gesehen und sich gefragt hat: »O Gott, auf welchem Weg werde ich am schnellsten damit fertig?«

»Ja, es ist schrecklich«, sagte ich. »Es ist schrecklich, und es ist traurig, und es passiert ständig.«

Doch Sex mit diesem neuen Mann – das hatte etwas Heimliches, etwas Ekstatisches. Es war – sie dämpfte ihre Stimme bis zum Flüsterton – eine Art Religion. Völlig überraschend, mit dreißig, hatte sie diesen Mann getroffen und ... Sie gestikulierte mit den Händen, wusste nicht, wie sie es erklären sollte. Sie machten alles, probierten alles aus. Sie sollte ihm die Augen verbinden. Sie sollte ihn mit einer Art Gummischlauch fesseln, den er nach einer Rückenverletzung noch von der Krankengymnastik hatte. Sie trieben es in Drehstühlen, in Autos, auf den Picknicktischen eines Parks in der Nähe ihres Hauses. Einmal, in der Toilette einer Tankstelle, rissen sie das Waschbecken ein Stück weit aus der Wand. »In der BP-Tankstelle an der Ecke Providence und Rama Road. Kennst du die?«

Ich nickte und war dabei so schockiert und krank vor Eifersucht, dass ich kaum aufrecht auf meinem Stuhl sitzen konnte.

»Es ist erstaunlich«, sagte sie. »Es scheint nie aufzuhören.«

Zum Beweis klingelte das Handy. Kelly war der erste Mensch, den ich kannte, der ein Handy besaß, und zwar schon damals, als sie noch groß und schwer waren und nur funktionierten, wenn man sich im Freien befand und auf einer Anhöhe stand. Ich fragte mich immer, warum sie so ein Ding besaß, jetzt war es mir klar. Sie fischte das Handy aus ihrer Handtasche, nahm den Anruf entgegen und drehte sich zu mir um, wie um mich in die Unterhaltung einzubeziehen.

»Nein«, sagte sie, »nein, ich bin mit Elyse unterwegs. Sie sitzt neben mir. Es ist okay. Sie ist meine beste Freundin und versteht es total.« Eine längere Pause. Sie schaute mich an. »Willst du mit ihm reden?«

Fast hätte ich den Kopf geschüttelt. Sie hatte vielleicht den Eindruck, dass ich es total verstand, doch ich hatte das Gefühl, als würden wir uns weiter denn je voneinander entfernen. Ich saß hier schwanger und fuhr einen Minivan, der noch immer wie neu roch und Aufkleber an den Fenstern hatte, und sie riss Waschbecken aus BP-Tankstellen.

»Soll ich?«

Sie nickte. »Dirty Talk. Den hast du immer gut gekonnt.«

Ich stellte mir vor, obszöne Sachen zu sagen ist wie Fahrradfahren. Ich saß da und dachte mir diese ganze Geschichte aus, nach der er unter dem Tisch hockt, während sie und ich Kaffee trinken. Ich sagte Sachen, die ich nie gesagt hätte, wenn ich ihn gekannt hätte, Sachen, die ich nie gesagt hätte, wenn er mich hätte sehen können, aber es war seltsam berauschend, diese körperlose Stimme eines Unbekannten zu hören, die aus dem Handy kam und fieberhaft wiederholte: »Und was dann, und was dann?«

Kelly krümmte sich vor Lachen und erzählte mir später, dass meine Geschichte perfekt passte und genau seiner sexuellen Fantasie entsprach: zwei Frauen, er unterwürfig, ständig gefangen und gezwungen, diesen beiden in irgendeiner Weise zu dienen. Wir waren kaum dreißig und zu jung, um zu erkennen, dass sie das alle wollen. Wir glaubten, wir wären in eine Art Wunder geraten, glaubten, dass es so einfach wäre, diesen Mann zu reizen, dass er sich verzweifelt nach jeder einzelnen Silbe eines jeglichen Versprechens sehnte.

Aber dann wurde ich nervös. Warum, weiß ich nicht mehr. Vielleicht kam jemand auf die Veranda. Vielleicht entdeckte ich mich im Schaufenster des Cafés und erinnerte mich daran, dass ich schwanger war. Ich war keine von diesen schwangeren Frauen, die erstrahlten. Ich war die ganze Zeit verschwitzt, mir war ständig übel, und ich hatte ein fleckiges Gesicht. Phil und ich hatten seit drei Monaten nicht mehr miteinander geschlafen, seit jener Nacht nicht mehr, in der ich mich plötzlich, mitten im Geschehen, umgedreht und ins Bett gekotzt hatte. Kelly lächelte, beugte sich über den Tisch und nickte, um mich anzuspornen, doch als ich mein Spiegelbild im Fenster sah, hörte ich auf zu reden. Der Mann am anderen Ende schwieg.

Schließlich sagte ich: »Ich hoffe, ich habe keinen schlechten Eindruck hinterlassen«, und er antwortete: »Ganz im Gegenteil, ich kann mich nicht erinnern, dass jemand einen derart guten ersten Eindruck hinterlassen hat.«

Ich gab ihr das Handy zurück und versicherte ihr: »Er ist hinreißend.«

Sie hielt es an ihr Ohr, hörte eine Minute zu und grinste mich dann an. »Nein. Ich habe dir ja gesagt, dass Elyse und ich ins Kino gehen. Ich werde nicht vor fünf Uhr zurück sein.« Sie machte erneut eine Pause und fuhr fort: »Nein, ich glaube nicht, dass sie bereit ist mitzumachen, und sag nicht solche Sachen. Das klingt, als hättest du vor, sie zu erschießen.«

In den folgenden Monaten war ich die einzige Zeugin dieser Affäre. Kelly rief immer wieder an, kicherte und redete schnell, ich versicherte ihr ein ums andere Mal, dass ich sowieso noch nicht geschlafen hätte. Das war tatsächlich selten der Fall. Während der ruhelosen Nächte der letzten Schwangerschaftswochen und der langen Stillsitzungen, die darauf folgten, legte ich meinen Kopf schief, um das Telefon auf der Schulter festzuklemmen, und hörte den Worten zu, die nur so aus ihr heraussprudelten, den Geschichten, die keine richtige Abfolge, keinen logischen Anfang und kein logisches Ende hatten. Geschichten, die mit einem gemurmelten »O mein Gott, ich weiß nicht, wie ich dir das erzählen soll …« anfingen.

Selbst auf dem Höhepunkt ihres wilden, stürmischen Lebens unterbrach sie sich manchmal und fragte: »Wie war dein Tag?«

Aber, mein Gott, ich wusste nicht, wie ich ihr das erzählen sollte. Das ging schon damit los, dass ich oft keine Ahnung hatte, welchen Tag wir überhaupt hatten. Und während uns das Leben Worte schenkte für das, was sie erlebte, schien es keine Worte für das zu geben, was mit mir passierte. Wie soll man die Stunden beschreiben, in denen man auf die Hand eines Babys starrt, oder ganze Tage, in denen man weder wach war noch schlief? Alles um sie herum war abenteuerlich und durchtrieben, aber ich begab mich in eine Welt, die keine Kanten besaß. Polsterungen um Betten, Kissenstapel vor Kaminen, Schlösser an Schränken, Plastikscheiben, die die Löcher in Steckdosen bedeckten. Wie sollte ich eine Welt beschreiben, in der es unmöglich schien, sich zu verletzen? »Mein Tag war gut«, sagte ich. »Erzähl mir mehr.«

Natürlich konnte sie mein von Kissen umgebenes Leben nicht nachvollziehen, natürlich konnte sie nicht auf die Bremse treten, um sich umzusehen. Natürlich hatte sie einen Tunnelblick, sie befand sich ja in einem Tunnel. Es gibt eine Zeit, in der man einen Schritt zurücktreten und das ganze Bild betrachten muss, eine Zeit, in der man über einen anderen Standpunkt nachdenken muss. Aber nicht in diesem Augenblick.

»Spreche ich zu viel von ihm?«, fragte sie jedes Mal, um sofort hinzuzufügen: »Ich weiß, ich weiß, ich spreche viel zu viel von ihm.« Die wenigen klaren Momente reichten aber nicht aus, um den Prozess, in den sie hineingezogen wurde, zu verlangsamen. Mit ihr geschah etwas Fundamentales. Hätte man sie gebeten, stehen zu bleiben und sich umzuschauen, hätte man genauso gut eine Frau, die Wehen hat, fragen können, ob sie über Politik diskutieren möchte. Sie hätte einem völlig zu Recht gesagt, dass sie im Moment andere Dinge im Kopf hat.

Obwohl ich das nie sagte, konnte ich mir absolut nicht vorstellen, dass Kelly und Daniel eine gemeinsame Zukunft haben würden. Ehe ist für diese Sorte Leidenschaft nicht gemacht, genauso gut könnte man kochendes Wasser in einen Glaskrug schütten. Ich stellte mir vor, dass Kelly zerbrach, in einzelne Teile zerfiel, auf meinem Küchenboden in tausend Stücke zersprang. Etwas in mir wollte aus meiner Betäubung aufwachen und ihr den Rat geben, vorsichtig zu sein, aber etwas anderes in mir wusste, dass das, was ich Beschützerinstinkt nannte, nichts weiter als Neid war. Nach all dem jahrelangen Warten schlägt endlich der Liebesblitz ein, und er trifft nicht mich, er trifft die Person, die unmittelbar neben mir steht. Selbst wenn Daniel ein Schuft und untreu war, sie erfanden zusammen ein paar fabelhafte Geschichten. Und wir brauchten solche Geschichten. Sie musste sie erzählen, und während ich im Dunklen saß und meine schreiende Tochter auf den Armen wiegte, musste ich sie hören.

Sie war meine beste Freundin. Es passierte einer von uns, und damit auf gewisse Weise uns beiden.

Ihr Plan war denkbar einfach. Daniel wollte um eine Versetzung nach St. Louis bitten, da er glaubte, ihm und Kelly würde der Neuanfang in einer fremden Stadt leichter fallen. Sobald die Versetzung genehmigt war, wollte er seiner Frau mitteilen, dass er sich scheiden lassen will. Sauber und schnell, ohne Umschweife. Er würde gehen, und seine Frau würde hierbleiben. Er würde ihr natürlich das Haus überlassen, das war nur fair. (Einmal sagte er zu mir: »Du zahlst immer Schmerzensgeld. Aber wenn es an der Zeit ist, bist du mehr als bereit, es zu zahlen.«) Nach ein paar Monaten würde Kelly zu ihm kommen, und seine Frau müsste niemals erfahren, dass er ein Verhältnis hatte. Seine Kinder würden in Kelly nie die böse Stiefmutter sehen, die ihr einigermaßen glückliches Heim kaputtgemacht hat.

Er ging nach St. Louis – und hat sie nie nachgeholt. Nach einer Woche wilder Spekulationen rief sie ihn schließlich an und musste feststellen, dass er die Nummer seines Handys geändert hatte. Seine Firma teilte ihr mit, dass er nicht mehr dort arbeitete. Nein, er hätte keine Nachsendeadresse angegeben. Als wir an seinem alten Haus vorbeifuhren, stand ein Schild im Garten, auf dem »VERKAUFT« stand.

»Es gibt nur eine Sache auf der Welt, die diesen Augenblick noch dramatischer machen könnte«, sagte Kelly, während wir am Ende der Sackgasse standen und auf das leere Haus starrten, »und zwar, wenn ich mich genau jetzt zu dir umdrehen und dir mitteilen würde, dass ich schwanger bin.«

Ich war diejenige, die sie zur Abtreibung fuhr. Tory war damals fünf Monate alt, und ich bin vielleicht die einzige Frau, die mit einem Baby auf dem Arm in einer Abtreibungsklinik auftauchte. Es war komisch, im Wartezimmer zu sitzen und sie zu stillen, deshalb ging ich, sobald sie Kelly aufgerufen hatten, nach draußen und wanderte mit ihr auf und ab. Die Frauen, die den Gehsteig entlangkamen, dachten vielleicht, dass ich protestierte. Nur etwas war noch schlimmer, als sie mit Bildern von verstümmelten Föten zu empfangen, nämlich sie mit einem richtigen Kind zu empfangen. Meistens waren es Mädchen, nicht Frauen, und meistens waren sie sehr jung und sahen sehr ängstlich aus. Aus irgendeinem Grund hatte Kelly darauf bestanden, die staatliche Klinik aufzusuchen, wo die Stühle aus Plastik waren und überall Flugblätter über Geschlechtskrankheiten, häusliche Gewalt und Aids herumlagen. In Ordnung, dachte ich mir, wenn sie wild entschlossen ist, sich mit einer Billig-Abtreibung für neunundachtzig Dollar zu bestrafen, dann sitze ich wenigstens da und warte auf sie. Irgendwann während der Fahrt dorthin drehte sie sich zu mir um und fragte mich: »Woher kennst du den Weg, das ist nicht gerade dein Stadtteil?«

»Hier habe ich Phil kennengelernt«, erinnerte ich sie.

»Du hast Phil in einer Abtreibungsklinik kennengelernt?«

»Natürlich nicht.«

Ich sagte es zu schnell, meine Stimme klang vor lauter Dementieren zu scharf. Ich holte tief Atem, warf einen Blick auf Tory, die auf dem Rücksitz schlief, und dann einen auf Kellys Profil. »Er arbeitete ehrenamtlich in der Freien Zahnklinik, und meine Mutter hatte mich gebeten, dieses Kind …«

»Ach richtig, ich erinnere mich.« Sie sprach so undeutlich, als würde sie seitlich von etwas abrutschen. »Die Freie Klinik. Dort hast du den heiligen Phil kennengelernt.«

Über eine Stunde lang spazierte ich herum, ging auf und ab und wiegte Tory. Endlich sah ich Kelly aus der Tür kommen, blass, eine Flasche Orangensaft umklammernd.

»Ich will nicht darüber reden«, sagte sie, und ich schnallte Tory in ihrem Kindersitz fest und fuhr uns alle nach Hause. Damals wussten wir nicht, dass es ihre einzige Schwangerschaft bleiben würde.

Sie litt ein Jahr lang.

Sie litt so sehr, dass es mir Angst machte. Ich rief sie jeden Morgen an und traf sie fast jeden Tag. Sie passte auf Tory auf, wenn Phil und ich ausgingen, und jedes Mal, wenn sie uns besuchte, brachte sie ihr ein Geschenk mit, völlig unpraktische Kleidchen und Bücher, die eher für eine Zehnjährige geeignet waren. Und dann – ein Jahr nachdem ich sie zur Klinik gefahren hatte – rief sie mich an: »Es reicht.«

»Gut«, gab ich zurück, »es reicht.«

»Das Leben ist lang, Elyse.«

»Ich weiß. Sehr lang. Und wir haben noch eine Menge davon vor uns.«

»Weißt du, welcher Tag heute ist?«

»Ja.«

»Deswegen finde ich, es reicht.«

Sie hielt Wort. Wir sprachen sehr selten von Daniel, und nach einer Weile schien es fast, als hätten sie und ich eine Art gemeinsame Sinnestäuschung erlebt. Als ich zufällig die Toilette der BP-Tankstelle an der Ecke Providence und Rama Road aufsuchte, sah das Waschbecken wie jedes beliebige Waschbecken in einer Toilette aus. Kelly fand einen besseren Job und dann sogar einen noch besseren. Sie fing an, sich mit anderen Männern zu treffen, Männern mit guten Jobs, Männern, die sie auf exotische Urlaubsreisen mitnahmen. Inzwischen könnte ich, wenn ich es versuchen würde, nicht mehr aufzählen, wie viele es waren, vor allem auch deshalb, weil ich in den meisten Fällen nicht einmal den Namen kannte. Wir hatten grundsätzlich beschlossen, dass ich mir keine Mühe machen musste, den Namen zu erfahren, solange sie sich nicht länger als einen Monat mit diesem Mann traf. Stattdessen hatte ich die Erlaubnis, ihn nur »der Junge« zu nennen. Selbst heute noch nennen wir es »Das Jahr der vielen Jungs«, wenn wir von dieser Zeit sprechen.

Und dann verkündete sie eines Tages, dass sie Mark heiraten werde. Sie besuchte mich und brachte etwas mit, ein Päckchen, das mit einem Gummiband umwickelt war: Es waren alle Briefe, die Daniel ihr während ihrer Beziehung geschrieben hatte.

»Verbrenne sie bitte«, ordnete sie an.

Ich blätterte sie schnell durch und stellte fest, dass es zehn oder sogar zwölf waren, chronologisch geordnet, was mich überraschte. Normalerweise war Kelly nicht so ordentlich.

»Sieht nicht nach viel aus, oder?«, fragte sie. »Allerdings, wenn ich so darüber nachdenke, habe ich ihn auch nicht sehr lange gekannt.«

Die Briefe in meiner Hand verursachten mir eine leichte Übelkeit. »Bist du dir sicher, dass ich das machen soll?«

»Du musst. Ich kann es nicht selber tun.«

Nachts, als Tory im Bett lag und Phil schlief, stand ich auf und machte Feuer. Eins muss ich ganz deutlich sagen: Ich hatte nie vor, die Briefe zu verbrennen. Das Feuer sollte eine bestimmte Atmosphäre erzeugen. Ich schenkte mir ein Glas Wein ein, streckte mich auf der Couch aus und begann zu lesen.

Ich hatte Kelly und Daniel mehrmals zusammen getroffen und war Zeugin seines verzweifelten Blickes geworden, mit dem er jede ihrer Bewegungen verfolgte. Weiß Gott, ich hatte jedes Detail ihres Sexuallebens erfahren, dennoch war ich überwältigt von der nackten Leidenschaft in Daniels Briefen. Dem Humor, der Offenheit, dem Gefühl für die gemeinsame Geschichte, der Art, wie er alles an ihr wahrzunehmen und alles, was sie gesagt hatte, zu erinnern schien. Daniel hat für Kelly alles getan, was ein Mann für eine Frau tun kann – er hat sie umworben und gevögelt, hat sie verehrt und betrogen, aber ich hatte nie den Eindruck gehabt, dass er sie tatsächlich geliebt hat.

Natürlich erklärte das nicht seine Flucht nach St. Louis oder was immer ihn zum Gehen veranlasst hatte. Es erklärte nicht, warum sie in dieser schäbigen staatlichen Klinik landete oder warum sie jetzt einen Mann heiratete, der in meinen Augen nur Plan B war. Aber je mehr ich las, desto weniger schien es mich zu interessieren, wie die Geschichte der beiden ausging. Natürlich konnte ich die Briefe nicht verbrennen. Das hatte sie immer gewusst. Sie hatte sie dem einzigen Menschen anvertraut, von dem sie wusste, dass er diese Briefe mit dem eigenen Leben schützen würde. Sorgfältig ordnete ich Daniels Briefe wieder in chronologischer Reihenfolge, band sie zusammen und versteckte sie hinten in meinem Kleiderschrank in einer Tasche.

Gelegentlich nehme ich sie auch heute noch heraus und lese sie. Wenn es spät ist oder wenn ich einsam oder traurig bin. Daniel hatte wunderbar die Regeln des Ehebruchs befolgt – die Briefe enthalten keine Namen und kein Datum –, wodurch sie sich für meine Zwecke herrlich eignen. Mit der Zeit wurde es immer leichter, mir vorzustellen, dass es meine Briefe wären. Mit der Zeit wurde es immer leichter, mir vorzustellen, dass sie jemand für mich geschrieben hatte.

Ein einziges Mal hörte ich noch etwas von Daniel. Wir wurden im selben Jahr am selben Tag geboren, was uns auf seltsame Weise miteinander verband. Er nannte es einmal das Gefühl für ein gemeinsames Schicksal, als wir uns in Kellys Apartment getroffen hatten, um achtundsechzig Kerzen auszupusten, die sie auf einen Geburtstagskuchen gesteckt hatte – einunddreißig für mich, siebenunddreißig für ihn. Wahrscheinlich hätte ich nicht so total überrascht sein dürfen, als er mich ein paar Jahre nach seinem Verschwinden anrief und mir zum Geburtstag gratulierte. Ich fand es derart grotesk, mit ihm zu sprechen, dass es eine Weile dauerte, bis die Wirklichkeit mich wieder einholte und ich richtig wütend wurde. Wir unterhielten uns, als wäre erst eine Woche seit unserer letzten Begegnung vergangen, und schließlich kam er zur Sache.

»Geht es ihr gut?«

»Sie heiratet.«

Nie werde ich den Ton vergessen, den er daraufhin von sich gab, den Ton eines Tieres, fast ein Heulen. Eine Welle von Wut brandete in mir auf. Ich erzählte ihm, dass sie schwanger gewesen sei, als er sie verließ, ob er das überhaupt wisse? Und dass sie in den Wochen und Monaten, die darauf folgten, dahinvegetiert sei? Und warum er, wenn er sich so verdammt um sie sorgte, einfach gegangen sei?

Doch dann hatte er sich wieder unter Kontrolle und fragte: »Liebt sie ihn?«

»Er kümmert sich um sie.«

»Danach habe ich nicht gefragt.«

»Ich finde, du hast das Recht, irgendjemanden irgendetwas zu fragen, verspielt.«

»Wird sie das wirklich machen?«

»Wir gehen morgen Dessous einkaufen. Für die Flitterwochen. Er fährt mit ihr nach Paris.« Genaugenommen fuhr er mit ihr nach Vegas, aber ich stellte mir vor, dass Daniel Paris mehr wehtat.

»Soll ich zurückkommen?«

»Warum? Hat sich etwas geändert?«

»Wirst du ihr wenigstens sagen, dass ich dich angerufen habe?«

Am Hochzeitstag war Tory Kellys einzige Begleitung während der Zeremonie. Vorsichtig schritt sie in ihrem blauen Organzakleid den provisorischen Mittelgang im

Ballsaal des Hotels hinunter und streute ein Rosenblatt nach dem anderen auf den Boden. Ich konnte nicht aufhören, zur Tür zu sehen. Vielleicht war das der Tag, auf den all die romantische Hysterie schließlich hinauslief. Vielleicht würde Daniel wie in jener Szene aus *Die Reifeprüfung* hereinplatzen, sie auf die Arme nehmen und forttragen.

Natürlich hat er das nicht getan. Beim Empfang kam Kelly zu mir und sagte: »Jetzt bin ich verheiratet.«

»Ja, du bist eine von uns.«

»Es scheint so unwirklich. Wie lange dauert es, bis man anfängt, sich als Ehefrau zu fühlen?«

»Ich werde es dich wissen lassen.«

Ich glaube, es war richtig, ihr nichts von Daniels Anruf zu erzählen, obwohl ich meine Entscheidung selbst nach all den Jahren noch immer hinterfrage. Kelly sah glücklich, ja fast strahlend aus.

»Weiß ist deine Farbe«, sagte ich, und wir lachten, verschränkten die Arme und drehten uns um, um einen Blick auf unsere Männer zu werfen. Es war eine erfreuliche kleine Szene. Mark sah in seinem Smoking sehr gut aus, sehr imposant mit der Zigarre in der Hand. Er wedelte ausgiebig damit herum, während er sich mit Phil unterhielt, der sich an die mit Seidentapete verkleidete Wand lehnte und Tory trug. Vor lauter Aufregung war sie seit Tagen überdreht gewesen und fast in der Sekunde, in der die Zeremonie zu Ende war, eingeschlafen. Sie lag ausgestreckt auf den Armen ihres Vaters, mit zurückgelegtem Kopf und offenem Mund, das Körbchen mit den Rosenblättern noch fest in der Hand. Kelly seufzte.

»Meinst du, dass es dieses Mal funktionieren wird?«

»Ich hoffe es.«

»Ich würde nie etwas tun, das Mark verletzt.«

»Das weiß ich.«

»Es ist anders, aber es ist auf seine Weise gut. Er ist für mich da, und das ist viel wert.«

»Das ist eine Menge wert.«

»Du hast die Briefe verbrannt, richtig?«

»Natürlich habe ich die Briefe verbrannt.«

Sie beugte sich herüber und gab mir einen Kuss auf die Stirn. Sie wusste, dass ich gelogen hatte.

Kapitel 12

Der Oktober kommt und geht. Er ruft weiterhin an.

Nicht jeden Tag, aber doch so oft, dass wir ein Gefühl von Kontinuität entwickeln und ein seltsam detailliertes Wissen über das Leben des jeweils anderen ansammeln. Er hört mir zu, wenn ich von Sachen rede, die entweder zu groß oder zu klein sind, um sie im Normalfall zu besprechen. Der Topf, der eher grün als blau geworden ist, die teuren Schuhe, die Kelly mir geschenkt hat, weil sie ihr zu eng sind, der Traum, in dem sich meine Mutter in einen Bären verwandelt hat. Diese komischen grauen Härchen an einer Stelle meiner Augenbraue, die scheinbar über Nacht aufgetaucht sind. Sie zeigen, dass ich alt werde. Sie zeigen, dass ich auf den Tod zugehe. Ich erzähle ihm, dass ich Angst vor dem Tod habe. Ich erzähle ihm, dass ich meinen Lieblingsfüller verloren habe.

»Das habe ich bisher noch nie gemacht«, sagt er. »Was immer das ist, was wir da machen.«

Das Telefon liegt auf der Küchentheke, wie ein Kuchen auf einem Teller ist es eine ständige Versuchung. Nur mal ein kurzes Knabbern hier, ein Zuckergussfleckchen auf meiner Zunge. Dass ich diesen Mann zu meinem Vertrauten machte, dass er mich zu seiner Vertrauten machte, stellt natürlich den gewaltigsten Betrug dar, den es gibt. Dass er mir die Ortsschilder vorliest, an denen er vorbeifährt, dass ich den Kühlschrank öffne und ihm mitteile, ich hätte vergessen, Sahne zu kaufen. Dass ich vom Selbstmordversuch der Schwester seines besten Freundes weiß oder er mir hilft, das Sonntagskreuzworträtsel zu lösen, wenn ein lateinisches Wort darin vorkommt. Er weiß, wann meine Periode anfängt. Ich weiß, dass es elfhundert Dollar gekostet hat, die Delle in seinem Auto zu reparieren. Ich erzähle ihm, dass der rote und gelbe Pfeffer in meiner Bratpfanne nach Sommer duftet, nach Spätsommer und Ende, er erzählt mir, dass er in der Schlange vor dem Drive-in-Restaurant steht, aber lieber bei mir in der Küche wäre. Er wünscht sich, durch die Tür zu kommen, hinter mich zu treten und seine Arme um meine Taille zu legen. Ich schließe die Augen und höre die erstaunlich deutliche Stimme irgendeines jungen Mädchens in Boston, das ihn fragt, ob er eine Sauce dazu haben will.

»Mein Leben ist ätzend«, sagt er, und ich löse meine Faust und werfe Pinienkerne in die Pfanne. Für das, was Gerry mir bedeutet, gibt es kein Wort, obwohl Kelly, als ich endlich schwachgeworden war und ihr alles gebeichtet hatte, eine Augenbraue hob und ihn »die Ablenkung« nannte.

Jedes Mal wenn ich aus der Eheberatung komme, rufe ich ihn an. Jeff beendet die Sitzung immer mit der Erinnerung, dass ich etwas für mich tun soll. Jeden Tag ein bisschen für mich, und ich bin mir ziemlich sicher, dass er damit nicht meint, ich soll Gerry anrufen, doch das ist das Einzige, was mich nach einer dieser unmöglichen Therapiesitzungen tröstet. Fünfzig Minuten, in denen ich versuche zu beschreiben, was ich zu Beginn unserer Ehe wollte und warum ich es inzwischen nicht mehr will. Fünfzig Minuten, in denen ich erkenne, dass ich mir nicht mehr sicher bin, was ich eigentlich genau will, aber ziemlich sicher bin, dass Phil nicht imstande ist, es mir zu geben. Fünfzig Minuten, in denen ich zugebe, dass ich die falsche Sprache spreche und dass es, natürlich, natürlich, meine eigene Aufgabe ist, mir etwas Gutes zu tun. Fünfzig Minuten, in denen mich Phil voller Frust ansieht, Jeff eifrig nickt und mich auffordert weiterzusprechen. Immerhin wird seine Selbstbeweihräucherung am Ende, wenn er mich rettet, umso größer sein, je mehr ich durcheinander bin und je mehr ich mich unklar ausdrücke. Ich bin das verlorene Schaf, dessen Rückkehr mehr Frohlocken bewirken wird als die anderen Schafe, die inzwischen sicher auf ihren Weiden stehen und Rucola mampfen.

Hinter Jeffs Kopf reiht sich in einem überladenen Buchregal Eheleitfaden an Eheleitfaden jeglicher Richtung und jeglicher Sichtweise. Jeff besitzt hundert Führer, jeder mit hundert Theorien darüber, wie eine Ehe funktionieren sollte, und er wird nicht Ruhe geben, bis wir alle erforscht haben.

»Jede Ehe ist ihr eigenes Land«, sagte er bei einer unserer Sitzungen. »Das verheiratete Paar stellt König und Königin dieses Landes dar, und diese beiden können jedes Gesetz verabschieden, das ihnen gefällt.«

Als Phil sehr ruhig sagte: »Das ist das Dümmste, was ich je gehört habe«, war ich für einen flüchtigen Augenblick sehr stolz. Selbst Jeff musste lachen. Egal – wenn uns dieser Vergleich nicht gefällt, hat er noch eine Menge andere auf Lager. Ich würde gerne wissen, wie viele Leute eine Therapie beenden, weil sie wirklich etwas verstanden haben, und wie viele, weil sie von dem ständigen Tröpfeln der Worte so ausgelaugt sind, dass sie am Ende zu allem und jedem Ja sagen, nur um aus der Tür zu kommen.

Also drücke ich jedes Mal auf dem Heimweg von Jeffs Büro die Nummer 3 meiner Kurzwahl. Es ist nicht der Augenblick, um über Kleinigkeiten zu sprechen, es ist der

Augenblick für ein Gespräch, das mich zum Einkaufszentrum, zum Flughafen oder zur Bahn treibt, wo ich allein in einer abgelegenen Ecke des Parkplatzes sitze und diesem Mann zuhöre, der mir erzählt, wie er mit seiner Zunge die Furche meines Rückgrats hinuntergleitet und meine Fußsohlen an seine Stirn presst. Gerry fragt mich nie, was ich haben will.

»Es darf nicht geschehen«, beschwöre ich ihn.

»Warum sprechen wir dann die ganze Zeit davon?«

»Weil wir uns gerne gegenseitig quälen.«

»In Ordnung, quäle mich.«

»Du weißt, dass ich ein paar Dessous gekauft habe.«

»Großartig, toll! Warte eine Minute, der Empfang in dieser Gegend ist beschissen. Ich will dich nicht verlieren.«

»Ich kann nicht lang reden. Die Damen und ich machen uns zum Walking fertig.«

»Erzähl mir von den Dessous.«

»Ich habe sie nicht für dich gekauft, sondern für meinen Ehemann. Er wird einen Blick darauf werfen, und alles wird ganz anders werden. Er wird ausrufen: ›Hallelujah, ich sehe dich sowohl als meine Frau als auch als meine Geliebte, und diese Ehe ist für immer zu hundert Prozent gerettet.‹«

»Was hat er gesagt? Eine Sekunde. Ich bin auf einer Brücke ...«

»Er hat überhaupt nichts gesagt. Ich habe sie noch nicht getragen.«

»Warum nicht?«

»Ich habe Angst. Er hat so seine eigene Art von Sarkasmus, ich glaube, er versucht witzig zu sein.«

»Armes Mädchen.«

»Ich weiß. Ich hole sie andauernd aus der Tüte, breite sie auf dem Bett aus und schau mir alles an.«

»Erzähl mir davon. Beschreib jedes Teil.«

»Also, da gibt es ein Mieder, weißt du, was das ist?«

»Ja, das ist fantastisch.«

»Und darunter diese schwarzen Strümpfe mit elastischen Bündchen, die von selber halten sollen, und High Heels.«

»Das ist wirklich irre.«

»Als ich die in der Umkleidekabine anprobiert habe, habe ich mir vorgestellt, wie meine Beine in den Strümpfen um deinen Hals gleiten. Ich habe mir das Knistern der Strümpfe auf deiner Haut vorgestellt, wenn ich …«

»Warte einen Augenblick, verdammt nochmal, überall Lkws. Ich nehme eine Ausfahrt und suche mir einen Platz, wo wir wirklich reden können. Warte eine Minute. Halt diesen Gedanken fest. Versuchst du mich umzubringen?«

»Ich versuche *etwas* umzubringen.« Ich biege gerade in den Parkplatz der Grundschule ein. Mein Auto ist das erste. Ich sage Gerry, er soll keine Ausfahrt suchen, da die anderen Frauen jeden Augenblick auftauchen und ich dann auflegen muss. Er sagt, er möchte, dass wir uns sehen. Das hat er mir schon früher gesagt. Ich habe weder mit Ja noch mit Nein geantwortet. Das ist gefährlich, meint er. Es ist dumm, erwidere ich. Er will nur sicher sein, dass wir uns über alles im Klaren sind. Im Flugzeug hätte ich gesagt, die Ehe sei eine Tür, durch die die Menschen ein und aus gehen, und ich muss wissen, dass er nicht aus dieser Tür hinausgehen wird.

»Also wäre zwischen uns nichts weiter als Sex.«

»Freundschaft und Sex«, sagt er. »Kommst du damit zurecht?«

Ich versichere ihm, dass ich damit zurechtkomme.

Er überlegt sich, dass es zumindest beim ersten Mal vielleicht das Beste wäre, wenn wir uns auf neutralem Boden treffen würden. Irgendwo anders als in seiner oder meiner Stadt.

»New York«, schlage ich sofort vor. Ich habe dort eine

Freundin, keiner wird sich etwas dabei denken, wenn ich hinfahre, um sie zu besuchen. Für ihn ist es auch gut – es gibt Millionen Gründe, sich in New York herumzutreiben. Er sagt, es gibt Möglichkeiten, eine Geschäftsakte auf meinen Namen anzulegen, so dass ich als Kundin erscheine und er mein Ticket zahlen kann. Die Sache mit der Kundin klingt ein bisschen zweischneidig. Vielleicht hat er das schon früher gemacht, und das ist nicht gut. Doch wenn er sich die Mühe macht, eine Geschäftsakte für mich anzulegen, muss er mehr als nur ein Treffen beabsichtigen, und das ist gut. Mein Stoffwechsel wird von irgendetwas überflutet – Adrenalin, Endorphine, irgendeine Flüssigkeit, die für mich wie Wodka aussieht und klar und ohne Umschweife direkt in mein Gehirn fließt.

»Hörst du mich? Es gibt hier so viele idiotische Brücken.« Er bricht ab.

»Ich habe dich gehört. Das wird in Wirklichkeit niemals stattfinden.«

»Was wirst du in New York anziehen?«

»Hast du schon vergessen, wie ich aussehe?«

»Ich weiß, wie du aussiehst. Ich versuche mich in Dirty Talk.«

»Heute Abend trage ich die Dessous.«

»Ja, ich denke, du könntest einen Versuch wagen. Ruf mich morgen an und lass mich wissen, wie es war.« Nancys Van ist in den Parkplatz eingebogen und hält auf mich zu. Gerrys Stimme geht in einem Meer von Funkstörungen fast unter. »Wenn es funktioniert, höre ich nie wieder etwas von dir, oder?«

»Dann kannst du dich mit dem Wissen trösten, dass du eine Ehe gerettet hast.« Ich beobachte, wie Nancy aus dem Van klettert und ihre Laufschuhe fest zuschnürt. »Du kannst allen deinen Freunden erzählen, dass mich die Begegnung mit dir in eine der größten Sexmiezen von Charlotte, North Carolina, verwandelt hat.«

»Du hast Recht. Das wird ein gewaltiger Trost sein.«

»Außerdem: Denk positiv. Die Chancen dafür stehen schlecht.«

»Werden wir uns in New York treffen, wenn es nicht klappt?«

Ich verabschiede mich, springe aus dem Auto, schlage die Tür zu und gehe zu Nancy. Als ich komme, schnallt sie sich gerade ihr Pulsmessgerät um die Brust und schaut, wegen der Sonne blinzelnd, hoch.

»Ich kann geradewegs durch dich hindurchschauen«, begrüßt sie mich.

»Was?«

»Dieses Top ist ein bisschen dünn.«

»Es ist aus dem neuen atmungsaktiven Stoff. Ich trage darunter einen Sport-BH.«

»Ist schon gut, ich habe es nicht böse gemeint. Solange du einen Sport-BH trägst. Es sieht bequem aus. Willst du loslegen?«

»Klar.« Wir gehen die Treppe zur Bahn hinunter.

»Ist es okay, wenn ich etwas mit dir bespreche? Es ist wichtig.«

»Klar«, sage ich einmal mehr. »Wir erzählen uns ja gegenseitig alles.« Ich bin noch genervt wegen ihres Satzes, sie könne durch mich hindurchschauen, doch die Lüge kommt mir mühelos über die Lippen. Nancys große Neuigkeit lautet, dass sie sich überlegt, in der Küche einen Hartholzfußboden zu verlegen, und ich murmle eine Anerkennung für die enorme Tragweite ihrer Entscheidung. Logisch ist das nicht ganz. Wir arbeiten so hart daran, eine Fassade aufzubauen, und dann werfen wir es uns gegenseitig vor, wenn wir nicht imstande sind, dahinterzuschauen.

Sie teilt mir die genauen Abmessungen des Raums mit, wie viel im Vergleich zu echtem Holz Laminat kostet und was Jeff gesagt hat und wie er es gesagt hat – wenn sie das Echtholz nehmen, könnte der Preis ihre Urlaubspläne beschneiden –, und sie erzählt mir detailliert von den drei Orten, die sie für ihre Herbstferien in Betracht ziehen. Kellys Auto fährt auf den Parkplatz, direkt hinter ihr kommt Belinda. Ich helfe Nancy beim Kopfrechnen. Dreißig Quadratmeter Laminat sind gleichzusetzen mit einer ganzen Woche im mexikanischen Cancun. Ist das viel toller als dreißig Quadratmeter Hartholz und vier Tage in Hilton Head, South Carolina, oder ist es das nicht? Jemandem alles zu erzählen, ist eine andere Form von jemandem nichts zu erzählen.

Heute Nacht gehe ich, nachdem Tory eingeschlafen ist, ins Badezimmer und ziehe das Mieder an, die Strümpfe und die High Heels. Normalerweise begibt sich Phil unmittelbar vor den 22-Uhr-Nachrichten ins Schlafzimmer. Tatsächlich kommt er planmäßig durch die Tür und entdeckt mich über das Bett drapiert.

»Was machst du?« Er lächelt schwach.

Sofort fühle ich mich albern, wie kann man auf dem Bett liegen und High Heels tragen. Ich bemühe mich, das Mieder über meinen Bauch herunterzuziehen.

»Was genau versuchst du zu sein?« Aha, die Frage, auf die es keine Antwort gibt. »Also wirklich, woher hast du das Zeug? Hast du es dir von Kelly geliehen?«

Ich flüchte vom Bett und stakse in meinen begehbaren Kleiderschrank. Mein Gesicht brennt vor Scham.

»Sei nicht beleidigt«, ruft er hinter mir her. »Lass mich den Wetterbericht anschauen, dann kannst du wieder hereinkommen und das kleine Ding spielen.« Doch ich habe mir schon das Mieder über den Kopf und die Strümpfe über die Knöchel gezogen und fange an, die Beweismittel meiner Dummheit zurück in Fredericas Tüte zu stopfen. »Du ziehst das doch nicht aus, oder?«, ruft er erneut. »Das ist wirklich irgendwie niedlich.« Ich ziehe mir mein locker fallendes graues Schlafshirt mit dem großen UNC vorne drauf an und tappe zurück ins Schlafzimmer.

»Ich nehme an, du bist stinksauer.«

»Wenigstens kannst du nicht behaupten, dass ich es nicht versucht habe.«

»In Ordnung.« Er tut so, als würde er eine imaginäre Bemerkung in ein imaginäres Notizbuch schreiben. »Halten wir im Protokoll fest, dass Elyse es am 27. Oktober um 21 Uhr 56 versucht hat.«

Zwei Tage später, wenn wir Jeff diese Geschichte erzählen, werden Phil und ich unterschiedliche Erinnerungen daran haben. Ich werde Jeff erzählen, dass Phil mich angegrinst und gefragt hat, was ich zu sein versuche. Phil wird sagen, dass er nicht gegrinst, sondern nur gelächelt hat, weil er überrascht gewesen ist.

»Ich habe sie noch nie in solchen Sachen gesehen«, wird er zu Jeff sagen, aber Jeff wird uns nicht ansehen. Als wir zu dem Teil unserer Geschichte kommen, in dem Phil mein Outfit beschreibt, wird Jeff seinen Stuhl vom Tisch wegdrehen und die Augen schließen.

»Okay, du hast ihn also vielleicht ein bisschen zu sehr überrascht«, wird Jeff sagen. »Wichtig ist, dass du nicht so viel in diese eine Reaktion hineinliest …«

»Sie hat die Nacht auf der Couch verbracht.«

»Er hat sich über mich lustig gemacht.«

»Wichtig ist, dass du erkennst, dass das nur ein kleiner Ausrutscher war«, wird Jeff mit gedämpfter Stimme sagen, denn er sieht zur Wand. »Ein winziges Missverständnis. Wichtig ist, dass du offen bleibst für die erotischen Möglichkeiten zwischen euch.«

»Du kennst sie nicht«, wird Phil sagen. »Elyse gehört zu der Sorte von Frauen, die imstande sind, um so etwas wie das hier ein Riesentheater zu machen.«

Kapitel 13

Sie glauben, ich reise nach New York, um eine Freundin namens Debbie zu besuchen. Debbie ist meine Notrutsche – jede verheiratete Frau hat eine. Die Freundin aus deinen Singletagen, die Single geblieben ist, die Freundin, die in einer anderen Stadt lebt, die Freundin, in deren Leben du in regelmäßigen Abständen untertauchen kannst, ohne Alarm auszulösen. Meine Mutter ist bereit, bei uns im Haus zu bleiben. Sie wird Tory nach der Schule abholen und dafür sorgen, dass sie ihre Hausaufgaben macht, und ich habe den Verdacht, dass sie sie auch verköstigt und gebadet hat, bis Phil nach Hause kommt. Es sind nur drei Tage, sagt sie zu mir, mach dir keine Gedanken. Ich klinge, als könnte ich gut eine Pause vertragen.

Auch Phil ist nicht beunruhigt. »Viel Spaß. Grüß Debbie von mir.«

Debbie kann ihn nicht leiden. Er kann Debbie nicht leiden. Doch ich bin erstaunt, dass ich so einfach wegkomme. Ich habe mich allmählich schon gefragt, wie lange ich warten soll, bevor ich es wieder versuche. Aber nein, ich überhole mich selbst. Ein paar Küsse und ein paar schwindelerregende Telefonate bedeuten nicht, dass Gerry und ich in der Wirklichkeit ankommen werden. Ein Hotelzimmer in New York qualifiziert einen nicht unbedingt für die Wirklichkeit.

Ich werde am Dienstagnachmittag anreisen und eine Nacht in einem Zimmer bleiben, das er in einem Hotel reserviert und bezahlt hat, von dem er sagt, dass es sehr angenehm ist. Er wird am frühen Mittwochvormittag ankommen. Wir waren der Meinung, dass es so am besten ist, da sein Flugzeug um 8 Uhr 15 landet und er sonst bis drei warten müsste, um ins Hotelzimmer zu kommen. Wir können es uns nicht leisten, fast den ganzen Tag mit Herumspazieren und Mittagessen totzuschlagen. Die Zeit ist zu kostbar, wir haben zu wenig davon, also komme ich einen Tag früher und checke im Hotel ein.

Am Dienstag wache ich um fünf auf. Ich füttere die Katzen zweimal. Als Phil mir einen Abschiedskuss gibt, verfehlt er meinen Mund, und der Kuss bleibt als feuchter Flecken auf meiner Wange, bis ich ihn abwische. Ich fahre Tory zur Schule und umarme sie beim Abschied zu fest.

»Schöne Ferien«, sagt sie. »Hals- und Beinbruch!« Dieses Jahr belegt sie zum ersten Mal Theater und liebt diese Redewendung, liebt die Vorstellung, dass man jemandem etwas Schlechtes wünscht, um ihm Glück zu wünschen, und dass man immer das Gegenteil von dem sagen sollte, was man meint.

Ich habe mir zwei volle Stunden zugestanden, um zum Flughafen zu fahren. Im letzten Augenblick, als ich schon rückwärts aus der Auffahrt rolle, fällt mein Blick auf den Ehering. Ich stelle das Auto ab und laufe zurück ins Haus, um ihn abzunehmen. Ich will ihn im Bad beim Waschbecken ablegen, aber das ist riskant, ich könnte genauso gut jemanden bitten, ihn in den Abfluss fallen zu lassen. Das ist der Fluch, der auf den Frauen meiner Familie liegt. Immer und immer wieder, über Generationen hinweg, schaffen wir es, unsere Eheringe in den Abfluss zu spülen. Meine Mutter hat es mehrfach gemacht, meine Großmutter ebenfalls und auch meine beiden Tanten. Meine frühesten Erinnerungen sind die an Klempner, die mitten am Tag hektisch gerufen wurden, um die Ringe aus den Abflussrohren zu holen, bevor die Ehemänner nach Hause kommen. Wir dürfen die Männer auf keinen Fall wissen lassen, wie dumm wir waren, wie leichtsinnig. Beinahe könnte man meinen, wir wollen dabei erwischt werden. Wer uns nicht kennt, könnte denken, wir sind Frauen, die es genießen, Ärger zu bekommen. Huch, schon sind sie wieder weg.

Würde ich außerdem meinen Ring auf dem Waschbecken zurücklassen, wäre das eine zu dramatische Geste, um selbst von Phil übergangen zu werden. Ich lege ihn in die oberste Schublade meines Nachttisches und hinterlasse meiner Mutter auf der Küchentheke eine Nachricht, um ihr all das mitzuteilen, was sie bereits über Torys Stundenplan, die Telefonnummern der Ärzte, den Aufbewahrungsort der Versicherungspolicen und das Katzenfutter weiß. Es handelt sich dabei um eine reine Zwangshandlung oder vielleicht auch um Aberglauben. Wäre dies ein Märchen, würde etwas Schreckliches passieren, während ich unterwegs bin, um verantwortungslos mit einem Fremden ins Bett zu gehen. Ein Feuer, ein Erdbeben, ein leichtsinnig geschwungener Baseballschläger, ein Monster, das unter der Dorfbrücke herauskrabbelt.

Ich möchte auf alle Fälle weg sein, bevor sie hier ankommt, weshalb ich die Nachricht schnell hinkritzle. Meine Mutter ist nicht dumm. Sie würde viel zu viele Fragen zu meinen Plänen für New York stellen, sie würde den Namen eines Hotels wissen wollen, meine genauen Flugzeiten. Ihr würde sofort auffallen, dass ich meinen Ehering nicht trage. Meine Mutter hat ein natürliches Gespür für Schuldbewusstsein und ein scharfes Auge für Einzelheiten. Immer wenn der Klempner ihren Ring aus dem Bogen des Abflussrohres gezogen hatte, brach sie in einen Weinkrampf aus. »Wieder einmal knapp davongekommen«, sagte sie dann zu mir, »wieder einmal knapp davongekommen.«

Es dauert lange, bis ich mein Gepäck habe und den Shuttlebus finde, und als ich im Hotel ankomme und auspacke, ist mein Kostüm verknittert, und ich stelle fest, dass ich meine Make-up-Tasche zu Hause vergessen habe. Ich habe sie noch in letzter Minute herausgenommen, um Wimperntusche aufzutragen, und sie muss noch immer neben dem Waschbecken liegen.

Es ist ein Zeichen, ganz klar, ein Zeichen, dass ich mich schlichter geben soll. Ich wasche mein Gesicht und gehe hinunter auf die Straße. Ich möchte einen roten Lippenstift, ein einziges elegantes Röhrchen.

Es stellt sich heraus, dass das gar nicht so einfach ist, noch nicht einmal in New York, wo man alles finden kann, wenn man bereit ist, weit genug zu laufen. Bei Macy's gibt es einen mit der Bezeichnung »simples Rot«, aber das Adverb ärgert mich, und ich suche weiter. Schließlich entdecke ich ihn in einem chinesischen Kräutershop in Chelsea: rot, siebzehn Dollar. Ich möchte mehr ausgeben.

Der Geschäftsinhaber hält mir einen kleinen Spiegel hin, während ich meine Lippen sehr sorgfältig anmale, und dann bin ich wieder draußen in den windigen Straßen von New York. Vielleicht reicht das, vielleicht habe ich mein großes Abenteuer schon erlebt, indem ich es so weit gebracht habe. Ich mag dieses neue Gesicht – schlicht, blass, mit einem einzigen Farbtupfer. Ich bleibe an einer Straßenecke stehen, wühle in meiner Tasche herum, bis ich ein Gummiband finde, und nehme die Haare aus dem Gesicht. Das ist sogar noch besser. Vielleicht brauche ich größere Ohrringe und ein professionelles Augenbrauenstyling, aber es wird dunkel, also muss ich mir das für einen anderen Tag aufheben. Einstweilen muss mein Mund ausreichen.

Wieder im Hotel bestelle ich beim Zimmerservice drei Wodka Tonic und einen Spinatsalat, dusche mich, wickle mir den Leihbademantel in Schachbrettmuster um meinen nassen Körper, gebe dem Mädchen zehn Dollar Trinkgeld und mache es mir mit dem Essen auf dem Bett bequem. Der Mantel ist weich und hat eine Kapuze, und in dem Augenblick, in dem sich der Stoff um mich wickelt, denke ich: »So fühlte es sich an, wenn man eine Geliebte ist.« Der Himmel weiß, was Gerry diese Suite kostet, aber es freut mich, dass das Hotel so edel, so diskret und eindeutig teuer ist. Es freut mich, dass er dafür gesorgt hat, dass mich im Zimmer Blumen erwartet haben. Tory hat mir auch eine Blume geschenkt. Als wir heute Morgen auf dem Weg zur Schule zum Tanken anhielten, bat sie mich um zwei Dollar. Ich gab sie ihr in der Annahme, sie wolle sich einen Schokoriegel kaufen, war aber zu unkonzentriert, um angesichts der Tatsache, dass 7 Uhr 45 keine gute Zeit für einen solchen Snack war, zu protestieren. Sie kam mit einer von jenen Rosen zurück, die in Lebensmittelgeschäften eingewickelt an der Kasse stehen, die nie aufgehen und nie sterben, sondern zum Schluss schwächeln und die Köpfe hängen lassen, während sie noch immer die Form von Knospen haben. Ich nahm die Rose mit ins Flugzeug. Ich hielt sie im Taxi in der Hand. Jetzt steht sie zusammengesunken im Eiskübel des Hotels, ihr Kopf ist über dem breiten Chromrand kaum zu sehen.

Die Suite ist angenehm. Sie verrät mir, dass er mich gernhat und mich mein Verlangen in seinen Augen nicht abwertet. Ich schütte den ersten Drink hinunter und sauge an der kleinen Limettenscheibe, reibe meine Füße mit der nach Mandeln duftenden Lotion aus dem Bad ein, lese alle für die

Gäste auf dem Nachttisch bereitliegenden Zeitschriften und studiere, was diese Woche in den Museen gezeigt wird, weil mich meine Mutter fragen wird, wie ich meine beiden Tage in New York verbracht habe, und etwas Vernünftiges hören will. Als ich zu Hause anrufe, um sie wissen zu lassen, dass ich gut angekommen bin, wähle ich vom Hoteltelefon aus die ersten vier Nummern und breche ab. Es würde nicht gut gehen, wenn die Nummer eines Mandarin Oriental Hotels in unserer Anruferkennung auftaucht. Also benutze ich mein Handy, diese Rettung für alle Ehebrecher, diese Erfindung, die es einem so leichtmacht zu behaupten, man sei, wo man nicht ist. Ich wähle meine eigene Nummer – komisch, wie schwer es fällt, sich an sie zu erinnern – und hinterlasse eine vage Nachricht. Danach nehme ich den zweiten Drink zur Hand und gehe zum Fenster.

Gegenüber meinem Hotel befindet sich ein Bürogebäude. In vielen Fenstern ist noch immer Licht, obwohl die Uhr neben dem Bett beinahe 21 Uhr anzeigt. Ein Mann sitzt am Schreibtisch. Ich kann ihn ziemlich deutlich sehen, sogar die Dose mit Coca-Cola light ist neben dem Computerbildschirm erkennbar. Mir fällt das Teleskop ein, das wir in meiner Kindheit besaßen. Mein Vater entwickelte während der Kennedyregierung ein großes Interesse für Astronomie. Er bezog das *Omni*-Magazin, schaute sich die Science-Fiction-Serie *The Outer Limits* an und versicherte mir, dass es, bis ich Kinder hätte, für alle, auch für Zivilisten, reine Routine sein würde, zum Mond zu fliegen. Bis es so weit war, benutzte er das Teleskop, um in die Küchenfenster der Nachbarn zu schauen. Er spielte mit dem Objektiv, drehte es mit seinen kurzen, dicken Fingern in die eine Richtung und dann wieder in die andere, bis er jeden Gegenstand auf den Küchentheken sehen konnte. Anschließend lehnte er sich zurück und sagte mit großer Befriedigung: »Nabisco.«

Ich nehme an, dass mir das Ausspionieren im Blut liegt, dieses sinnlose, müßige Verlangen, Einzelheiten aus dem Leben anderer Leuten zu beobachten. Ich drücke mich an das lange, schmale Hotelfenster, versuche den Mann mit der Kraft meiner Gedanken dazu zu bewegen herüberzusehen. Vielleicht bemerkt er mich ja über diese breite Kluft hinweg, und wenn er es tut – so überlege ich mir –, blende ich ihn, lasse meinen Bademantel fallen oder signalisiere ihm vielleicht mit meinen Fingern meine Zimmernummer, auf alle Fälle werde ich irgendetwas Schamloses machen. Es gibt so wenige Tage, an denen ich allein bin. Einen Moment lang frage ich mich, was passieren würde, wenn Gerry nicht auftaucht. Heute habe ich noch nicht mit ihm gesprochen. Es ist durchaus möglich, dass er derjenige ist, den in letzter Minute Panik überfällt, der Gewissensbisse kriegt oder zur Vernunft kommt. Der Mann beugt sich weiterhin über seinen Schreibtisch, als würde er beten. Erst als ich aufgebe und mich von der Scheibe löse, wandert mein Blick weiter und ich entdecke drei Stockwerke weiter oben einen anderen Mann. Er steht wie ich am Fenster, starrt auf mich herunter und lächelt. Erschrocken springe ich zurück.

Gerry wird morgen gegen 10 Uhr im Hotel ankommen. Mein bestes Kostüm, mein einziges Armani, ist bei diesem Wetter total falsch, aber es baumelt am Duschkopf, um sich auszuhängen, falls wir irgendwo schön zu Abend essen. Hier gibt es überall Männer, in der ganzen Stadt, die aus Bürofenstern oder sogar von noch weiter oben herunterschauen, abgehoben in der Luft, in Flugzeugen kreisend, auf dem Weg zu Frauen wie mir. Frauen, die ihre Eheringe ausziehen, Frauen mit breiten roten Mündern, die alleine in Zimmern warten, in denen es dunkel wird, und Gin trinken. Ich lege mich ins Bett und ziehe die graue Daunendecke über mich. Ich liege betrunken und allein in einem gemieteten Bett. Hier kennt mich keiner, und zu Hause weiß keiner genau, wo ich mich aufhalte, wo ich bin, und einigermaßen unlogisch denke ich, dass das die glücklichste Nacht meines Lebens ist.

Kapitel 14

Als er am nächsten Morgen an die Tür klopft, schrecke ich hoch. Obwohl ich das Klopfen erwarte, obwohl er tatsächlich innerhalb einer Zeitspanne von fünfzehn Minuten, die wir für seine Ankunft errechnet haben, kommt, obwohl er mich vom Taxi aus angerufen hat, um mir mitzuteilen, dass er gelandet ist, und um die Zimmernummer zu erfahren, trotz alledem schrecke ich hoch, als ich das Klopfen höre. Ich bin seit zwei Stunden auf. Jede Menge Zeit, um das Frühstück zu bestellen, meine Beine zu rasieren, meine Haare zu föhnen. Ich habe den roten Lippenstift aufgetragen und etwas davon entfernt, noch mehr davon entfernt und ihn schließlich ganz abgewischt. Zurück ist nur ein schwacher roter Farbtupfer geblieben, ein Farbton, der durchaus der natürliche Ton von Frauenlippen hätte sein können. Ich will nicht, dass er denkt, ich hätte Make-up aufgelegt. Ich will nicht, dass er den Eindruck hat, dass ich mir zu große Mühe gebe.

Ich stehe auf Zehenspitzen. In diesem Augenblick werde ich zur Ehebrecherin. Meine Hand liegt auf dem Türknopf, mein Auge schaut durch den Türspion. Er sieht zur Seite, was gut ist, denn aus diesem Blickwinkel kenne ich ihn am besten. So hat er auf dem Flug von Phoenix nach Dallas für mich ausgesehen, ein Profil, ein Mann, der auf einer Münze erscheint. Was beobachtet er? Kommt der Zimmerservice den Korridor herunter? Kommen die Zimmermädchen mit ihren Rollwagen voller Klopapier und Handtüchern, oder ist er nur nervös, hat er Angst, erwischt zu werden? Doch wir sind hier in New York, dem anonymsten Ort auf der Welt. Er sieht zuerst in die eine Richtung, dann in die andere, als bereite er sich darauf vor, eine Straße zu überqueren.

Und ich sage zu mir selbst – laut, wie eine Verrückte: »Das ist der Augenblick.«

Aber natürlich ist er das nicht. Unsere eigentliche Beziehung hat schon vorher angefangen, gestern Morgen, als ich an Bord des Flugzeugs ging, oder vielleicht letzten Dienstag, als er mir die Ticket-Daten mailte, oder vielleicht sogar noch früher, als ich zustimmte, nach New York zu kommen, als wir ein Datum für unser Treffen festlegten. Vielleicht war der Wendepunkt aber auch an jenem Tag, als er mich zum ersten Mal anrief, damals als ich Tory auf dem Spielfeld beobachtete, oder als ich ihn in der Flugzeugkapelle von Dallas küsste. Die Vorstellung, man könne sein Schicksal ändern, ist eine Illusion, und ich gebe mich ihr nicht lange hin. Diese Entscheidung ist vor Jahren gefallen. Bevor mir Gerry Kincaid überhaupt begegnet ist.

Er klopft wieder.

Ich öffne die Tür.

Ich würde gern sagen können, dass Sex keine große Sache ist.

Nein, er ist eine Offenbarung.

Nicht nur, dass es Geschlechtsverkehr wie diesen überhaupt irgendwo auf der Welt gibt. Das habe ich bereits gewusst. Etwas in mir hat immer gewusst, dass es da draußen Menschen gibt, die Geschlechtsverkehr wie diesen haben. Die Überraschung ist, dass es mir widerfährt.

Er küsst mich, bis ich schwach werde, ich werfe meinen Kopf auf dem Kissen hin und her und murmle: »Ich will Liebe.«

Sofort schäme ich mich. Das entspricht nicht unserer Abmachung, warum muss ich immer so herausplatzen?

Aber er nimmt ebenso umgehend meine Hand und sagt: »In Ordnung, suchen wir uns etwas davon.«

Er könnte auch einen Tropenhelm aufhaben. Er könnte einen Spazierstock genommen haben und eine Feldflasche oder sich einen Rucksack auf den Rücken geschnallt haben. Meine Hand gibt er keinen Augenblick frei, und mich überkommt das Gefühl, dass ich den Weltraum durchquere, meine Augen an dem einen Ort schließe und an einem anderen öffne. In mir sind so viele Gefühle, deshalb dauert es eine Weile, bis ich feststelle, dass das wichtigste unter ihnen Erleichterung ist. All diese Gedanken, die schon so lange in mir arbeiten, die herumgeistern und auf sich selbst zurückgeworfen werden, die mich fast überzeugt hätten, dass ich krank und komisch bin und für die Liebe nicht tauge – plötzlich haben all diese Gedanken ein Ziel.

Er erwischt mich einmal dabei, wie ich auf die Uhr schaue, und ich beichte ihm, dass ich auszurechnen versuche, wie lange wir das hier schon machen, wie viele Jahre ich schon auf diesem Bett lebe. Aber er will nicht, dass ich weiß, wie viel Uhr es ist, und streckt die Hand zum Tisch aus. Seine Schultern und sein Rücken glänzen schweißnass. Ich gehe davon aus, dass er die Uhr zur Wand dreht, aber er hebt sie mit einem Ruck hoch. Die Bewegung kommt so abrupt, dass ich eine Sekunde lang denke, er lässt sie wie einen Stein auf meinen Kopf fallen. Stattdessen wird der Stecker mit einem Knall aus der Dose gezogen, und die roten Ziffern versinken augenblicklich in einem dunklen Meer.

»Du hast sie kaputt gemacht.« Sage ich es, oder denke ich

es nur? Er schleudert die Uhr quer übers Bett, das schwarze Kabel schlägt an seinen Arm. In diesem Augenblick würden die meisten Männer lächeln, würden ein breites Grinsen zeigen, um die Heftigkeit dieses Gewaltausbruchs abzuschwächen, um die Ironie, die in dieser Situation liegt, anzuerkennen, aber Gerry – das lerne ich im Lauf dieses langen Tages, der keine Stunden hat – gehört nicht zu den Männern, die beim Geschlechtsverkehr lachen. Genaugenommen sieht er aus, als würde er sterben.

»Es ist großzügig von dir, dass du dich so in die Niederungen herunter begibst«, sage ich. »Fliegst her, um mit mir ins Bett zu gehen, obwohl ich nicht einmal ein Yankee, eine Bankerin oder so etwas bin.«

»Glaube mir, die Tatsache, dass du kein Yankee und keine Bankerin bist, kommt dir sehr zugute.« Ich hebe Gerrys graues Jackett auf und ziehe es über. Das Seidenfutter fühlt sich auf meiner Haut kühl an. »Die klügsten Leute, die ich jemals kennengelernt habe, waren Südstaatler. Zum Beispiel Custis.«

»Wer ist Custis? Darf ich mich in diesem Jackett hinlegen?«

Er rutscht ein paar Zentimeter herüber, ich krieche neben ihn und lege meinen Kopf an seine Schulter.

»Der fertige alte Kerl, der auf der Farm lebte, auf der ich im Sommer immer mithalf. Sie gehörte dem Onkel meiner Mutter. Sie hat Hasch unter meinem Bett gefunden und beschlossen, ich müsse lernen, wie sich wahre Arbeit anfühlt. Das waren ihre Worte – wahre Arbeit, Männerarbeit, der Himmel weiß, wie sie auf diese Idee kam. Mein Vater war Jurist. Es war höllisch heiß, nirgendwo gab's Schatten, aber Custis – ich schwöre dir, der muss hundert gewesen sein, und er hat diese gewisse Volksklugheit besessen.«

»In Boston wird es nicht heiß.«

»Das war nicht in Boston, sondern in Virginia.«

»Custis hat dir also beigebracht ...«

»Custis hat mir alles über das Leben beigebracht. Ich weiß nicht genau, was meine Eltern beweisen wollten, als sie mich dorthin schickten, damit ich mir für zwei Dollar fünfundsechzig pro Stunde den Hintern aufreiße, aber Custis hat mir alles Mögliche beigebracht.«

»Zum Beispiel?«

»Custis war es, der mir beigebracht hat, wie man eine Wassermelone bumst.«

»Du machst Witze.«

»Meine erste Erfahrung war eine Wassermelone.«

»Ich glaub's nicht, dass du deine Unschuld an einen Kürbis oder etwas in der Art verloren hast. Das bedeutet, dass du nicht einfach nur aus deiner Art schlägst, das ist ein völlig neuer Stamm oder ein neues Geschlecht oder so.«

»Nein, sie sind gut ... wirklich, das sind sie. Denn sie sind fleischig, mehr oder weniger wie eine Frau, und wenn sie gerade erst gepflückt worden sind, dann sind sie innen noch warm – Körpertemperatur.«

»Und sie reden nicht.«

»Eine Melone wird dir nie sagen, was du falsch machst.«

»Du spaltest sie also ... Wie funktioniert es?«

Er schüttelt den Kopf. »Nicht spalten. Du nimmst dein Taschenmesser und schneidest ein Loch hinein. Klein genug, um dir ein paar Kicks zu verschaffen, aber groß genug, um die anderen Jungs zu beeindrucken. Dann gehst du hinter einen Busch ...«

Ich lache, und er lacht auch, wirft sich auf mich, öffnet sein Jackett und massiert den zarten Bogen unter meinen Brüsten, während wir uns hin und her rollen.

»Das fühlt sich gut an«, flüstert er, und ich höre mit dem

Rollen auf. Unsere Gesichter sind einander zugewendet, wir sehen uns aber nicht an.

Urplötzlich fühlt er sich schwer an, und ich verlagere mein Gewicht ein wenig. »Es hört sich nicht so an, als müsste man eine Menge können, um eine Wassermelone zu bumsen. Wo kommt Custis ins Spiel?«

»Er hat mir beigebracht, eine gute auszusuchen.«

»Du klopfst sie ab?«

»Da braucht es noch mehr dazu. Du nimmst draußen auf dem Feld eine spezielle Wassermelone ins Visier, beobachtest sie und wartest, bis sie die richtige Größe hat. Du hebst sie jeden Tag hoch und federst sie ein bisschen in deinen Händen.« Er veranschaulicht dies mit Hilfe meiner Brüste. »Sobald ich eine im Sinn hatte, ging ich mehrmals am Tag hinaus und schaute nach. Man will sie nämlich nicht pflücken, bis man überzeugt ist, dass sie so weit ist. Ihr Gewicht soll sich im richtigen Verhältnis zu ihrer Größe befinden, dann ist sie saftig.«

»Du bist so komisch. Nicht weil du es getan hast, denn du warst wahrscheinlich vierzehn oder fünfzehn, oder? Sondern weil du diese ganze Beziehung zu ihr aufgebaut hast, du warst im Grunde mit ihr zusammen.«

»Manchmal habe ich ihnen Namen gegeben.« Wir kichern wieder, schaukeln wieder. Sein Mund ist nah an meinem Ohr. »Ich werde hungrig«, wirft er ein. »Wie spät ist es?«

»Keine Ahnung. Dieses schicke Hotelzimmer, das du für uns gebucht hast, scheint keine Uhr zu haben.« Das Bett sieht in der Nachmittagsdämmerung grau aus. Stunden sind vergangen, seit er an die Tür geklopft hat, aber ich weiß nicht wie viele.

Gerry steht auf und wühlt in seinen Hosen nach seiner Uhr. Es handelt sich um ein Modell, wie es Bergsteiger tragen, das im Dunkeln leuchtet. »Kein Wunder, dass wir Hunger haben, es ist fast sieben.«

Noch genau zwölf Stunden, bis er geht. Ich atme langsam ein und aus, bemühe mich, nicht zu seufzen. »Zieh mein Höschen an.«

»Was?«

»Zieh mein Höschen an, und ich trage deine Boxershorts.«

»Das funktioniert nicht.«

Mit meinem Fuß ziehe ich den verdrehten Stoffhaufen aus marineblauer Seide vom Ende des Betts zu mir. Ich frage mich, ob er solches Zeug jeden Tag im Büro trägt oder ob er sie eigens für heute gekauft hat. Die Shorts lassen sich leicht über meine Hüften streifen. »Ich bedaure, dir mitteilen zu müssen, dass sie perfekt sitzen.«

»Damit du es weißt, in Boston wird es heiß. Warst du jemals da?«

Ich schüttle den Kopf.

Gerry kommt näher. »Wir könnten den Zimmerservice rufen«, schlägt er vor.

»Nein, ich will mich mit dir in der Öffentlichkeit zeigen. Ich möchte etwas anziehen, aufrecht sitzen und dich quer über den Tisch hinweg im Beisein anderer Leute anschauen.«

»Kannst du nochmal, bevor wir gehen?«

»Mädchen können immer.« Ich werde morgen wund sein.

»Ja«, sagt er sanft, beugt sich über das Bett, um mich mit Daumen und Zeigefinger zu bearbeiten, wandert von meinem Schlüsselbein zum Nabel, wobei er nur kurz am Gummibund seiner Boxershorts haltmacht. »Ja, ich würde sagen, du bist grade wieder so weit.«

Im Restaurant teilen sie uns mit, dass es etwa fünfzig Minuten dauern wird, bis sie einen Tisch für uns haben. Viele Männer würden konsterniert sein und verlangen, dass wir ein anderes Restaurant aufsuchen, aber mir ist an Gerry schon aufgefallen, dass er immer bereit ist zu warten. Wir tragen unseren Namen ein, nehmen den Summer und überqueren die Straße, um die Zeit in einer Filiale von Restoration Hardware totzuschlagen. Ich liebe Restoration Hardware. Die Musik ist gedämpft und das Verkaufspersonal freundlich. Sie führen spiralenförmige Schläuche, wunderschönes schweres Geschirr und Lederstühle. Sie verkaufen Hochzeitsgeschenke.

Gerry steht am anderen Ende des Ladens und schaut sich Bücher an. Er legt die Stirn in Falten, sein Gesicht ist angespannt. Als ich zu ihm gehe, zeigt er mir ein Rezept für Coq au Vin, das über einem Lagerfeuer gekocht wird. Zudem hat er einen Korb voller altmodischer Bay-Rum-Seife in der Hand, und er erzählt mir, dass ihn allein schon die Verpackung an seinen Großvater erinnert. »Danach soll ein Mann duften.« Er hält mir ein Stück hin, damit ich daran schnuppere. »Diesem Duft kannst du vertrauen.«

Er zahlt bar. Als wir das Geschäft verlassen, haken wir uns unter. Mir gefällt es, dass er so viel größer ist als ich. Als ich meinen Arm in seinen lege, zieht er mich fast hinter sich her. Wegen seiner langen Schritte stolpere ich ein paarmal. Seine Frau muss größer sein als ich, oder sie gehen nicht oft Arm in Arm. Wir laufen vor dem Schaufenster an unserem Spiegelbild vorbei. Wir sind ein schönes Paar.

Am nächsten Morgen wird er früh abreisen. Sein Flug geht Stunden vor meinem, und ich bitte ihn, mich aufzuwecken. Er möchte das nicht. Es gibt keinen Grund, sagt er, dass ich vor Sonnenaufgang aufstehe, um mich von ihm zu verabschieden, außerdem würde er beim Gehen lieber das Bild vor Augen haben, wie ich schlafend in dem plüschigen weißen Bett liege. Vermutlich ist ihm nicht nach Abschiedsszenen oder Fragen über ein Wiedersehen zumute.

»Ich verspreche, keine Szene zu machen«, sage ich. »Bitte weck mich auf.«

Trotzdem werde ich am nächsten Morgen zu den gedämpften Geräuschen, die die Zimmermädchen im Korridor machen, allein aufwachen. Er wird mir auf seinem Kissen die Speisekarte für das Frühstück und ein Stück Bay-Rum-Seife zurückgelassen haben.

Aber als wir zum Abendessen gehen, weiß ich von alldem noch nichts. Ich kann nicht in die Zukunft sehen, und das ist ein großes Geschenk. Ich sehe uns nur glücklich, attraktiv und Arm in Arm, unsere Konturen spiegeln sich in den Fenstern teurer Geschäfte. Ich sehe ihn hochschrecken und lachen, als der Summer in seiner Tasche losgeht, sehe, wie wir zu einem Séparée geleitet werden, wie wir unsere Köpfe über die Speisekarten beugen und beschließen, mit einem Teller Muscheln anzufangen. Ich erzähle ihm Geschichten über Kelly und mich im Drive-in-Restaurant, und er zitiert einen Liedtext, den er damals in den Siebzigern für seine erste Liebe schrieb.

»Sie hat mir das Herz gebrochen.«

»Wahrscheinlich ist sie inzwischen gestorben. Oder sollte es wenigstens sein.« Er lächelt, und für einen Augenblick dehnen wir uns dort im Restaurant aus, die Luft um uns flirrt vor Möglichkeiten. Er schiebt mir die letzte Muschel zu, so wie Strolch Susi den letzten Fleischklops überlässt. Als ich ein kleines Mädchen war, war das mein Lieblingsfilm.

Kapitel 15

Sex kann dich retten. Das sollte man eigentlich nicht sagen, aber es stimmt. Nach meiner Rückkehr aus New York fühle ich mich ganze drei Tage lang wie abgehoben. Ich schicke Gerry eine E-Mail, deren ganzer Text »Ich bin glücklich« lautet.

Mir ist klar, dass es so nicht laufen kann. Man sollte in Therapie gehen und an seinen Problemen arbeiten. Man sollte ein Tagebuch führen und Yoga machen und tief einatmen. Man sollte irgendwohin gehen, wo es schlicht und weiß ist – vielleicht in ein Strandhaus in einer Stadt, in der man niemanden kennt, und die Wände des Hauses sollten alle weiß und ohne irgendein Bild sein. Oder man fliegt stattdessen mit einer Gruppe von Frauen nach Irland, alle tragen handgesponnene Hemden und essen nahrhaftes Wurzelgemüse, der Himmel sieht ständig nach Regen aus. Oder vielleicht Indien. Wahrscheinlich Indien. Das oder Nepal. Es kommt darauf an, dass man weit wegfährt und sehr lange wegbleibt. Das Glück geht streng mit einem um. Es erfordert Stille, Einsamkeit und Nachdenken. Und dann, im Jahr sieben, fünfzehn oder zweiundzwanzig, kommt das Glück zu einem. Oder auch nicht. Ich weiß, dass es so sein sollte. Ich weiß, dass Männer eigentlich nicht wie Abkürzungen und Ausfahrten benutzt werden sollten. Das weiß ich, und doch: Wenn ich nachrechnen würde, wie oft mich

Sex im Vergleich zu Therapie, Religion, Meditation oder zur Liebe guter Freunde ins Leben zurückgeholt hat, wäre das Ergebnis nicht einmal knapp.

Keine Ahnung, woran Männer merken, dass es ihnen bessergeht, doch wenn Frauen sich von etwas erholen, lassen sie sich die Haare schneiden. Am dritten Tag nach New York wache ich auf, gehe ins Badezimmer, schaue in den Spiegel und denke: »Es ist Zeit, mir die Haare schneiden zu lassen.«

8 Uhr morgens: Ich rufe den teuersten Friseur der Stadt an, bei dem sie mir sagen, dass bei Antonio unerwartet noch ein Termin frei geworden ist. Sie versichern mir, dass ich großes Glück habe – offenbar kommt das selten vor. Bei meiner Ankunft bringen sie mir die italienische *Vogue* und Mineralwasser und legen mir ein langes Aromatherapiekissen um den Nacken. Antonio bittet mich zu beschreiben, was ich mir vorstelle, ich sage ihm, dass ich einen Haarschnitt haben möchte, der mich attraktiv aussehen lässt, wenn ich flach auf dem Rücken liege. Er gibt diesen europäischen Ton von sich, der zwischen einem höhnischen Schnauben und dem Ausatmen von Zigarettenrauch liegt. Doch er geht sehr sorgsam mit meinen Haaren um und schneidet meinen Pony dreimal, damit er richtig liegt. Später erzählt er mir, dass er aus Tennessee stammt.

10 Uhr 40: Mit elegant um mein Kinn flatternden Haaren kaufe ich Einwickelpapier für Belindas Geburtstagsgeschenk. Es dauert länger als erwartet, weil mich die Schönheit des Hallmark-Geschäfts festhält. Alles ist so fremd und exotisch, als wäre ich wieder in dem chinesischen Geschäft in Chelsea und würde zwischen den verstaubten Jadestatuen und Behältern mit aromatischen dunklen Teesorten herumlaufen. Ich wandere in den Gängen auf und ab und kaufe nach langer Überlegung Seidenpapier in Balle-

rina Blue und dünne, ausgezackte Bänder, die man mit der Schere ringeln kann. Das wird für Belinda reichen, aber ich nehme auch einen Ball groben Bindfadens, zwei rote Seidenschachteln, die mit Konfetti gefüllt sind, eine Samttasche, die mit einer goldenen Kordel zugeschnürt ist, einen schimmernden Silberzylinder und olivgrünes Paisleypapier. All das kaufe ich, ohne einen Plan zu haben, wie und wann ich es benutzen würde. Ich lasse meine Hände über die Auslagen gleiten und berühre die Spitzen der Seidenbögen, als ob es Seeanemonen wären, die sich auf meine Berührung hin zurückziehen können. Ich hatte vergessen, dass das Leben so viel Struktur haben kann.

11 Uhr 20: Bei Walmart kaufe ich fünfzehn Liter Blumenerde, bringe sie nach Hause, schleife sie in den rückwärtigen Garten und ramme ein Steakmesser in den Bauch des Sacks. Ich sammle alle Töpfe ein, die nicht recht zum Verkauf taugen, und hole meine Zimmerpflanzen heraus. Eine nach der anderen ziehe ich aus dem Behälter und setze ihre verwickelten weißen Wurzeln der Luft aus. Urplötzlich überfallen mich wahnsinnige Schuldgefühle. Die Wurzeln sind so stark ineinander verflochten, dass sie schon seit langem hätten umgetopft werden müssen. Nach den Wurzelpflanzen mache ich weiter mit den Zwiebelpflanzen. Ich ziehe am unteren Teil des Stängels, bis ein leises, kurzes Ächzen zu hören ist und das Erdreich die Blume in meine schmutzigen Hände entlässt.

Die Zwiebelpflanzen sind sowieso meine Lieblinge. Sie erscheinen mir immer wie kleine Wunder mit ihrer Macht, sich selbst zu erneuern und sich immer wieder aufs Neue durch den Erdboden zu schieben. Sie haben in Töpfen, die von Spinnweben überzogen sind, den ganzen Sommer und Herbst über so geduldig in meiner Garage geschlafen. Ich halte jede Einzelne in meiner Hand, stelle mir vor, wie ich ihr kleines, schlagendes Herz fühlen kann, und lege sie in viel größere Töpfe, bedecke sie mit frischer Erde, gieße Wasser darüber und überlasse sie mit einem kurzen Gebet um Vergebung für die Vernachlässigung, die sie erleiden mussten, ihrem Schicksal.

An irgendeinem Punkt sehe ich die ganze Sache sehr emotional. Ich muss aufhören, mich in die Hängematte legen und weinen. Ich stelle mir vor, dass ich, sollte mich Phil heute Nacht fragen, warum ich meinen Ehering nicht trage, sagen kann: »Ich habe heute Nachmittag Pflanzen umgetopft.«

Allerdings wird sich herausstellen, dass er nicht fragt.

12 Uhr 40: Danach bin ich mit Blumenerde verdreckt, weshalb ich ins Haus gehe und bade. In letzter Minute gebe ich einen Spritzer Badegel ins Wasser. Die Flasche Vitabath steht seit Jahren im Badezimmerschrank, ich kann mich nicht erinnern, wer sie mir schenkte oder für was ich sie aufhob. Der Spritzer kommt mit einem lauten gelatineartigen Aufklatschen aus der Tube und macht den Boden der Badewanne derart rutschig, dass ich beim Reinsteigen ausgleite und für Turbulenzen im Wasser sorge. Mein Lachen überrascht mich, und ich schaue hoch, weil ich denke, dass jemand ins Badezimmer gekommen ist.

13 Uhr 30: Zum Mittagessen kehre ich in einer Sportbar ein und bestelle mir ein Bier vom Fass und Chicken Wings. Das Bier ist so kalt, dass ich beim ersten Schluck das Gefühl habe, einen Eispickel in den Hinterkopf gerammt zu bekommen. Ich habe ein großes schweres Buch mitgebracht, einen jener Klassiker, die man immer einmal lesen will, aber nie liest. In der Hand halte ich einen Stift, um alles, was mir besonders interessant oder gut geschrieben erscheint, zu unterstreichen – eine alte Angewohnheit aus dem Studium. Ich war einmal klug. Ich war einmal imstande, mir Dinge zu

merken. Jetzt bin ich einfach nur eine Frau, die Katzen mit findigen Namen besitzt. Heute aber scheint mir alles bedeutungsvoll zu sein, und ich unterstreiche fast jeden Satz. Es kommt mir vor, als würde ich eine 3-D-Brille tragen, und die Seite wäre nicht flach – manche Wörter scheinen mir entgegenzukommen, während andere sich zurückziehen.

Der Barkeeper fragt mich, ob ich alles habe, was ich brauche. Die Leute stellen mir ständig solche Fragen: Wie geht's Ihnen, Ma'am? Was suchen Sie? Soll ich nachschenken? Würden Sie die gern in einer anderen Farbe anschauen? Haben wir noch Platz für ein Dessert? Wenn man soundso viel hat, können die Leute offenbar nicht mehr damit aufhören, dich zu fragen, ob du noch ein bisschen mehr brauchst.

»Alles bestens«, sage ich zum Barkeeper, doch in Wirklichkeit bin ich am Verhungern – bin gierig, gefräßig, fettverschmiert und benehme mich vor lauter Appetit vulgär. Die Wings sind köstlich, knusprig und pikant, ich esse drei Schalen mit Blue-Cheese-Dressing leer – als würde ich seit Monaten zum ersten Mal Essen in meinem Mund schmecken, als wäre Essen ein Geheimnis, das nur ich entdeckt hätte. Genug, genug, genug, wer kann schon sagen, wann genug ist? Ich habe eine Tochter und ein Zuhause, einen Ehemann und einen Liebhaber, meine Töpfe und meine Bücher, meine Katzen und eine wirkliche Freundin, und das sollte reichen, aber wenn ich wüsste, wann es reicht, wäre ich von vornherein gar nicht in dieser Situation gelandet.

Ich schließe meine Augen und frage mich, wie lange diese manische Freude anhalten kann. Seit Tagen bin ich eine ungezügelte Frau, kreische den Text von *Wheel of Fortune* heraus, gieße den Pfannkuchenteig in Schiff- und Hasenformen, wie mein Vater es immer gemacht hat. Für ihn waren Pfannkuchen Erkenntnishilfen, eine Art Rohrschachtest, er war überzeugt, dass er einen Menschen aufgrund von dem erkennen kann, was dieser in den Wirbeln aus Butter und Sirup sieht. Mein Vater hat mir jeden Samstagmorgen Pfannkuchen gebacken. Plötzlich vermisse ich ihn so sehr, dass ich mein Gesicht mit den Händen bedecke und spüre, wie zum zweiten Mal an diesem Tag Tränen aufsteigen.

»Was lesen Sie?«, fragt der Barkeeper.

»*Ulysses*.«

»Stark«, antwortet er. »Wie wär's mit etwas Key Lime Pie?«

Tory ist meine Veränderung aufgefallen, aber noch ist sie klein genug, um Dinge wahrzunehmen, aber nicht nach den Hintergründen zu fragen. Abgesehen davon gefällt ihr diese neue Mommy, die sie auf Spaziergänge zu Wasserfällen mitnimmt und ihr erlaubt, die ganze vordere Seite ihres T-Shirts nasszumachen. Diese Mommy, die im Auto Motown-Songs trällert und jedes Mal, wenn die Ampel auf Grün springt, »Olé!« ruft, die sagt, dass wir dieses eine Mal die Vokabeln überspringen können. Diese glückliche Mommy, die misslungene Pfannkuchen auf ihren Frühstücksteller klatscht und fragt: »Na, nach was sehen sie deiner Meinung nach aus?«

»Okay, ich verstehe, du fliegst seit einer Woche so hoch wie ein Drache«, bemerkt Kelly. »Was passiert danach?«

»Weiß ich nicht. Vielleicht nichts. Vielleicht alles.«

»Ich will nicht, dass dir wehgetan wird.« Wir sitzen auf der Veranda vor unserem Lieblingscafé, das mit den Frank-Lloyd-Lichtinstallationen. Alle Tische sind besetzt, also haben wir uns drei Stühle zum einzigen schattigen Fleck gezogen und sitzen uns gegenüber, die Füße auf dem Stuhl, der zwischen uns steht.

»Du bist diejenige, die mir gesagt hat, ich soll ein Verhältnis eingehen.«

»Ich habe es nicht wirklich so gemeint.«

»Aber du hattest Recht.«

»Wann wirst du ihn wiedersehen?«

»Das gehört in den Zen-Bereich. Es geschieht, wenn es geschieht.«

»O Mist, du bist im Begriff, dich zu verlieben. Ich kann es an deiner Stimme hören.«

Gerry ist nicht mein Leben, versichere ich ihr. Wir haben vor, uns einmal im Monat zu treffen, in verschiedenen Städten, eine Frequenz, die unserer Überzeugung nach Kontinuität zeigt, aber keine Obsession. Tory wird nie etwas von seiner Existenz erfahren. Phil weiß nichts, muss es nicht wissen. Es ist nur einmal im Monat. Gerry ist nicht mein Leben, sage ich zu ihr. Ich halte meine Hände auseinander, um ihr zu zeigen, was für ein kleiner Teil meines Lebens er ist. Er hat ungefähr die Größe eines Fisches.

»Du träumst«, wirft sie ein. Kelly hat die Angewohnheit, halb im Stuhl zu sitzen und halb zu liegen, die Knie gebeugt und die Beine leicht geöffnet, so dass sie immer so aussieht, als hätte sie eben mit jemandem geschlafen. Als wäre ihr Liebhaber eben aufgestanden und von ihr weggegangen. »Ich kann mir noch nicht einmal vorstellen, was du gemacht hast, das ein Hotelzimmer für sechshundert Dollar wert ist.«

»Ich glaube, dass ist eine Frage der Häufigkeit, mit der ich es gemacht habe.«

»Glaubst du, dass er je zu haben sein wird?«

»Zu haben?«

»Unverheiratet.«

Ich schüttle den Kopf. »In seinem Kulturbeutel war Paxil.

Ich habe es gesehen, als er dieses besondere Shampoo, das er mitgebracht hat, herausgeholt hat.« Plötzlich schüchtern, schaue ich weg. »Er hat mir die Haare gewaschen.«

»Er hat dir die Haare gewaschen?«

»Ja.«

»Er hat ein bestimmtes Shampoo mitgebracht, um dir die Haare zu waschen.«

»Warum ist das so schwer zu glauben? Es kann nicht immer nur dich treffen, Kelly.«

»Was ist Paxil?«

»Das geben sie dir, wenn du so lang Zoloft eingenommen hat, dass du deswegen nicht mehr arbeiten kannst. Er ist depressiv, und er ist es seit Jahren. Er ist an dem Punkt, an dem ich wäre, wenn ich dem ersten Arzt, der mich mit Medikamenten behandeln wollte, erlaubt hätte, mich mit Medikamenten zu behandeln.«

Ich weiß, dass ich Recht habe. Solange Gerry diese Pillen schluckt, wird er nie den Leidensdruck aufbauen, der ihn schließlich dazu bringt, aus seinem Leben auszubrechen. Er ist nicht zufrieden genug, um zu bleiben, aber er fühlt sich nicht elend genug, um zu gehen. Er befindet sich in dieser grauen Zone dazwischen, er vibriert in einer Frequenz, die nur die unglücklich Verheirateten hören können.

»Glaubst du, dass er dir die Haare gewaschen hat, weil er das in einem Film gesehen hat?«

»Wahrscheinlich.« Ich erinnere mich an die warme Spur von Seifenschaum, die von meinen Schulterblättern das Rückgrat hinunterlief, an Gerrys vorsichtige, vom Bergsteigen schwielige Hand, die er mir, während er spülte, über die Augenbrauen legte, um meine Augen zu schützen. Wenn ein Mann Paxil und Sandelholzshampoo in einen Kulturbeutel steckt und sechshundert Dollar für ein Hotelzimmer ausgibt, nur um einer Frau die Haare waschen zu können, kann das nur eins bedeuten: Dass er durch und durch ein verheirateter Mann ist.

Kelly hebt die Füße von dem gemeinsam benutzten Stuhl, stellte ihren Kaffeebecher vorsichtig auf einer der Lichtinstallationen ab und beugt sich nach vorn. Ich folge ihrem Beispiel, bis sich unsere Stirnen fast berühren. Trotz alldem, was wir miteinander erlebt haben, trotz der vielen Jahre, die wir befreundet sind, verstehen Kelly und ich oft nicht, von was die andere eigentlich spricht. Wir sind nicht seelenverwandt. Das waren wir nie. Wir sind auf körperlicher Basis Freundinnen. Wenn ich sie fragen würde, ob sie mit mir ins Badezimmer geht, um die Blusen zu tauschen, würde sie es fraglos tun. Wenn sie jetzt mit ausgestreckten Händen und taumelnd auf mich zulaufen würde, würde ich, ohne zu zögern, meine Kaffeetasse fallen lassen und sie mitten im Flug auffangen. Denn der Körper, er erinnert sich an alles.

»Wie ruft er dich an?«

»Auf dem Handy.«

»Wie lautet der Code, um deine Nachrichten abzuhören?«

»1-2-3.«

Sie hebt die Augenbrauen. »Du solltest vielleicht darüber nachdenken, ihn zu ändern.«

Ich nehme ihre Hände in meine und drücke sie. Es ist ein Spiel, das wir früher spielten, bei dem sie ihre Handflächen aneinanderpresst und zwischen meinen Händen hoch und runter bewegt, als würde sie die Luft hacken, und ich versuche, sie zu erwischen. Damals in der Highschool war sie zu schnell für mich, aber heute ist sie unkonzentriert, und ich kann sie mühelos einfangen. Einen Augenblick bleiben wir so mit ineinanderliegenden Händen sitzen.

»Wahrscheinlich wäre es vernünftig, das Ganze ein bisschen langsamer anzugehen«, schlägt sie vor.

»Ja.«

»Vielleicht nur ein Gespräch pro Woche und nicht täglich.«

»Stimmt.«

»Es wäre nicht schwer, alles zu forcieren, aber das ist gefährlich.«

»Ich weiß.«

»Wenn du dich nämlich in solche Situationen begibst, du weißt schon, wenn du Flugzeuge besteigst, die dich zu anderen Orten bringen, oder du dir die Haare waschen lässt ... Dann musst du vorsichtig sein, weil die Leute irgendwann etwas bemerken.«

»Ich weiß, Süße.«

Winter

Kapitel 16

Kelly und ich besuchten verschiedene Colleges und verbrachten unsere Singlejahre in unterschiedlichen Städten. Wenn sie über diese Zeit in unserem Leben spricht, die Jahre zwischen achtzehn und siebenundzwanzig, behauptet sie immer, unsere Wege seien auseinandergelaufen. Ihr gefällt das Wort »auseinanderlaufen«. Sie spricht es gerne laut aus, betont dabei jede Silbc, aber Tatsache ist, dass mir nicht bewusst ist, dass unsere Wege jemals auseinandergelaufen sind. Würde das nicht heißen, dass sie außer Sichtweite gewesen ist? Sie war nie außer Sichtweite.

Ich lebte in Baltimore, erteilte Kunstunterricht und schlief mit einem Künstler, als ich, aus dem Nichts heraus, von dem Wunsch nach einem Kind überfallen wurde. Solche Sachen passieren Frauen Ende zwanzig, das weiß jeder, aber ich war nicht darauf gefasst, dass es mir passieren würde. Als Kind habe ich nie mit Puppen gespielt und als Teenager war ich nie Babysitter, doch plötzlich erwischte ich mich im Supermarkt dabei, wie ich andrer Leute Kinder anstarrte. »Entschuldigen Sie, wie alt ist Ihr Baby? Ist es ein Junge oder ein Mädchen?« Solche Fragen stellte ich. Es schien wie die Erinnerung an ein früheres Leben. Ein Leben, das ich in einer Hütte am Meer verbracht hatte, mit einer Holzschüssel, um Getreide zu zermahlen, und langen Streifen aus buntem Stoff, die um meine Haare gewickelt waren; ein Leben, in dem ich ein Kind nach dem anderen bekommen hatte, immer entweder schwanger gewesen war oder stillte. Ich konnte auf nichts anderes hinleben. Ich war wie besessen, gefangen in einer lunaren Anziehungskraft.

Dann brach sich in jenem Jahr, in dem ich achtundzwanzig wurde, meine Mutter im Frühling den Fuß. Ich unterrichtete in einer von diesen Quasi-Montessori-Schulen für die reichen Kinder der Post-Hippie-Generation, und die Frühlingsferien standen bevor. Dort sprach man nicht von Ostern – sie nannten es Equinox Festival, Fest der Tag-und-Nachtgleiche. So oder so hatte ich eine Woche frei, und es wäre lieblos gewesen, wenn ich nicht hinuntergefahren wäre, um mich um Mom zu kümmern. Am meisten setzte ihr zu, dass man ihr das Autofahren verboten hatte und sie deshalb ihren ganzen ehrenamtlichen Beschäftigungen nicht nachkommen konnte. Komisch, es ist mir erst kürzlich bewusstgeworden, wie sehr meine Mutter Nancy ähnelt, wie restlos auch sie in ihren guten Taten aufgeht. Sie ist immer so beschäftigt, dass keiner sie je kritisieren oder behaupten kann, sie wirklich zu kennen.

Nach drei Tagen war ich im Haus meiner Kindheit zu Tode gelangweilt und wunderte mich, warum mir bisher nicht aufgefallen war, dass meine Eltern das Fernsehen zu laut und die Heizung zu hoch aufdrehten. Meine Mutter konnte mich mühelos dazu überreden, einen kleinen Jungen namens Keon zur freien Zahnklinik zu fahren. Ich lieh mir ihren Volvo, holte Keon von seiner Vorschule ab und folgte ihren sorgfältigen und detaillierten Anweisungen zu einem medizinischen Zentrum, das sich in der Mitte eines Blocks mit Sozialbauten befand.

Keon war ein stilles Kind. Er hatte keine Ahnung, wer ich war, ging aber bereitwillig mit mir mit. Schon mit vier Jahren schien er daran gewöhnt zu sein, die Hände fremder weißer Frauen zu ergreifen und in Kombis einzusteigen. Im Wartezimmer der Klinik befand sich eine Kreidetafel, auf der die Ärzte angeschrieben standen, die gerade ehrenamtlich Dienst hatten, wie Tagesmenüs in einem Restaurant. Der Tageszahnarzt hieß Philipp Bearden. Ein sympathischer Name für einen sympathischen Mann, denn wer anders als ein sympathischer Mensch würde ehrenamtlich in der Freien Klinik Dienst tun.

Als er uns endlich aufrief, geriet Keon, der im Wartezimmer mit Bauklötzchen gespielt hatte, in Panik. Ich glaube, ihm war gar nicht aufgefallen, wo er war oder was gleich geschehen würde, bis er den großen Hydraulikstuhl sah. Mit erstaunlicher Wildheit stemmte er seine kleinen Fersen in den Boden, und Dr. Bearden, ein stämmiger, zerzauster Mann mit einem ungepflegten Bart und einer sanften Stimme, konnte ihn nur überreden, auf den Stuhl zu klettern, indem er ihm versprach, dass ich mich dazusetzen würde und er auf meinem Schoß sitzen könnte.

So habe ich Phil kennengelernt. Er war seit einem Jahr mit dem Zahnarztstudium fertig. Ich rechnete nach. Er musste also mindestens ein Jahr jünger sein als ich, vielleicht sogar zwei. »Die Kinder nennen mich Dr. Phil«, sagte er, das war vor der gleichnamigen TV-Show, weshalb ich nicht lachte. Keon packte mit seinen kleinen Händen meine Handgelenke und drückte so fest zu, als wollte er mir den Puls fühlen. Dr. Phil rieb ihm die Backen, bis er endlich imstande war, seinen Mund zu öffnen. »Der kleine Kerl da hat wehgetan«, sagte er mehr zu sich selbst als zu mir. »Zwei müssen raus.«

Man konnte sehen, dass er an Kinder gewöhnt war, er ging gut mit ihnen um. Er legte seine große Hand so sorgfältig um die Betäubungsspritze, dass Keon gar nicht richtig sehen konnte, was auf ihn zukam. Er zuckte kurz, als die

Nadel in seinen Gaumen eindrang, und als Phil seine Hand zurückzog, sagte Keon zum ersten Mal etwas. Er sagte: »Lied.«

»Ja, das stimmt«, sagte ich. »Es zieht ein bisschen, aber jetzt ist es vorbei.«

Phil schüttelte den Kopf. »Er will, dass sie ein Lied singen.«

»Ich soll singen?«

»Lied«, sagte Keon erneut.

»Offenbar«, um Phils Augen zeigten sich Fältchen, er schien unter seinem Mundschutz zu lächeln, »gibt es jemanden, der ihm vorsingt, wenn er Angst hat.«

»Ich singe nicht – nie.«

»Lied.« Keon wurde energischer und drehte sich so heftig um, dass er fast das Baumwolllätzchen weggezogen hätte.

»Es sieht ganz danach aus, als würden Sie singen müssen.«

Ich fing an zu singen. Ich sang »Happy Birthday«, weil es mir als Erstes einfiel. Ich kann nicht singen. Meine schlechte Stimme ist unter meinen Freunden legendär, doch Phil hatte Recht gehabt, irgendwo hatte irgendwann irgendwer gesungen, um dieses Kind zu beruhigen. Fast in Sekundenschnelle sackte sein Körper auf mir zusammen, und als Phil ihn bat, den Mund zu öffnen, machte er es. Also sang ich »Happy Birthday«, dann »Camptown Races«, »Free Bird«, »Jingle Bells« und »Girls Just Want to Have Fun«. Jedes Mal, wenn ich aufhörte, sagte Keon »Lied«, und ich fing mit einem neuen Lied an, immer etwas anderes, aber immer etwas Unpassendes. Und ich wusste, dass Phil sich das Lachen verkniff.

Doch er bekam den einen Zahn heraus und danach den anderen. Während ich dasaß, den Jungen in den Armen hielt und mir Phils große Hände anschaute, begann ich mich zu fragen, wo genau mein Leben hinführte und warum ich noch immer unterrichtete, wenn ich doch miserabel verdiente und kaum Zeit für meine eigenen Töpfe hatte. Eigentlich hatte ich mich nach der Kunstakademie entschlossen, in Teilzeit zu unterrichten und die Nachmittage im Atelier zu verbringen, aber weder das eine noch das andere schien zu funktionieren. Die Kinder wollten nichts über Weben oder Wasserfarben lernen. Sie waren mit besserem Stoff zugedröhnt, als ich ihnen bieten konnte, zudem war es eine von den Schulen, wo von mir erwartet wurde, dass ich alles, was sie tun, überschwänglich lobe. Sie erhielten für ihr bloßes Erscheinen ein Abschlusszeugnis, und ihre Kunstwerke wurden in den Eingangshallen von Gebäuden ausgestellt, die ihren Vätern gehörten – selbst die, bei denen ich den Verdacht hatte, dass die Hausangestellten sie gemacht hatten. Ich konnte mir nur die Ateliermiete für sechs Stunden wöchentlich leisten und hatte keine Krankenversicherung. Mir kam der Gedanke, dass ich Dr. Phil, sobald er mit Keon fertig war, fragen sollte, ob er bei meinen Zähnen eine Zahnreinigung vornehmen könne. Der Himmel weiß, wie lange die letzte her war.

Ich dachte an den Kerl, mit dem ich gerade ins Bett ging, und eine Sekunde lang – nur eine Sekunde, aber immerhin – konnte ich mich nicht mehr an seinen Namen erinnern. Und ich dachte daran, dass es in Maryland geschneit hatte, als ich wegfuhr, während hier bereits die Bäume zu blühen anfingen und ich auf Frühling eingestellt war. Verdammt, meine Eltern hatten Recht, es gab keinen Grund, in der Kälte zu leben, und warum war ich nur immer noch so sinnlos rebellisch, wo ich doch schon fast dreißig war. Ich wollte nach Hause kommen. Ich wollte ein Haus haben. Ich wollte schwanger werden. Auch Phil sang, leise und richtig, er sang ein Lied von einem Pferdchen und einem Frosch.

Ein Lied, das für ein Kind geeignet war, denn er gehörte zu den Männern, die wussten, wie man Kindern vorsingt, er gehörte zu den Männern, die Liedtexte über Pferdchen und Frösche kannten.

Vielleicht war er nicht mein Typ – er war zu spießig, zu groß und zu nett –, aber wieso soll man nicht den eigenen Geschmack ändern können? Wieso soll man nicht die eigene kindische Art ablegen und eine tiefer gehende Freude mit einem sanften Erwerbstätigen finden können? Vielleicht hatte ich die Nase voll von Baltimore. Vielleicht hatte ich die Nase voll von Jungs. Ich dachte an meinen Job, mein Apartment, den Typen, mit dem ich gerade zusammen war, und den Typen, mit dem ich davor zusammen gewesen bin, und nichts davon schien mir viel zu bedeuten, verglichen damit, dass ich hier war, dieses Kind auf dem Schoß und diesen Mann vor mir hatte, freundlich und lächelnd und mit einem Blutfleck auf seinem Shirt.

Ich trug Keon, der halb schlief und einen Luftballon umklammerte, zum Auto meiner Mutter, als ich plötzlich schnelle Schritte hinter mir hörte, die im Kies knirschten. Ich wirbelte herum – es war nicht mein Stadtteil, wie Kelly später betonte – und sah Phil auf mich zulaufen, eine Jacke in der Hand.

»Sie haben Ihren Mantel vergessen.«

»Das ist nicht mein Mantel.«

»Ich weiß.«

Und dann fragte er mich, ob ich gerne Indisch esse.

Anfangs schien die Ehe nicht so schwer zu sein.

Werden wir Zeugen der ersten Ferien, die Phil und ich als Ehemann und Ehefrau zubrachten. Bei seiner Familie ist Thanksgiving der wichtigste Familienfeiertag, ein Glück, denn für meine ist es Weihnachten. Wir sahen es als gutes

Omen, dass wir das so leicht aushandeln konnten, kamen überein, dass wir im November nach Norden und im Dezember nach Süden fahren würden, und gaben uns im wahrsten Sinn des Wortes die Hand drauf.

Am Dienstag vor Thanksgiving waren wir also auf der I-81 zur Farm seines Onkels Simon in Pennsylvania unterwegs. Es ging schneller als geplant, und wir beschlossen, von der Hauptstraße abzubiegen und durch das Gebiet der Amish zu fahren. Es war wunderschön, friedlich und ein bisschen diesig. Wie ein Bild auf einer Puzzleschachtel. Wir hielten in einem Ort mit dem skurrilen Namen Intercourse an und kauften in einem Gemischtwarenladen drei Dinge. Erstens einen Quilt, was für Neuvermählte eine hübsche und passende Anschaffung zu sein schien. Ich glaube, er hatte sogar ein Eheringmuster, wie sie es nannten – aber nein, das wäre grauenhaft perfekt, also täusche ich mich in diesem Punkt vielleicht.

Wir kauften außerdem ein Kürbiseis. Dessen bin ich mir ganz sicher, es kam mir selbst damals schon sonderbar vor mit seiner leuchtend lehmbraunen Farbe, doch Phil hatte untypischerweise darauf bestanden, es zu probieren. Er sagte, Kürbis ist die Herbstfrucht, und wenn ich mich draußen auf dem Hof vor dem Bauernladen im ländlichen Pennsylvania umschaute, musste ich ihm Recht geben. Überall lagen Kürbisse – sie säumten die Veranda, waren in der Nähe des Parkplatzes zu Haufen aufgeschüttet, thronten neben der Straße auf Zaunpfählen. Trotzdem war ich mir mit dem Eis nicht sicher. Später, zwei Tage nachdem wir von der Reise nach Hause gekommen waren, erfuhr ich, dass ich mit Tory schwanger war, aber schon dort schmeckte mir alles komisch. Ich leckte nur einmal kurz an dem Eis und warf den Rest weg.

Drittens kauften wir für Phil ein Hemd, wie es die Amish

tragen. Es hatte keinen Kragen, war gebleicht und stonewashed, und es war aus einem weichen, dünnen Jeansstoff angefertigt, der in meiner Hand knitterte. Das Hemd kostete achtundvierzig Dollar, mehr als wir damals sonst für Kleidungsstücke ausgaben, aber ich liebte es.

Ich liebte es so sehr, dass ich darauf bestand, er müsse es für den Rest der Reise tragen, und er tat es, er zog sich noch auf dem Parkplatz sein rot kariertes Flanellhemd aus und das Jeanshemd an. Phils Hals ist so dick wie der eines Footballspielers und zeigt kaum eine Einbuchtung. Ihm ist das peinlich, er sagt, er würde dadurch bescheuert aussehen. Ich bezweifle, dass ein kragenloses Hemd das Richtige ist, um dies zu kaschieren, doch in den frühen Tagen unserer Ehe war ich wie hypnotisiert vom muskulösen Hals meines Mannes. Ich träumte davon, meine Finger hinter seinem Kopf zu verschränken, meine Augen zu schließen, meine Füße anzuheben und einfach nur vor und zurück zu schaukeln. Vor und zurück, mit geschlossenen Augen, von diesem kräftigen Körper herunterbaumelnd.

Während der Reise war ich die ganze Zeit müde. Auf dem Rückweg schlief ich in Fredericksburg ein und wachte in Durham wieder auf, Richmond hatte ich völlig verpasst. Irgendwie brachte ich diese leichte Übelkeit, diese bleischwere Müdigkeit, diese plötzlichen Anfälle von Launenhaftigkeit nicht mit einer Schwangerschaft in Verbindung. Vielleicht dachte ich ja, dass sich Frauen so fühlen, wenn sie jemanden haben, der sich um sie kümmert. Und ich hatte jemanden, der sich um mich kümmerte.

»Schlaf du«, sagte Phil. »Ich fahre.«

Nichts bereitete mich auf die Heftigkeit von Torys Geburt vor. Keines der Bücher, keiner der Vorbereitungskurse, keine der Frauen, die mich auf der Straße anhielten, um mir ihre eigenen schrecklichen Geburtsgeschichten zu erzählen. Die vielen Wehen, die Verzweiflung, der Augenblick, in dem der Arzt seine Hände ganz in meinen Körper schob, um das Baby zu drehen, und dabei ohne Ironie sagte, dass ich einen kleinen Druck spüren könnte. Ich hatte geplant, tapferer zu sein, als ich es dann war. Der Anästhesist erschien und stellte sich als Dr. Wineburg vor. Er sagte, es tue ihm leid, dass er so spät komme, aber er sei bei einer Grillparty gewesen, bei der es einen Ochsen am Spieß gab. Ich war die Einzige, die das abartig fand. Ich kam mir vor wie die einzige Nüchterne auf einem Fest voller Betrunkener. Die Krankenschwester legte sich über mich, damit ich die Nadel nicht sehen oder beim Einstechen zusammenzucken konnte. Die PDA wirkte aber nur einseitig. Auf einer Körperhälfte wurde alles taub, und Dr. Wineburg schüttelte den Kopf, sagte, dass das manchmal passiere und er die Nadel herausziehen und es nochmals versuchen würde, doch der Gynäkologe widersprach, es käme jetzt zu schnell. Die Seite, die sich noch immer bewegen konnte, versuchte über den Tisch zu krabbeln und die Seite zurückzulassen, die einfach nur dalag und diesen Mist über sich ergehen ließ.

Am Ende zog der Arzt so fest, dass er einen Fuß gegen den Tisch stemmte. Dr. Wineburg stand hinter ihm, um ihn aufzufangen, und während der letzten Wehen konzentrierte ich mich auf seine sommersprossigen Arme. Hätte mir jemand erzählt, dass ein menschliches Wesen so kräftig an einem anderen ziehen kann, hätte ich ihm nicht geglaubt.

Irgendwann blaffte Phil: »Sie kann nicht mehr«, und mir wurde bewusst, dass er vom Baby sprach, dessen Anwesenheit ich schon lange vergessen hatte. Tory kam in einem Stück zum Vorschein, groß, wütend und zwinkernd. Die Krankenschwester faltete sie auf meinem Bauch auf wie eine Straßenkarte.

Der Gynäkologe kniete sich mit Nadel und Faden hin und machte einen blödsinnigen Witz darüber, wie eng ich denn sein möchte. Ich sagte ihm, er solle das verdammte Teil einfach ganz zunähen. Phil lief mit seiner Kamera von Zimmerecke zu Zimmerecke und machte so viele Fotos, dass ich den Eindruck hatte, sein Gesicht würde aus jedem erdenklichen Blickwinkel auftauchen. Dr. Wineburg versicherte mir lächelnd, dass ich mir keine Sorgen machen solle, das zweite sei einfacher.

Nach der Geburt fuhren wir zu meiner Mutter, um dort zu bleiben, angeblich, weil ihr Haus keine Treppen hatte, in Wirklichkeit aber wollte ich auf demselben durchgesessenen Sofa liegen, auf dem ich als Kind ein Nickerchen machte, und ich brauchte jemanden, der mir wie damals Zimttoast mit abgeschnittener Rinde brachte. Tory trank alle zwei Stunden an der Brust, und mich überkam eine tiefe Erschöpfung. Die Erinnerung daran macht mir selbst heute noch Angst. Meine Milch schoss ein, ungezügelt und willkürlich, ich hatte so viel, dass ich im Supermarkt nur ein schreiendes Baby zu hören oder eine Werbekampagne über hungernde Kinder in Uganda zu sehen brauchte, und innerhalb von Sekunden war die Vorderseite meines T-Shirts patschnass. Ich bestand darauf, dass mir Phil meinen Ton und meine Abdeckplane brachte und alles in Mamas Esszimmer abstellte. Jedes Mal wenn das Baby schlief, schlurfte ich eisern zum Tisch. Viel habe ich nicht zustande gebracht, sah man einmal von einem Flecken auf dem Orientteppich meiner Mutter ab. Tory war eine schlechte Schläferin, und ich wusste nie, wie viel Zeit mir am Tisch bleiben würde, bevor unser zerbrechlicher Friede in Stücke sprang.

»So kann ich nicht arbeiten«, beklagte ich mich bei meiner Mutter, und sie sagte, dass das keiner von mir erwarte. Wenn ein Baby da sei, sei nichts mehr ganz so wie früher.

Aber ich wollte arbeiten. In den grauen Momenten während meines eigenen oberflächlichen Schlafes träumte ich von Ton, um dann mit Händen, die sich um einen nicht existenten Topf legten, zu erwachen. Ich versuchte mich an etwas festzuhalten, obwohl mir langsam dämmerte, dass meine Mutter, als sie sagte, nichts wäre mehr wie früher, eigentlich meinte, ich wäre nicht mehr dieselbe wie früher.

Eines Tages, Tory war etwa eine Woche alt, sperrte ich mich in dem Badezimmer ein, das ich als Kind benutzt hatte, hielt einen Spiegel zwischen meine Beine und strengte mich an, einen Blick über meinen noch immer dicken Bauch nach unten zu werfen. Was ich zu sehen bekam, war ein solches Wirrwarr an Einschnitten und Stichen, dass ich den Spiegel auf den Boden fallen ließ. Einen Moment lang glaubte ich, der Arzt hätte mich ernst genommen und völlig zugenäht.

In den Büchern steht, dass die weiblichen Genitalien leicht wund werden und schnell heilen, es hat etwas mit der hohen Konzentration von Adern in der Intimregion zu tun. Kann sein, aber das Bild des Arztes, der seinen Fuß gegen den Gebärtisch stemmt, sollte zu den ungewöhnlichsten Zeiten zurückkommen, zum Beispiel wenn ich Phil mit dem Mund befriedigte. Das war ziemlich genau die Art, wie wir es damals angingen, und zwar auch dann noch, als die sechs Wochen, die man warten soll, vorbei waren.

»Soweit es mich betrifft«, sagte ich, »ist Intercourse einfach nur eine Stadt in Pennsylvania und ich erinnere mich vor allem an viel Verkehr.« Er lachte unbehaglich, weil ich ihm damals, wie ich sehr wohl merkte, ein bisschen Angst einjagte. Ich wanderte weinend durchs Haus, schlaflos und Milch vertröpfelnd. Offenbar dachte er, dass er seine Frau wiederbekäme, wenn wir einfach nur nackt zusammen in unser Bett steigen würden. Aber ich konnte mir nicht vorstellen, wieder Sex zu haben – nicht richtigen Sex, nicht die Sorte, die uns dahin gebracht hatte, wo wir jetzt waren. Ich konnte hören, wie sich im Zimmer nebenan das Baby bewegte, und über das Fisher-Price-Babyfon, das auf dem Nachttisch stand, drangen die leise glucksenden Geräusche ihres Aufwachens zu mir herüber. Ich presste meinen Mund so fest wie nur möglich zusammen, hielt den Druck aufrecht, bis mein Kopf wehtat, und betete, dass Phil kam, bevor sie weinte, damit ich es schaffte, an diesem Tag wenigstens eine Sache erledigt zu haben.

Phil hatte zu Torys Geburt das kragenlose Jeanshemd getragen. Ein paar Tage nachdem das Baby und ich endlich aus dem Haus meiner Mutter heimgekehrt waren, fand ich es zusammengeknüllt im Schrank. Der Geruch war entsetzlich. Mir war nicht aufgefallen, wie sehr er während der Entbindung geschwitzt hatte, und das Hemd hatte über zwei Wochen durchgezogen. Es war sein und mein Lieblingshemd, und ich fühlte mich gezwungen, es zu retten.

Ich wusch das Hemd, gab einen zusätzlichen Messlöffel Waschpulver ins Wasser, und wusch es noch einmal. Zum allerersten Mal kümmerte ich mich um seine Wäsche. Während der ersten Jahre unserer Ehe hatte er sich mehr oder weniger selbst um seine Wäsche gekümmert, aber jetzt, wo ich mit dem Baby zu Hause saß, schien es logisch, dass ich diese kleinen Aufgaben für ihn erledigte ... Nur logisch, und doch war mir klar, dass mein Marktwert ohne mein Zutun einen plötzlichen und drastischen Sturz erlitten hatte, so wie man bei einem Auto sagt, sein Wert würde sich in dem Augenblick um fünftausend Dollar verringern, in dem man es vom Parkplatz des Händlers fährt.

Ich hängte das Hemd in seinen Schrank, doch als Phil es

sah, behauptete er, der Geruch sei noch immer da, wir sollten es wegzuwerfen.

Ich warf ihm vor, dass das lächerlich sei. Das Hemd würde nicht mehr stinken, wie sollte es denn? Er widersprach nicht, trug das Amish-Hemd aber nie wieder.

War ich glücklich? Das ist schwer zu sagen, selbst jetzt, und vielleicht ist es die falsche Frage. Ich erholte mich. Mit der Zeit lernte ich die Kunst des Kurzschlafes. Manchmal erwischte ich mich dabei, wie ich Liedchen vor mich hinträllerte, auch wenn das Baby gar nicht im Zimmer war. Ich entwickelte das große Talent der Ehefrauen und Mütter, Schönheit in den kleinen Dingen zu entdecken. Mütter sind wie Zen-Mönche, die keine andere Wahl haben, als im Augenblick zu leben. Ich beobachtete, wie grüne Bohnen aus dem sprudelnden Wasser eines silbernen Topfes hochwuchsen, und stand bei diesem Anblick wie gelähmt da. Für mich war das etwas Wunderschönes, eine Art Bewegungskunst, die ich nie erfassen und nie wieder so sehen würde.

Kelly rief mich in dem Moment an und erzählte mir, dass sie die Nacht im Regen verbracht und auf einem Picknicktisch gevögelt hatte, und dann fragte sie sehr sanft: »Und was machst du?«

Ich stand da und schaute in das heftig kochende Wasser hinunter. Meine Antwort lautete: »Nichts.« Ich atmete in einer Art Gebet aus.

Eines Tages bog ich spontan in den Parkplatz einer Kirche ein, vor der ein Schild mit der Aufschrift »Mom's Auszeit – Kleinkindbetreuung« stand. Tory war allmählich alt genug, um jede Woche ein paar Stunden weggegeben zu werden. Allein schon der Gedanke, Besorgungen allein zu erledigen, war prickelnd. Lebensmittel einkaufen, ohne dass ihr Kindersitz den ganzen Einkaufswagen einnahm. Haare schneiden, ohne dass die Friseuse alle paar Minuten den Föhn ausschalten musste, damit ich hören konnte, ob Tory zu weinen angefangen hatte. Und, du lieber Himmel, einfach nur die Vorstellung, eine Freundin zum Mittagessen zu treffen. Als ich auf dem College war, hatte ich immer behauptet, Kirchen seien Sekten, aber diese spezielle Sekte hier war bereit, meine Tochter an zwei Vormittagen in der Woche aufzunehmen, und das war mir gut genug.

Ich brachte Tory zur Kleinkindbetreuung, und am nächsten Sonntag gingen Phil und ich in die Kirche. Nur um sie zu testen, sagte ich ihm, um uns zu vergewissern, dass wir sie an geeigneter Stelle abgeben. Es war eine Presbyterianische Kirche, die Konfession, in der ich aufgewachsen bin, ich kannte alle Lieder auswendig. Auch Phil kannte sie. Er konnte die jeweils erste und zweite Strophe singen, ohne ins Gesangbuch zu schauen, und erst bei der dritten und vierten mussten wir das Buch nehmen und wirklich auf die Seite sehen. Mich überraschte das an ihm, und ich glaube, es überraschte ihn auch an mir.

Nach dem Gottesdienst drängelten sie sich um uns. Natürlich taten sie das, denn wir waren ein junges Paar mit Kind. Wir waren das, was sie sich wünschten. Ob wir Whist spielen würden? Softball? Handglocken? Ob ich Interesse hätte, dem Literaturkreis beizutreten? Alles, was als Annehmlichkeit anfängt, wird einen irgendwann unweigerlich einengen – ich weiß das jetzt, und ich wusste es auch schon damals. Doch etwas in mir wünschte sich eine Gemeinschaft. Ich sehnte mich nach dem Gott meiner Kindheit. Wir holten Tory aus dem Spielzimmer, wo uns eine vollbusige Frau sagte, dass sie ein Engel gewesen wäre, und liefen durch ein Spalier aus Gratulanten zum Auto. Als wir den Rückwärtsgang einlegten und all den Leuten zuwinkten, die uns zuwinkten, meinte Phil: »Vielleicht sollten wir es machen – für sie. Um ihr eine beständige Umgebung zu schenken.«

»Ja«, sagte ich. »Um ihr etwas zu geben, gegen das sie rebellieren kann, wenn sie dreizehn wird.« Als wir losfuhren, schaute ich in den Rückspiegel und beobachtete, wie die Kirche kleiner und kleiner wurde. Als Kind ging ich zur Kirche, lernte die Lieder und Bibelverse. Ich trank den süßen Saft, aß das dünne Gebäck, spielte mit den ramponierten Puppen im Spielzimmer und lauschte den brummenden Fliegen, die gegen die bemalten Fensterscheiben bumsten. Es hat mir nicht geschadet.

Phil blinzelte in die Mittagssonne. »Irgendwie ist es nett.«

»Ich weiß.«

»Ist dir aufgefallen, dass sie ein Basketballteam haben?«

Es dauerte nicht lang, und ich entwickelte die Beziehungen, die du mit Frauen eben hast, deren Kinder ebenso alt sind wie deine. Zuerst mit Belinda. Sie warb energisch um meine Freundschaft, in der zweiten Woche, in der ich Tory abgab, kam sie auf mich zu und lud mich zum Kaffee ein. Bald schon rief sie mich täglich an, manchmal sogar schon morgens, obwohl ich ihr mehrmals sagte, dass ich dann arbeiten würde. Ich setzte den Anrufbeantworter wie einen Schutzschild gegen sie ein. Nachmittags, wenn Tory quengelig und alle Konzentration sowieso zum Teufel war, rief ich Belinda zurück. Ich spazierte mit dem Baby im Tragetuch und dem Telefon zwischen Kopf und Schulter geklemmt durchs Haus, brachte den Müll hinaus, während sie erzählte, dass Michael diese Woche immer bis spätabends arbeite, goss die Blumen, während sie flüsterte, dass sie wieder ein Baby erwarte, faltete die Wäsche, während sie mir mitteilte, dass sie den Verstand verlöre. Es war eine Erleichterung, als Nancy aus New Jersey herzog und Belinda sofort die Anrufe einstellte. Nancy war so gut organisiert, dass sie die Gewürze in alphabetischer Reihenfolge aufstellte. Nancy besaß die bessere Ausstattung, um Belinda zu retten, das konnte jeder sehen.

Phil und ich lebten uns also ein. Wir traten der Kirche bei und kauften ein Haus in einer von Bäumen eingesäumten Straße, die im angeblich besseren Viertel der Stadt lag. Die Frauen hier abonnierten *Martha Stewart* und *Oprah at Home*, und wir bildeten uns ein, dass unsere Häuser unsere Persönlichkeit widerspiegeln und jedes seinen individuellen Charme besitzt. Ich nehme an, dass das bis zu einem gewissen Grad stimmt, doch im ganzen ersten Jahr nach meinem Umzug verfuhr sich meine Mutter jedes Mal, wenn sie uns besuchen kam. Sie behauptete, sie könne nicht anders als im Kreis fahren, da alle Häuser in meiner Straße gleich aussähen.

Ich glaube, ich war glücklich, oder zumindest zufrieden, um Nancys Ausdruck zu verwenden. Falls ich den Kontakt zu meinem Mann verlor, setzte mir das damals nicht übermäßig zu. Phil baute seine Praxis auf, und ich beschlagnahmte die halbe Garage und erzählte jedem, der es wissen wollte, dass ich an meinen Kunstwerken arbeiten würde. Meine Töpfe brachte ich zu örtlichen Anbietern, wo sie für fünfzehn Dollar oder manchmal – wenn sie eine Pflanze hineinstellten – für achtzehn verkauft wurden. Wir reichten das Baby wie einen Taktstock hin und her. Alles war ziemlich blutlos und zivilisiert, und noch heute weiß ich nicht, wie wir es hätten anders machen sollen. Bald schon schien es auf eine totale Energieverschwendung hinauszulaufen, wenn wir uns beide zur selben Zeit im selben Zimmer aufhielten. Hörte ich seine Autotür in der Auffahrt zuschlagen, nahm ich schon meine Handtasche. Ich begrüßte ihn nicht in der Diele wie eine Ehefrau aus einer Sitcom, deren Stilettos hinter ihr in die Luft fliegen, wenn sie sich streckte, um ihn auf die Wange zu küssen. Ich grüßte ihn im Vorbeigehen in der Auffahrt und sagte: »Mein Gott, hättest du nicht noch später kommen können?« Es war die Gelegenheit für mich, für eine Stunde auszugehen, und wenn ich zurückkam, verschwand er zum Joggen, wenn er zurückkam, war ich beim Telefonieren, und wenn ich auflegte, ging er unter die Dusche. Ich sollte das nicht vergessen: Es war nicht nur Phil, der sich cool und geschäftsmäßig gab, ich war es auch.

Ist er jemals stehen geblieben und hat darüber nachgedacht, dass das nicht ganz das war, was er sich für sein Leben vorgestellte hatte, dass etwas in ihm dunkler wurde oder ihm entglitt? Ich behaupte nicht, zu wissen, was Männer wollen, von was sie träumen oder wann ihre Träume aufhören. Alles, was ich weiß, ist, dass ich beim Umzug in das Haus sein kragenloses Jeanshemd in einen Sack für die Kleidersammlung steckte. Er hatte es seit dem Tag von Torys Geburt nicht mehr getragen, doch als Phil das Hemd fand – ein Ärmel schaute aus dem Müllsack, der voll mit rosafarbenen Babykleidern war –, war er außer sich.

»Ich habe dir gesagt, dass du das wegwerfen solltest.«

»Das Hemd ist vollkommen in Ordnung.« Ich zog es heraus und schnupperte erneut daran, um es zu beweisen. Es waren noch zwei Wochen bis Weihnachten. Wir hatten unser erstes Kaminfeuer im neuen Haus angemacht, unseren ersten Baum geschmückt, und ich versuchte mittendrin auszupacken. Ich weiß genau, dass ich verärgert klang, vielleicht sogar vorwurfsvoll. »Aber weil du in diesem Punkt immer spinnst, gebe ich es zur Kleidersammlung.«

Phil entgegnete jedoch, dass man Kleider, die stinken, nicht anderen Leuten geben kann, selbst wenn diese arm sind. Er riss mir das Hemd aus den Händen, knüllte es zusammen und warf es in den Kamin, wo es langsam Feuer fing und kleine blaue Kleiderfetzen gegen den Ofenschirm flogen.

Das ist meines Wissens das einzig Irrationale, was mein Mann jemals gemacht hat.

Kapitel 17

»Nein, wirklich«, sage ich zu ihm. »Ich will, dass du mich beherrschst.«

Er sagt, das kann er tun. Vielleicht könnten wir Handschellen kaufen. Du kannst sie übers Internet bekommen. Im Internet kann man alles bestellen. Du bekommst auch Augenbinden und Geschirre, diese kleinen weißen katholischen Kerzen und Peitschen.

Ich weiß nicht. Vielleicht. Zu diesem Spiel gehört auch der Versuch herauszufinden, wie viel ich aushalte. Vielleicht ertrage ich es, an den Händen gefesselt zu werden, kann es aber vielleicht nicht ertragen, gleichzeitig die Augen verbunden oder heißes Wachs auf meinen Bauch getröpfelt zu bekommen. Was er über die Peitschen sagt, übergehe ich.

»Wenn es schlimm wird, kannst du es abbrechen.«

Er isst zu Mittag. Am anderen Ende der Leitung höre ich das Knirschen. Es klingt nach einem Apfel. Er denkt, ich sollte mehr Obst essen, und redet die ganze Zeit davon, dass ich nicht genug Ballaststoffe zu mir nehme. In den Büchern steht, man soll ein Safeword vereinbaren, eine Möglichkeit mitzuteilen, dass die persönlichen Grenzen erreicht sind. Nicht »Nein« oder »Stopp«, weil man das im Bett ständig sagt, selbst wenn man es nicht so meint. Meines Wissens ist »Stopp« das meistbenutzte Wort im ganzen Universum.

»Wir könnten ›Apfel‹ nehmen«, schlage ich vor. »Dieses

Wort sagt man normalerweise nicht während des Geschlechtsverkehrs.«

»Die Frucht der Verführung, sehr passend. Wir versuchen es in Miami.«

Als er anrief, machte ich eben die Betten. Ich spreche fast nie mit ihm über mein Festnetztelefon, meistens nehmen wir das Handy, und es überraschte mich, dass er mich hier, auf dieser nachverfolgbaren Leitung, anrief, dass er diese Nummer benutzte, die so leicht auf seiner Rechnung zu finden war, wenn man sich die Mühe machte. Und sollte sich jemand die Mühe machen, das Telefon neben meinem Bett abzunehmen und Sternchen 69 zu wählen, würde er ihn über die Liste der eingegangenen Anrufe erreichen. Zumindest würde er das, hätte ich es mir nicht zur Gewohnheit gemacht, unmittelbar nach dem Auflegen Kelly anzurufen. Wir treffen Vorsichtsmaßnahmen. Er versichert mir, dass die meisten nicht notwendig sind, da sich seine Frau für seine täglichen Unternehmungen nicht mehr interessiert als mein Mann für meine.

»Wegen Miami bin ich mir nicht sicher.«

»In New York sind wir übereingekommen, uns einmal im Monat zu treffen. Bis wir uns in Miami treffen, ist genau ein Monat vergangen.«

»Ich weiß.« Ich streiche einen Kissenbezug glatt, bügle ihn mit meinen Handflächen. Normalerweise ziehe ich einfach die Bettdecke hoch und verstecke das zerknitterte Betttuch darunter, aber heute entscheide ich mich aus irgendeinem Grund dafür, das Bett ordentlich zu machen. Schicht für Schicht. Wahrscheinlich hat er Recht. Als wir in New York waren, habe ich wahrscheinlich zugestimmt, dass wir uns einmal im Monat treffen, aber jetzt, wo ich zu Hause bin, ist es anders. Ein Monat vergeht schnell. Es scheint mir zu oft zu sein.

»Stimmt etwas nicht?«, will er wissen. »Was denkst du?«

»Ein einmaliges Treffen mit dir, so etwas kann schon mal passieren. Das kann man vergeben. Aber sich jeden Monat zu treffen, das ist eine Affäre.«

»Ob man es einmal oder hundertmal tut, das macht moralisch keinen Unterschied. Wenn wir sowieso in die Hölle kommen, dann können wir gleich ganz drin verschwinden.«

»Na ja, Kelly hat gesagt … Kennst du Kelly?«

»Natürlich kenne ich Kelly. Mein Gott, Elyse. Du redest die ganze Zeit von ihr.«

Ich schüttle die Bettdecke auf, sie fällt wie Schnee auf das Betttuch. »Als ich von New York zurückkam, hat Kelly gesagt: ›So, jetzt hast du dich davon befreit. Du musstest dort hin und dich davon befreien.‹«

»Hast du dich davon befreit?«

Er weiß, dass ich das nicht habe.

»Du hast eben gesagt«, er nimmt bei seiner Argumentation Fahrt auf, »du willst, dass ich dich beim nächsten Mal beherrsche. Beim nächsten Mal. Das schließt ein, dass wir uns wieder treffen.«

»Ich weiß. Aber vielleicht ist einmal im Monat zu viel.«

»Als wir in New York waren, hast du auf zweimal im Monat gedrängt.«

Hab ich das? Ich kann mich anscheinend nicht mehr an das erinnern, was ich bei unserem Treffen in New York gesagt habe.

»Willst du Miami oder nicht?«

»Du weißt, dass ich will.« Ich arrangiere die Kopfkissen so sorgfältig, wie ich es nur mache, wenn ich Besuch erwarte.

»Wir sitzen also fest?«

»Sieht so aus.« Ich trete einen Schritt zurück. Das Bett ist perfekt.

»Ich besorge die Tickets. Hast du Probleme zu erklären …«

»Wieso ich kostenlos herumfliegen kann? Ich hatte schon immer eine Kreditkarte von der Fluggesellschaft, deshalb denkt Phil, ich hätte einen Haufen Bonusmeilen.«

Was ich, wenn ich so darüber nachdenke, tatsächlich habe.

»Großartig. Und mach' dir keine Sorgen. Einmal im Monat ein Treffen ist ideal. Zweimal wäre zu viel, das wäre so, als würden wir ständig kommen und gehen.«

»Ich weiß, das würde verdächtig aussehen, so als wären wir ein Teil des richtigen Lebens des jeweils anderen.«

»Und das darf auf keinen Fall sein.«

Mir ist nicht klar, ob er es ironisch meint. Wir schreiben uns jeden Tag Mails, und gerade eben verbrachten wir eine halbe Stunde am Telefon, während der wir in erster Linie über seine Frau gesprochen haben. Nicht darüber, wie schrecklich sie ist. Nicht darüber, auf welche Art er sie verlassen wird. Sondern darüber, wie sehr sie und ich uns ähneln, zumindest wenn wir aufgestanden und angezogen sind und herumlaufen. Sie heißt Susan, und er behauptet, sie würde wunderbar in den Literaturkreis passen, gerne mit uns über den Schulsportplatz walken und anschließend mit Kelly und mir Kaffee trinken.

»Du würdest sie mögen«, sagt Gerry, und es gibt keinen Grund zu glauben, dass ich es nicht tun würde. »Aber sie ist sexuell eine gebrochene Frau«, fügt er hinzu, und ich drücke ihm murmelnd mein Mitgefühl aus, obwohl das vermutlich genau das ist, was Phil von mir behauptet.

»Miami ist gut«, sage ich. »Miami in zwei Wochen.«

»Und ich werde dich beherrschen.«

»Weißt du, was Kelly gesagt hat? Wir sind wie Kinder in einem Süßwarengeschäft. Wir ergreifen mit beiden Händen alles, was wir sehen.«

»Kelly hat Recht.«

»Findest du es nicht komisch, dass wir so schnell pervers werden?«

»Das ist nicht so pervers.«

Ich bin beleidigt. »Für mich schon.«

»Klar. Ich denke auch, dass es pervers ist. Es war ein halbherziger Versuch, dich zu beruhigen. Versprich mir, dass du mir sagst, wenn es für dich zu viel wird.«

»Ich sage dir alles«, erwidere ich flapsig, doch sobald es mir über die Lippen kommt, wird mir bewusst, dass es stimmt.

Wenn ich vorbeifahre, werfe ich immer einen Blick zur Kirche hinüber, und heute Nachmittag entdecke ich Lynn, die etwas über den Parkplatz zerrt. Ich drehe bei und kurble mein Fenster herunter, um sie zu fragen, ob sie zurechtkommt.

»Mir geht es gut. Das sind nur Abdeckplanen vom Baumarkt. Sie sind sperrig, aber nicht schwer.«

»Du streichst?«, frage ich ziemlich dämlich.

Sie lässt die Planen fallen und streicht sich mit dem Handrücken die Haare aus dem Gesicht. »Du ahnst gar nicht, mit was für Kostenvoranschlägen diese Knaben angerückt sind. Absolut unverschämt. Ich habe mich entschieden, einen Teil der Arbeit selber zu machen. Wenigstens den Flügel der Sonntagsschule.«

»Ich glaube nicht, dass jemand …«

»Erwartet, dass ich wirklich etwas arbeite?«

Es fühlt sich an, als hätte sie mir eine gescheuert, und ich nehme an, dass man das sieht, denn sie schaut zu Boden und tippt die Planen mit dem Fuß an. Sie trägt Absätze. Lynn ist die Einzige, die im Baumarkt Absätze trägt.

»Tut mir leid, es war ein langer Tag.«

»Soll ich dir helfen?«

»Bist du nicht mit dem Fahrdienst dran?«

»Ich meine, kann ich dir helfen, wenn du mit dem Streichen anfängst?«

»Das ist nicht deine Aufgabe.«

»Ich würde es gerne machen. Wir kommen überhaupt nicht mehr dazu, miteinander zu reden.«

»Ich sehe dein Auto ziemlich oft hier.«

»Ich mache bei Jeff eine Beratung. Du musst nicht so tun, als würdest du das nicht wissen.«

Jetzt lächelt sie zum ersten Mal. »Was für eine Beratung?«

»Eheberatung.«

Lynn beugt sich nach unten und packt wieder die Planen. »Es wäre schön, ein bisschen Hilfe zu haben.«

Kapitel 18

Anfang Dezember lässt Nancy sich die Haare schneiden wie ich. Sie trägt auch meinen leuchtend roten Lippenstift, worauf mich Kelly fröhlich hinweist, als wir an der Bahn ankommen, um unsere vier Meilen zu absolvieren.

»Demnächst tauscht sie den Volvo gegen einen Mini Cooper aus, wetten?« Kelly packt mich von hinten an der Taille und flüstert mir ins Ohr. »Sie kann nicht anders. Sie wünscht sich so sehr, du zu sein.«

Ich schüttle den Kopf. Das wünscht sie sich nicht.

Heute steht das Krippenspiel auf unserem Besprechungsplan. Nach drei aufeinanderfolgenden Spielzeiten mit Krippe und den Heiligen Drei Königen sagte ich dieses Jahr ab, und Nancy war bereit, die Leitung zu übernehmen. Während wir walken, fragt sie mich, was ich mit den Strohballen und Engelsflügeln vom letztjährigen Krippenspiel gemacht hätte, und will wissen, wie ich den beweglichen Stern von Bethlehem gebastelt hätte. Vergangenes Jahr führte er die Heiligen Drei Könige den Mittelgang hinunter. Es war ein voller Erfolg – mehrere Leute kamen anschließend zu mir und versicherten mir, es sei das beste Krippenspiel gewesen, das die Kirche je erlebt habe. Nancy kann das nicht ganz zugeben, es ärgert sie maßlos, dass mir etwas eingefallen ist, worauf sie nie gekommen wäre. Doch sie stellt mir eine Menge Fragen über den Mechanismus, und sie trägt selbst auf der Bahn Lippenstift. Wahrscheinlich sollte ich mich geschmeichelt fühlen.

Es ist witzig, wie wir auf die eine oder andere Art alle miteinander verbunden sind. Belinda sagt immer »alle im selben Boot«, und wir anderen tauschen Blicke, wenn sie diese Redewendung gebraucht. Wir glauben eigentlich nicht, dass wir uns in demselben lecken Ruderboot befinden wie sie, aber es ist was dran. Jede Veränderung in mir scheint die anderen aus dem Lot zu bringen. Ich gleite ein paar Zentimeter nach links, und plötzlich bewegt sich auch die Welt unter ihren Füßen. Auf der einen Seite hatten sie meine Jammerei alle miteinander satt. Als hätte ich diese Krankheit schon so lange, dass ich inzwischen entweder geheilt sein müsste oder den Anstand besitzen sollte zu sterben. Das ist die eine Seite. Auf der anderen bauen sie auf meine schlechte Ehe, um sich in Bezug auf ihre eigenen besser zu fühlen. Wenn ich bereit bin, die Wütende zu sein, dann müssen sie es nicht sein. Doch wo bleiben sie, wenn ich glücklich bin?

Wenn sie mich fragen, behaupte ich, dass ich dank der Eheberatung lerne, kleine Gesten zu machen, von denen ich weiß, dass Phil sich darüber freut. Morgens brühe ich in meiner neuen Cappuccino-Maschine koffeinfreien Kaffee auf, weil er den lieber mag. (Und um es einmal zu sagen, er hatte ganz Recht – der Grund, warum es nicht geschäumt hatte, war, dass ich zu viel Milch benutzt hatte.) Ich trage Blau, weil ihm diese Farbe gefällt. Ich lege seinen Bademantel auf dem Bett bereit, wenn er duscht, und am Morgen die Zeitung neben seine Müslischüssel – den Sportteil bereits aufgeschlagen. Einmal in der Woche schlafen wir miteinander. Wie Jeff wiederholt betonte, wünschte sich Phil in Wirklichkeit nichts weiter als Freundlichkeit von mir, und als ich aus New York zurückkam, stellte ich plötzlich fest, dass ich sie ihm geben kann. Kaffee … Zeitung … Bademantel … Sex. Ich kann ihm all diese kleinen Dinge geben, die sich zu Freundlichkeit summieren. Es stellt sich heraus, dass es recht einfach ist, eine Ehe zu retten. Alles, was man tun muss, ist aufhören, sich darüber Sorgen zu machen.

Die Tatsache, dass ich nicht mehr herummotze, hat die anderen Frauen allerdings total ins Schlingern gebracht. Kelly gibt jetzt zu, wie schroff Mark in seiner Kritik sein kann, dass er nie da ist und dass er, wenn er heimkommt, zu viel trinkt.

Nancy sagt jetzt: »Na ja, ihr wisst ja alle, wie er sein kann …«, wenn sie von Jeff spricht.

Doch Belinda überrascht mich am meisten, ausgerechnet Belinda, die die rechtmäßige Nachfolgerin auf meinen Titel als »Unzufriedene Ehefrau« zu sein scheint.

»Phil und ich verstehen uns gut«, erzähle ich den Frauen, genauso gut könnte ich einer Herde Bullen mit einer roten Flagge zuwinken.

Belinda platzt sofort heraus: »Warum benimmt sich Michael, als würde er mir einen Gefallen tun, wenn er auf die Kinder aufpasst? Es sind seine Kinder genauso wie meine, aber wann immer ich für fünf Minuten aus der Tür gehe, führt er sich auf, als würde er mir einen großen Gefallen tun.«

»Wenigstens kommt er nach Hause«, wirft Kelly ein.

Belinda meint, sie sollte sich vielleicht eine Arbeit suchen, aber sie hat nur knapp zwei Jahre College absolviert, und die einzige Arbeit, die sie bekommen würde, wäre ein Drecksjob. Nancy hat angefangen, Highschool-Kindern Nachhilfe in Mathe zu geben, vielleicht könnte auch Belinda so etwas machen. Nicht Mathe natürlich, weil Belinda in Mathe total schlecht ist, aber irgendetwas in dieser Richtung und in Teilzeit. Sie will nicht verbittert wie ihre Mutter enden. Kelly schlägt vor, dass wir, während wir walken, alles aufzählen, was Belinda gut kann, allerdings habe ich den Verdacht, dass das gar nichts bringen wird. Frauen wie Belinda bekommen nie Jobs, die irgendetwas mit ihren Fähigkeiten zu tun haben. Belinda steht sehr nah vor der gefährlichsten aller Fragen: »Und was ist mit mir?«. In ihrem Fall graut mir davor. Es handelt sich dabei um die Kartoffelchips unter den Gedanken, man macht die Tüte besser gar nicht erst auf.

»Ich bitte doch schließlich nicht um etwas Unmögliches«, sagt Belinda.

»Die Lösung heißt Balance«, sagt Nancy. »Zeit für die Kinder, für deinen Mann, das Ehrenamt und vielleicht einen Job, und du brauchst noch ein bisschen Zeit für dich selbst.«

Belinda gibt sich gar nicht erst die Mühe, auf eine derart lächerliche Äußerung einzugehen. »Ich muss in die Gymnastikgruppe gehen, in die ihr geht. Ich werde dick. Ich wiege fast vierzehn Kilo mehr als an meinem Hochzeitstag, und an meinem Hochzeitstag war ich schwanger.«

»Wir haben alle Gewicht zugelegt«, meint Kelly, die eindeutig nicht zugelegt hat. »Du bist viel zu hart zu dir.«

Doch Belinda will davon nichts wissen. Sie erzählt uns, dass sie eines Nachts im Gegensatz zu Michael nicht in der Stimmung für Sex war – man weiß ja, wie das ist. Manchmal ist es leichter, Sex zu haben, als sich aufzusetzen, alle Lichter anzumachen und darüber zu sprechen, warum man keinen Sex haben will, also sagt sie ja, schön, aber mach schnell. Doch mittendrin fängt sie an zu weinen.

»Und er hat nicht aufgehört«, sagt sie. »Er hat gesehen, dass ich weine, und hat nicht aufgehört.«

»Zählen wir einfach alles auf, was du gut kannst.« Kellys Stimme klingt ein bisschen verzweifelt. Sie mag es nicht, wenn Belinda unglücklich ist.

Belinda wischt sich wie ein Kind mit dem Ärmel übers Gesicht. »Vielleicht hatte Lynn die richtige Idee.«

»Versuch's wenigstens«, drängt Kelly. »Du kannst wunderbar mit Kindern und Hunden. Und sprichst du nicht ein bisschen Spanisch?«

Nancy und ich haben uns ein paar Schritte zurückfallen lassen. »Die Stimmung in dieser kleinen Gruppe kippt«, sagt sie.

Ich schüttle den Kopf. »Sie geht nirgendwohin.« Und sie geht nicht. Wenn eine Frau im Begriff ist zu gehen, spricht sie nicht von ihren Tränen während des Geschlechtsverkehrs. Sie spricht überhaupt nicht über Gefühle. Plötzlich dreht sich alles nur um das Herausholen von Pässen aus Schließfächern, den Kauf neuer Lampen, die Versicherung, die Lage der Wohnung, auf die man ein Auge geworfen hat, innerhalb des Schuldistrikts der Kinder. Wenn eine Frau im Begriff ist zu gehen, ist keine Wut in ihrer Stimme, kein Schmerz. Belinda schwingt noch immer im Rhythmus einer Ehefrau auf und ab – wahrscheinlich fährt sie nach Hause und versöhnt sich heute Abend mit Michael.

Das einer Frau wie Nancy zu erklären, ist allerdings unmöglich. Es ist nicht möglich, ihr klarzumachen, dass Belindas Wut nur zeigt, dass sie noch immer Hoffnung für ihre Ehe hat, oder dass andererseits meine Gelassenheit zeigt, wie restlos ich meine aufgegeben habe. Schreist du den Mann immerhin noch an, heißt dass, dass du diesen Mann noch immer siehst. Doch sobald deine Stimme flach wird, an Geschwindigkeit zunimmt und beiläufig klingt, hat dein Ehemann praktisch schon angefangen, sich in Luft aufzulösen. Er verschwindet aus dem Bild, verdampft wie Regentropfen auf einem heißen Highway. Er ist nur noch eine Stadt, durch die man auf dem Weg zu einem anderen Ort fährt.

»Was denkt sich ein Mann«, will Belinda wissen, »wenn er auf eine weinende Frau hinunterschaut und einfach weitermacht?«

»Sie denken gar nicht«, antwortet Kelly.

»Vielleicht solltest du es mit einer Eheberatung probieren?«, schlägt Nancy vor. »Schau, wie sehr Elyse das hilft.«

Belinda bleibt plötzlich stehen, sie bleibt so plötzlich stehen, dass Nancy ihr geradewegs in den Rücken läuft. »Liegt es an mir«, sagt sie, »oder laufen wir immer im Kreis?«

Später am Nachmittag kommt Pascal ins Atelier, einen lebenden Vogel im Maul. Ich schreie, und er haut ab. Das macht er gerne, um zu zeigen, was für ein toller Jäger er ist, und früher habe ich ihn manchmal eingefangen und mit meinem Zeigefinger das Maul aufgestemmt. Aber bei der Befreiung von Verwundeten handelt es sich um eine Grauzone. Es ist schwer zu sagen, wie schwer sie verwundet sind – manchmal kann das Tier entkommen, manchmal nicht, und wenn sie nicht kräftig und schnell genug sind, hat er sie bald wieder, und dann aber geschäftsmäßiger. Ich konnte mich nie entscheiden, ob es gnädiger ist, Pascal zu erlauben, sie beim ersten Angriff zu erledigen, oder sie ins Freie zu bringen und allein im Gras ihrem Tod zu überlassen.

Gerade in dem Augenblick, in dem Pascal mit dem Vogel hereinkommt, springt Garcia aus dem Nichts heran und bringt Pascal zum Fauchen. Der Vogel entkommt. Er fliegt in einem taumelnden Bogen in Richtung Decke, und ich sehe, dass einer seiner Flügel gebrochen ist. Mit einer Abdeckplane scheuche ich ihn aus dem Atelier und schließe die Katzen in den Waschraum. Ob das die richtige Entscheidung ist, ist allerdings schwer zu sagen. Der Vogel flattert über eine Stunde verzweifelt im Haus herum, knallt mehrmals an die Wände und hinterlässt kleine Explosionen aus

Blut und Kot. Ich öffne jede Tür und jedes Fenster, und schließlich fliegt er hinaus in ein Schicksal, das nur Gott kennt. Als Phil nach Hause kommt, gehe ich gerade durchs Haus und versuche die Wände mit Schwamm und Putzmittel sauberzumachen.

»Sie sind total ausgeflippt«, sage ich.

»Das ist typisch bei Katzen«, sagt er, vernünftig wie nur ein Mensch sein kann, der den ganzen Tag weg war. »Sie bringen eben Vögel um. Halt sie im Haus, wenn es dir so viel ausmacht.«

»Der Teufel soll euch beide holen«, rufe ich Pascal und Garcia zu, die sich, unschuldig wie auf einem Kalenderbild, auf der Ottomane zusammengerollt haben und mich wie die süßen Kätzchen anschauen, die ich vor drei Jahren von der Tierschutzvereinigung übernommen habe. »Ich füttere euch doch ständig. Warum seid ihr immer hungrig?«

»Das hat nichts mit Hunger zu tun«, erklärt Phil. »Es ist ihre Natur.«

Kapitel 19

In Miami ist es sogar im Dezember heiß. Ich döse auf dem Balkon des Hotelzimmers in der Nachmittagssonne vor mich hin, eine ausgebreitete Zeitung über dem Schoß. Gerry kommt heraus und setzt sich neben mich auf den Liegestuhl. Er drückt seine Hüfte gegen meinen Oberschenkel, und ich rücke etwas näher.

»Es ist heiß«, sage ich.

Er fischt einen Eiswürfel aus einem Glas mit Highball und reibt ihn über meine Handgelenke, als wäre er ein mittelalterlicher Arzt, der versucht, mein Blut zu kühlen. Ich liebe das. Es gibt nichts Schöneres, als sich überall heiß zu fühlen, nur nicht an einer kleinen Stelle. Er benutzt den Eiswürfel als Pinsel, streicht Kühle über mein Handgelenk, übermalt die Hitze. Ich strecke meine Hände über den Kopf, um ihn zu erinnern, aber das ist nicht nötig. Zwischen den Latten meines Liegestuhls wurden bereits zwei Krawatten durchgefädelt. Es erschreckt mich ein wenig. Ich habe nicht gesehen, dass er es gemacht hat, muss also tatsächlich geschlafen haben. In Sekundenschnelle fesselt er sehr lose meine Handgelenke. Er kniet sich neben mich hin, wischt mit einer flachen Bewegung seines Arms die Zeitung zu Boden, eine Bewegung, bei der ich zusammenfahre, als hätte er mich geschlagen. Er nimmt einen zweiten Eiswürfel und legt ihn sich wie eine kleine durchsichtige Zunge zwischen die Lippen.

Diesen Augenblick finde ich schier unerträglich erotisch – die Intensität, mit der er mich ansieht, das Senken seines Kopfs. Er umkreist meinen Nabel, überquert meinen Bauch. Er weiß, wie wichtig für mich das Gefühl ist, uns würde der ganze Tag gehören. Er lässt den Eiswürfel tiefer gleiten, streicht am Bund meiner Shorts entlang, und ich murmle etwas.

Sein Mund ist kräftig. Mir ist schon beim ersten Kuss aufgefallen, dass seine Zunge muskulös ist, und so hat er keine Schwierigkeiten, sie unter eines der elastischen Bündchen meiner Shorts zu zwängen, keine Schwierigkeiten, die Reste des Eiswürfels, der jetzt dünner und verformbarer ist, zwischen die Falten meiner Haut zu schieben. Ich gebe einen Laut von mir, der ihm zeigen soll, dass ich das gut finde, dass er Recht hat und ich genau das will, diese langsame, schlängelnde Annäherung, dieses Fokussieren.

Je kleiner der Eiswürfel wird, desto größer wird seine Zunge. Sie ist genauso kalt, aber die Struktur ist eine andere, flacher und breiter, mit mehr Nuancen, ein paar Unebenheiten und der Fähigkeit, sich zu rollen und sich schnell auf und ab zu bewegen. Trotzdem konzentriert er seine Aufmerksamkeit noch nicht auf einen Punkt, trotzdem zögert er den Augenblick hinaus, als der steile, enge Aufstieg zu meinem Orgasmus beginnt, trotzdem macht er nicht das, was er, wie wir beide wissen, am Ende machen wird, trotzdem fangen meine Fingerspitzen zu kribbeln an und mein Gesicht wird heiß. Das Eis ist geschmolzen, und als ich plötzlich seine Hände auf meinen Brüsten spüre, überrascht es mich.

Ich setze mich auf, oder vielmehr, ich versuche mich aufzusetzen, kämpfe darum hochzukommen, meine Hände machen aber nicht mit. Mir fällt ein, dass sie hinter meinem Kopf gefesselt sind, zusammengebunden mit zwei Achtzig-Dollar-Krawatten von Gucci. Ich befinde mich in dieser ungewöhnlichen Stellung, in der ich weder sitze noch liege, sondern geradezu aufgehängt bin und mein Rücken ungünstig überstreckt ist. Plötzlich überfällt mich Panik.

»Halt«, rufe ich. Er schiebt seine Zunge in mich hinein und fängt langsam und systematisch an, mich zu lecken, so als würde er fegen.

»Nein, halt. Wirklich, halt. Ich muss mich hinsetzen. Mein Rücken tut weh.«

Er scheint mich nicht hören zu können. Jetzt ist er ganz auf einen Punkt konzentriert. Es fühlt sich unerwartet gut an, gut und schlecht, gut-schlecht. Er geht mit meinen Brüsten grob um, zieht an den Brustwarzen, und während er an ihnen zieht, dreht er sie. Das hat noch keiner gemacht, gleichzeitig an ihnen ziehen und sie drehen. Obwohl wir uns unter freiem Himmel und möglicherweise in Hörweite anderer Balkone befinden und obwohl irgendetwas in mir es mag, gebe ich einen Laut von mir, der sich halb nach Stöhnen, halb nach Schreien anhört.

»Ich habe gelogen«, sage ich. »Ich habe dich angelogen, ich habe gelogen, ich lüge.«

Ich halte das nicht aus. Ich weiß nicht, warum ich ihm gesagt habe, dass ich es könnte. Ich zerre an den Krawatten und stemme meine Fersen gegen den Liegestuhl, um mich wieder in eine sitzende Position zu bringen. Aber er folgt mir, stößt mit seiner Stirn in meinen Schamhügel. Orgasmus und Panik liefern sich jetzt ein Wettrennen, Kopf an Kopf wie Pferde, mein Gesicht glüht so sehr, dass sich meine Zunge kühl anfühlt, als ich mir über die Lippen lecke.

Und dann sehe ich es plötzlich auf mich zukommen, und es besteht absolut kein Zweifel. Er trägt mich zum Feld von St. Kitts. Ich kenne dieses Feld, war schon vorher da. Vierzig Minuten außerhalb von Basseterre, mit einer schwitzenden Colaflasche in der Hand, auf der einen Seite die mitternachtsblaue See, auf der anderen gelber Weizen, der sich im sanften Wind wiegt, sich in sich zurückzieht und golden entfaltet. Eine enge Straße, eine holprige Straße, ein Mietauto mit weichen Bremsen. Es ist, als würde man mitten in ein Gemälde von van Gogh hineinstolpern, als würde man in den Himmel geworfen, und ich erinnere mich an das erste Mal, als ich es sah. Es ist das Orgasmusfeld, das Feld, auf das ich manchmal, unmittelbar bevor ich komme, einen kurzen Blick werfen kann. Nicht immer, nur manchmal. Doch wenn ich das Orgasmusfeld sehe, weiß ich, dass ich unaufhaltsam komme und dass es gut wird.

Ich rufe um Hilfe, ich sage Nein, aber alles steigt hoch, das blaue Wasser, der gelbe Weizen rollen in einer Welle auf mich zu. Ich bekomme sie nicht in den Griff, es wird dich verschlingen, ich versuche zu schreien – und genau in dem Augenblick, in dem sie mich erfasst, rufe ich »Apfel«. Apfel überrollt mich schließlich, Apfel. Als Nächstes sehe ich Gerry, der mir seine Arme entgegenstreckt. Ich greife nach ihm, von meinen Händen baumeln Krawatten. Keine Ahnung, wann er mich losgebunden hat, oder ob ich überhaupt gefesselt war.

»Es war zu viel«, sage ich ihm.

»Warum hast du nicht ›Apfel‹ gesagt? Ich meine, früher?«

»Ich habe nicht daran gedacht.«

»Ich wusste nicht so recht, was ich machen sollte.«

»Du hast es richtig gemacht. Es war mein Fehler, ich habe nicht daran gedacht.«

»Es scheint dich mächtig erwischt zu haben.«

Na … ja.

Er schiebt die Krawatten von meinen Handgelenken, legt sich neben mich auf den engen Liegestuhl und zieht meinen Kopf an sich. Der Duft seiner Bay-Rum-Seife umweht mich. Sein Atem geht allmählich gleichmäßiger, meiner ebenfalls, er hebt und senkt sich in Gerrys Rhythmus, als wären wir eins, als würden wir uns seit Jahren kennen. Daran bin ich nicht gewöhnt. Ich bin nicht gewöhnt, nach dem Sex in den Armen eines Mannes zu liegen. Im ersten Moment fühle ich mich eingeschränkt, dann fühlt es sich zunehmend gut an, fast sage ich ihm, dass ich ihn liebe, schließlich liegen seine Arme schwer auf meinen Rippen, und ich fühle mich wieder eingeschränkt. Das hier ist ein mysteriöses Land. Eine mysteriöse Küste, an der ich gestrandet bin, ich bin wie jene Entdecker, die vor Jahrhunderten nach Indien segelten und stattdessen in der Karibik landeten.

Er sagt etwas. Ich glaube, er nennt mich Liebling. Und da sind Vögel, sagt er, er sagt etwas von Vögeln in der Ferne. Ich sehe keine Vögel. »Sie sind wunderschön, nicht wahr?«, fragte er, und ich antworte mit Ja, weil sie es vermutlich sind.

»Jeden Augenblick fängt das Spiel an«, erinnert er mich.

»Ich weiß. Wir müssen wetten.«

Keiner von uns bewegt sich.

Als ich in meiner Kindheit von den Entdeckern las, hat mich ihre Arroganz, diese Arroganz der Weißen, wütend gemacht. Wie konnten sie es wagen, Menschen Indianer zu nennen, wenn sie nicht in Indien waren? Ich schrieb eine Arbeit mit dem Titel »Der große Fehler«, meine Lehrerin befestigte sie mit einer leuchtend roten 1 am Schwarzen Brett. Vielleicht kam mir damals zum ersten Mal die Idee, dass Wut mit Klugheit gleichzusetzen ist. Inzwischen bin ich allerdings älter und verspüre ein gewisses Mitgefühl mit den Entdeckern, die wochenlang in ihren stickigen kleinen Schiffen zusammengepfercht waren, von Skorbut und Durst halbverrückt und von ihrer langen Reise so desorientiert, dass sie natürlich glauben mussten, sie seien in Indien.

Natürlich gaben sie allem entsprechende Namen, die ihre Wünsche widerspiegelten. Gerry und ich setzten die Segel mit der Absicht, Freundschaft verbunden mit Sex zu finden, also taufen wir diesen neuen Kontinent wohl so, egal was er wirklich ist.

Um uns herum stehen überall Bäume und verbergen unseren Balkon vor den anderen Balkonen, machen ihn sicher und ein Stück weit zu einem privaten Ort, wo man an einem warmen Winternachmittag nackt daliegen kann. Vermutlich zahlt er genau dafür – für diesen Luxus, diese Geräumigkeit, die Illusion, dass wir uns in einem Raum mit hohen Decken und grünen Wänden befinden, Wänden mit Blättern und offenbar Vögeln. Ich könnte mich aufsetzen und nach meiner Brille greifen, weiß aber nicht, ob das etwas bringen würde. Mein Sehvermögen ändert sich, und beim letzten Besuch sagte meine Augenärztin, ich sollte über eine Gleitsichtbrille nachdenken. Als ich strikt »Nein, jetzt noch nicht« sagte, lachte sie nur und meinte, in dem Fall müsse ich aber eine Entscheidung treffen: und zwar ob ich lieber in der Nähe besser sehen würde oder in die Ferne?

Kapitel 20

Bei meiner Rückkehr aus Miami erwartet mich auf dem AB ein Anruf von der Galeriebesitzerin aus Charleston. Vor ein paar Wochen habe ich ihr ein Foto von einem Topf mit einer neuartigen Glasur geschickt, an der ich gearbeitet hatte, und sie sagt, er gefalle ihr. Die Galeriebesitzerin ist alt und hat eine derart dünne Stimme, dass sie am Telefon nur schwer zu verstehen ist. Sie klingt immer so, als würde sie auseinanderbrechen. Doch sie war mehr als einmal meine Glücksbringerin. Sie ist diejenige, die Gerry erzählt hat, wie er mich finden kann.

Ich rufe sie zurück, und sie erzählt, dass sie im neuen Jahr wieder einen Tag der Offenen Tür machen und sie mehrere Töpfe haben möchte. Vielleicht dreißig, sagt sie mit ihrer brüchigen Stimme, und einen Augenblick lang denke ich, mich verhört zu haben. Für jemanden, der in der Garage arbeitet, ist das eine Wahnsinnsbestellung, eine Wahnsinnsmenge Arbeit. Wir kommen überein, dass die ersten zehn bis zum 18. Januar bei ihr eintreffen sollen. Weitere zehn im Februar und die letzten im März. Eine monatliche Anlieferung scheint ihr ein guter Rhythmus zu sein. Ich stimme ihr zu.

Dann, als wir eben auflegen wollen, trillert sie: »Haben Sie nicht etwas vergessen, meine Liebe?«

»Oh«, sage ich etwas beschämt. »Vielen Dank. Ich bin Ihnen wirklich sehr dankbar, Mrs Chapman.«

»Nein, meine Liebe. Der Preis.«

»Ich kann sie für je hundert machen.« Keine Ahnung, warum ich das sage. Es platzt einfach aus mir heraus. In meinem ganzen Leben habe ich noch keinen Topf für hundert Dollar verkauft. Sie zögert ein paar Sekunden, und ich denke, ich war zu habgierig und muss mich darauf einstellen, kritisiert und daran erinnert zu werden, was für einen Gefallen sie mir tut.

Dann antwortet sie: »Ich denke, das ist in Ordnung so.«

Den Nachmittag verbringe ich in einem einzigen Rausch. Den Topf, den ich fotografiert hatte, stelle ich auf meinen Knettisch und schaue ihn mir aus jedem Blickwinkel an. Form und Farbe sind gut, doch bei der Oberfläche bin ich mir nicht sicher. Sie ist ein bisschen zu rau, nicht so rau, dass das auf einem Foto sichtbar ist, aber bei einer Berührung wäre es vielleicht doch unangenehm, und wenn Mrs Chapmann hundert Dollar für einen zahlt, geht das nicht. In der Galerie wird sie sie wahrscheinlich für den doppelten Preis verkaufen. Vielleicht sollte ich weniger Schamotte zugeben. Ich rufe Kelly an und bitte sie, Tory nach der Schule abzuholen. Ich bestelle telefonisch mehr Ton, und danach nehme ich das, was ich habe – vielleicht neun Kilo –, aus der Tonne und breite es auf dem Tisch aus.

Das Kneten und der Prozess des Schneidens haben etwas Stumpfsinniges an sich, normalerweise verliere ich mich dabei in meinen Gedanken. Normalerweise setzt diese aufgequollene, verformbare Masse meinen Verstand außer Kraft und schickt mich in eine Art göttlichen Zustand. Heute ist es anders. Ich bearbeite den Ton, aber er bearbeitet nicht mich. Mein Kopf dreht sich vor lauter Logistik. Um zehn gute Töpfe zu bekommen, muss ich fünfzehn herstellen, für jeden Topf brauche ich mindestens zehn Stunden, wir haben Dezember, den Monat im Jahr, wo am meisten los ist. Ganz zu schweigen davon, dass ich Lynn versprochen habe, ihr beim Streichen der Sonntagsschule zu helfen. Vielleicht sollte ich versuchen, dem zu entkommen.

Irgendwann öffnet sich die Tür zur Küche, und Phil sagt sanft: »Du arbeitest aber lange.«

»Du glaubst es nicht. Ich habe einen Auftrag bekommen. Mrs Chapman aus Charleston will dreißig Töpfe haben.« Der Himmel weiß warum, aber ich kann mich nicht zurückhalten, das Nächste zu sagen: »Sie zahlt hundert Dollar pro Stück.«

»Wow. Das sind dreißigtausend Dollar.«

»Nein. Nein, das sind dreitausend Dollar.«

»Das ist immer noch gut. Ich nehme an, wir holen uns etwas zum Abendessen.«

»Das war ein komischer Fehler.«

»Du weißt doch, dass ich noch nie gut mit Nullen war. Willst du Thailändisch?«

»Thailändisch ist okay.« Ich stehe auf. Mein Rücken tut weh, und mir wird bewusst, dass ich stundenlang in derselben gekrümmten Stellung verbracht habe. »Kannst du einen Abstecher machen, wenn du schon unterwegs bist, und Tory holen? Sie ist bei Kelly.«

Er nickt und geht zu seinem geparkten Auto. »Einmal grünes Curry und einmal gelbes?«

»Bestens.« Ich schneide den Ton durch und suche nach Luftlöchern. Sie sind klein, aber heimtückisch. Dieser Hügel scheint gut durchgeknetet zu sein, aber man kann nie wissen. Ich schneide ihn aus einem anderen Winkel und dann noch einem anderen. »Phil?«

Er dreht sich um. »Ja?«

»Du musst mir sagen, dass du stolz auf mich bist. Ich brauch das.«

Er zögert, und mir wird klar, dass er drauf und dran ist,

mich zu fragen, ob ich jedes Mal stolz auf ihn bin, wenn er eine Wurzelbehandlung macht. Er könnte darauf hinweisen, dass ich nicht jedes Mal in Beifall ausbreche, wenn er 3000 oder 30000 Dollar nach Hause bringt. Das wäre nur fair.

Stattdessen öffnet er einfach die Autotür.

»Natürlich bin ich stolz auf dich.«

»Ich bin stolz auf mich. Ich habe etwas losgelassen, und Phil und ich haben eine Art Gleichgewichtszustand erreicht.«

Lynn wirft Spielzeug in einen schwarzen Müllsack. »Was hast du losgelassen?«

»Ich weiß nicht. Aber egal, was ich verloren habe, es war eindeutig nicht sonderlich wichtig. Uns geht's besser, wenn ich nicht vollständig da bin.«

»Meinst du, es würde etwas bringen, wenn wir alles in die Spülmaschine geben?«

»Ja, das meiste ist Plastik. Ich frage mich, wann das Zeug zuletzt einer sterilisiert hat.«

»Ich würde mal raten, nie ...« Lynn zieht an einem Sack das Zugband zu und holt einen anderen. »Für dich ist das alles in Ordnung so?«

»Jeff behauptet, man kann nicht erwarten, dass ein einziger Mann einem alles geben kann.«

»Das sagt Jeff?«

»Das sagt doch jeder. Das ist ein gängiger Ratschlag bei jeder Eheberatung. Du akzeptierst einen Mann so, wie er ist, und dann suchst du nach Wegen, die Löcher zu füllen. So wie du früher gejoggt bist.«

»Du hast ja gesehen, wie gut das funktioniert hat.« Lynn macht eine Pause, löst das Band aus ihren Haaren und schüttelt sie. Ich habe ihr ein Weihnachtsgeschenk mitgebracht, das ungeöffnet auf dem kleinen Tisch im Raum für die Kleinkinder steht. Darin befindet sich ein Paar Stretchhandschuhe – schwarz-graues Fischgrätmuster, ein Muster, das mir elegant und dezent vorkam, das Richtige für Lynn. »Weißt du«, sagt sie, »damals, als ich zum ersten Mal gewähltes Mitglied im Kirchengemeinderat war, sind Phil und ich eines Tages sehr früh dort gewesen … nur wir beide waren da, und Phil hat angefangen von dir zu reden. Ich weiß nicht mehr, was für eine Geschichte er erzählt hat, aber am Schluss sagte er: ›Elyse ist ein unberechenbarer Mensch.‹ Und er klang stolz.«

Ich kann mir nicht vorstellen, dass Phil so etwas sagt, aber okay. Lynn hat die Regale abgestaubt und fängt an, sie mit Desinfektionsmittel abzuwischen. Sie sieht finster aus, oder vielleicht kommt das auch nur von den Dämpfen.

»Weiß du, was Andy mir an dem Tag gesagt hat, an dem er gegangen ist? Er hat gesagt, dass etwas an mir nicht mehr da ist.«

»Hatte er irgendeine Idee, was das gewesen sein soll?«

»Er hat gesagt … das ist so abartig. Er hat dieselben Worte benutzt wie du eben, er hat gesagt, ich hätte etwas losgelassen. Und dass … auch das ist seltsam. Er hat gesagt, es habe ihn gestört, dass ich nicht mehr mit ihm gestritten habe. Seiner Meinung nach hatte es den Anschein, als wäre ich überhaupt nicht mehr da.«

Ich denke an Gerry, daran, wie temperamentvoll ich bei ihm sein kann, wie wir letzte Woche auf das Football-Spiel zwischen den Carolina Panthers aus Charlotte und den New England Patriots aus der Gegend von Boston gewettet haben. Ich sehe vor mir, wie ich meine Beine um seine Hüfte schlinge und versuche, ihn ins Bett zu ziehen.

Lynn hält mein Schweigen fälschlicherweise für Skepsis und spricht hastig weiter: »Ich habe nicht ganz Unrecht, ehrlich. Als ich aufhörte zu streiten und mit dem Joggen und all dem Zeug anfing, um mich abzulenken, ist es mir so gegangen wie dir. Damals habe ich es für eine gute Sache gehalten. Wir waren von all den Jahren voller Streitereien ausgelaugt und brauchten eine Pause. Dann herrschte Frieden im Tal.«

»Gleichgewichtszustand.«

»Wie du habe ich gedacht, dass er das, was auch immer ich aufgegeben habe, sowieso nicht gewollt hat. Und dann wacht er eines Tages auf, und aus heiterem Himmel sagt er mir, ich wäre gar nicht ganz da. Was soll ich darauf antworten? Alles, was ich sagen konnte, war: ›Ja, du hast Recht, ich bin nicht ganz da.‹«

»Das Gespräch hätte ich gerne mitangehört.«

»Das hast du gerade. Das war alles. Er hat gesagt, ich wäre gar nicht ganz da, und dann ist er durch die Tür hinausgegangen. Wirklich, er ist buchstäblich hinausgegangen, bis ans Ende der Auffahrt, dann hat er sich umgedreht und ist die Straße hinuntergegangen. Er hat nicht das Auto genommen. Bis jetzt weiß ich nicht genau, wohin er gegangen ist.«

Ich ziehe das Tuch vom Boden des Laufgitters hoch und stöhne laut auf. Wir haben heute Morgen vom Baumarkt extrastarke Reinigungsmittel geholt, aber ich bin mir nicht sicher, ob sie diesen Flecken gewachsen sind. Außerdem beunruhigt mich die Menge an Giften, die wir im ganzen Raum versprühen. Irgendwo muss es eine Alternative geben zwischen der chemischen Vergiftung der Kinder und der Gefahr, sie der Pest auszusetzen. »Vielleicht hat jemand auf ihn gewartet. Zum Beispiel am Ende des Blocks in einem Auto.«

Lynn schüttelt den Kopf. »Es ist egal. Letztlich ist er bei dieser Geliebten gelandet. Ich nehme an, sie hatte noch das, was immer es war, was ich irgendwo verloren hatte. Aber weißt du, ich habe den Leuten nur erzählen müssen, dass er eine Freundin hat, und schon waren sie bereit, ihn auf dem Dorfplatz zu steinigen. Mein Anwalt war begeistert. Gütiger Himmel, was meinst du, sollen wir das ganze Teil nicht einfach wegwerfen?«

»Ich versuch's erst einmal mit Bleichmittel. Wie alt war das Mädchen? Vierundzwanzig?«

Lynn seufzt. »Oh ja, wie aus dem Lehrbuch. Alle haben mir gesagt, ich könnte ihn abzocken. Wir haben die Mediation besucht, und mein Anwalt meinte, wir bringen ihn dazu, sein Boot zu verkaufen und mir die Hälfte des Geldes zu geben. Andy hat sein Boot geliebt. Ich wollte gar nicht die Hälfte von seinem Boot. In meinem Kopf hat etwas klick gemacht, und ich habe zu meinem Anwalt gesagt: ›Wissen Sie, ich bin auch mit daran schuld, es ist also in Ordnung für mich, wenn er sein Boot behält.‹ Und weißt du, was der Anwalt geantwortet hat?«

»Ich kann's mit gut denken.«

»Er hat mir mitten in der Halle die Hand auf den Mund gelegt« – sie demonstriert es mit ihrer eigenen Hand – »und dann: ›Sagen Sie das nie wieder. Denken Sie daran, dass es in jeder Geschichte ein Opfer gibt, und in dieser Geschichte sind Sie das.‹«

»Guter Gott.«

»Und weißt du, was ich noch gerne wüsste? Manchmal frage ich mich, was passieren würde, wenn eine Frau innerhalb einer Ehe ganz sie selber bleiben würde, alles sagen würde, was sie sagen will, alles tun, was sie tun will, und die Dinge einfach laufen lassen würde. Was, denkst du, würde sie für eine Ehe führen? Vielleicht wäre es kurzfristig eine wacklige Angelegenheit, aber langfristig gesehen würde der Mann vielleicht sagen: ›Sie macht mich wahnsinnig, aber wenigstens ist sie voll da‹, und dann anfangen, sie zu respektieren. Was meinst du?«

Wenn ich mich hinunterbeuge, habe ich nicht genug Kraft zum Schrubben, also klettere ich in das Laufgitter. Lynn hilft mir dabei, mein Bein über das Gitter zu schwingen, und reicht mir die Schwämme und Spraydosen. »Wie läuft es mit Andy und der Vierundzwanzigjährigen?«

»Soweit ich das beurteilen kann, gut.«

»Warum glaubst du, verlassen Männer manchmal ihre Frauen wegen ihrer Freundinnen und manchmal nicht?«

»Keine Ahnung.«

»Die Sache ist die: Wenn ein alleinstehendes Mädchen mit einem verheirateten Mann ins Bett geht, sagen ihr alle, sie soll nicht so dumm sein, der verheiratete Mann wird nie seine Frau verlassen. Aber wenn eine Frau nicht rund um die Uhr, sieben Tage die Woche an ihrer Ehe arbeitet, sagen dieselben Leute: ›Pass lieber auf, er wird dich noch wegen einer anderen verlassen.‹ Egal wie, die Frau scheint immer die Gelinkte zu sein. Aber was, glaubst du, ist wahrscheinlicher: Bleibt der Mann bei der Frau, an die er gewöhnt ist, oder geht er zu der Freundin, die ihn erregt?«

»Ich nehme an, dass beides eintreten kann. Wenn wir von mir sprechen, dann geht der Mann zu der Freundin, die ihn erregt.«

»Ich wollte nicht deine Gefühle verletzen.«

»Das hast du nicht. Meine Gefühle kann man nicht mehr verletzen. Aber du hast meine Frage nicht beantwortet. Was, glaubst du, würde passieren, wenn die Ehefrau sich wie eine Geliebte benimmt?«

»Die Ehefrau kann nie die Geliebte sein.«

»Nie?«

»Zumindest nicht für ihren eigenen Ehemann.« Ich stehe auf und mustere den Gummiboden unter mir. »Ich weiß nicht, ob hier irgendwas wirken wird.«

Lynn zuckt die Schultern. »Mir ist klar, dass du nicht ich

bist, dass wir völlig verschiedene Menschen sind, aber ich kann einfach den Gedanken nicht loswerden, dass ich mit dem, was ich unternommen habe, um meine Ehe zu retten, letztlich alles kaputt gemacht habe. Du warst ... ich habe immer gedacht, wenn eine Frau tatsächlich ihren Ehemann dazu bringen kann, sich aufzusetzen und Notiz von ihr zu nehmen, dann bist du das. Als Phil zu mir gesagt hat: ›Sie ist unberechenbar‹, hat er so stolz geklungen.«

Das ist das zweite Mal, dass sie mir erzählt, Phil hätte mich als unberechenbar bezeichnet. Warum hängt sich Lynn an dem einzigen Satz auf, den Phil jemals zu ihr gesagt hat? Vielleicht liegt es daran, dass Phil so selten spricht, dass alles, was er sagt, großen Eindruck macht. Ich habe mir das schon oft gedacht: Wenn er etwas sagte, hatte es mehr Gewicht, als wenn andere Leute sprachen.

»Ich habe das auch immer von dir geglaubt. Ich habe deine Ehe für die beste von uns allen gehalten.«

Sie lacht kurz auf. »Und warum?«

»Weiß ich nicht. Du bist so intelligent.«

»Das bist du auch.«

»Da haben wir's, und wir sind die beiden Ersten, die im Regen stehen. Offensichtlich macht ein hoher IQ eine Frau untauglich für die Ehe.«

»Das glaubst du nicht wirklich.«

»Sicher doch. Intelligenz hat keiner von uns auch nur ein Fitzelchen Gutes gebracht. Das heißt doch nur, dass sie, wären wir aus *Die Frauen von Stepford*, eine Woche länger brauchen würden, um uns zu klonen.« Ich höre mit dem Schrubben auf und drehe mich zu Lynn um. »Soll ich dir ein Geheimnis verraten?«

Sie sprüht mit dem Rücken zu mir die Türgriffe ein. »Weiß ich nicht.«

»Ich bin glücklich.«

»Na, das sind Neuigkeiten.«

»Erzähl's niemandem.«

»Dein Geheimnis ist bei mir sicher.« Lynn schaut auf die Uhr. »Du musst nicht den ganzen Tag bleiben, ganz bestimmt nicht. Ich lege jetzt selber eine Pause ein.«

»Sollen wir zu Qdoba's gehen?«

»Ich bringe mein Mittagessen jetzt immer mit. Es ist im Kühlschrank.«

Das ist ein Wink mit dem Zaunpfahl. Eine Erinnerung daran, dass sie sich die Kosten, die das Haus verursacht hat, nicht leisten konnte, dass sie ausgezogen ist und jetzt in einer Wohnung wohnt. Dass man erst letzte Woche eine außerordentliche Sitzung einberufen hat, um dafür zu sorgen, dass sie im Fall einer Arbeitsunfähigkeit versichert ist, bevor sie aufs Gerüst klettert und die Kirchenmauern streicht. Eine Erinnerung daran, dass Belinda einmal den Tränen nah zum Walken kam, weil sie gesehen hatte, wie Lynn an der Straße mit einem Greifer Müll eingesammelt hat.

Das Schweigen hält an. Ich klettere aus dem Laufgitter, werfe die Schwämme und das Scheuerpad in den Korb. Schließlich sagt Lynn: »Was glaubst du, schenkt Phil dir zu Weihnachten?«

»Ich weiß es schon. Einen Gasgrill.«

»Ich hab gedacht, er ist der große Grillmeister?«

»Das ist er. Aber der alte Grill ist endgültig zusammengebrochen, also hat er einen abgefahrenen neuen gekauft und eine Schleife drum gebunden.«

»Er schenkt dir etwas, das er selber benutzen will? Bist du nicht sauer auf ihn?«

»Machst du Witze? Du sprichst mit der neuen, verbesserten Ehefrau. Dem Gleichgewichtsmädchen. Ich habe einfach tief durchgeatmet und mir gesagt: ›Was habe ich für ein Glück, einen Mann zu haben, der kocht.‹«

»Dieses Gleichgewichtszeug.« Lynn zieht ihre Gummihandschuhe mit einem schmatzenden Geräusch aus. »Es kann nur vorübergehend funktionieren.«

Ich nicke und gestehe ihr nicht, dass es auch nur vorübergehend funktionieren muss.

Sie begleitet mich den Flur hinunter. Schon den ganzen Morgen regnet es heftig. Meinen Schirm habe ich in der Diele vergessen. Wir bleiben an der Tür stehen und schauen in die Düsternis des Dezembers. Jeffs Auto – ein kleiner schwarzer Solstice, den er fährt, um zu zeigen, dass in ihm mehr steckt, als man mit bloßem Auge sehen kann – biegt dicht am Gebäude in den Parkplatz des Pfarrers ein. Er springt in Shorts und Nikes heraus. Offenbar kommt er gerade von einem mittäglichen Work-out, und er sieht wirklich süß aus, Jeff, mit seinen stämmigen Beinen und dem hüpfenden Gang. Lynn und ich grinsen fast unfreiwillig, während wir ihm zusehen, wie er durch die Pfützen auf die Tür zuwatet.

»Der Mann, mit dem du ins Bett gehst«, sagt sie, »der ist nicht von hier, oder?«

Ich schüttle den Kopf. »So dumm bin ich nicht.«

Kapitel 21

Ich habe hart gearbeitet, um alles schön zu machen. Gestern Abend habe ich Tory zu meiner Mutter gebracht, heute Morgen ist Kelly gekommen, im Schlepptau die beiden schweigsamen, von Honduras stammenden Frauen, die ihr Haus putzen. Wir haben den Baum aufgestellt, den Kranz an die Tür gehängt, den Kaminsims dekoriert und die Tische fast vollständig gedeckt. Als Gastgeberin der diesjährigen Weihnachtsfeier unseres Kreises wird von mir nicht erwartet, dass ich einen der Hauptgänge zubereite, sondern nur den Salat. Alle Zutaten dafür liegen gewaschen und aufgestapelt im Kühlschrank, bereit, um in letzter Minute zusammengefügt zu werden.

»Warum nehmen wir nicht die guten Teller?«, will Phil wissen. Es ist kurz nach sechs, und ich bin gerade aus der Dusche gekommen. Er hat einen meiner handgemachten Teller vom Tisch genommen und ins Schlafzimmer gebracht, wo er ihn auf ein Kissen gelegt hat und nun argwöhnisch betrachtet.

»Das sind die guten Teller. Ich habe sie vor ein paar Jahren eigens für Weihnachten gemacht, weißt du nicht mehr?« Die Teller sind hellbeige und durchsetzt mit karmesinroten und waldgrünen gebündelten Strichen. Diese Technik würde ich jetzt nicht mehr anwenden, denn sie wirkt etwas zu gewollt weihnachtlich. Aber für eine Feier an Weihnachten sind sie allemal noch gut.

»Das ist ein formelles Dinner«, entgegnet Phil. »Ich würde mich wohler fühlen, wenn wir das Hochzeitsporzellan benutzen.«

»Das Hochzeitsporzellan nehmen wir im Esszimmer.« Ich bemühe mich, meine Stimme neutral klingen zu lassen, und frage mich, warum diese Unterhaltung meine Gefühle so schlimm verletzt. Das Gleichgewichtsmädchen scheint heute freizuhaben, doch ich will jetzt, knapp eine Stunde vor dem Eintreffen unserer Gäste, keinen Streit. »Das Hochzeitsgeschirr im Esszimmer, wo ich für fünf Leute gedeckt habe, meine Teller im Wohnzimmer, wo ich für vier gedeckt habe.«

»Wir sitzen nicht alle zusammen?«

»Das haben wir diese Woche alles besprochen, ich kann mir nicht vorstellen, dass du dich nicht mehr erinnerst. Ich habe von keinem Geschirr genug, um alle zusammen an einen Tisch zu setzen, abgesehen davon sind neun Leute am Esszimmertisch sowieso zu viel. Du bist im formellen Raum, mach dir also keine Sorgen. Ich bin im Wohnzimmer.«

»Das ist ein bisschen abartig. Wen setzen wir ins Wohnzimmer mit den Keramiktellern? Das sieht ja so aus, als würden wir zwei Paaren zeigen wollen, dass sie nicht so wichtig sind.«

»Ich setze die Paare getrennt«, sage ich mit übertriebener Langsamkeit. »Diese ganze Diskussion haben wir schon vergangene Woche geführt.« Phil zieht sich seinen grünen Kaschmirpulli über den Kopf. Die Farbe steht ihm gut, sie betont seine Augen, doch aus irgendeinem Grund trägt er diesen Pulli nur an Weihnachten. »Außerdem«, füge ich hinzu, bevor er weiterkritisiert, »wenn wir die Gruppe nicht auflösen, sieht es nach vier Paaren und Lynn aus, und das ist nicht gut. Ich bin überzeugt, dass sie sich ohnehin schon nicht wohl dabei fühlt.« Eigentlich glaube ich nicht, dass sie sich nicht wohlfühlt, aber dieses Argument nimmt Phil am ehesten den Wind aus den Segeln. Er ist ein besorgter Gastgeber. Wenn es nach ihm ginge, würden wir jede Woche Leute einladen.

»Es sieht alles ganz toll aus«, sagt Kelly, als wir in die Küche kommen. Sie war nach Hause gegangen, um sich umzuziehen, und mir war gar nicht aufgefallen, dass sie inzwischen wieder da ist. Sie trägt einen langen grauen Seidenrock und ein preiselbeerfarbenes Wickeltop. Unwillkürlich werfe ich einen Blick in den Spiegel, der sich neben dem Telefon befindet. Meine Haare sind noch nass, und mein Gesicht sieht fleckig und matt aus. »Die anderen Frauen sind im Anmarsch«, fügt sie hinzu, als Phil an uns vorbei nach draußen fegt, um die Lichter anzumachen. »Nancy hat gerade auf der Straße eingeparkt, als ich hereingekommen bin.«

»Na toll. Schau dir meine Haare an.«

»Geh und mach dich fertig. Ich manage hier alles. Sie sind nur herübergekommen, um das Essen zu bringen – die Jungs kommen mindestens eine Stunde später. Soll ich eine Flasche Champagner aufmachen?«

Ich nicke und eile in mein Badezimmer. Mein Föhn ist laut, erst als ich ihn ausschalte, kann ich die Stimmen in der Küche hören, das Klirren von Gläsern und Tellern, den gedämpften Knall eines Sektkorkens und Kellys Stimme: »Ah … was für ein feierliches Geräusch.« Ich starre mein Spiegelbild an. Meine Haare sind gut geworden, und das silberfarbene Kleid mit den Spaghettiträgern steht mir. Ich beeile mich mit dem Make-up, und dabei fällt mein Blick auf das Telefon, das neben dem Waschtisch liegt. Die Frauen scheinen beschäftigt zu sein. Vielleicht habe ich Zeit, Gerry anzurufen. Nein, 18 Uhr 30 an einem Freitagabend ist das gegen die Spielregeln, außerdem besteht die

Möglichkeit, dass ich noch trauriger werde, wenn ich mit ihm spreche.

»Es sind die Feiertage«, erkläre ich meinem Spiegelbild. »Die bringen einen immer durcheinander.« Schließlich durchquere ich das Schlafzimmer, nehme den Stapel flacher, identisch verpackter Päckchen mit und gehe in die Küche.

»Bescherung«, rufe ich vielleicht ein bisschen zu laut. »Ihr erratet nie mein diesjähriges Thema.«

»Wir haben eben Lynns neue Handschuhe bewundert.« Kelly reicht mir ein Champagnerglas.

»Es tut mir leid, dass ich nicht einfallsreicher bin«, entschuldige ich mich, während die Frauen anfangen, an ihren Päckchen herumzuziehen. Trotz der äußerlichen Einheitlichkeit der Geschenke hatte ich bei der Auswahl von jedem Paar Handschuhe die Persönlichkeit der jeweiligen Frau im Kopf. Kellys sind aus Kalbsleder, sie waren die weitaus teuersten und spiegeln ihren Status als uneingeschränkt beste Freundin wider. Nancys sind aus weißem Mohair, der so zart wie Schneeflocken wirkt, und Belindas wildlederne in leuchtendem Rosa fand ich genau wie sie ein bisschen schrullig. Naiv passt nicht mehr so richtig zu ihr.

Ich habe die Handschuhe mit meiner neuen Kreditkarte bezahlt. Sie lautet auf meinen Mädchennamen, und ihre Eröffnung war ein Stück weit eine Realitätsprüfung. Als Ehefrau von Dr. Philipp Bearden habe ich eine Handvoll Gold- und Platinkreditkarten, mit denen ich, nimmt man alle zusammen, auf den Mond oder wenigstens durchs ganze Nobelkaufhaus Neiman Marcus kommen könnte. Als Elyse Morrison, geschieden und Teilzeit-Töpferin, habe ich Anspruch auf einen Kreditrahmen von 2 500 Dollar. Die Handschuhe allerdings sind der Hit. Die Frauen stehen hinter meiner Arbeitsinsel, reichen sie herum und probieren alle anderen aus. Lynn hat ihre schwarz-grauen mit dem

Fischgrätmuster aus ihrer Manteltasche gezogen und bleibt stehen, um sich unterwegs Champagner nachzuschenken.

»Die sind so hübsch«, sagt Belinda. »Manchmal glaube ich, du kennst mich besser, als ich es selber tue. Können wir irgendwann gemeinsam einkaufen gehen?«

Nancy schaut auf.

»Sobald ich die Töpfe ausgeliefert habe, fahren wir beide zu den Outlets hinunter. Großes Ehrenwort.«

»Vielleicht können wir alle zusammen fahren«, schlägt Kelly vor.

Phil kommt vom Anschalten der Beleuchtung herein und stellt sich direkt hinter mich. Er steht so dicht an mir, dass ich einen Moment lang glaube, er hat vor, die Knie zu beugen, damit ich auch in die Knie gehen muss und wir wie in diesem dummen Schulhofspiel zusammen einknicken. Aber stattdessen umarmt er mich – in einer großen demonstrativen Umarmung umschlingt er meine Taille, um unsren Gästen zu zeigen, wie glücklich wir verheiratet sind. In diesem Haushalt gibt es keine Probleme, Punkt. Phil hat nie kapiert, wie viel Frauen miteinander reden. Er hätte sich seine Show für die Männer aufheben sollen.

»Schau dir deine Hände an«, wirft Belinda plötzlich ein. »Deine und Nancys Hände sehen fast identisch aus.«

Sie hat Recht. Die Töpferscheibe hat mir Arbeitshände eingebracht, unter den kurzgeschnittenen Nägeln hat sich auf Dauer dunkelblaue Glasur eingegraben, und meine Handflächen fühlen sich immer trocken und staubig an, egal mit wie viel Lotion ich sie einreibe. Auch Nancys sehen so aus, mit lauter Farbspritzern und rot und rau von den ganzen Lösungsmitteln. Unsere Hände wirken, als hätten wir unser ganzes Leben damit verbracht, Dinge aus dem Schmutz zu klauben – was wir auf gewisse Weise wohl auch tun.

»Kelly hat tolle Hände«, sagt Phil, und auch er hat Recht. Kellys Hände sind immer makellos manikürt und in einer Art von Mona-Lisa-Haltung gebogen.

»Dank meines Salons«, erklärt Kelly.

»Ich verstehe nicht, warum Elyse nicht zur Maniküre geht«, bemerkt Phil. »Es sind die kleinen Details, die eine Frau sexy machen, aber das scheint ihr nicht klar zu sein. Du musst mir versprechen, dass du ihr das nächste Mal, wenn du zur Maniküre gehst, eins über den Schädel haust und sie mitnimmst.«

»Das wäre ziemlich sinnlos«, ich zerre seine Arme von meiner Taille, »bedenkt man, womit ich den Lebensunterhalt verdiene.«

Ich verdiene gar keinen Lebensunterhalt, und jeder, der hier steht, weiß das, allen voran Phil. Ich fürchte, dass er noch etwas sagt, aber angesichts meines Tonfalls hält er sich zurück. Er küsst mich auf den Kopf und lässt das Thema fallen.

»Wo sitzt wer?«, fragt Nancy. »Wie ich sehe, habt ihr zwei Tische.«

»Wir haben nicht genug vom guten Porzellan, um an einem zu sitzen«, antwortet Phil. »Unmittelbar bevor ihr gekommen seid, haben Elyse und ich gesagt, dass wir bis zum nächsten Jahr unbedingt etwas dagegen unternehmen müssen.«

»Ich mag das mit den zwei Tischen«, gibt Kelly zurück. »Es macht die Unterhaltung lebendiger.«

»Ganz abgesehen davon«, Lynn leert ihr Glas, »dass es das problematische Dilemma der Gastgeberin löst, wo sie die arme, bedauernswerte Geschiedene hinsetzen soll.«

Lässig hebt Nancy die Champagnerflasche hoch, als wollte sie das Etikett lesen und stellt sie dann auf der anderen Seite der Spüle und damit außerhalb von Lynns Reichweite ab. Kelly sieht mich mit ihrer dank Botox nur halbwegs in Falten gelegten Stirn an, als wollte sie sagen, dass vielleicht ein turbulenter Abend vor uns liegt.

»Du sitzt bei mir im Wohnzimmer«, erkläre ich Lynn. »Zwischen uns setze ich Jeff, weil ich den Verdacht habe, dass er genug für zwei Männer redet.«

»Oh, unbedingt«, bestätigt Nancy. »Du und Lynn, ihr beide könnt ihn in der Mitte spalten und habt trotzdem noch genug Mann für jede von euch.«

Was ich zu Phil gesagt hatte, war nicht ganz richtig. Ich habe nicht alle Paare aufgeteilt. Kelly und Mark sitzen zusammen in dem formellen Porzellanzimmer, während ich mit dem redseligen Jeff, der durchgeknallten Lynn und dem so goldig verwirrten Michael im Esszimmer sitze. Kelly muss dadurch mit Mark und Phil fertigwerden, ist dem aber ganz bestimmt gewachsen. Sie ist die perfekte Ersatzgastgeberin und in der Lage, selbst zwei langweilige Männer wie faszinierende Gesprächspartner erscheinen zu lassen. Ich kann aus dem anderen Zimmer ihr hohes klirrendes Lachen hören, und eine flüchtige Sekunde lang frage ich mich, wieso um alles in der Welt wir beide mit unseren Männern einen schlechten Fang gemacht haben. Jeff erzählt einen langen, weitschweifigen Witz über ein Ehepaar, das sich in Therapie befindet. Meiner Meinung nach ist er ein bisschen deplatziert, aber Michael und Lynn lachen sich tot. Ich sperre meine Ohren weit auf, um die Unterhaltung am Porzellantisch mitzuhören, bekomme aber nur noch das allerletzte Ende von Kellys Bemerkung mit, etwas wie: »Ich habe sie auf dem Kochsender gesehen …«

Wahrscheinlich bezieht sie sich auf die Suppe, die die beiden Frauen aus Honduras eben hereinbringen. Sie ist ziemlich aufwendig, besteht aus einer Mischung aus zwei unterschiedlichen Suppenarten im Yin-Yang-Muster, einer Kombination aus Kellys gerösteter Hummercremesuppe mit Kürbis und einer sämigen Suppe aus weißem Mais. Sie ist so köstlich, dass geradezu ein Raunen durch die Reihen geht, als sie serviert wird. Ich lehne mich auf meinem Stuhl zurück und entspanne allmählich. Es wird ein gelungenes Fest. Die Tische kommen gut an, und der Baum sieht toll aus. Ich mag nicht die Überhausfrau dieser Gruppe sein, aber ich habe immer den schönsten Baum, weiß, wie man die besten Weine kauft, und sitze am besten Tisch, selbst wenn ich mit meinem Eheberater anstoße. Ich lache, mehr aus Erleichterung als aus einem anderen Grund, aber in perfektem Timing zur Pointe von Jeffs Witz, und er lächelt mich an. Ein breites Lächeln, als wäre mich zum Lachen zu bringen das Beste gewesen, was ihm heute widerfahren ist.

»Die Sache ist die«, erklärt Jeff, der offensichtlich durch sein dankbares Publikum aufgeheizt wird, »dass Männer und Frauen aus unterschiedlichen Gründen betrügen. Männer, weil sie die Vielfalt möchten; Frauen dagegen betrügen nur, wenn etwas Grundsätzliches mit der Ehe schiefläuft.«

»Wer hat dir das erzählt?«, fragt Lynn.

»... und das erklärt, warum zwei Drittel aller betrügenden Männer bleiben und zwei Drittel aller betrügenden Frauen am Ende die Scheidung einreichen.« Typisch Jeff. Er liebt Statistiken. Er arbeitet immer welche in Predigten ein und ist von den Zahlen so begeistert, dass er anscheinend nie bemerkt, welche Auswirkungen sie auf andere Menschen haben.

»Du willst also sagen«, Michael jagt allen einen Schrecken ein, weil er das Wort ergreift, »dass eine Frau es nicht persönlich nehmen soll, wenn ihr Mann Quatsch macht. Es ist nicht so, dass er sie nicht liebt, er sucht nur nach ein bisschen Abwechslung.«

Mein Gott, alle sind betrunken.

»He, Leute, ihr da drinnen seid alle ziemlich ruhig geworden«, ruft Nancy herüber. »Über was unterhaltet ihr euch denn?«

»Ich frage mich nur, wie ich es geschafft habe, auf der falschen Seite der Gleichung zu landen«, sagt Lynn. »Wenn zwei Drittel der betrügenden Männer bleiben, wie ist es dann dazu gekommen, dass Andy mich verlassen hat?«

»So schnell wie möglich den Salat«, flüstere ich der Honduranerin zu, die die Suppenschüsseln abräumt.

»Das hängt davon ab, aus welchem Blickwinkel du es siehst«, meint Jeff, der darauf versessen zu sein scheint, eine schlimme Situation noch schlimmer zu machen. »Dieselbe Statistik könnte darauf hinweisen, dass ein Drittel der betrügenden Männer sich in die andere Frau verliebt.«

»Was für ein Glück für mich«, entgegnet Lynn ironisch. »Verheiratet mit einem der Betrüger, die sich tatsächlich verlieben.« Sie hat das Glas Sauvignon Blanc hinuntergestürzt, den ich zur Suppe und zum Salat gewählt hatte, und genießt eindeutig die Chance, in Jeff Unbehagen zu wecken. Sie wirft den Kopf nach hinten und nimmt eine kunstvolle Pose ein – beide Ellbogen auf dem Tisch, das Kinn in beide Hände gestützt, verzückt und mit großen Augen wie Audrey Hepburn auf einem Schwarz-Weiß-Foto. Sie genießt eindeutig die Situation, genießt es, diesem Mann, der ihren Gehaltsscheck unterschreibt und ihr so viel öffentliche Gunst hat zukommen lassen, gleichgestellt zu sein, indem sie seine Tischnachbarin ist. Jeff und Nancy werden Lynn heute Nacht heimfahren. Er hat während des Champagner-Aperitifs dafür gesorgt, dass alle mitbekommen haben, dass er keine Frau, die bei ihm angestellt ist, alleine auf diesen trügerischen Vorstadtstraßen fahren lässt.

»Mir gefallen diese Teller.« Michael rettet meinen Tag.

»Wie komme ich dazu, am VIP-Tisch mit diesen schönen Weihnachtstellern zu sitzen?«

Ich strahle ihn an.

Der Salat wird herumgereicht – mein spezieller Salat mit Birnen, Blauschimmelkäse und Walnüssen. »Er ist köstlich, Elyse«, ruft Kelly herein. »Hast du dieses Rezept beim Kochsender gefunden?« Sie weiß ganz genau, dass ich das nicht habe, aber ihre Frage löst rund um den Porzellantisch entfernt klingendes Gelächter aus. Offensichtlich haben sie einen Running Gag über den Kochsender am Laufen.

»Sie schaut ihn gottverdammte vierundzwanzig Stunden am Tag, sieben Tage die Woche«, sagt Mark. »Neulich bin ich heimgekommen, und sie sitzt auf der Toilette, ihr Unterhöschen um die Knöchel und starrt in den Badezimmerfernseher. Irgendeine Show darüber, wie man drei verschiedene Sorten von Clotted Cream macht. Muss man sich da nicht wundern, wenn dieses Land vor die Hunde geht?«

Lynns Lachsfilet in Pergament stellt den nächsten Gang dar, gefolgt von verschiedenen Käsesorten, die Nancy mitgebracht hat – da sie das Krippenspiel leitet, ist sie ebenfalls vom Kochen freigestellt. Den Abschluss bildet Belindas Mokka-Panna-cotta. In Erwartung des Lachsfilets kommt Phil mit dem Pinot Noir ins Wohnzimmer. Es handelt sich um unseren Protzwein, und Jeff pfeift anerkennend, als Phil ihm das Etikett zeigt.

»Wow!«, stößt Jeff hervor. »Ihr beide wisst, was gut ist.«

»Ich dachte, ich fange mit den Ausländischen an.« Phil schenkt die dickbauchigen Gläser ein, Jeff macht eine Riesenshow um das Schwenken des Weins und das Riechen.

»Wisst ihr«, sagt Lynn, »wenn ich mir euch beide anschaue, frage ich mich immer, warum ihr Freunde seid.« Auch ich habe mich das schon oft gefragt, es aber nie laut ausgesprochen.

»Phil und ich, wir beide sind wie zwei Suppen in einer Schüssel«, sagt Jeff. »Der Kontrast macht jeden besser. Du solltest uns auf dem Basketballfeld sehen …« Er wechselt die Metapher und gerät in Begeisterung. »Wir haben total telepathische Fähigkeiten. In dem Moment, in dem er sich den Rebound holt, drehe ich mich um und laufe das Feld hinunter, weil ich genau weiß, wohin er unterwegs ist …«

»Nur ein paar Tropfen«, sage ich leise zu Phil, als er zu meinem Glas kommt, und er nickt. Er weiß, dass das der teure ist und eine einzige Flasche für beide Tische reichen muss. Abgesehen davon kommen noch zwei weitere Weine.

»Du kannst mir vollschenken«, sagt Lynn.

»Das ist in Ordnung«, erklärt Jeff, »sie fährt nicht.«

»Der Grund dafür, warum Jeff und ich so enge Freunde sind, ist«, Phil ignoriert sie und schenkt Lynn die gleiche kleine Kostprobe ein, die er jedem einschenkt, »dass wir die gleichen Tugenden, aber nicht die gleichen Fehler haben.«

»Gut gesagt«, bestätigt ihn Jeff. »Wir sind beide loyal …«

»Ausgesprochen loyal«, stimmt ihm Phil zu. »Wir sind die Männer, die niemals …«

»Lynn, dieser Lachs ist fantastisch«, ruft Nancy aus dem Porzellanzimmer. »Du hast dich selber übertroffen.«

»Alles ist vollkommen, Elyse«, fügt Kelly sogar noch lauter hinzu.

»Applaus für unsere Gastgeberin«, sagt jemand, und ich könnte schwören, es war Mark. Messer klirren an Gläser, kurzes Beifallklatschen. Phil ist anrührend glücklich, weil der Abend ein Erfolg ist. Er lächelt, als er das weiße Tuch nimmt, um den Hals der Pinot-Flasche abzuwischen. Sorgfältig, sorgfältig, sorgfältig. Nicht der kleinste Tropfen ist zu sehen.

Kapitel 22

»Ich habe hart gearbeitet, um alles schön zu machen.«

»Warum? Du gehörst nicht zu der Sorte Frau, die sich wegen einer Dinnerparty stressen lässt.«

Warum ist er sich dessen so sicher?

»Es ist vielleicht das letzte Mal, dass ich eine große Abendeinladung ausgerichtet habe. Es könnte mein letztes Weihnachtsfest in diesem Haus gewesen sein.«

»Warum?«

Es ist der Morgen nach dem Fest, und ich sitze im Auto, um Tory bei meiner Mutter abzuholen. Eine Minute lang denke ich, unsere Verbindung ist schlecht.

»Ich habe dir erzählt, dass ich gehe. Ich habe es dir tausendmal erzählt.« Nimmt mich überhaupt jemand ernst? Vielleicht bin ich wie dieser Baum im Wald. Keiner hört mich umfallen, also gebe ich offenbar keine Geräusche von mir. Eben heute Morgen, ich war noch beim Aufräumen, kam Phil mit den staubigen Säcken herein, in denen der Lichterschmuck gesteckt hatte. Er sagte, dass der vergangene Abend nett gewesen sei. Ja, bestätigte ich ihm, nett, dann fügte er hinzu: »Das ist alles, was ich mir wünsche, Elyse, dass es nett ist. Das ist alles, was sich ein Mann wünscht.«

An Gerrys Ende der Leitung knackt es. Er sitzt wahrscheinlich auch im Auto. »Ja, du sagst zwar, dass du gehst, aber du scheinst nie einen konkreten Plan zu haben. Wohin willst du?«

»Nicht zu dir, mach dir keine Sorgen.«

»Elyse …«

»Entspann dich, du bist fein raus.«

»Was ist mit Tory?«

»Sie kommt natürlich mit mir mit.«

»Bist du dir da sicher?«

Natürlich bin ich das. Die Gerichte bevorzugen die Mütter. »Tory würde ich nur verlieren, wenn ich etwas völlig Dummes mache, wenn ich irgendetwas äußerst Wichtiges restlos verbocke.«

»Und ich nehme an, du hast nicht vor, etwas völlig Dummes zu machen.«

»Nein. Du bist das Dümmste, was ich je gemacht habe.«

Wir lachen. Wir wollen lachen. Diese Unterhaltung hat uns beide aufgeschreckt. Es ist kein Streit, aber es ist der erste Schatten, der bisher über uns gefallen ist. Ich biege in den Häuserkomplex ein, in dem meine Mutter wohnt, eine Gemeinschaftssiedlung für aktive Senioren, und winke dem Wachmann, einem der Einwohner, der sich ein bisschen was dazuverdient. Er ist um die achtzig, trägt eine Golfhose und drückt auf den Knopf, um das elektrische Tor zu öffnen.

»Wenn ich gehen würde«, sagt Gerry leise, »würden meine Kinder nicht mit mir gehen.«

Wahrscheinlich hat er Recht. Ehe ist ein Spiel, bei dem Männer und Frauen nach verschiedenen Regeln spielen. Bei dem es auch verschiedene Strafen gibt, wenn sie verlieren. Gerrys Frau würde seine Kinder behalten, und er würde zu einem Wochenendpapa werden.

»Wenn du gehst«, er spricht noch immer mit leiser Stimme, »wenn du wirklich gehst, meine ich, was passiert dann mit uns?«

»Nichts.« Ich mache die Autotür auf und kann ihn besser hören. Ich höre den Schmerz.

»Nicht nichts. Wenn du Single bist, ändert sich alles.«

»Mach dir keine Gedanken, ich würde dich nicht noch mehr brauchen.«

»Du würdest mich vielleicht weniger brauchen.«

Vor dem Parkplatz dekorieren ein paar alte Leute den Baum, der im Freien steht. Der Mann auf der Leiter sieht ziemlich wacklig aus. Er setzt den Stern auf die Spitze, aber er ist krumm. Die Damen, die unter ihm auf der Erde stehen, deuten mit den Fingern und reden, geben wohl Ratschläge.

Mir wird mit Schrecken bewusst, dass Gerry Angst hat, mich zu verlieren, dass ich zu einer Frau geworden bin, die ein Mann verlieren könnte, einer Frau, die einem Mann das Herz brechen könnte. In seiner Stimme ist nicht Schmerz zu hören, sondern Furcht, und in einem dämmrigen Winkel meines Reptiliengehirns wird mir allmählich klar, dass auch Phil Angst hat. Deshalb sagte er: »Toll, du hast dreißigtausend Dollar verdient«, obwohl er genau wusste, dass es dreitausend sind. Deshalb bittet er Kelly, mich zu ihrer Maniküre mitzunehmen, deshalb geht er mit so vielen kleinen Schwertern auf mich los. Ich weiß nicht, warum es so einfach ist, die unterschwelligen Gefühle in der Stimme des Geliebten zu hören, aber so schwer, sie in der des Ehemanns zu hören. Gerry hilft mir, Phil zu verstehen, er hilft sogar, ihm zu verzeihen.

Der Mann auf der Leiter streckt die Hand aus, um den Stern zu richten, und macht es nur noch schlimmer. Er hatte sich zu weit nach rechts geneigt, jetzt neigt er sich zu weit nach links. Die Frauen unten müssen beschlossen haben, ihm das nicht zu sagen, denn er steigt herunter.

»Tatsache ist«, sagt Gerry, »dass du mich entweder mehr

oder weniger brauchst. Wenn du Single bist, wirst du dir einen richtigen Freund, den du ganz für dich allein hast, wünschen, und wenn ich der nicht für dich sein kann, dann gehst du zu einem anderen, der dir das geben kann.«

»Was erwartest du, dass ich darauf sage?«

»Sag nichts. Denk nur darüber nach, was du aufs Spiel setzt. Nicht Tory, das Geld und das Haus, denn das hast du, wie ich weiß, alles schon durchdacht. Denk über die Tatsache nach, dass du vielleicht dein ganzes Leben verlässt.«

»Dich eingeschlossen?« Am anderen Ende der Leitung ist ein Zögern zu hören, es ist gerade lang genug, um mir meine Zukunft zu zeigen, um mir alles zu zeigen, was ich haben kann und was nicht. Ich lege meinen Kopf auf das Lenkrad. »Du willst eine verheiratete Geliebte haben«, sage ich schließlich. »Das ist sicherer. Du und ich in einem Hotelzimmer – wir sind der neue Status quo.«

»Sag nicht so etwas. Ich werde da sein, so lange du mich haben willst.«

Aus irgendeinem Grund fühlt sich trotz dieser Äußerung keiner von uns besser.

Kapitel 23

Nancy fängt mich im Vorraum ab, die Arme voller Engelsflügel.

»Du musst mir helfen. Ich gehe unter.«

Es ist der Sonntagabend, an dem das Krippenspiel stattfindet. Ich bin gekommen, um Tory abzuliefern, und ins Chaos geraten. Zwanzig Kinder, in verschiedenen Stadien biblischer Kleidung und vollgepumpt mit süßem Gebäck, das wohlmeinende Mütter geschickt haben, jagen sich gegenseitig die Gänge des Altarbereichs hoch und runter, ihre Hirtenstäbe und Heiligenscheine aus Kleiderbügeldraht benützen sie dabei als Waffen. Außer ein paar Vätern, die den Stern von Bethlehem anbringen, sind keine Eltern in Sicht. Nancy, wie immer viel zu zuversichtlich, hat offenbar nicht genug Leute gebeten, früher zu kommen und zu helfen.

»Trenne Jungen und Mädchen. Das bringt alle ein Stück weit runter.«

»Belinda ist nicht da«, sagt Nancy mit leicht aufgerissenen Augen. »Ihre Eltern sind in der Stadt, deshalb habe ich ihr gesagt, sie soll sich nicht die Mühe machen …«

»Wir schaffen es ohne Belinda.« Es überrascht mich, dass Nancy zuerst an sie gedacht hat. »Lynn wird jeden Augenblick hier sein, und ich rufe Kelly an. Willst du die Engel oder die Hirten?«

»Ich nehme die Jungen.« Sie übergibt mir den Armvoll Flügel. »Du fängst an, sie an den Mädchen festzustecken, weil …« Weil Mädchen im Gegensatz zu Jungen dreißig Minuten lang stillsitzen und ein unbequemes Kostüm ertragen. Das weiß jeder, der einmal bei einem Krippenspiel mitgearbeitet hat. Man zieht die Mädchen zuerst an und lässt sie stehen und warten. Die Jungen lässt man spielen und richtet sie in letzter Minute her.

Ich rufe einigen der älteren Mädchen zu, dass sie mir folgen sollen, und trage die Kostüme zum Damenwaschraum. Einen Augenblick später kommt Lynn, und wir richten eine Fließbandabfertigung in Sachen Flügelanheften ein, statten jedes Mädchen aus und entlassen es mit der Anweisung, den nächsten Engel hereinzuschicken, in die Vorhalle. Als Nancy hereinkommt, um nachzusehen, wie weit wir sind, sind wir fast fertig. Jetzt, wo alles läuft, ist sie ruhiger.

»Was hältst du von unserem neuen Gemälde?« Sie zeigt auf ein neues Porträt einer rothaarigen Frau, das über der Couch an der Wand hängt. Die Frau ist in blauen Stoff gehüllt und schaut einem direkt in die Augen.

Wir waren so beschäftigt, dass es mir nicht aufgefallen ist. »Ist das Maria?«

»Fragt sich, welche Maria.« Lynn spricht mit zusammengepressten Lippen, weil Nadeln in ihrem Mund stecken.

»Jeff findet nicht, dass es die Jungfrau ist«, sagt Nancy, die einen schief aussehenden Heiligenschein aus einer Plastiktüte zieht.

Ich bin mit meinem Engel fertig und nehme mir den nächsten vor. »Woher stammt es?«

»Miss Bessie hat der Kirche eine Menge vererbt, als sie gestorben ist, das weißt du wahrscheinlich. Vor ein paar Monaten ist diese mysteriöse Nichte aus Kanada endlich, nach zwei Jahren, heruntergekommen, um das Zeug auszusortieren. Es hat sich herausgestellt, dass Miss Bessie auf der Hälfte der Gegenstände in ihrem Haus Namen angebracht hatte, und zwar auf Gegenständen, die sie bestimmten Leuten hinterlassen wollte. Sie muss gewusst haben … oder vielleicht hatte sie es ja schon vor Jahren gemacht. Alte Leute werden so. Keiner weiß, warum sie das Bild der Kirche hinterlassen hat. Wir nehmen an, dass es eine Heilige ist. Allerdings war Miss Bessie nachweislich nicht katholisch, deshalb ist mir nicht klar, warum sie ein Ölgemälde von einer Heiligen hätte haben sollen.«

»Es handelt sich um Maria Magdalena«, behauptet Lynn diesmal nachdrücklicher. Sie belegt zweimal in der Woche Kurse am theologischen Seminar, und es stört sie, dass Nancy davon nie Notiz zu nehmen scheint. Inzwischen hat Lynn keine Nadeln mehr im Mund stecken und sich den Heiligenscheinen zugewandt. »Man kann es an ihren roten Haaren erkennen. In der Malerei war es Tradition …« Sie zögert und mir wird klar, dass sie im Begriff war, »Huren« zu sagen, sich dann aber an all die Engel im Raum erinnert hat. Lynn reicht Nancy einen Heiligenschein und ein paar Haarklammern. »Wenn eine Frau auf einem Gemälde rote Haare hat, war es ein Zeichen dafür, dass sie eine bestimmte Sorte Frau war.«

»Das habe ich noch nie gehört«, sagt Nancy. Ihre Wangen laufen ein wenig rot an.

»Lynn hat Recht. Maria Magdalena war aber wahrscheinlich keine – du weißt schon, Geschäftsfrau. Sie sind im Begriff, ihre Sichtweise zu ändern.«

Das ist selbst für einen Haufen von Presbyterianern gefährlicher Boden. Als wir in unserem Literaturkreis *Sakrileg* lasen, hat sich Jeff so aufgeregt über die Theorie, Jesus wäre verheiratet gewesen, dass er der Entlarvung dieses Buchs eine ganze Predigtserie gewidmet hatte. Es wurde ein solcher Kreuzzug, dass selbst Phil zugeben musste, Jeff würde zu weit gehen.

»Um Himmels willen, es ist ein Roman«, sagte er, als wir am Sonntag nach Hause fuhren. »Was denkst du, regt ihn wirklich so daran auf?« Ich hätte fast die Schultern gezuckt, aber um ehrlich zu sein, war ich mit Jeff in diesem Fall einer Meinung. Auch mir gefällt die Vorstellung nicht, dass Jesus verheiratet gewesen sein könnte. Es ist unmöglich, einen Ehemann anzubeten.

Ich schaue mir das Gemälde an, im Stehen, um ihm meine volle Aufmerksamkeit zu schenken. Die Frau erwidert meinen Blick, ihre Lippen sind leicht geöffnet, ihre Augenlider schwer, ihre langen roten Haare von einem Windstoß ergriffen, der ihr Gewand nicht zu tangieren scheint. Nein, es handelt sich eindeutig nicht um die Jungfrau Maria, und es ist sehr seltsam, dass »Miss Bessie von den vielen Kasserollen« ein solches Gemälde in ihrem Haus hängen hatte. Es hat ein doppeltes Passepartout und einen schweren Rahmen. Jemand hat eine Menge Geld für dieses Bild ausgegeben.

»Wer immer sie ist und was immer sie getan hat, wir sind zu dem Schluss gekommen, sie in den Damenwaschraum zu hängen.« Nancy tritt einen Schritt zurück und hebt das Kinn eines Engels an, um ihr Werk zu inspizieren. »Hier wird sie keinen stören.«

Zehn Minuten später sitzen Phil und ich in unserer üblichen Bank, auf der linken Seite in der Mitte. Die Musik setzt ein, und die Lichter gehen aus.

Die Hirten strömen mit ihren Stäben herein, die Heiligen Drei Könige folgen ihnen, die Jüngsten werden von einer weiblichen Hand, vermutlich gehörte sie Nancy, energisch aus dem Vestibül geschoben. Ein leises Lachen geht durch die Reihen der Gemeinde. Die Leute finden es toll, wenn beim Krippenspiel etwas schiefgeht. Letztes Jahr konnten Kelly und ich in letzter Minute die Myrrhe nicht finden, und so schickten wir den kleinen Jay Penney mit einer Rollkartei aus Jeffs Büro den Mittelgang hinunter.

Tory kauert zusammen mit den anderen Engeln hinter einer Wand aus Kerzen. Das vierzehnjährige Mädchen, das seit sechs Jahren in Folge die Hauptrolle spielt, wartet hier auf ihr Stichwort. Sie hasst die Rolle, für die sie ausersehen wurde, aber es ist der Preis, den sie für eine hohe, reine Stimme zahlen muss. Sie sieht gequält aus, und das Engelskostüm passt ihr schon lange nicht mehr. Die Betttücher schnüren sie ein und drücken ihre Brust flach, ihre Flügel aus Seidenpapier verbreiten bei jeder Bewegung Goldglanz. Belinda dreht sich von zwei Reihen weiter vorn zu mir um und formt lautlos Worte mit dem Mund, die ich nicht ganz verstehe. Doch ich lächle und nicke, obwohl ich einen Kloß im Hals verspüre und meine Augen sich mit Tränen füllen. Beim Krippenspiel weine ich immer.

Belindas mittleres Kind, das Mädchen, das sie die lange, qualvolle Schwangerschaft hindurch nach mir zu benennen drohte und das so schüchtern ist, dass es keinen Engel spielen will, verlässt die Bankreihe ihrer Mutter und läuft zu meiner. Wahrscheinlich wollte mich Belinda fragen, ob es in Ordnung ist, wenn Courtney nach hinten kommt und bei mir sitzt.

Ich ziehe das kleine Mädchen auf meinen Schoß. Während sie hochklettert, graben sich ihre kleinen spitzen Knie in meine Oberschenkel. Courtney hing schon immer an mir, und ich frage mich, ob sie sich irgendwie an den Nachmittag erinnert – es ist schon Jahre her –, an dem Belinda sie bei mir gelassen hat. Wir hatten vergessen, die Wickeltasche mit ihrer Flasche aus dem Auto zu holen, mir war es aber erst aufgefallen, als Belinda schon abgefahren war. Den

Namen des Friseursalons, in dem sie sich die Haare schneiden lassen wollte, wusste ich nicht. Kaum war sie zehn Minuten weg, begann Courtney zu schluchzen. Von ihrem Schreien wurde Tory wach, die vierzehn Monate älter war und auch bald weinte. Ich hatte Tory ausschließlich gestillt und keinen Muttermilchersatz im Haus. Zudem konnte ich mit nur einem Autositz wohl kaum beide Mädchen zum Lebensmittelmarkt mitnehmen. Ich versuchte alles, was mir in den Sinn kam – auf und ab gehen, singen, mit einem Baby auf jeder Hüfte herumspringen.

Ich rief Nancy an. »Soll ich ihr Saft geben?«, und Nancy sagte, nein, Belinda ist komisch, wenn es um Zucker geht. Ich fragte: »Hast du Muttermilchersatz?«, und Nancy antwortete: »Schon, aber du musst das erst mit Belinda besprechen. Ich glaube, die Kleine braucht Soja, weil sie eine Laktose-Unverträglichkeit hat.«

Über die beiden schreienden Babys hinweg konnte ich sie kaum verstehen. »Ich kann Belinda nicht anrufen«, entgegnete ich. Es war die Zeit, in der noch nicht jeder ein Handy hatte, die Zeit, in der Mütter wirklich weg sein konnten, wenigstens für eine Stunde. »Ich weiß nicht einmal, wo sie ist.«

»Vielleicht schaut sie ja auf den Rücksitz und stellt fest, was sie vergessen hat«, meinte Nancy, aber Belinda war schon zu lange weg, so dass darauf nicht zu hoffen war. Hätte sie die Wickeltasche entdeckt, wäre sie schon längst wieder zurück.

»Dann bleibt dir nichts anderes übrig, als sie schreien zu lassen«, stellte Nancy auf ihre kühle Art fest. »Es bringt ein Baby nicht um, wenn es ein paar Stunden ohne Nahrung bleibt.«

Wer aber jemals ein paar Stunden mit einem hungrigen Baby zugebracht hat, der weiß, was das heißt. Courtney griff mit ihren Fäustchen verzweifelt in die Luft und weinte in tiefen, herzzerreißenden Schluchzern. Schließlich hielt ich es nicht mehr aus. Ich steckte Tory in ihre Babyschaukel und brachte Courtney ins Badezimmer, wo ich mich auf den geschlossenen Toilettendeckel setzte und schuldbewusst meine Brust auspackte. Jetzt sitzt Courtney aufrecht auf meinem Schoß und stößt mir mit jedem Baumeln ihrer Beine gegen die Schienbeine.

Nancy ist mit den Anweisungen an die Jungen scheinbar zu weit gegangen, denn als die Stelle kommt, wo die Engel des Herrn rund um sie herum erscheinen und sie große Angst haben, beginnen die Jungen herumzutorkeln, einige von ihnen greifen sich ans Herz und lassen sich nach hinten fallen, als wären sie erschossen worden. Jetzt lacht die Gemeinde schallend. Unzählige Kameras klicken gleichzeitig los.

Vor sechs Jahren saß ich auf dem Toilettendeckel, und Belindas Baby trank, geschüttelt vor Erleichterung, ein paar tiefe Züge und wurde schwer. Das Schreien hatte sie so fertiggemacht, dass sie innerhalb von Minuten eingeschlafen war. Ich hörte, wie sich meine Küchentür öffnete, und löste meine Brustwarze aus dem Mund des Babys, der nun locker und feucht von der Milch war, und machte schnell meine Hemdbluse zu. Als ich in die Küche schlüpfte, stand Belinda da. Sie sagte, sie könne nicht glauben, dass sie das getan habe. Sie sei eine Idiotin. Wie es mir ergangen sei, wie ich zurechtgekommen sei? Ich wusste, wie schwer es war, für einen Nachmittag loszukommen, und dass sie den Tränen nah war. Sie habe es vermasselt. Sie habe ihren Fehler unmittelbar nach dem Shampoonieren gemerkt, den Plastikumhang ausgezogen und sei gegangen, und jetzt müsse sie alles wieder von vorn anfangen, einen nach dem anderen anrufen, um drei Kinder unterzubringen, und im Gegenzug den Frauen der halben Nachbarschaft einen Gefallen tun. Ich sagte ihr, dass Baby hätte sich einen Augenblick aufgeregt und wäre dann prompt eingeschlafen. Ich erzählte Belinda nie, dass ich etwas getan hatte, das schlimmer war, als mit ihrem Mann ins Bett zu gehen, und selbst heute noch könnte ich es ihr nicht beichten, obwohl wir zum ersten Mal in all den Jahren, die wir uns kennen, wirklich so etwas wie Freundinnen sind.

Die Engel treten vor, heben ihre Arme und fangen an, mit zittrigen Stimmen ein süßliches Weihnachtslied zu singen. Tory steht fast in der Mitte und sieht zu uns herüber, um sicher zu sein, dass wir da sitzen, wo wir immer sitzen, bevor sie ihre volle Aufmerksamkeit Megan, der Chorleiterin, die ihre Ehe gerettet und ihr Haus angebaut hat, zuwendet. Torys Gesicht wirkt ernst, und neben mir in der Bank rutscht Phil ein wenig hin und her, als würde er das Gewicht ihrer Ängstlichkeit auf sich nehmen.

»Sie kennt das Lied sehr gut«, flüstere ich ihm zu, und er nickt, ohne aber die Augen auch nur eine Sekunde von seiner Tochter zu lassen.

Die Engel schauen staunend in die Krippe hinunter, wo die Rolle des Neugeborenen von einer Vierzig-Watt-Glühbirne übernommen wurde. Wo taucht in diesem Krippenspiel Maria Magdalena auf?, denke ich, und sofort erinnere ich mich daran, dass sie natürlich nicht auftauchen würde. Zu jener Zeit wäre sie selbst noch ein Säugling gewesen – ein weiblicher Säugling während Herodes' Regierungszeit und seiner Kindsmorde, unwichtig und deshalb völlig sicher. Es würde Jahre dauern, bis sie erwachsen sein würde und den Mann träfe, der sie zugleich retten und in Gefahr bringen würde. Mir fällt das Bild im Damenwaschraum ein, der Gesichtsausdruck, den ich als Begehren interpretierte, der aber genauso gut auch Angst gewesen sein könnte. Diese beiden ähneln einander, nicht wahr? Die gleichen leicht geöffneten Lippen, flehend ausgestreckten Arme, ein wenig starren Blicke. Was schaute sie an? Oder vielmehr, wen schaute sie an?

Phil lässt seinen Arm hinter meinen Rücken gleiten und legt ihn mir über die Schultern. Torys Gesicht wird vom matten Licht der leuchtenden Krippe beschienen, und ich lächle sie an, obwohl ich weiß, dass sie mich wahrscheinlich nicht sehen kann. Um uns herum gibt es überall Illusionen, die einen sind überzeugender als die anderen, und trotz dem, was ich so behaupte, glaube ich nicht wirklich, dass man einfach nur ein bisschen hinausgehen kann. Meine alberne Äußerung, dass die Ehe eine Tür ist, durch die man ein und aus gehen kann … mein tröstlicher Mythos, dass du gehen, aufschauen und sagen kannst: »Oh, es regnet«, und dann schnell zurücklaufen kannst – in meinem Herzen weiß ich es besser. Draußen ist draußen. Du bist in die Toilette verbannt. Du wirst dabei gesehen, wie du Müll von der Straße aufpickst. Oder schlimmer noch, sie behandeln dich mit dieser seelenzerstörenden Freundlichkeit – nehmen dich zu Festen mit, bestehen darauf, dass sie an der Reihe sind, das Mittagessen zu bezahlen, sprechen zu dir mit dieser heiteren, langsamen Stimme, die sie sich für kleine Kinder oder Menschen, die erst kürzlich eine schlimme Diagnose erhalten haben, vorbehalten.

Die Musik klingt aus, und Courtney rutscht auf meinem Schoß hin und her. Mit der informellen Berechtigung, die wir alle besitzen, mit dem Gefühl allgemeiner Teilhaberschaft an den Kindern, den Häusern, den Schicksalen der jeweils anderen ermahne ich sie still zu sein, als wäre sie meine Tochter. Denk an all die Sachen, die du aufs Spiel setzt, sagte mir Gerry. Denk an sie alle. Die Menschen hier haben mich immer geliebt. Vielleicht würden sie mich auch weiterhin lieben, das heißt aber nicht, dass ich sie nicht verlieren würde. Die erste Änderung mache ich vielleicht freiwillig, aber alle weiteren werden von selbst über mich kommen.

Als ich ein Teenager war, sagte mir meine Großmutter immer: »Du heiratest den Mann, du heiratest das Leben«, und es erscheint mir logisch zu sein, ein ganz normales Karma, dass das Umgekehrte genauso zutrifft. Wenn ich diesen Mann verlasse, muss ich dieses Leben verlassen. Durch das Kerzenlicht hindurch spähe ich zu dem größten Engel, zu dem, der widerwillig erscheint, um die frohe Botschaft zu verkünden.

Kapitel 24

Das Päckchen fliegt mit einem dumpfen Schlag gegen meine Eingangstür. Ich öffne die Tür und sehe den UPS-Wagen aus der Auffahrt biegen.

Sofort rufe ich Gerry an. »Ich danke dir.«

»Hatte ich eine andere Wahl? Als wir in Miami waren, hast du meine beste Krawatte zerrissen.«

»Von was redest du?«

»Du hast sie aufgemacht, oder?«

»Sie? Da war nur eine Schachtel.«

»Du hast sie nicht aufgemacht?«

»Nein, ich bin davon ausgegangen, dass das mein Weihnachtsgeschenk ist.«

Am anderen Ende herrscht Schweigen, mir wird klar, dass er niemals vorhatte, mir ein Weihnachtsgeschenk zu schicken.

»Das kommt nächste Woche«, sagt er schließlich. »In der Zwischenzeit sollst du wissen, dass ich ein Mann bin, der seine Schulden bezahlt. Die Panther haben die Patriots anständig und ehrlich geschlagen.«

Jetzt verstehe ich. Er hat mir Handschellen gekauft.

»Ich finde, du hättest sie nicht schicken sollen.«

»Ich habe gesagt, dass ich das tun würde.«

»Ich finde, du hättest sie nicht hierherschicken sollen.«

»Wo liegt das Problem?«

Wo das Problem liegt? Sieht er denn nicht, wie leicht, wie so ganz nebenbei er mir mein ganzes Leben versauen kann? Ich spanne das Telefonkabel bis in die Küche und betrachte die kleine, quadratische braune Schachtel, die auf der Theke liegt. »Ich will nicht, dass du mich nochmal auf dieser Leitung anrufst. Du weißt, dass das gefährlich ist. Benutze das Handy.«

»Tu das nicht.« Er erinnert mich nicht daran, dass ich ihn angerufen habe. Er will nicht, dass wir zwei schlimme Gespräche in Folge haben. So etwas kann eine Beziehung, die so zerbrechlich ist wie unsere, den Bach runter gehen lassen.

Das weiß ich auch, aber ich bin noch immer aufgebracht. »Du darfst so etwas wie das hier einer Frau nicht einfach nach Hause schicken. Du hast eine Grenze überschritten.«

»Gut, entschuldige, wenn ich nicht genau weiß, wo die Grenzen liegen. Als du gedacht hast, dass du ein Weihnachtsgeschenk bekommst, hat es dir nichts ausgemacht, ein Päckchen zu dir nach Hause zu bekommen.«

»Was, wenn ich es vor Tory oder Phil aufgemacht hätte? Was, wenn ich es für etwas gehalten hätte, das ich für Tory bestellt habe?«

»Das hättest du nicht getan. Schau dir die Adresse an, ich habe es dir an deinen Mädchennamen geschickt.«

»Mist, genau das hätte noch mehr Aufmerksamkeit erregt. Das ist das Einzige, das Phil veranlasst hätte, es aufzumachen.«

»Deiner eigenen Aussage nach ist er nie da. Deiner eigenen Aussage nach verbringst du den ganzen Tag allein.«

»Wärst du hier, um die Scherben aufzuheben?«

»Von was zum Teufel redest du?«

»Du nimmst einen Beweis dafür, dass ich eine Affäre habe, packst ihn ein und schickst ihn zu mir nach Hause. Ich frage dich also – wenn ich mein Kind verliere und wenn ich mein Zuhause verliere, wirst du da sein, um die Scherben aufzuheben?«

»Du hast gesagt, dass du ihn verlassen wirst.«

»Das tue ich. Aber in meinem eigenen Zeitrahmen und wenn ich so weit bin. Ich will nicht gezwungen werden, weil irgendein Mann aus Boston sich entschlossen hat, den völligen Idioten zu geben.«

»Es war ein Scherz, Elyse. Als wir in Miami waren, hast du es wahnsinnig lustig gefunden.«

»Ich verlasse mich auf dich, und ich vertraue dir, und dann sagst du mir, dass alles ein Scherz ist.«

»Es ist kein Scherz. Es ist nur so, dass ich an dem Tag, an dem ich sie bestellt habe … einen schlechten Tag hatte, das ist alles. Ich habe nicht an deine Tochter gedacht. Es hat mir gutgetan, ins Internet zu gehen und sie auszusuchen.«

»Ich werfe sie weg.«

»Gut. Wenn dir danach ist, solltest du das tun. Und nur fürs Protokoll: Ich glaube nicht, dass du jemals zur Tür hinausgehst. Du redest gern davon und glaubst, es würde dich stark machen.«

»Ich lege jetzt gleich auf. Ich lege jetzt gleich auf, ohne mich zu verabschieden.«

»Ja, mach das. Ich verabschiede mich auch nicht von dir.«

Ich lege den Telefonhörer ab, das straffe Kabel zieht es von der Theke und über die Holzdielen, es schnellt laut zurück ins Schlafzimmer. Das Geräusch ist seltsam befriedigend. Ich nehme das Päckchen. Es ist leicht, besteht fast ganz aus Verpackung. Er sagt, es ist ein Witz. Er sagt, es ist kein Witz. Ich drehe den sorgfältig verpackten braunen Würfel in meinen Händen hin und her. Pascal, der Päckchen mag, springt auf die Theke und beobachtet mich. Wann habe ich ihm meinen Mädchennamen verraten? Ich habe ihm zu viel erzählt, und es ist immer die Frage – die Frage, inwieweit ich Gerry hereinlassen möchte. Er kennt meine Adresse. Er kennt meine Sozialversicherungsnummer. Er kennt die Stunden, in denen mein Mann arbeitet, die Zeit, wann meine Tochter zur Schule geht, den Geldbetrag, den ich bei der Bank habe, die Art und Weise, wie ich gern geküsst werde, und wie viele Töpfe ich noch machen muss, bis ich den Auftrag aus Charleston erledigt habe. Das Päckchen ist sehr leicht, fast als wäre nichts darin. Es ist beinah, als hätte er mir ein Päckchen mit Luft geschickt.

Kapitel 25

»Schau dir das an«, sage ich zu Phil und lasse die Handschellen vor seinem Gesicht baumeln.

Er ist sofort interessiert. »Was ist das?«

»Handschellen, Dummkopf.«

»Ich weiß, aber … sind sie für dich oder mich?«

Wir befinden uns in unserem Schlafzimmer und machen uns für Kellys Silvesterparty fertig. Ich bin den ganzen Tag bei ihr gewesen, habe Austern aufgebrochen und Champagnergläser poliert.

Phil und ich sind allein. Er hat Tory bereits zu Nancys Haus gebracht, sie und Jeff haben ein paar Teenager aus der Kirchengemeinde angeheuert, die die Kinder über Nacht hüten. Insgesamt sind es elf, und sie machen ihre eigene Party. Nancy hat Spielfilme ausgeliehen, Pizza bestellt und die Tischtennisplatte aus der Garage ins Haus geholt. Die Erwachsenen können also wegbleiben, so lange sie wollen, ohne sich Sorgen machen zu müssen. Das Lustige daran ist, dass gar nicht Silvester ist. Wir sind so vorsichtig, dass wir an diesem alkoholdurchtränkten Tag nicht die ganze Nacht ausbleiben wollen. Wir verbringen den eigentlichen Abend lieber in der Kirche, mit unseren Kindern neben uns, und zünden Kerzen zur Jahresschlussmette an. Unsere Orgien finden an einem beliebigen Abend zwischen den Jahren statt. Darüber ist sich unser Kreis immer einig gewesen.

Mein neues rotes Kleid liegt auf dem ungemachten Bett. Ich schiebe es behutsam zur Seite und krabble über die Matratze zum Kopfende. Wenn Gerry sie unbedingt zu mir nach Hause schicken will, dann verdammt nochmal benutze ich sie in meinem Haus auch. Ich lasse eine der Handschellen um mein rechtes Handgelenk schnappen, wickle die kurze Kette um den Bettpfosten und lasse das andere Ende um mein linkes Handgelenk schnappen. »Ach, du Schreck. Offenbar werde ich gefangen gehalten.«

Phil lächelt leicht, seine Hand streicht über das Handtuch, das um seine Taille liegt. »Was machst du?«

Es handelt sich hier natürlich um einen entscheidenden Augenblick. Noch vor zwei Monaten hat mich diese Frage weinend in den begehbaren Kleiderschrank getrieben. Jedes Mal wenn ich versucht habe, Phil gegenüber sexy zu wirken, war ich empfindlich. Ein einziges Wort, eine einzige Andeutung, dass er das nicht in mir sehen würde, und schon war im Normalfall alles vorbei. Doch etwas hat sich zwischen uns verändert. Was er denkt, interessiert mich nicht mehr. Das hier ist im Grunde eine Probe. Ich schließe meine Augen, werfe wie ein wunderschönes Opfer in einem Film meinen Kopf hin und her und sage: »Selbst wenn ich es versuchen würde, könnte ich nicht weg.«

Natürlich ist es eine vorgetäuschte Gefangenschaft. Ich kann in der nächsten Sekunde auf die Knie hochgehen und meine Handgelenke einfach über den Bettpfosten hinweg herausziehen. Aber etwas in meiner Hilflosigkeit, gespielt oder nicht, scheint ihn zu erregen. Er steigt hinter mir aufs Bett und zieht das Handtuch herunter.

»Bin ich der Gute oder der Böse?«

»Was meinst du?«

Er spricht mit leiser Stimme, fast könnte man meinen, er führt ein Selbstgespräch. »Ich denke, ich bin der Böse.«

Ich werfe einen Blick über die Schulter. Er ist schon jetzt steif.

»Bestrafe mich«, bitte ich. »Du weißt, dass du das willst.«

Das ist alles, was er braucht. Mit einer einzigen Bewegung ist er auf mir, dringt von hinten so ungestüm in mich ein, dass ich mit den Knien vom Bett rutsche, und die obere Hälfte meines Körpers am Bettpfosten und zugleich in der Luft hängt. Ich bemühe mich, einen Fuß auf dem Boden aufzusetzen.

»Pass auf!«, rufe ich, »das Bett kracht sonst unter uns zusammen.« Obwohl ich ihn selbst dazu aufgefordert hatte, überrascht mich die Heftigkeit seines Überfalls. »Pass auf«, sage ich noch einmal, aber er ist von seinen eigenen Stößen taub. Er trifft meinen Gebärmutterhals, und ein Schaudern durchläuft meinen Körper. Ich bewege ruckartig meine Hüften – nein, das stimmt nicht. Ich bewege meine Hüften nicht ruckartig. Meine Hüften bewegen sich aus eigenem Antrieb ruckartig, bewegen sich ruckartig nach links und kurzzeitig hätte ich ihn fast vertrieben. Mein Verstand ist restlos zerschmettert. Wir waren noch nie auf diese Weise zusammen, nicht einmal damals in den Anfangszeiten, und was hat mich Jeff vergangene Woche gefragt? Er hat mich gefragt, was meiner Meinung nach Weiblichkeit bedeutet, und ich habe geantwortet, die Bereitschaft, jemanden eindringen zu lassen. Phil richtet unsere Körper aus und dringt erneut in mich, dieses Mal mit so viel Autorität, dass ich nicht anders kann, als meinen Rücken zu beugen und meinen Kopf wie ein Pornostar nach oben zu schieben.

Die Bereitschaft, jemanden in sich eindringen zu lassen. Das ist eine gute Antwort, aber ich bin mir nicht sicher, dass Jeff verstanden hat, was ich meinte. Ich habe nicht davon gesprochen, einen Penis in sich eindringen zu lassen, sondern die ganze Welt. Weiblich ist, wenn dir auffällt, wie die Blumen in der Vase zur Seite fallen – ja, wenn ich so darüber nachdenke, war das vielleicht der Augenblick, in dem ich in den Fluss gestiegen bin, damals in dem Restaurant in Phoenix, wo ich einfach nur gedacht habe, ich sei mutig, weil ich allein zum Essen gehe, und nicht die Zukunft gesehen habe, nicht sehen konnte, wie die Strömung mich erfassen und fortschwemmen würde. *Ulysses* habe ich nie fertig gelesen. Ich habe einfach alles bis zum Ende übersprungen, bis dahin, wo Molly Bloom verlorengeht in diesem Strom von ja, ja, ja … Und sprechen wir nicht die ganze Zeit genau davon, von dieser Welle aus Jas, diesem Gebet, das mit den Worten »fick mich« anfängt, dieser bedingungslosen Wonne, die in dem Augenblick über dich kommt, wenn du dein Leben loslässt?

»Ich habe nicht das ganze Buch gelesen«, murmle ich und klinge ganz wie Belinda, aber Phil scheint nicht hinzuhören, abgesehen davon fickt er mich nicht nur, es ist, als will er mich fertigmachen, mich auslöschen, mich ausradieren und mich ganz von vorne anfangen lassen. Ich atme aus, und aus meinem Körper kommt animalische Luft.

Plötzlich habe ich das Gefühl, dass ein anderer das Zimmer betreten hat. Ja, wir werden beobachtet. Ich drehe mich um und schaue über Phils Schulter.

»Wonach schaust du?« Seine Stimme klingt belegt und atemlos. Ich drehe mich noch ein bisschen weiter um und versuche zum Türrahmen zu sehen.

»Wir sind die Einzigen hier«, sagt Phil, der sich einen verdammt komischen Zeitpunkt ausgesucht hat, um anzufangen, meine Gedanken zu lesen. Er packt mich unter den Hüften und drehte mich auf den Rücken. Jetzt sind meine Handgelenke überkreuz und hoch über den Kopf gestreckt, so dass ich wie eine Märtyrerin auf der Streckbank daliege, und mir fällt ein, dass ich in dieser Stellung tatsächlich nicht entkommen könnte, wenn ich es versuchen würde. Jedes Mal wenn er meine Hüften zu sich anhebt, werde ich ein Stück weiter das Bett hinuntergezogen, bis meine Achseln wehtun und die Handschellen in meine Hände schneiden. Ich schließe meine Augen, öffne sie wieder und schließe sie erneut. Er presst seine Faust gegen meinen Schamhügel, damit ich besser kommen kann, und ich reibe heftig gegen seine Hand. Phil beobachtet mich mit zusammengekniffenen Augen.

»Bist du eine Schlampe?«, fragt er. »Bist du eine Hure?«

»Du weißt, dass ich das bin«, antworte ich. »Ich betrüge dich mit anderen Männern. Ich bringe sie mit nach Hause und vögle sie, wenn du nicht da bist.«

Er brüllt und fängt an, so kräftig zuzustoßen, dass ich bei jedem Stoß zum Kopfende hochgetrieben werde, bis mein Gesicht gegen das Kopfteil gedrängt wird. Es wäre komisch … all diese Zirkusgeräusche, die aus seiner Kehle dringen, die Art, wie er mich zuerst in die eine Richtung, dann in die andere Richtung zieht. Es wäre komisch … wenn ich mir den Kopf nicht stoßen würde und meine Handgelenke nicht schmerzen würden. Ich schaffe es, mich in eine günstigere Position zu stemmen, und in dem Moment, in dem ich das mache, ist er da. Ein seltsamer, dunkler Orgasmus, der vor mir fällt wie der Vorhang am Ende eines Theaterstücks. Als ich die Augen öffne, sehe ich, dass Phil seinen Rücken durchstreckt, sich aus mir zurückzieht und sich über meinen Bauch ergießt, als wären wir Teenager, die nicht verhüten. Als wäre ich tatsächlich eine Hure.

Anschließend sind wir beide ein bisschen betäubt. Wir sprechen nicht. Er benimmt sich mir gegenüber sanft und vorsichtig, hilft mir dabei, mich umzudrehen und meine Hände am Bettpfosten hochzuziehen, bis ich frei bin. Oder fast frei. Meine Handgelenke sind noch immer gefesselt. Irgendwann sind wir über mein neues rotes Kleid gerollt, denn auf dem Rock ist ein dunkler Streifen zu sehen. Ich gehe zum Kleiderschrank und ziehe ein anderes heraus, ein loses schwarzes Shift-Kleid, das an den Schultern von zwei Knöpfen festgehalten wird.

»Du wirst mich anziehen müssen.«

»Ich habe keine Ahnung, wie man eine Frau anzieht.«

»Find's heraus.«

Ich habe das einmal in einem Film gesehen, ein Mann, der nach dem Geschlechtsverkehr eine Frau anzog, ihre Strümpfe hochrollte und ihre Bluse zuknöpfte. Es hat auf mich so sinnlich gewirkt, so gegensätzlich zu dem, was Sex normalerweise ist, dass ich das Bild nicht mehr vergessen habe. Phil hat den betreffenden Film nicht gesehen, scheint sich aber dennoch für diese Vorstellung erwärmen zu können. Er steht auf und klettert vom Bett, nimmt das schwarze Kleid und hält es, nach einigen Instruktionen von meiner Seite, sehr tief, damit ich hineinsteigen kann, dann zieht er es hoch und macht es zu, ein Knopf nach dem anderen, an jeder Schulter.

Ich lasse ihn meine Haare bürsten, meine Schuhe schließen und die Ohrringe durch meine Ohrläppchen stecken. Wir gehen ins Badezimmer, wo mich die momentane Röte meines Gesichts entsetzt.

»Willst du das ganze Zeug haben?«, fragt er, und ich schüttle den Kopf. Nur Lippenstift und Wimperntusche. Er hat ruhige Hände, die Hände eines Zahnarztes, schwärzt meine Wimpern und zieht die Lippenkonturen mit einem beigefarbenen Lipgloss nach. Wir stehen nebeneinander und schauen in den Spiegel. Einen Augenblick nur begegnet er meinem Blick, und etwas geschieht zwischen uns. Etwas … außerhalb der Ehe.

Ich sitze auf dem Bett und sehe schweigend zu, wie er

sich anzieht, und gerade als wir aufbrechen wollen, nimmt Phil einen kleinen filigranen Silberschlüssel vom Nachttisch, um die Handschellen von meinen Handgelenken zu lösen. Er passt nicht.

»Woher hast du diese Handschellen?« Seine Stimme ist plötzlich misstrauisch. »Es sind nicht die, die ich dir geschenkt habe.«

Ich bin verwirrt. Wann hat er mir je Handschellen geschenkt? Daran würde ich mich ganz bestimmt erinnern. Betäubt denke ich einen Moment lang, dass er mich mit einer anderen Frau verwechselt hat, einer Geliebten, die er in Miami oder New York trifft. Ich kann mich erinnern, dass ich diesen Schlüssel vor einer Weile in der obersten Schublade meines Nachttischs gesehen und mich gefragt habe, wozu er wohl gehört. Phil versucht es noch einmal mit diesem, dann mit einem anderen Schlüssel, einem aus der Schublade vom Küchentisch, und am Ende mit der Klinge seines Taschenmessers. Er zittert so sehr, dass er mehrere Versuche braucht, bis er das Messer in die Nähe des Schlosses bekommt.

Ich bin nicht so aufgeregt wie Phil. Es sieht ihm nicht ähnlich, mich anzufahren, und er sagt, wenn wir den Schlüssel nicht finden, müssen wir die Pistole nehmen, in den Garten hinausgehen und die Handschellen wegschießen.

»Wir könnten stattdessen auch einen Schlosser holen«, schlage ich vor. »Mein Gott.« Wir sollten seit zwanzig Minuten auf der Party sein. Er plädiert für die Pistolenlösung.

»Wir haben keine Pistole«, sage ich, aber andererseits wusste ich auch nicht, dass wir Handschellen haben. Offenbar gibt es in diesem Haus alle möglichen Dinge, von denen ich nichts weiß. Phil ist verzweifelt, geht mit dem Taschenmesser in der Hand zwischen der Küche und dem Wohnzimmer hin und her. Ich stehe perfekt gestylt in meinem schwarzen Seidenkleid da und überlege mir, wie ich ihn beruhigen kann.

Mir fällt ein, dass sich der Schlüssel noch immer in dem UPS-Päckchen befinden könnte. »Ruf Kelly an. Sag ihr, dass wir uns verspäten.«

Erleichtert darüber, eine Aufgabe zu haben, nickt er, und während er am Telefon ist, gehe ich hinaus in die Garage zu der Pappschachtel, durchwühle unbeholfen den Verpackungsinhalt und finde schließlich einen quadratischen weißen Umschlag. Darin befindet sich der Schlüssel, klein und filigran, ein frappierend ähnlicher Zwilling zu dem anderen. Ich komme ins Haus zurück und werfe ihn Phil zu. Bis sich das Schloss der Handschellen öffnet, halte ich meine Hände sehr still.

»Du hast nicht wirklich eine Pistole, oder? Du hast einen Witz gemacht, stimmt's?«

Er lacht seltsam auf. »Ich weiß nicht, warum ich das gesagt habe.«

»Du hast mich angefahren. Das finde ich nicht okay.«

Die Handschellen springen auf. »Wenn du den Schlüssel nicht gefunden hättest«, sagt Phil, »wie hättest du das unseren Freunden erklären wollen?«

»Wahnsinn«, sagt Jeff und hält seine Hände hoch. »Das ist wesentlich mehr, als ich wissen muss.«

»Das ist meine Frau«, sagt Phil. »Manchmal ist sie absolut verrückt.«

Er sagt es stolz, so wie er vermutlich Lynn erzählt hat, dass ich unberechenbar sei, und so wie Jeff rot wird, als er mich ansieht, wird mir klar, dass Phil ihm die Geschichte schon vorher erzählt hat, auf dem Basketballfeld oder in der Sauna des YMCA. Hier im Besprechungszimmer der Kirche hat Phil sie auf eine gereinigte Version reduziert, doch früher, in anderer Umgebung, hat Jeff sicher den ausführlicheren Film zu sehen bekommen. Ich, aus eigenem Antrieb an mein Bett gefesselt, ich, auf den Knien und geradezu bettelnd, ich, flach auf dem Rücken und glücklich darüber, heftig rangenommen zu werden, und jetzt sind alle unsere Probleme wie durch ein Wunder gelöst. Alles, was ich jemals zu Phil gesagt habe, ist aus dem Protokoll gelöscht worden.

Ich könnte wütend sein, aber ich hätte es wissen sollen. Wenn man so lange verheiratet ist wie ich, weiß man verdammt gut, dass Sex den Resetknopf drückt, außerdem kommt mir das ja vielleicht entgegen. Ich habe so viele Jahre damit verbracht, Phils Aufmerksamkeit zu gewinnen, dass ich ständig vergesse, dass das hier ein neues Spiel mit anderen Spielregeln ist. Dieses Mal gewinne ich, indem ich ihn überzeuge, dass alles bestens ist. Das ist eine leichtere Aufgabe. Wenn eine Frau behauptet, dass alles bestens ist, glaubt ihr der Mann immer. Er würde ihr selbst dann noch glauben, wenn sie blutüberströmt vor ihm steht. Sie halten uns für einfach gestrickte Kreaturen, die mit Rosen und glänzenden neuen Schuhen restlos zu besänftigen sind. Vertrauensvoll, kindlich, leicht hereinzulegen – bereit, ihnen Manhattan für eine Handvoll Glasperlen zu verkaufen. Vielleicht haben sie Recht. Mein Mann versteht mich nicht. Na und? Ich verstehe ihn auch nicht. Und außerdem, die Tatsache, dass er mich nicht versteht, hat mich frei gemacht. Er kann nicht sehen, dass mich Geschlechtsverkehr mit nur einem Mann nicht befriedigt, es wird dadurch nur einfacher, mit einem anderen sexuell zu verkehren. Er weiß nicht, wie weit ich gehen kann, wie schonungslos ich sein kann. Er versteht nicht, dass es für Frauen beim Sex keinen natürlichen Haltepunkt gibt.

Jeff und Phil lächeln in unterschiedliche Richtungen.

Wären sie indiskret genug, einander anzusehen, würden sie sicher zu kichern anfangen. Gut, lass sie lachen, auf diesem Handschellenvorfall werde ich eine ganze Weile dahintreiben können. Diese Geschichte scheint alle glücklich zu machen. Jeff glaubt, dass er mit dem, was Frauen wirklich haben wollen, richtig gelegen hat. Phil glaubt, er hätte seine unberechenbare Frau zurück.

Und Gerry – natürlich erzählte ich das Gerry, natürlich rief ich ihn gleich am nächsten Tag an. Ich dachte, er würde eifersüchtig sein, weil ich seine Handschellen benutzt habe, um mit meinem Mann zu schlafen. Er unterbrach mich stattdessen mitten in der Geschichte. »Warte eine Sekunde!« Dann hörte ich, wie eine Tür geschlossen wurde, und er sagte: »Okay, erzähl nochmal. Von Anfang an.«

Es sieht so aus, als könnte ich einfach nicht in Schwierigkeiten geraten.

Wie sagt man? Die Ketten der Ehe sind so schwer zu tragen, dass zwei Personen dazu nötig sind, manchmal sogar drei. Immerhin gibt es Gerüchte und Literatur meistens über die Glücklosen, die ihre Spuren nicht gut genug verwischen können. »Du wirst nur erwischt, wenn du erwischt werden willst«, versichert Gerry mir. »Ich wette, da draußen gibt es Millionen von Menschen, die seit Jahren heimliche Beziehungen unterhalten.«

Jeff lächelt mich an. Ich lächle zurück. Könnte Lynn uns sehen, würde sie mich zur Seite nehmen und flüstern: »Es kann nicht ewig so weitergehen«, und ich würde ihr meinerseits zuflüstern: »Natürlich nicht.«

Aber Tatsache ist, dass ich nicht verstehe, wieso es das nicht kann.

Kapitel 26

Meine Töpfe lasse ich in einem Ofen brennen, der sich etwa zwanzig Meilen von unserem Haus entfernt befindet. Es handelt sich um eine jener Firmen, die Kaffeetassen mit Firmenlogos oder zur Erinnerung an Sportwettkämpfe herstellen. Ich fand sie eines Tages in den Gelben Seiten, und ein Mann nahm das Telefonat entgegen mit den Worten »Jesus rettet, kann ich Ihnen helfen?«. Er hieß Lewis und erzählte mir, dass er ein Künstler »im Medium Betonkunst« gewesen war, aber jetzt seine Zeit mehr oder weniger mit dem Betreiben des Brennofens und als Hilfsprediger für die Southern Baptist Church verbringt. Er bot mir an, an Samstagen spottbillig Zeug für mich zu brennen – sicher würde ich verstehen, warum er nicht an Sonntagen arbeitet –, und ich hatte den Eindruck, dass Lewis mit »spottbillig« praktisch »umsonst« meinte. Als ich das erste Mal dorthin fuhr, blieb ich dreimal stehen, weil ich glaubte, mich verfahren zu haben. Man verlässt den Highway, danach die, wie Lewis sie nennt, Hauptstraße, anschließend die Schotterpiste und folgt dann die letzte Dreiviertelmeile den Reifenspuren durch ein offenes Feld. So ist Charlotte. Bieg ein paarmal ab, und du bist nicht nur auf dem Land, du befindest dich im Jahr 1957.

Am Montag nach Neujahr ruft Lewis an und sagt, wir hätten vielleicht ein kleines Problem. Das hat er noch nie zuvor gesagt.

»Was für ein kleines Problem?«

»Sie sind gesprungen.«

Bei meiner Ankunft grüßt er mich mit einer rechteckigen Pappschachtel, deren Ähnlichkeit mit einem Sarg unmöglich zu übersehen ist. Die Schachtel ist voller zerbrochener Keramikstücke. Man kann kaum glauben, dass zwanzig Töpfe zu einem so kleinen Trümmerhaufen werden können.

»Für wie viel wolltest du sie verkaufen?«

»Das ist die schlechte Nachricht. Ich habe sie bereits verkauft. Hundert pro Topf.«

»Sie sind größer als die, die du normalerweise machst, oder?«, fragt Lewis, der sich ganz offensichtlich bemüht, nicht zu weinen.

»Es ist nicht die Größe, es ist die Zusammensetzung«, erkläre ich ihm. »Ich habe nicht so viel Schamotte benutzt. Das ist nicht dein Fehler, Lewis, sondern meiner. Ich wollte etwas Kunstvolles haben.«

»Man sieht, dass sie gut ausgesehen hätten«, sagt er, während er die Schachtel auf den Rücksitz meines Autos gleiten lässt.

Ja. Ich fahre auf dem langen, holprigen Kiesweg zurück, ein Weg, den ich normalerweise zum Schutz meiner Lieblinge krieche. Doch heute fahre ich schnell, die Schachtel mit grünen und kupferfarbenen Scherben rumpelt und klirrt neben mir. Ich befinde mich in großen Schwierigkeiten.

Als ich bei Kelly ankomme, steht Marks Auto in der Einfahrt. Ein ungewöhnliches Vorkommnis, weshalb ich auf die Uhr schaue. Verdammt. Es ist noch nicht einmal neun. Aber ich bin hier und weiß nicht, wohin ich sonst soll. Außerdem stehen vor dem Haus Fahrzeuge – der Aufschrift an der Seite des Lastwagens nach zu urteilen handelt es sich um Landschaftsgärtner und auch so etwas wie Steinmetze. Ich gehe die Hintertreppe hinauf, die zur Küche führt, und klopfe an die Glastür.

Eines der Hausmädchen poliert die Theke, es ist die größere, die Rosa heißt, wie ich glaube. Sie winkt mir zu, es sieht nach einer Einladung zum Hereinkommen aus. Ich stoße die Tür auf und werde von Musik eingehüllt, Easy-Listening-Musik, wie Kelly sie ständig hört, die in jedem Zimmer des Hauses aus Lautsprechern dringt und die einem das Gefühl gibt, als befände man sich in einer Art ewig währendem Warteraum.

»Ist sie da?«, frage ich, und Rosa zeigt zur Decke.

Ich glaube nicht, dass ich jemals ohne Kelly durch dieses Haus gegangen bin, und es hat die Atmosphäre einer Schule während der Sommerferien oder eines Museums in der Nacht. Dumpf und leer, und mir fällt ein, wie Kelly mir erzählt hatte, dass sie verlobt sei. Sie sagte nur: »Ich heirate Mark«, als wäre es das Logischste von der Welt, als wäre der Umzug in eine von Toren bewachte Gemeinschaft genau das, was sie ihr ganzes Leben lang geplant hatte. Niemand hatte ihn zuvor kennengelernt. Sie selbst hatte nur drei Monate lang für ihn gearbeitet. »Unter ihm gearbeitet«, wie sie es mit einem kleinen Lächeln nannte, dass allen Fragen zuvorkommen sollte. Es war nicht möglich, höflich zu fragen, warum sie das machte. Sie war der letzte Mensch auf dieser Erde, der für Geld heiraten würde, trotzdem schien es keine andere Erklärung zu geben. Nun, vielleicht eine einzige andere Erklärung.

Unmittelbar nachdem Kelly eingezogen war, kamen Phil und ich zum Abendessen. Ich war nervös. Damals hatte ich noch Angst, dass meine Freunde meinen Mann für dumm oder kalt halten würden, und ich erzählte viele kleine Lügen. Manchmal gab ich vor, dass er gerade telefoniert, obwohl das nicht der Fall war. Wenn jemand sagte, ich würde einen hübschen Pulli tragen, lächelte ich und erzählte, Phil hätte ihn ausgesucht. Auf der Hinfahrt instruierte ich Phil über das, was er nicht sagen durfte. Unbedingt notwendig war, dass er ihren Rasen nicht erwähnte. Phil war besessen von der Rasenpflege, und einer der glücklichsten Tage seines Lebens war, als wir morgens aufwachten und feststellten, dass zwischen unseren Büschen das Schild »Garten des Monats« aufgestellt worden war, während wir schliefen. Doch Mark und Kelly hatten einen Gartenarchitekten beauftragt, und mir war klar, dass Mark etwas wie »Darum kümmert sich jemand« sagen würde, sollte Phil ihn fragen, wie er seine Hecken so gleichmäßig hinbekam, während Kelly und ich uns – wenn auch aus unterschiedlichen Gründen – für unsere Ehemänner schämen würden.

Phil erwähnte den Rasen mit keinem Wort, trotzdem war es ein schrecklicher Abend. Kelly kochte kornisches Wildhühnchen – was sie nie zuvor und auch danach niemals wieder gegessen hatte –, und sie führte uns durch das ganze Haus, das in einem Stil gehalten ist, den Mark als Tuscany Tudor bezeichnete.

»Was zum Teufel heißt das denn?«, knurrte Phil, während wir ihr alle drei Treppenfluchten nach oben und unten folgten und beobachteten, wie sie auf dem Weg steif auf interessante Stellen hinwies: das Oberlicht über dem Whirlpool im Hauptbadezimmer, das Weinregal mit Steuerung der Luftfeuchtigkeit, die eingebaute Schuhablage, die sensoraktivierten Wasserarmaturen, die in die Grasnarbe des Rasens eingelassenen Strahler.

Auf dem Nachhauseweg sagte Phil: »Es ist ein beschissenes Neureichendomizil«, und als ich nichts darauf antwortete, fügte er hinzu: »Ich nehme an, du glaubst, einen Versager geheiratet zu haben.«

Ich versicherte ihm, dass ich all das Zeug gar nicht haben

wolle, dass ich nicht verstehen würde, warum Kelly es wollte, und dass ich ihn ganz bestimmt nicht dorthin gezerrt hätte, um ihm das aufs Butterbrot zu schmieren. »Mark ist uralt«, sagte ich. »Das ist der einzige Grund, warum sie so leben.«

Jetzt gehe ich durch das Haus, in dem alles gedämpft und perfekt wirkt, mit Arrangements von Tulpen und Krokussen auf dem Tisch im Foyer, den aufgeschüttelten und eingedellten Kissen im danebenstehenden Sessel. Es ist schön, wie sollte es auch nicht sein, und ich verstehe, wie könnte ich auch nicht, dieses Bedürfnis nach einem Ehemann, einem Haus und Tulpen auf dem Tisch. Nur ein paar Minuten früher, als ich die zerfurchte Zufahrt von der Töpferei wegholperte, habe ich meine Hand nach dem Handy ausgestreckt. Es ist erstaunlich, wie automatisch man den Ehemann anruft, wenn etwas schiefgeht, erstaunlich, wie schnell mein Finger die Nummer 2 der Kurzwahltasten sucht. So wird es immer sein, egal was zwischen uns geschieht, ein Teil meines Gehirns wird in Problemzeiten immer nach Phil rufen. Jahre später, in einem Bett, das weit weg von hier stehen wird, werde ich einen Alptraum haben und im Aufwachen seinen Namen rufen.

Der Marmorfußboden glänzt so sehr, dass ich beim Überqueren die Spiegelbilder meiner Beine sehe. Es ist befremdlich, als würde man über eine Wasseroberfläche gehen. Ich rufe »Kelly?«, erhalte aber keine Antwort. Es ist viel zu früh, um einfach so hereinzuschneien, denke ich, aber auf dem Küchentisch steht Frühstücksgeschirr und eine verlassene Zeitung liegt noch da. Sie müssen wach sein. Ich rufe noch einmal ihren Namen und gehe nach oben.

Auf der Hälfte der gewundenen Treppe gibt es einen Bereich, in dem keine Musik zu hören ist, eine Stelle zwischen den Lautsprechern, und dort, zwischen dem ersten und zweiten Stock, höre ich ihre Stimmen.

Sie streiten.

Nein, es ist nur Marks Stimme, aber er ist verärgert. »Lächerlich.«

Ich bleibe wie angewurzelt mitten auf der Treppe stehen. Es ist eins, im Nachhinein etwas über einen Streit deiner besten Freundin mit ihrem Mann zu erfahren, in einem Augenblick gelassenerer Rückbesinnung, nachdem sie die verstörendsten Szenen schon ausgeblendet und sich vielleicht ein paar geistreiche Betrachtungen über die Unvernunft der Männer ausgedacht hat. Oder im Café davon zu erfahren, nachdem sie sich das Gesicht gewaschen, Make-up aufgelegt und alles in Gedanken nochmals durchgegangen ist. Es ist aber ganz etwas anderes, direkt hineinzugeraten, den Tonfall des Mannes zu hören und zum ersten Mal Zeugin von dem Ausmaß an Verachtung zu werden.

Ich könnte verschwinden, könnte die Treppen hinunter- und durch die Tür hinausgehen. Die Chancen stehen gut, dass Rosa nie erzählen wird, dass ich da gewesen bin. Doch als ich das gerade machen will und die Hand auf den Treppenlauf lege, um mich umzudrehen, öffnet sich am Ende der Treppe die Doppeltür, und Mark steht in Unterwäsche da.

Ich weiß nicht, was ihn zornig gemacht hat, aber meine Anwesenheit scheint ihn zu bestärken und alles zu unterstreichen, was ihn stört am Leben mit einer wesentlich jüngeren Frau, die lächerliche Hobbys und lächerliche Freundinnen hat, die am Morgen viel zu früh auftauchen. Ich entschuldige mich, aber er hat die Doppeltür bereits wieder geschlossen. Ich drehe mich um, renne die Treppe hinunter, zurück durch die Küche, wo ich fast mit dem Mädchen zusammenstoße, reiße die Tür auf und sehe, dass der Transporter des Steinmetzen in die Auffahrt eingeschert ist und mich blockiert. Toll. Während ich dem Knaben sage, dass er zurücksetzen und mich hinauslassen muss, kommt Kelly die Vordertreppe herunter und überquert den Rasen. Sie trägt Marks Bademantel.

»Es tut mir leid, dass du das mitanhören musstest.«

»Ich habe wirklich nichts gehört.«

»Du bist also nur zum Spaß abgehauen?«

»Ich hätte nicht so früh herkommen sollen. Ich hätte anrufen sollen.«

»Was ist passiert?«

Ich werfe einen Blick auf das Auto. Ihr die zerbrochene Töpferware zu zeigen, ist jetzt gegenstandslos geworden, doch sie folgt meinem Blick und geht zur Auffahrt, wobei sie, während sie so dahinstampft, den Bademantel enger um sich wickelt. Mir wird bewusst, dass er die ganze Zeit so mit ihr redet. Sie ist daran gewöhnt. Sonst hätte sie nicht seinen Bademantel gepackt, um herauszukommen – sie hätte sich die Zeit genommen, ihren eigenen zu holen. Dass ich es mitangehört habe, ist das Einzige, was heute Morgen anders ist. Sie schämt sich, und wenn ich es mir genauer überlege, ist vielleicht das Beste, was ich jetzt machen kann, ihr zu zeigen, dass es in meinem eigenen Leben auch nicht rund läuft.

Ich ziehe die Schachtel, die erstaunlich schwer ist, über den Rücksitz und hebe den Deckel hoch. Zunächst ist Kelly verwirrt und merkt nicht einmal, dass sie auf Töpfe schaut, dann fragt sie mich, ob ich einen Unfall gehabt und sie zerbrochen hätte – eine Frage, die keinen Sinn ergibt. Die Männer haben angefangen, riesige flache Steine aus dem hinteren Teil des Transporters auszuladen und zur Stirnseite des Hauses zu tragen. Sie bleiben stehen, damit Kelly einen prüfen kann. Sie nickt. »Ja. Das sind definitiv Felsen.«

»Was war hier los?«, frage ich.

»Mark ist ausgetickt, als er die Rechnung für die Trockenmauer gesehen hat.«

»War das nicht seine Idee?«

»Er will, dass ich Geld verdiene, weißt du, etwas beisteuere. Er sagt, er wisse nicht, warum ich vom Nichtstun die ganze Zeit müde bin.«

»Das ist lächerlich.« Eine unglückliche Wortwahl, die ich aber nicht mehr rückgängig machen kann.

Sie zuckt die Schultern, hebt die Arme und lässt sie mit einer kunstvollen und beinah schon europäischen Lässigkeit fallen. »Er hat darauf hingewiesen, dass du einen Job hast.«

»Ich wette, er sagte: ›Sogar die gottverdammt Elyse hat einen Job.‹«

»Genau das hat er gesagt.«

Ich habe mich oft gefragt, warum sie nicht arbeitet, aber dass Mark ihr das nahegelegt hat, macht mich wütend. Mark, der jedem, der es hören will, von seinen Aktienanteilen und seinem Rentensparplan erzählt, Mark, der sich dieses anstrengende und zeitraubende Imperium aus Leinenanzügen, vorgetriebenen Blumenzwiebeln, Weinkellern und Trockenmauern aufgebaut hat. Mark, der es liebt, eine jüngere, schlankere und gestylte Frau zu haben, die ihn zu Abendessen im Golfclub begleitet, und dennoch nicht sieht, was Kelly alles tut. Bevor sie ankam, war das hier ein Reich ohne Königin, eine traurige Ansammlung von Geld und sonst nichts. Männer verstehen nicht, wie viel Energie es kostet, allem und jedem Leben einzuhauchen, dass Frauen in einer nie endenden Stillzeit leben, sie stillen die Seele. Sie tut nichts? Sie erhellt seine beschissene Welt.

»Na ja.« Ich trete von einem Fuß auf den anderen. Das Erdreich unter unseren Füßen ist weich, und es macht einige Mühe, meine Absätze aus dem Rasen zu ziehen. »Die gottverdammte Elyse hat ihren Job nicht mehr lange, wenn ihr nicht einfällt, was sie mit diesen Töpfen anstellen soll.«

»Ruf die Dame in Charleston an, und sag ihr, dass du mehr Zeit brauchst.«

»Das ist keine Alternative.«

»Warum nicht?«

Keine Ahnung, warum nicht. Es fühlt sich einfach nicht nach einer Alternative an.

Ich schiebe die Schachtel wieder über den Sitz zurück, höre das Klirren der zerbrochenen Stücke. »Du musst dir das nicht antun.« Ich gebe vor, am Deckel herumzufummeln, damit ich ihr nicht in die Augen sehen muss.

»Ich habe dir gesagt, dass ich es wollte«, sagt sie. »Ich will es immer noch. Mehr als jeder andere.«

»Du kannst bei uns bleiben.«

»Warum?«

»Du glaubst doch nicht, dass er jemals …«

Sie schüttelt den Kopf, lacht auf, als würde sie allein schon die Andeutung überraschen. »O Gott, nein. Nein. Er ist nur sonderbar in Sachen Geld, das ist alles. Hier hat jeder irgendetwas. Stell dich auf die Auffahrt, du versinkst.«

»Warum ist der Boden nass?«

»Wir haben eine Menge … du weißt schon. Wie sagt man?«

»Rasensprenger?«

Der Mann, der im Transporter darauf wartet zurückzusetzen, schaut mich erwartungsvoll an, und ich umarme Kelly – noch immer bemüht, ihrem Blick nicht zu begegnen. »Ich rufe dich später an.«

»Du verstehst nicht«, sagt Kelly. »Das kannst du nicht, Phil verliert nie die Beherrschung.«

Kapitel 27

Ich bin mir sicher, unsere Freunde denken – sofern sie überhaupt darüber nachdenken –, dass ich diejenige war, die Kelly in die Kirche, in die Vororte und in ihr mit Natursteinen verziertes Haus samt seinem durchweichten Rasen gezerrt habe. Die Wahrheit aber ist, dass sie dort am richtigen Platz ist – so unlogisch es auch klingen mag. Kelly hat sich so ein Leben mehr als jeder andere gewünscht. Das ist mir schon vor Jahren aufgefallen, als Tory noch ein Kleinkind war. Es war an einem Dezembernachmittag, und Kelly und ich stritten uns zum ersten Mal.

Die Frauen der Kirchengemeinde veranstalteten eine Plätzchentauschparty, und ich hatte zugestimmt, zwölf Dutzend Plätzchen mitzubringen. Zwölf Dutzend, die gebacken, abgekühlt, verziert, eingetütet und mit einer Schleife versehen werden mussten.

Eine große Bäckerin war ich noch nie, aber ich versuchte mich in eine entsprechende Stimmung zu versetzen. Ich machte ein Kaminfeuer an, schaltete am Weihnachtsbaum die Beleuchtung ein und legte die Weihnachts-CD von Ken G auf. Als wir aus unserem vollgestopften kleinen Apartment ausgezogen waren, war ich so begeistert, dass ich in Sachen Weihnachtsbaum übermäßig ehrgeizig wurde. Er war so überdimensional, dass es Phil und mir nicht gelang, nachdem wir es endlich geschafft hatten, ihn durch die Eingangstür zu zerren, ihn im Ständer gerade hinzustellen. Als letzten Ausweg warf Phil schließlich ein Seil über die Baumspitze und band ihn an einer der freiliegenden Deckenbalken fest. Er stand ein bisschen schief, und wenn man wusste, wo man hinschauen musste, konnte man das Seil sehen. Beides ärgerte mich, obwohl alle anderen den Baum prächtig fanden. Ich musste zweimal zu Target fahren, um weitere Lichter und noch mehr Baumschmuck zu kaufen.

Es war vier Uhr nachmittags. Die Musik spielte, der Baum war erleuchtet, die Plätzchen lagen über die Arbeitsplatten verteilt, Tory wippte am Boden, und ich war vor Erschöpfung den Tränen nahe. Irgendwo zwischen Ladung Nummer drei und Ladung Nummer vier (warum hatte ich bloß nicht daran gedacht, zusätzliche Backbleche mitzunehmen, als ich bei Target die Lichter und Kugeln gekauft hatte?) hatte ich eine ganze Packung Zucker fallen lassen, und die Hitze im Raum fühlte sich an, als würde sie den Höchstwert von zweiunddreißig Grad Celsius überschreiten. Der verstreute Zucker war geschmolzen und verwandelte meinen gesamten Küchenfußboden in ein klebriges Chaos. Die Spüle lag voller Plätzchen, die unten verbrannt waren, sie waren das Ergebnis jenes Zeitraums zwischen Ladung Nummer sieben und Nummer acht, in dem Torys Windel einen derart heftigen Gestank verbreitet hatte, dass ich sie baden musste, worauf bei meiner Rückkehr in die Küche blauer Rauch aus dem Backofen quoll. Meine schwungvollen grünen Schleifen waren nicht schwungvoll – ich hatte kein Talent fürs Schleifenbinden –, und zwei der vermeintlich fertigen Tüten waren wahrscheinlich unbrauchbar. Die Ladungen Nummer eins und zwei hatte ich zu früh verpackt, sie waren noch nicht ganz ausgekühlt und klebten zu einem klumpigen Ball zusammen, wobei die Tüten von einem schlaffen kleinen Knoten zusammengehalten wurden. Ich wusste, dass ich sie nochmals machen sollte, aber mir gingen die Walnüsse aus, und ich sah nicht ein, dass ich Tory und mich anziehen und im strömenden Regen zum Lebensmittelmarkt fahren sollte.

Ich kämpfte mit mir, ob es besser wäre, (a) mit zwölf Tüten schöner Plätzchen, von denen zwei keine Walnüsse beinhalteten, aufzutauchen, oder (b) mit zwölf Tüten voller Walnussplätzchen, von denen zwei wie Kacke aussahen, oder (c) mit zehn Tüten schöner Walnussplätzchen, obwohl ich ihnen zwölf versprochen hatte. Gerade als ich mich entschloss, dass es das Klügste wäre, (d) die Tüten zu öffnen und aus jeder zwei Plätzchen herauszunehmen, tapste Tory stolz in die Küche, ihre Hände voller Namensschildchen, die sie von den Geschenken unter dem Weihnachtsbaum abgerissen hatte, und Kelly kam in ihrem Missoni-Kostüm durch die Tür.

»Herrje«, sagte sie, »das war ein Tag.« Kelly traf sich damals mit einem jüdischen Typen und gab ständig eine schlechte Imitation von Barbara Streisand.

»Ich kann nicht lang bleiben«, fügte sie hinzu, zauste Tory durch die Haare und stakste über den klebrigen Boden, um in meinem Schubkasten nach einem Korkenzieher zu wühlen. »Du kannst dir nicht vorstellen, was ich für einen Jetlag habe. Todd und ich sind gestern Abend erst um elf aus Maui zurückgekommen, aber ich bin trotzdem zur Arbeit gegangen, und heute Abend haben wir diese Party. Ich glaube, sie findet im Duke-Anwesen statt, aber er erzählt mir ja nie etwas. Vielleicht ist es ganz oben am See. Nicht dass ich wüsste, wohin wir die Hälfte der Zeit fahren, er schickt mir einfach den Wagen, und ich steige ein. Mein Gott, schau dich an. Was machst du denn?«

»Ich backe Plätzchen.«

»Für was? Das hier sieht nach hundert Plätzchen aus.«

»Genau genommen sind es etwa 144 Plätzchen, und sie sind für eine Plätzchentauschparty.« Kelly zog ihre Jacke aus und warf sie über die Lehne einer meiner Küchenstühle. Sie hob fragend die Augenbrauen und rieb sich den Nacken. »Eine Plätzchentauschparty«, erklärte ich, »ist eine Weihnachtstradition. Ich mache zwölf Dutzend Plätzchen von einer Sorte, und alle anderen machen es genauso, dann kommen wir zusammen und …«

»Ihr tauscht sie?«

»Richtig.«

»Du backst also 144 Plätzchen, und am Ende hast du 144 Plätzchen.«

»Richtig. Nur dass du 144 von derselben Sorte Plätzchen machst und am Ende je zwölf von zwölf verschiedenen Sorten Plätzchen hast.« Ich schaute mich in der Küche um, in meiner Kehle stieg Hysterie auf. »Es soll dir helfen, Zeit zu sparen.«

Kelly sah noch immer fragend aus und rieb sich noch immer den Nacken. »Ihr lebt hier nur zu dritt. Ich verstehe nicht, warum du 144 Plätzchen brauchst, egal von welcher Sorte sie sind.«

Ich lehnte mich an die Theke. Mir war irgendwie schlecht. »Der Punkt geht mit Auszeichnung an dich. Was ist mit deinem Nacken?«

»Ich habe mir in Maui einen Sonnenbrand geholt. Du glaubst nicht, was ich für einen schrecklichen Tag hatte. Ich trage dieses Kostüm, weil es aus einem Strickstoff ist, es ist das Weichste, was bei diesem entsetzlichen Wetter möglich ist, trotzdem hat es den ganzen Tag lang an dem Sonnenbrand gescheuert. Ich sage dir, Elyse, ich bin so gut wie hinüber. Die Party fängt in zwei Stunden an, und ich weiß nicht einmal, ob ich die Kraft habe, meine Haare zu föhnen.«

»Guter Gott.«

Sie schenkte Wein zuerst in ein Glas, dann in ein zweites. »Was?«

»Nichts. Weihnachten macht mich nur ein bisschen kirre.«

Sie schaute sich im Zimmer um. »Sieht aus, als hättest du alles im Griff. Weißt du, dass ich noch kein einziges Geschenk gekauft habe? Wahrscheinlich bestelle ich einfach bei Crate & Barrel online oder so und zahle am Ende ein Vermögen, damit sie mir alles in letzter Minute zustellen. Todd … er feiert kein Weihnachten. Natürlich tut er das nicht, warum sollte er? Aber mich macht es irgendwie traurig, dass er das nicht hinkriegt. Ich weiß, ich weiß, ich habe mir nie die Mühe gemacht, einen Baum aufzustellen, ich komme einfach hierher, betrinke mich und schau mir euren an. Er versucht's, er versucht's wirklich. Er hat mich nach Hawaii mitgenommen und mir ein Geschenk dagelassen, das heißt, ich nehme an, dass er das hat, denn auf meiner Küchentheke liegt eine Tiffany-Schachtel, und ich wüsste nicht, wer sie sonst dorthin gelegt haben sollte. Aber weißt du, was mich daran stört? Es ist dasselbe langweilige alte blau-weiße Geschenkpapier, das sie immer benutzen. Sie nehmen nichts Besonderes, damit es nach einem Weihnachtsgeschenk aussieht.«

Wir schauten gleichzeitig zum Weihnachtsbaum, unter dem etwa fünfundzwanzig verpackte Geschenke lagen. Ich hoffte nur, dass ich mich daran erinnern konnte, was in welcher Schachtel war, denn sobald Kelly weg war, würde ich die Namensschilder wieder anbringen müssen. Es half mir gar nichts, dass sie alle in dasselbe Geschenkpapier eingewickelt waren – ich hatte die Rolle mit fünfundzwanzig Metern grün-rot kariertem Papier im Sonderangebot gekauft. In letzter Minute einkaufen und alles anliefern lassen, kam für mich nicht infrage. Phil hatte zweiundsechzig Patienten.

Wir zählten sie. Wir kannten sie alle beim Namen. Als Mr Ziegler altersbedingt verstarb, trauerten wir um ihn, und wir betrauerten auch die Tatsache, dass er seine halbjährliche Zahnreinigung nicht mehr brauchte. Wir hatten Angst, dass wir das Haus vorschnell gekauft hatten, und überlegten uns, ob es besser gewesen wäre, noch ein Jahr in unserer Wohnung zu bleiben. Ich las die Stellenanzeigen, allerdings nur zeitweise und halbherzig, weil ich Tory absolut nicht in eine Tagespflege geben wollte. Damals verkaufte ich Töpfe für fünfundzwanzig Dollar, sofern ich sie überhaupt verkaufte, und ich kaufte meine Weihnachtsgeschenke langsam, eins nach dem anderen, angefangen im Sommer, wenn wir auf unserem Weg nach Savannah an den Outlet-Einkaufszentren vorbeifuhren. Ich kaufte sie mit großer Sorgfalt, bewahrte sie im Kleiderschrank auf, holte sie dann unmittelbar vor Weihnachten heraus und wickelte sie in billiges Target-Papier.

»Tja«, sagte Kelly, »du hast zu tun, ich habe zu tun. Ich denke, ich muss gehen.« Den Wein hatte sie nicht angerührt. Wahrscheinlich würde ich die ganze Flasche hinunterkippen, sobald sie weg war.

Sie stand auf, zog sich ihre Missoni-Jacke an und hauchte einen Kuss in die Luft über meinem Kopf. Ich beobachtete, wie sie ging, stand mühsam auf und ging zu meinen Plätzchen. Wenn ich aus jeder Tüte ein paar herausnahm, würde ich genug haben, um die letzten zwei Tüten fertigzustellen, ohne nochmal backen zu müssen, zudem glaubte ich nicht, dass eine der Frauen wirklich die Plätzchen zählen und herausfinden würde, dass ich geschummelt hatte. Obwohl man sich bei Nancy natürlich nie sicher sein konnte.

Die Tür knarrte. Ich drehte mich herum. Kelly stand im Türrahmen, das Haar vom Regen patschnass.

»Ich wollte mich nur bei dir bedanken«, sagte sie mit

dünner, näselnder Stimme, »dafür, dass du mir das Gefühl gegeben hast, als würde meine ganze Welt einfach beschissen sein.«

»Von was redest du?«

»Von deinem Leben, Elyse, muss es denn so verflucht vollkommen sein? Der Baum, die Plätzchen, die Geschenke, das Feuer im Kamin und die Weihnachtsmusik … Muss dein Leben tatsächlich auch eine verdammte Filmmusik haben? Wahrscheinlich hätte ich die Zähne zusammengebissen und es ausgehalten … Ich will damit sagen, ich hätte die Tatsache, dass dieses ganze Haus nach Zimt duftet, aushalten können … Ich habe es schon gerochen, als ich noch nicht einmal zur Tür herein war, aber ich hätte es wahrscheinlich ausgehalten und auch das Kaminfeuer und deinen gigantischen Scheißbaum, hättest du nicht das verdammte ›Silver Bells‹ im Hintergrund gespielt. Hast du gewusst, dass das das Lieblingsweihnachtslied von meinem Daddy war? Was hast du mit mir vor? Soll ich mich fühlen wie der einsamste Mensch auf der Erde? Und muss dein Baby so süß sein? Du und Phil, ihr habt beide dunkle Haare … Warum ist Tory blond? Hast du dich das schon jemals gefragt? Woher hat sie diese blonden Haare? Hast du sie aus dem Katalog ›Das perfekte Baby‹ oder so etwas bestellt?«

»Was ist los mit dir?«

Kelly schleuderte ihre Handtasche auf den Boden. »Was mit mir los ist? Ich habe kein Zuhause, das ist mit mir los. Ich habe keine Familie. Ich habe kein Weihnachten und bei der Geschwindigkeit, mit der ich mich bewege, werde ich beides niemals haben. Vergangene Nacht bin ich spät heimgekommen, die Wohnung war dunkel, es war nichts außer …« Sie unterbrach sich, atmete aus. »Einem Stapel Post auf dem Küchentisch, und überall stinkt es nach Chemie, weil meine Putzfrau da war. Es war wahrscheinlich ein Tilex-Reinigungsmittel oder Bleiche. Alles ist viel zu weiß, die ganze Wohnung ist weiß, in meinen Küchenschränken ist nichts zu essen, und es gibt nichts Lebendiges, weil ich zu oft unterwegs bin, um mir einen Fisch oder eine Pflanze zu halten. Und sag mir nicht, dass das alles meine eigene Schuld ist, wage es nicht. Du weißt ja nicht, wie es ist, wenn du spät abends allein nach Hause kommst, und alles ist weiß und ruhig und stinkt nach Chemie. Wie könntest du das auch verstehen, wo doch dein Haus vollkommen ist und alles nach Zimt duftet? Dir fällt alles in den Schoß, Elyse, das war schon immer so.«

»Du machst wohl Witze«, sagte ich. Ich war so wütend, dass das Zimmer vor meinen Augen verschwamm. »Ich bring mich hier um. Ist das alles, was dir aufgefallen ist – dass es gut duftet? Komm her, steck deine Nase in diesen Abfalleimer. Tory hat heute dreimal vollgekackte Windeln gehabt, und ich hatte noch nicht einmal die Gelegenheit, den Beutel raus in die Müllcontainer zu tragen. Ich will keine 144 Plätzchen backen, Kelly, niemand, der bei Verstand ist, will gern 144 Plätzchen backen. Mein Weihnachtsbaum kippt um. Er ist an der Decke angebunden, und er ist schief und wird eines Nachts, wenn ich schlafe, restlos umkippen. Und was soll ich dann machen? Wie soll ich ihn mit all den Lichtern und dem Schmuck wieder hinstellen? Du schlenderst hier herein, gestylt und attraktiv, ist dir denn überhaupt aufgefallen, dass ich mein Nachthemd anhabe? Es ist fünf Uhr nachmittags, es ist fast dunkel, und ich bin immer noch im Nachthemd. Du erzählst mir, dass der Kragen deines achthundert Dollar teuren Kostüms an deinem vedammten Maui-Sonnenbrand scheuert, dass du einen Jetlag hast und nicht weißt, ob du es aushältst, dein Haar zu föhnen und schluchz-schluchz. Wir sind pleite, Kelly, dieses Haus bringt uns um, und du kommst heulend zu mir, weil dir irgendein jüdischer Typ ein Weihnachtsgeschenk macht, das in langweiliges altes blau-weißes Tiffany-Papier verpackt ist. Weißt du, was ich damit sagen will? Weißt du, was ich mir zu Weihnachten wünsche? Wenn ich in deine nette, saubere, weiße, leere Eigentumswohnung gehen könnte, wo keiner kocht und keiner kackt, und wenn ich mich für nur eine Nacht in dein nettes, sauberes, weißes, leeres Bett legen und acht Stunden am Stück schlafen könnte, dann würde ich denken, ich wäre gestorben und im Himmel, Kelly, ich würde ganz bestimmt denken, ich wäre auf der beschissenen Insel Maui.«

Wir standen einen Augenblick lang da und starrten uns an.

»Oh«, sagte Kelly schließlich. »Puh, ich hatte ja keine Ahnung. Jetzt fühle ich mich gleich in jeder Hinsicht besser.«

Wir lachten gleichzeitig schallend los, sie kam zu mir und warf, ohne an ihren Sonnenbrand zu denken, ihre Arme um mich. Tory, die uns mit großen Augen zugesehen hatte, zwängte sich zwischen uns und fing an, mit ihren kleinen Händen auf unsere Oberschenkel zu patschen. Kelly beugte sich hinunter und hob sie hoch.

»Tatsache ist«, flüsterte sie, »ich will haben, was du hast.«

Sie wollte nicht haben, was ich hatte. Sie wusste nicht, was ich hatte, sie wusste nur, wie es von außen aussah. Doch es war fast zwei Jahre her, seit Daniel sie verlassen hatte, und jetzt war ihr Daddy gestorben, und es war Weihnachten. »Ich weiß, Mädchen«, sagte ich.

Sie lächelte und zog sich, Tory auf der Hüfte balancierend, aus der Umarmung. Ihre Augen glänzten, sie muss ein bisschen geweint haben. »Aber bis dahin setze ich mich hin und esse ein Plätzchen.«

Ich fuhr zusammen. »Du wirst es nicht glauben, aber ich habe nicht genug, um dir eins zu geben.«

Sie lachte ihr ungezwungenes Lachen, wieder ganz die alte Kelly. »Deine Plätzchentauschfreundinnen. Denkst du, sie würden mich mögen?«

»Sie würden auf die Knie fallen und dich anbeten. Aber ich bin mir nicht sicher, ob du sie mögen würdest. Sie sind ein bisschen jünger als wir, haben direkt vom College weg geheiratet. Kelly, das ist eine andere Welt. Das Leben hier draußen ist irgendwie langweilig.«

»Trinken und fluchen sie, diese Plätzchentauschfrauen?«

»Nicht wie wir.«

»Dann schaue ich vorbei. Ich möchte, dass sie mich mögen.«

»Sie werden dich mögen. Sie werden dich sehr viel lieber mögen als mich.«

Sie schüttelte den Kopf, und Tory machte es ihr nach, indem sie ihre kleinen zarten Locken von einer Seite zur anderen warf. »Nein, ich meine es ernst«, sagte Kelly und zog meine Tochter an die Brust. »Ich möchte diese Frauen kennenlernen. Ich möchte der Kirche beitreten und beim Literaturkreis und bei Pilates mitmachen. Ich werde das ganze Sortiment von Le Creuset aufkaufen, alles, selbst die großen, tiefen Backformen, die keiner jemals brauchen kann. Ich könnte hier draußen leben, warum nicht? Ich will haben, was du hast.«

Kapitel 28

»Sie zerbricht Sachen«, sagt Phil.

Ich war in Gedanken woanders, weshalb ich nicht genau wusste, was Jeff gesagt hatte. Wahrscheinlich irgendetwas in Richtung, eine Familie nicht zerbrechen zu wollen.

Und Phil geht auf seine schauerliche Art, alles wörtlich zu nehmen, darauf ein: »Oh nein, sie zerbricht gerne Sachen. Sie wirft sie gerne weg. Du kennst unser Haus – du weißt, dass es nicht wie die Häuser der anderen Frauen dekoriert ist. Wenn ich etwas hereinbringe, wirft sie es sofort hinaus.«

»Ich kann nicht atmen, wenn das Haus zu vollgestopft ist«, werfe ich ein. »Es erdrückt mich.«

Jeff zuckt zusammen. Vermutlich denkt er an die unzähligen Lladro-Figuren, die über die Schränke seines Wohnzimmers stolzieren. Nancy besitzt bereits acht Apostel. Sie hat es auf den vollen Satz abgesehen.

»Wenn Leute zu uns kommen, glauben sie, wir sind gerade erst eingezogen«, beklagt sich Phil.

»Tun sie nicht.«

»Manchmal denken sie, wir ziehen aus.«

»Ich mag offene Flächen«, erkläre ich Jeff, der das aus irgendeinem Grund in sein Notizbuch schreibt.

»Es hat in unseren Flitterwochen angefangen«, fährt Phil fort. »Sie hat meine Kamera über Bord fallen lassen.«

»Was hat das damit zu tun?« Gott sei Dank habe ich ihm

nichts von den Töpfen erzählt. Wie konnte ich auch nur daran denken?

»Am letzten Tag. In Martinique.«

»Komm runter. Es war eine Einwegkamera, so eine, wie man sie bei Walmart kauft, und es war keine Absicht. Ich habe mich über die Reling gebeugt ...«

»Darauf waren die Bilder von unserer ganzen Reise«, erzählt Phil Jeff, wobei er auf dem Stuhl hin und her rutscht. »Und die wirft sie so ganz zufällig über Bord.«

»Großer Gott. Ist dir noch nie etwas runtergefallen?« Ich versuche mich an etwas zu erinnern, das Phil runtergefallen ist, aber es fällt mir nichts ein.

»Die ganze Woche fiel buchstäblich ins Wasser.« Phil saß so zusammengerollt auf seinem Stuhl, dass er mir fast den Rücken zudrehte. »In dem Augenblick wusste ich, was es bedeutete, mit ihr verheiratet zu sein.«

»Wir hatten noch die Bilder, die der Schiffsfotograf aufgenommen hat.« Ich sagte es mit meiner vernünftigsten und heitersten Stimmlage, die, die ich benutzt hatte, als ich Tory die Windeln abgewöhnt hatte. »Auf deinem Schreibtisch steht, schön gerahmt, eins, auf dem wir die Dunn's River Falls hinaufklettern.«

»Siehst du, was ich meine? Verstehst du, was ich sagen will? Sogar nach all den Jahren hat sie noch immer keine Ahnung, was sie da gemacht hat.«

Sobald ich von der Eheberatung nach Hause komme, breite ich über den ganzen Boden des Ateliers Zeitungen aus und fange an, die größeren Stücke aus der Schachtel zu klauben. Ich sitze da wie ein Yogi und sichte den Schutt, bei jeder Bewegung wirbelt Staub auf und treibt mir Tränen in die Augen. Ich könnte ins Haus gehen und meine Kontaktlinsen herausnehmen, aber es tut mir gut, eine Weile zu weinen, auf dem kalten Betonboden zu sitzen und mit den Händen durch die kaputten Töpfe zu wühlen. Vielleicht möchte ich mich ja schneiden. Vielleicht verdient eine Frau, die so viele Sachen zerbricht, dass sie sich schneidet.

Doch Lewis hat Recht, die Stücke sind wunderschön – und zu retten. Nach einer Weile wische ich mir das Gesicht ab, stehe auf und gehe in den Feuchtraum. Aus den Regalen ziehe ich eine einfarbige Keramikvase und versuche mir vorzustellen, wie es aussehen würde, wenn ich die Scherben direkt draufkleben würde. Jetzt, wo ich innehalte und sie mir genau anschaue, stelle ich fest, dass die Muster wirklich außergewöhnlich sind, zerbrochen sind sie noch interessanter, als sie jemals im vollständigen Zustand waren. Während ich anfange, die Stücke um den Hals der Vase zu arrangieren, summe ich. Das ist nicht das, was ich Mrs Chapman gezeigt habe, aber wer weiß, vielleicht gefällt es ihr ja. Derzeit ist aber schwer zu sagen, ob es mir selbst gefällt. Ich bin so vertieft, dass ich den Van der Fahrgemeinschaft nicht in die Auffahrt einbiegen höre und völlig überrascht bin, als Tory den Knopf drückt, um das große Garagentor zu öffnen, und hereinkommt. Sie wirft ihren Schulrucksack neben mich auf den Boden.

»Ich habe Diphtherie.«

»Das ist ja scheiße«, antworte ich. Sie spielen in der Schule gerade »Oregon Trail«. Dabei müssen die Kinder innerhalb einer bestimmten Zeit und mit einem festgelegten Geldbetrag ihren Planwagenzug von St. Louis nach San Francisco führen, wobei unterwegs alle möglichen unerwarteten Ereignisse eintreten können. Jetzt hat meine Tochter ohne eigenes Zutun eine schlechte Karte gezogen und stirbt mitten in der Prärie. Ich mag dieses Spiel, und das nicht nur, weil sie dabei Mathe lernt und Geschichte und Geografie. Ich finde, bei einem guten Spiel müssen sich Geschicklichkeit und Zufall die Waage halten, so wie im richtigen Leben auch.

»Scheiße, scheiße, scheiße«, sagt sie, erfreut darüber, dass ich ihr stillschweigend die Erlaubnis gebe, ein Wort zu benutzen, dass ihr Vater verbietet. »Jetzt kann ich zwei Tage lang nicht mehr spielen und muss einen Aufsatz über Diphtherie schreiben.« Sie spricht das Wort langsam aus und fügt überflüssige Silben ein. Diph-i-the-rer-ri.

»Heute haben die Bearden-Mädchen einen schlechten Tag«, bestätige ich ihr. »Schau, was mit Mommys Töpfen passiert ist. Pass auf«, füge ich hinzu, als sie einen Finger ausstreckt. »Die Kanten sind scharf.«

»Warum gibt es Kanten?«

»Was?«

»Kanten verletzen Leute.«

»Nicht immer.«

»Man kommt an eine Kante, und entweder schneidet man sich, oder man rutscht ab.«

Darauf fällt mir nichts ein. »Du kannst das Medizinbuch benutzen, das deinem Daddy gehört, und Diphtherie nachschlagen.« Sie sieht mich an, als wäre ich bescheuert.

»Ich googel es einfach«, sagt sie.

»Oh, auch gut.«

»Bekommen die Menschen heute noch Diphtherie?«

»Nein, dagegen impft man schon die Babys.«

»An was sterben die Menschen heute?«

Krebs, erkläre ich ihr. Herzinfarkte. Alles Sachen, die kleine Mädchen so gut wie nie bekommen.

Das Telefon klingelt. Sie rennt los, um abzunehmen, und schiebt mir den Hörer, da ich klebrige Hände habe, unters Kinn. Dann geht sie in die Küche. Es ist Belinda.

»Ich habe mir überlegt, dass wir vielleicht ein Eis essen gehen könnten.«

»Nur wir beide?«

»Wir und die Kinder.«

»Ich weiß nicht so recht. Wir haben hier heute einen beschissenen Tag. Tory hat sich auf dem Oregon Trail Diphtherie geholt, und mir sind Töpfe im Wert von mehr als tausend Dollar kaputtgegangen.«

»Um so mehr Gründe für ein Eis. Wir kommen vorbei und holen euch ab.«

Es gab eine Zeit, da hätte Belinda nie und nimmer die Initiative für einen Ausflug ergriffen, selbst nicht für einen so einfachen wie diesen. Und es gab eine Zeit, die wohl nur ein paar Monate zurückliegt, da hätte sie jede Entscheidung mit Nancy abgesprochen, selbst eine so einfache wie diese. Tory wird begeistert sein, einen Grund zu haben, ihre Hausaufgaben links liegen zu lassen, und ich möchte nicht wirklich an die Töpfe denken. »In Ordnung. Eis essen ist eine gute Idee.«

Während die Kinder Eiswaffeln mit auf den kleinen Spielplatz hinter Ben & Jerry's nehmen, setzen Belinda und ich uns auf eine Bank und trinken heiße Schokolade. Wir unterhalten uns darüber, dass Merediths Mathelehrer viel zu streng zu den Kindern ist, als Belinda mich plötzlich am Arm packt.

»Schau.«

Ich brauche einen Augenblick, um sie zu erkennen. Lynn kommt aus dem Starbucks auf der anderen Seite des Vorplatzes. Sie hat dieselbe rosafarbene Jacke im Chanel-Stil an wie damals, als ich sie mit dem Bauunternehmer getroffen habe, aber dieses Mal trägt sie sie zu Jeans und Stiefeln. So sieht es besser aus. Ein Mann ist bei ihr, und sein Arm liegt um ihre Taille. Er hat eine Glatze, aber eine von der Sorte, die sich ganz junge Leute freiwillig rasieren, und er zieht sie zum Brunnen hinüber und holt etwas – vielleicht Scones –

aus einer flachen braunen Tüte. Lynn lacht. Sie wirkt unbeschwert, locker, ihre Haare sind ein bisschen zerzaust. Sie sieht aus, als hätte sie gerade gevögelt.

»O mein Gott«, sagt Belinda. »Glaubst du, sie … gehen miteinander?«

»Es sieht ganz danach aus.« Ich senke den Kopf, denn ich fühle mich nicht wohl dabei, sie so zu beobachten. Es ist, als hätte ich sie nackt erwischt.

»Hast du gewusst, dass sie sich mit jemandem trifft?« Belinda ist meine Verlegenheit fremd. Sie starrt Lynn wie die kommende Sensation auf der Kinoleinwand an.

Ich schüttle den Kopf. »Nein, aber warum sollte sie nicht? Sie tut doch nichts Falsches. Wir müssen weg von hier. Es wäre eine Demütigung für sie, wenn sie sieht, wie wir sie anglotzen.«

»Was glaubst du, wie alt er ist? Ende zwanzig?«

»Er ist älter.«

»Anfang dreißig?«

»Keine Ahnung. Wir müssen hier weg. Und wir dürfen Nancy nichts davon erzählen.«

»Warum nicht?«, fragt Belinda einigermaßen logisch. »Du hast doch selbst gesagt, dass sie nichts Falsches macht, obwohl ich sagen würde, dass er näher an der fünfundzwanzig als an der dreißig ist. Okay, wenn du unbedingt dreißig meinst, dann halt dreißig, aber ich glaube wirklich, dass er … O mein Gott, er füttert sie.«

»Männer machen so was. Männer füttern Frauen.«

Sie wirft mir aus dem Augenwinkel heraus einen sonderbaren Blick zu, und ich weiß, was sie denkt: Nein, Frauen füttern Männer, so funktioniert das. Meine Gedanken springen zurück nach New York, zu Gerry, der eine Muschel zu meinem Mund führt und die Schale kippt, so dass Butter, Salz und Weißwein meine Kehle hinunterrinnen.

»Manchmal füttern Männer Frauen«, wiederhole ich und spreche dabei langsam, als wäre es etwas Wichtiges, das Belinda verstehen muss. »Wenn du aufhörst, darüber nachzudenken, sondern den ganzen Weg bis zu Darwin oder so zurückverfolgst, stellst du fest, dass es eigentlich so sein sollte, dass Männer Frauen füttern.«

»Aber seine Finger waren auf ihrer Zunge. Es ist so ...«

»Ich weiß. Wir müssen von hier weg.«

Belinda schaudert, als müsste sie sich im wahrsten Sinn des Wortes aus einer Benommenheit rütteln. »Hast du gewusst, dass sie sich mit jemandem trifft?«

»Wieso sollte ich es wissen?«

»Du hilfst ihr beim Streichen.«

»Wir sprechen nicht über persönliche Dinge. Ich hatte keine Ahnung, dass sie überhaupt ausgeht, ich schwör's. Ganz zu schweigen davon ... dass sie Scones isst.«

Belinda setzt uns ab, und ich frage sie, ob sie hereinkommen und sich etwas ansehen will.

»Nur ganz kurz «, sagt sie. Die Einladung scheint sie zu überraschen. Die Kinder klettern aus dem Van und jagen wie Vögel über den Rasen. Tory behauptet immer, dass sie nicht gern mit Belindas Töchtern spielt, aber mir ist aufgefallen, dass sie sehr nett zu ihnen ist und sie mit einer Art diffusem Mitleid behandelt, wenn sie wirklich einmal zusammen sind. Es erstaunt mich, wie sehr sich meine Beziehung zu Belinda auf die nächste Generation ausweitet.

»Geht nicht zu weit weg«, schreit Belinda den Kindern hinterher. »Wir bleiben nur ganz kurz.«

Ich nehme Belinda mit ins Atelier und zeige ihr die Keramikvase, auf deren Hals ich die Scherben geklebt habe.

»Was hältst du davon?«

»Willst du die Wahrheit wissen.«

»Ich denke schon.«

»Es sieht aus, als hätte Nancy das im Baumarktkurs angefertigt.«

Scheiße. Das ist übel. Ich lehne mich gegen den Eimer mit Ton und schließe die Augen.

»Kannst du die Stücke nicht wieder zusammenkleben?«

»Ich wüsste nicht einmal, wo ich anfangen muss. In dieser Schachtel befinden sich Scherben von zwanzig verschiedenen Töpfen. Das würde heißen, zwanzig Puzzlebilder auf einmal zu legen.«

»Könntest du die Stücke in Ton stecken und ein, äh, ein …«

»Mosaik?«

»Ja. Du könntest sie doch in diese noch nicht fertigen Tontöpfe stecken und …«

»Das würde auch nicht funktionieren.« Meine Stimme klingt schneidend, was übel ist. Sie versucht ernsthaft zu helfen. »Die Scherben sind bereits gebrannt, und ich kann sie nicht in Rohware einbetten und das Ganze nochmal brennen. So funktioniert es einfach nicht. Das ist ein chemischer Prozess.«

»Du könntest noch zwanzig machen und hoffen, dass diese nicht zerbrechen.«

»Oh ja, diese Möglichkeit gibt es immer. Mach weiterhin das, was schon einmal nicht funktioniert hat, vielleicht wird es eines Tages anders.«

Belinda fährt sich durch die Haare. »Es tut mir leid, Elyse.«

»Nein, ich muss mich entschuldigen. Ich zicke herum, weil ich nicht weiß, was schiefgegangen ist, und nicht weiß, wie ich verhindern kann, dass es wieder passiert. Vermutlich sind sie zerbrochen, weil ich nicht genug Schamotte zugegeben habe, oder vielleicht habe ich nicht alle Luftblasen herausgeknetet. Es ist komisch, ich habe auch schon früher Töpfe verloren, aber ich habe noch nie eine ganze Charge auf einmal verloren, und ich denke immer wieder, dass sie vielleicht gebrochen sind, weil ich mir zu viele Gedanken um sie gemacht habe. Vielleicht sind sie deshalb zerbrochen, weil ich mir gerade in ihrem Fall nicht erlauben konnte, dass sie brechen. Vielleicht habe ich meine Angst hinaus ins Universum getragen, von wo sie dann zurückgekommen ist und mich in den Hintern getreten hat. Und weißt du übrigens, was das Allerkomischste ist? Das Allerkomischste ist, dass mir die zerbrochenen Stücke besser gefallen, als mir jemals die ganzen Töpfe gefallen haben. Schau, schau dir das …«

Ich ziehe den Originaltopf, den, auf dem Mrs Chapmans Bestellung basiert, aus dem Regal und stelle ihn auf den Tisch. Daneben stelle ich Nancys Baumarktvase. »Siehst du, was ich meine? Ich mag die gediegene Form des ersten. Nichts Draufgeklebtes, keine scharfkantigen Stücke, nichts Gekünsteltes und so. Mir gefällt aber das Muster auf dem zweiten Gefäß, das sich ergibt, wenn die Stücke zerbrochen und wieder zusammengesetzt werden. Verstehst du, was ich meine?«

»Eigentlich schon.«

»Das war meine Chance, Belinda. Das war meine Chance, mein Zeug bekanntzumachen, gutes Geld damit zu verdienen und einen richtigen Job, eine echte Karriere daraus zu machen, so dass es nicht nur etwas ist, was ich in meiner Garage mache, weil ich die Frau eines Zahnarztes bin, die versucht Künstlerin zu sein …« Ich sehe sie an. Sie scheint nicht zuzuhören. Ihre Gedanken scheinen Tausende von Meilen entfernt zu sein. Vielleicht denkt sie darüber nach, was sie zum Abendessen kochen oder wie sie die Kinder wieder in den Van zurückscheuchen soll. »Belinda«, selbst ich kann die Verzweiflung in meiner Stimme hören. »Weißt du, was das Wort ›dilletantisch‹ bedeutet?«

Doch Belinda starrt auf die Töpfe. »Weißt du was? Du könntest noch etwas anderes machen.«

Kapitel 29

Er hat eine Tagung in San Francisco, und ich muss mich den Tag über allein beschäftigen. Noch nie habe ich ihn so richtig bei der Arbeit gesehen. Ich liege nackt auf dem Bett, während er in einem Sessel beim Fenster sitzt und über seinem BlackBerry brütet. Er gefällt mir mit Brille. Später nimmt er über Lautsprecher an einer Telefonkonferenz teil. Offenbar sind mehrere Leute in der Leitung, und ich höre, wie sie sich ihm unterordnen. Sie reden alle durcheinander, aber wenn er zu sprechen anfängt, unterbricht ihn keiner.

»Du bist so wichtig«, sage ich, als er auflegt.

»Stimmt.« Schon wieder ist er am BlackBerry.

Als wir zum Essen gehen, trägt er seinen guten Anzug und verschüttet etwas auf die Hose. Ein Problem. Diesen Anzug braucht er am letzten Konferenztag, wo er den Hauptredner vorstellen muss. Deshalb rufe ich nach unserer Rückkehr ins Hotel den Portier an, um festzustellen, ob wir über Nacht die Hose gereinigt bekommen.

Der Portier meldet sich am Telefon mit der Frage: »Was kann ich für Sie tun, Mrs Kincaid?« Ich bin nicht wirklich überrascht. Dies ist eins von jenen Hotels, in denen man am Empfang weiß, ob man da ist oder ob nicht, und wenn man mit einer Bitte anruft, grüßen sie einen mit Namen. Genau diese Frage hat mir schon am Nachmittag jemand gestellt, als ich anrief, um den Tisch für das Restaurant zu bestellen.

Aber jetzt gibt es mir einen Stich. Vielleicht weil es spät ist, oder weil wir beim Abendessen eine ganze Flasche eines unaussprechlichen französischen Weins – Spesenwein hat Gerry ihn genannt – geleert haben, oder vielleicht hat es mich dieses Mal aufgeregt, weil ich tatsächlich so tun musste, als wäre ich Mrs Kincaid. »Mein Mann hat etwas auf seinem Anzug verschüttet«, erzähle ich dem Portier. »Er muss unbedingt bis morgen um 14 Uhr gereinigt sein.« Allerdings hat mein Mann gar nichts auf seinem Anzug verschüttet. Mein Mann befindet sich dreitausend Meilen von hier entfernt, in einer anderen Zeitzone, und schläft.

»Stimmt etwas nicht?«, fragt Gerry mich, als er aus dem Badezimmer kommt. »Können sie es nicht machen?«

»Sie schicken gleich jemanden hoch. Aber er hat mich Mrs Kincaid genannt.«

Für eine Sekunde verzieht er das Gesicht. »Liebes, das tut mir leid.«

»Und ich habe darauf reagiert. Ich habe gesagt, mein Mann hätte etwas auf seiner Hose verschüttet.«

Die Falte zwischen den Augenbrauen hat er immer. Es ist sein Job, ständig in Sorge zu sein, und ich habe diese Falte den ganzen Nachmittag lang gesehen, während er über Hedgefonds und Unternehmensaufkäufe und fehlgeschlagene Leerverkäufe gesprochen hat. Jetzt vertieft sie sich.

»Was erwartest du von mir?« Und ohne meine Antwort abzuwarten, küsst er mich. Ein Kuss wie in einem alten Spielfilm. Er drängt mich an die Wand, das gefällt ihm, diese Romantik aus dem Zweiten Weltkrieg, wenn ein Mann eine Frau an eine Wand drückt, aber es dauert nie lang. Fast augenblicklich knicke ich in den Knien ein und rutsche hinunter. Ich sehne mich nach dem Boden, nach solider Härte unter mir, und wieder einmal bin ich dankbar, dass ich kein Mann bin und niemand von mir erwartet, dass ich mein eigenes Gewicht abfedere, geschweige denn das Gewicht eines anderen Menschen.

Manchmal gleiten wir gemeinsam so hinunter, bis wir aufeinander am Boden liegen. Wir lagen in New York auf dem Boden und in Miami, doch heute Abend hält er mich auf, bevor ich ganz zusammenbreche, und transportiert mich zum Bett, indem er mich teilweise trägt, überwiegend aber hinter sich her zerrt. Er erwischt mit seinen Zähnen meine Unterlippe und saugt mich ein. Es ist nicht immer angenehm, dass er mein Fleisch gerade an der dünnsten und verletzlichsten Stelle zu durchlöchern scheint.

Der Kuss tut weh. Ich gebe einen Laut von mir. Er lässt los. Dann öffnen sich unsere Lippen, unsere Zungenspitzen berühren sich kaum. Wir liegen ganz still, und mir kommt der Gedanke, dass das wahrscheinlich ein günstiger Augenblick wäre, um zu sterben. Es klopft an die Tür. Gerry rollt von mir herunter.

»Gib ihnen die Hose«, sagt er. »Und dann komm zurück, denn die Lage ist aussichtslos, und ich will dich die ganze Nacht küssen.«

Kapitel 30

»Ich weiß nicht, warum sie sich unbedingt erniedrigen will«, flüstert Nancy.

»Es ist äußerst eigenartig«, stimmt ihr Kelly mit einem Blick den Flur der Sonntagsschule hinunter zu, wo Lynn eben in einem der Arbeitsräume verschwindet. »Ich rechne damit, eines Tages aufzutauchen und sehen zu müssen, wie sie den Müllcontainer abspritzt. Meint ihr, dass sie – ich weiß nicht, dass sie sich für etwas bestraft?«

Die Frage richtet sich an mich. Erinnerungen an Kelly in der Abtreibungsklinik und an mich mit Handschellen an mein Ehebett gefesselt blitzen in mir auf. Frauen bestrafen sich die ganze Zeit, und zwar für Verbrechen, die nur sie sehen können, aber ich glaube nicht, das Lynn das im Moment macht.

»Sie versucht nur, ihre Arbeit zu erledigen.« Meine Bemerkung klingt nicht überzeugend, selbst für mich nicht.

»Sie hat selbst entschieden, wie ihre Arbeit aussehen soll«, betont Nancy. »Die Anweisung des Kirchengemeinderats war sehr vage gehalten. Keiner hat von ihr erwartet, dass sie den ganzen Flügel der Sonntagsschule selbst streicht.«

»Kommt sie mit uns zum Mittagessen?«, will Belinda wissen. »Hat überhaupt jemand daran gedacht, sie zu fragen?«

»O Gott«, sagt Kelly.

»Sie gibt uns seit Monaten immer wieder einen Korb«, wirft Nancy ein.

Dennoch ist es das erste Mal, dass keine daran gedacht hat, sie zu fragen.

Lynn kommt aus dem Arbeitsraum, eine Leiter auf der Schulter balancierend, und wir schauen schweigend zu, wie sie den Flur entlang auf uns zukommt. »Ich bin in der dritten Klasse«, ruft sie vergnügt. »Was haltet ihr von den Farben?«

»Ich nehme an, du willst nicht mit uns zum Mittagessen kommen, oder?«, ruft Belinda zurück.

Die Situation ist unbeschreiblich peinlich. Lynn stellt die Leiter ab und sagt sehr ruhig: »Ich bin heute nicht entsprechend gekleidet.«

Kein Witz. Sie trägt einen ausgebeulten weißen Overall, der voller Spritzer in allen Farben dieser Räume ist, was so skurril aussieht, dass ich mir einen Augenblick überlege, ob sie es absichtlich gemacht hat. Als sei sie zur Kleidersammlung gegangen und hätte sich ein Kleidungsstück ausgesucht, dass ihr absolut nicht steht, mit Trägern, die ihr ständig von den Schultern rutschen, und sorgfältig hochgerollten Hosenbeinen, eins kürzer als das andere. Man könnte meinen, sie hat sich für ein Kinderprogramm als der heimwerkende Nachbar kostümiert.

Schwer zu sagen, wer von uns bestürzter ist. Nancys nordstaatliche politische Korrektheit, Kellys südstaatliche Manieren, Belindas Verlegenheit über ihre schlecht formulierte Frage, meine seltsame plötzliche Vision von dem kahlköpfigen Mann, der ein Stück Scone auf Lynns Zunge legt – all das hat diesen Moment ins Leben gerufen, in dem wir gequält und wortlos dastehen und uns gegenseitig wie Fremde anstarren. Lynn macht eine Bewegung, um die Leiter wieder aufzunehmen, und wir strecken ihr schlagartig unsere Hände entgegen, um ihr zu helfen.

»Nein, ich hab sie«, sagt sie und beugt die Knie.

Warum haben uns diese wenigen Worte so aus der Fassung gebracht? Was hat uns so verunsichert, dass es einen Schatten über unser traditionelles Dienstagsessen geworfen hat? Lynns Leiter ist schließlich nicht schwerer als unsere Kinder, die wir den ganzen Tag lang hochheben. Sie ist nicht schwerer als Einkaufstüten, ein Topf auf einer Töpferscheibe oder die Tabletts vom Essen-auf-Rädern, die Nancy und Belinda einmal in der Woche in den Transporter der Kirche laden. Sie ist nicht schwerer als ein Mann beim Sex und ganz gewiss nicht schwerer als die Metallgewichte, die Kelly und ich im YMCA bei der Hantelbank auflegen, neun Kilo auf einmal, die wir vorsichtig, systematisch über uns herunterlassen und von uns wegdrücken. Nicht schwerer als der tiefhängende Schwangerschaftsbauch oder die quadratischen Bücher mit Teppichmustern im Kofferraum von Nancys Auto. Frauen tragen die ganze Zeit Gewichte, deshalb ist schwer zu sagen, warum wir so schweigend dastehen, als Lynn die Knie beugt, die Leiter auf die Schulter nimmt und sie mit routinierten, flüssigen Bewegungen weg von uns, den dunklen Flur hinunterträgt.

Kelly wirft mir einen Blick zu, und ich weiß, was sie denkt. Sie denkt: »Das also willst du haben?« Sie meint nicht die Arbeit. Die Arbeit ist keine große Sache. Sie fragt mich, ob ich das Mitleid meiner Freunde ertragen könnte.

Belindas Idee ist ganz einfach. Nicht einfach in dem Sinn, dass sie leicht umzusetzen wäre, aber einfach vom Prinzip her. Ich stelle einen Topf her und zerbreche ihn dann im Rohstadium, bevor er gebrannt wird.

Als ich es das erste Mal versuche, erscheint es mir wie ein Sakrileg. Es ist ein unförmiger Topf, den ich aus dem Haufen mit Recyclinggut ausgrabe, ein vor Monaten misslungenes Experiment, trotzdem tut es noch immer weh, ihn absichtlich zu zerstören. Ich rolle ihn vom Knettisch herunter, aber erstaunlicherweise bleibt er ganz. Ich stoße ihn die Treppe aus Ziegelsteinen hinunter, die von der Küche in die Garage führt. Dadurch wir der obere Rand angeschlagen, aber der Körper bleibt unversehrt. Ich spiele mit dem Gedanken, ihn mit meinem Auto zu überfahren. Ich nehme einen von Torys Baseballschlägern aus dem Schrank mit den Sportsachen, werfe den Topf in die Luft und hole aus. Ich verfehle den Topf, aber er fällt mit endgültiger Bruchlandung auf den Boden.

Ihn wieder zusammenzusetzen ist ein bisschen heikler, aber ich wende eine Anschlicker-Technik an, die ich seit der Kunstakademie nicht mehr eingesetzt habe, und als ich im kleinen Brennofen, den ich manchmal zum Ausprobieren nehme, einen Schrühbrand mache, hält er. Die Glasur sammelt sich in den Ritzen und verschwindet schließlich, sie wurde aufgesaugt, als wäre das Innere des Topfes durstig. Es hat etwas Wildes, Unzivilisiertes.

Ich versuche nicht allzu hoffnungsvoll zu sein. Zum abschließenden Brennen bringe ich ihn zu Lewis, der anbietet, dafür zu beten.

Ja, denke ich, lass uns beten, und wir beide stehen mit gefalteten Händen in der kleinen Kaffeetassenfabrik, und ich höre ihm zu, wie er Jesus ermahnt, Schwester Elyse zu erheben und zu befreien. Amen.

Am nächsten Morgen bin ich um acht Uhr wieder da.

»Du wirst begeistert sein«, sagt Lewis. »Mach die Augen zu.« Ich folge ihm, und als ich sie öffne, hält er mir einen Topf zur Begutachtung hin. Ich spüre ein seltsames Ziehen in meinen Eingeweiden, eine Rückmeldung aus meinen Zellen, dass es sich hier um einen bedeutenden Augenblick handelt.

»Verdammt«, sage ich.

»Jesus hat dir geholfen.«

»Das hat er sicher.«

»Unter uns gesagt«, meint Lewis, »wenn du diesen ersten Auftrag ausgeführt hast, musst du sofort mit dem Preis hochgehen. Mann, Mädchen, das hier ist so etwas wie Kunst.«

Jetzt bin ich seit zehn Jahren verheiratet.

Die allgemeine Meinung geht dahin, dass wir etwas Besonderes unternehmen sollten, um dieses bedeutende Ereignis zu markieren. Zehn ist eine ganze Menge.

»Vielleicht Europa«, sagt Phil einer Gruppe von Leuten, als wir am Sonntag vor unserem Hochzeitstag aus der Kirche kommen. Wir haben noch kein einziges Mal über Europa gesprochen. Zumindest nicht ernsthaft. »Aber natürlich«, fährt er fort, als jeder murmelt, wie schön das sein wird, »müssen wir bis zum Sommer warten.«

»Wohin in Europa?«, fragt ein Typ aus dem Basketballteam.

»Elyse wollte schon immer einmal nach Italien«, antwortet Phil.

Ich bin in Italien gewesen. Ich habe dort ein Semester lang studiert, und Phil weiß das, oder er wusste es. Doch jeder, der auf der Treppe zur Kirche steht, hält eine Reise nach Italien für eine tolle Idee. Vielleicht in die Toskana. Wir können ein Auto mieten. Jeder erzählt, dass es so wunderschön dort sein soll. Das Essen ist fantastisch, und die Kunst – ob ich nicht die ganzen Kunstwerke sehen will? Ja klar, wer würde das nicht gern, sage ich, obwohl der Gedanke, mit diesem Mann – diesem Mann, der alles vergisst (außer natürlich wenn ich etwas verbocke) – durch Italien zu fahren … allein schon der Gedanke, mit diesem Mann durch Italien zu fahren, klingt nach Hölle pur.

Eine Frau sagt mir, dass ich ein Glückskind bin.

Ich lächle.

Einstweilen gehen wir italienisch essen. Du musst die zehn Jahre richtig begehen, selbst wenn deine Ehe um dich herum einstürzt. Ich schenke ihm eine Kamera. Er schenkt mir ein Hörbuch mit dem Titel »Italienisch für den Urlaub«. Der Restaurantbesitzer bringt uns als Geschenk des Hauses Tiramisu.

Und dann gehen wir nach Hause und ins Bett. Er rutscht zu mir herüber und legt los. Hochzeitstagsex – er gibt ein bisschen mehr als üblich. Er will mich küssen, aber ich bin im Bett eine Meisterin der Stellungen geworden – nicht nur in Sachen X-Form, ich bitte Phil auch, es von hinten zu tun. »So geht es tiefer«, erkläre ich ihm. Er geht bereitwillig darauf ein, und deshalb gibt es keinen Grund hinzuzufügen, dass der wahre Vorteil an dieser Stellung die Tatsache ist, dass ich sein Gesicht nicht sehen kann. Heute Nacht hat er allerdings sein eigenes Programm. Ich gestehe ihm einen Kuss zu, dann reiße ich mich los und gleite mit dem Kopf seinen Torso hinunter. Vielleicht denkt er ja, ich werde ihm einen blasen. Vielleicht denkt er, ich möchte kuscheln. Bei keinem von beidem wird er mich aufhalten, und ich stoppe irgendwo auf dem festen Grund seiner Brust und schließe die Augen.

Zwischen dem Wein-, dem Knoblauch- und dem schwachen Achselgeruch befindet sich ein Geruch, der sowohl vertraut als auch ungewohnt ist. Ich erstarre. Atme tief in die Lungen ein.

Ich frage ihn, ob er Parfüm benutzt hat, und er verneint,

aber er habe eine neue Seife unter dem Waschbecken gefunden und gedacht, die rieche gut, sie rieche nach etwas, was sein Großvater benutzt habe.

Ja, ja. Er hat das Stück Bay-Rum-Seife aus dem Restoration Hardware in New York gefunden. Wie, weiß ich nicht. Ich hatte sie unter dem Waschbecken hinter der hohen Wand aus Toilettenpapier versteckt und sie manchmal herausgenommen und an ihr geschnuppert.

Doch jetzt, während ich an Phils Brust liege, bin ich verwirrt und desorientiert wegen der Bay Rum, so wie man es manchmal erlebt, wenn man eine vertraute Straße entlangfährt. Eine Straße, die du Tag für Tag nimmst, doch eines Nachmittags – keine Ahnung warum – schaust du hoch und denkst: »Wo bin ich hier?« Dann gibt es diesen panischen Moment, dieses Gefühl, dass du dich hier mitten im Vertrauten verirrt hast. Der Duft auf Phils Haut ist nur schwach wahrnehmbar, ich weiß jedoch, was er bedeutet. Ich betrüge meinen Geliebten mit meinem Ehemann.

Denn hier, in diesem Augenblick – der Geruch von Bay Rum, das Gefühl einer Brustwarze an meiner Wange, die Realität des größeren Körpers unter mir –, in diesem kurzen Augenblick denke ich, dass alle Männer im Dunkeln gleich sind.

Ich erinnere mich daran, wie Kelly mich wegen der Zwillinge im Drive-in auslachte und fragte: »Wieso glaubst du, dass sie uns nicht ausgetauscht haben?« Wie sie mich aufzog, weil ich nur langsam verstand, was ihr mit sechzehn schon klar war. Kelly, wie sie mich im Literaturkreis auslacht und zu den anderen Frauen sagt: »Wir müssen alle nachsichtig mit Elyse sein. Sie ist unsere Romantikerin. Sie glaubt, dass sie eine andere Frau ist, wenn sie mit einem anderen Mann schläft.« Auch die anderen hatten gelacht. Macht einen nur das zur Romantikerin? Ich will immer noch daran glauben, dass jeder Mann anders ist, dass ich mit jedem Mann anders bin, aber der Duft von Bay-Rum-Seife hat mich durcheinandergebracht und einen Augenblick lang unsicher werden lassen, wo ich bin und mit wem ich zusammen bin.

»Ich mag sie nicht«, sage ich.

»Was?«

»Die Seife. Ich mag sie nicht.«

Phil hebt den Kopf, streckt den Hals, um mich anzusehen. »Warum hast du sie dann gekauft?«

»Ich weiß nicht, wie sie da hingekommen ist, aber ich mag sie nicht. Bitte.« Ich schiebe ihn von mir weg. »Ich fürchte, ich bin allergisch dagegen.«

»Du bist nie gegen etwas allergisch.«

»Ich mag sie nicht.«

»Wo kommt sie her?«

»Ich weiß es nicht.«

Phil lässt seinen Kopf wieder aufs Kissen fallen. »Okay«, sagt er endlich. »Ich werfe sie weg.«

Ich bin zu schroff gewesen. Ich fahre in einer versöhnlichen Geste mit meiner Hand über seine Schulter und überlege mir, was ihn erfreuen könnte. »Der Trainer will, dass Tory fängt.«

»Fängt? Heißt dass, dass er richtig mit ihr loslegen will?«

»Offenbar.«

»Warum hast du mir das nicht erzählt? Das sind irre Neuigkeiten, vor allem, wenn man bedenkt, dass sie die Jüngste im Team ist. Freut sie sich?«

»Nicht wirklich. Sie glaubt, dass das Fangen eine zweitklassige Position ist, aber ich habe ihr gesagt, dass ich eine Fängerin war und …«

»Du hast nie Baseball gespielt.«

»Ich wollte damit sagen, dass ich eine Fängerin bei den

Cheerleaderinnen war. Ich habe die anderen Mädchen aufgefangen.«

»Das ist pure Ironie.«

»Fang nicht an.«

»Ich fange nicht an.« Er verzieht sich aus dem Bett. »Ich gehe duschen, aber du kommst mit. Komm schon, steh auf. Es ist unser Hochzeitstag. Das muss es uns wert sein.«

Kapitel 31

»Mark raucht wieder«, berichtet Kelly. Das ist das Einzige, was sie nicht hinnehmen kann. Zuerst hat er es draußen auf der Veranda getan, dann hat er es ins Wohnzimmer verlagert und letzte Nacht, da hat er das Undenkbare gemacht. Er hat eine Zigarette mit ins Schlafzimmer gebracht.

»Er sagt, dass sei sein Haus, und er würde darin machen, was er will. Kannst du dir das vorstellen?«

»Wie wird es weitergehen?«

»Er wird nachgeben.«

»Wieso bist du dir so sicher?«

»Weil er sagt, dass ich von allen Frauen, die er je gekannt hat, die besten Blowjobs mache.«

Wir sind in der Küche und kochen Suppe. Das machen wir alle paar Monate – wir kommen zusammen und bereiten große Mengen von vier oder fünf verschiedenen Suppen zu. Wir teilen sie auf, frieren sie in kleinen quadratischen Tupperbehältern ein und essen drauflos, bis es Zeit ist, wieder von vorne anzufangen. Das Kochen der Suppe ist mein liebstes häusliches Ritual. Kelly legt im Hintergrund Miles Davis auf, und nachdem wir das so oft gemacht haben, haben wir ein System entwickelt. Ich sitze mit einem kleinen Schälmesser, einer Auswahl an Schneidebrettern und einem Stapel von Gemüse und Fleisch um mich herum an der Ecke der Theke. Ich schneide gern. Kelly steht ihren

Mann an den Herdplatten, und die Rezepte, nach denen wir arbeiten, liegen aufgereiht zwischen uns auf der Arbeitsplatte. Allerdings haben wir den Suppenarbeitsgang schon so oft absolviert, dass die Rezepte inzwischen ein Stück weit Formsache sind.

»Was genau machst du?«, frage ich sie. Männer haben mir gesagt, dass ich gut darin bin, aber noch nie hat mir einer gesagt, dass ich die Beste von allen, die er je gekannt hat, bin.

»Nichts Besonderes, wirklich. Du legst dich nur flach aufs Bett und lässt deinen Kopf über das Bettende hinunterhängen. Dadurch wird deine Kehle zu einem langen, geraden Kanal.« Kelly macht es vor, indem sie ihren Kopf in den Nacken wirft, als wollte sie zu schreien anfangen.

»Der Mann steht aufrecht?«

»Ja, der Mann steht aufrecht.«

»Irre.« Ich bin überrascht und beeindruckt. »Das könnte ich nie, ich müsste würgen.«

»Das ist das Schwierige daran. Die Kehle muss sich entspannen.«

»Kein Wunder, dass du einen Jaguar fährst.«

Sie lacht. Vier verschiedene Töpfe mit Vorratssuppe sind am Brodeln. Ich schiebe ihr die ersten kleingeschnittenen Zwiebeln und Knoblauchzehen zu, und sie lässt sie vom Schneidebrett in die Töpfe rutschen, bevor sie die Hitze herunterschaltet. Wir haben nie über den Morgen mit der Trockenmauer gesprochen.

»Was machst du?«

»Mit Gerry?«

Sie zuckt die Schultern. »Ich habe den Eindruck, dass das die interessantere Geschichte ist.«

»Vollkommen anders. Gerry legt sich auf den Rücken und ich knie mich zwischen seine Knie und liebkose ihn. Ich lecke die runzlige Hautfalte zwischen seinem Hintern und seinen Eiern.« Ich mache eine Faust, gleite mit meiner Zunge darüber, um es zu illustrieren, und Kelly schaut mich skeptisch an, während ihre Hand ihre Kehle entlangfährt. »Und wenn ich zum Schwanz komme …«

»Man kommt immer zum Schwanz«, sagt sie.

»Aber nicht direkt. Genau das versuche ich dir zu erzählen. Es kann sehr langsam vor sich gehen. Es kann eine Woche oder ein Jahr dauern, und ich benutze Mund und Hände, um den Kanal, den du mit deiner Kehle simulierst, nachzubilden. Ich weiß, ich weiß, es ist nicht ganz dasselbe. Es ist eine raffinierte Sache. Es hat mit der Struktur zu tun und mit Verehrung.«

»Verehrung?« Ein Lächeln umspielt ihren Mund, den Kopf hat sie zur Seite geneigt.

Ich erzähle ihr vom letzten Beisammensein von Gerry und mir. Es ist nicht sehr mitfühlend, ich weiß. Ich zwinge sie, an meinem Sexualleben Anteil zu nehmen, so wie ich früher diejenige war, die all ihre Geheimnisse für sie aufbewahrt hat. Seit Jahren haben wir uns nicht mehr so unterhalten wie jetzt, aber jetzt beugt sie sich nach vorn, stützt die Hand aufs Kinn und hört mir so konzentriert zu, dass ich nicht sagen könnte, ob ich sie unterhalte oder ihr das Herz breche.

Es waren noch zwei Stunden, bis wir zum Flughafen fahren mussten. Es hatte sich herausgestellt, dass der Morgen, an dem Gerry in New York den Wecker zertrümmert hatte, eher eine Besonderheit darstellte; wir waren nämlich nicht dazu bestimmt, in einer Zen-Welt des Augenblicks der Ewigkeit zu leben – ganz im Gegenteil. Im Lauf der Wochen und Monate habe ich die wichtigste Regel der Untreue gelernt: Du musst immer wissen, wie viel Uhr es ist. Wie viele Stunden sind wir hier gewesen, wie lange sind wir schon weg? Manchmal ertappe ich ihn dabei, wie er mit gespielter Beiläufigkeit auf die Uhr am Bett schielt, genauso wie ein Mann nach den Kurven einer vorbeigehenden Frau schielt. Ich bin nicht auf seine Frau eifersüchtig, ich bin eifersüchtig auf die Uhr. Die Uhr, seine andere Geliebte. Diejenige, die über mehr Macht verfügt, um ihn in Bewegung zu setzen, diejenige, der er immer gehorcht.

»Ihr hattet noch zwei Stunden«, souffliert mir Kelly.

»Gerry sagte, er habe sich verausgabt. Er sei alle, sei trockengelegt. Das erzählte er mir seit dem Frühstück ununterbrochen. Auf dem Sportsender lief irgendein Quatsch, ich nehme an, er sieht so was häufiger. In dieser Sendung ging es um das Fischen von Barschen. Wir lachten wie irre, denn der Anfang war ziemlich dramatisch. Alle Männer schnallten ihre Ausrüstung um und die Musik hörte sich an, als wäre sie aus einem Western. Der Kommentator sagte: ›Es gibt Tage, an denen bezwingst du den See, und es gibt Tage, an denen bezwingt der See dich.‹ Gerry war total albern, spazierte in seiner Unterwäsche herum, o-beinig wie ein Revolverheld, und machte diese tiefe Kommentatorenstimme nach. Hab ich dir schon erzählt, dass er Stimmen imitieren kann? Er kann das ziemlich gut. Ich schaute auf die Uhr und sah, dass wir noch etwas Zeit hatten. Gerry sagte ständig: ›Hör dir diese Musik an, die klingt, als würden sie gleich mitten auf die Hauptstraße hinausgehen, die Barsche in die Luft werfen und ihnen die verdammten Köpfe herunterschießen.‹«

»Aber er war doch alle.«

»Hast du die Hitze heruntergedreht?«

»Du weißt doch, dass ich das habe. Erzähl weiter, Elyse. Du unterbrichst dich ständig und fängst wieder an, das ist … Im Übrigen bin ich so weit für das Hühnchen.«

»Okay, also ich habe alles so gemacht, wie ich es dir eben

erzählt habe, nur noch langsamer, und er war völlig still. Vielleicht hat ja auch die Sendung über das Barschfischen alles andere gedämpft. Die Männer waren vom Ufer weggerudert, und ich hörte das Wasser des Sees gegen das Boot schlagen. Wir waren beim Vögeln leiser als sie beim Fischen.«

»Das ist stark.«

»Und als er kam, da kam er unerwartet …«

»Unerwartet?«

»Na ja, nicht ganz unerwartet natürlich, aber normalerweise japst er kurz und legt mir die Hände auf den Kopf, aber dieses Mal hat er nichts davon gemacht. Es war einfach nur – das ergibt alles keinen Sinn, aber es war sehr langsam. Was ich sagen will, wir hörten auf, uns zu bewegen, und es passierte – und es war anders als sonst. Ich kann das nicht richtig erklären. Weißt du, was Milton sagt?«

»Natürlich weiß ich nicht, was Milton sagt.«

»Es gibt da eine Stelle in *Das verlorene Paradies*, als Adam Michael fragt – du weißt schon, den Erzengel Michael, ich glaube, Nancy hat die Figur –, also Adam fragt ihn, wie Engel sich lieben, und Michael sagt: ›Leichter als die Luft …‹«

»Leichter als die Luft?«

»Genau das war es. Dieser Geschlechtsakt war leichter als die Luft.«

»Irre. Ich muss dir Recht geben, Elyse. Das war ein romantischer Blowjob.«

Sie schaut mich an, die Hand wieder auf die Hände gestützt. Manchmal glaube ich, dass sich alles auf der Welt ändert, nur nicht Kellys Augen. Sie sind so blau, wie sie schon immer waren, so blau, wie sie schon damals auf der Highschool waren. In ihr steckt immer noch ein Hauch des getriebenen kalifornischen Mädchens – mit ihren zerzausten blonden Haaren und den Sommersprossen auf ihren Wangen. Ihr Hautton dagegen ähnelt sehr stark dem von Tory, so dass Bedienungen und Verkäufer annehmen, dass sie Kellys Tochter ist, wenn wir zusammen ausgehen. »Beunruhigt es dich nicht manchmal, dass es wie Kokain wirkt?«, will sie wissen.

»Kokain?«

»Dass du jedes Mal ein bisschen mehr brauchst, um abzuheben?«

»War das bei dir und Daniel so?«

Sie strafft den Rücken, fingert an den Herdschaltern herum. »Vielleicht«, sagt sie schließlich. »Ich meine, das Verlangen steigert sich – es muss sich steigern, sonst …«

»Lässt es nach?«

»Ich weiß nicht. Tatsache ist, dass es nicht stillstehen kann.«

»Das ist die Suchtspirale.« Ich versuche zu lachen. »Vielleicht sollte ich dir diese Geschichten nicht erzählen.«

»Nein, ich will sie hören. Es ist nur so, dass …«

»Du machst dir Sorgen um mich.«

Sie schaut auf die Suppe hinunter. »Ich mache mir Sogen um uns beide.«

Später, nachdem ich zwölf Behälter mit jeweils vier verschiedenen Wintersuppen zu meiner Gefriertruhe getragen habe, rufe ich Gerry an. Ich will eigentlich nicht ihn selbst sprechen, ich will seinen AB, deshalb wähle ich seine Handy- und nicht seine Büronummer, und als seine kühle, sachliche Stimme mich auffordert, eine Nachricht zu hinterlassen, denke ich mir eine lange Geschichte aus, die damit anfängt, dass ich ihn in einem Hotelzimmer mit dem Mund befriedige. Dann klopft es an der Tür, gegen seinen Willen rufe ich »Ja«, und Kelly kommt herein. Ich erkläre ihm, dass sie und ich untersuchen, wie man einem Mann am besten einen Blowjob macht. Wir wollen herausfinden, was mehr zählt – Technik oder innere Einstellung. Ob er uns bitte helfen könnte, das zu entscheiden? Natürlich wird er. Ich flüstere in meinen Hörer: »Ganz gleich ob im Auto oder auf einem Stern … ein Mann wie du treibt es überall gern.«

Nachdem ich aufgelegt habe, rolle ich mich auf meinem Bett zusammen. Ich bin erschöpft, wie so oft, wenn ich über Sex spreche. Während ich daliege und döse, höre ich das gedämpfte Klappern der Katzentür und die leise, dumpfe Landung von Pascal im Waschraum. Ich rufe seinen Namen, er tapst ins Schlafzimmer und springt in einer einzigen geschmeidigen Bewegung neben mein Kissen. Trotz all seiner Wildheit kommt Pascal, wenn ich ihn rufe.

Es war ein seltsamer Tag. Eine seltsame Telefonnachricht, selbst für Gerry und mich. Vielleicht ist es ja so, wie Kelly behauptet – Kokainsex, von dem man jedes Mal mehr braucht. Doch Gerry und ich haben uns immer gegenseitig Geschichten erzählt, und er erwartet nicht, dass etwas davon wahr wird. Es ist unsere Art, uns zu trösten, und heute ist das nicht anders als sonst. Er wird es nicht als Versprechen ansehen. Zumindest glaube ich das nicht. Und dass ich Kelly das mit den Engeln erzählt habe – ich versuche einfach, sie dazu zu bewegen, wieder mit mir zu sprechen, ihr einfach nur einen Ruck zu geben, um mich zu vergewissern, ob das Band zwischen uns noch immer hält.

Pascals Pfoten sind nass, und seine Nase ist kalt. Der Himmel weiß, wo er war oder was er gemacht hat. »Böser Junge«, sage ich, bin mir aber im Klaren, dass meine Stimme sanft, schläfrig und belegt klingt. Ich könnte genauso gut sagen »Guter Junge«. Er weiß, dass ich nicht wirklich böse mit ihm bin, dass ich es nie wirklich werden könnte, trotz all des Bluts und der Federn, die ich jeden Morgen auf der Veranda vorfinde, trotz all der Tiere, die er verletzt hat. »Böser Junge«, sage ich noch einmal, er drückt sich an meinen Bauch, klein und rund wie ein Fötus, und wir beide schlafen ein.

Später am Nachmittag, Phil kommt gerade herein, ruft Mrs Chapman an, um zu melden, dass die Töpfe angekommen sind.

»Meine Liebe, das ist nicht ganz das, worüber wir gesprochen haben, oder?«, und bevor ich es erklären kann, fügt sie hinzu: »Es ist besser.«

Vor Erleichterung zittern mir die Knie. Wir gehen nochmals die Versanddaten für die restliche Bestellung durch, und ich entschuldige mich dafür, dass ich ihr nicht mitgeteilt habe, dass die Töpfe anders sein werden als der Prototyp. Dann fange ich zu plappern an, gestehe ihr die ganze Geschichte, erzähle ihr, wie ich die Töpfe mit dem Baseballschläger meiner Tochter zerbrochen habe und Lewis für die Scherben gebetet hat. Mrs Chapmann entgegnet, dass sie weiß, wie Künstler sein können. Sie rechnet mit Änderungen und würde mir niemals die Hände binden. Sie ist einfach nur froh, dass ich sie ihr pünktlich geschickt habe.

»Das war cool«, sage ich, als ich auflege. »Die neuen Töpfe haben ihr gefallen. Sie wird mir bezahlen, was wir vereinbart haben.«

Phil schaut von der Zeitung hoch. »Wo du schon von Geld sprichst …«

O Gott.

»Die Bank hat mich heute angerufen …«

O Gott, nicht wirklich.

»… und gesagt, dass du vergangene Woche vorbeigeschaut und ein Konto auf deinen eigenen Namen eröffnet hast.«

»Das habe ich dir erzählt«, lüge ich. »Ich habe es dir an dem Tag erzählt, an dem ich es gemacht habe.«

Er legt den Wirtschaftsteil beiseite und holt sich die Sportseiten.

»Warum haben sie dich angerufen?«

Er knickt die Seite ab und schaut sich irgendeine Tabelle an. »Als sie deine Sozialversicherungsnummer eingegeben haben, ist ihnen aufgefallen, dass wir schon Konten dort haben und dazu ein großes Sparguthaben. Du solltest nicht für den Geldmarkt zahlen. Mir ist nicht klar, warum sie dir das damals, als du dort warst, nicht erzählt haben.«

Dann sagt er nichts mehr.

»Kelly und ich haben heute Suppe gekocht. Willst du etwas von dem Maiseintopf essen, den sie gemacht hat?« Mir rauscht das Blut in den Ohren, doch zu meiner Überraschung klingt meine Stimme normal. Ich verbessere mich in Sachen Falschheit.

»Ich weiß, warum du es gemacht hast.«

Jetzt sage ich nichts mehr.

»Schuhe«, triumphiert er und wendet die Zeitungsseite um. »Nachdem die Bank angerufen hat, bin ich hinaus zur Rezeption gegangen und habe die Mädchen gefragt, warum eine Frau wohl ein Konto auf ihren eigenen Namen eröffnet. Sie meinten, sie macht das, weil sie nicht will, dass ihr Mann erfährt, wie viel Geld sie für Schuhe ausgibt.« Er schaut mit gerunzelter Stirn hoch. »Kosten die Guten wirklich pro Paar zweihundert Dollar?«

Ich zucke die Achseln. »Du hast mich erwischt.«

Als Gerry zurückruft, ist es 20 Uhr 30. Phil schaut Basketball. Ich nehme das Telefon wieder mit ins Schlafzimmer.

»Mädchen, Mädchen, ich sitze im Graben. Ich habe deine Nachricht abgehört und bin von der Straße abgekommen.«

»Dir gefällt meine Geschichte?«

»O mein Gott!«

Natürlich liegt er nicht wirklich im Graben. Er parkt auf dem Randstreifen einer Straße in seiner unmittelbaren Nachbarschaft, zwei Blocks von seinem Zuhause entfernt. Von früheren Anrufen wissen wir, dass der Handyempfang auf diesem Hügel gut ist, und heute Abend, wenn wir beide fiebrig sind, ist es wichtig, dass wir uns nicht aus der Leitung verlieren. »Warte einen Moment.« Ich höre das Geräusch eines Reißverschlusses. Zu lang, um von seiner Hose zu sein. Er holt etwas aus seiner Sporttasche. Ich erzähle ihm, was Kelly mit Männern macht und was ich mache, bis er plötzlich aufschreit und ich denke, ihm ist jemand hinten draufgefahren. Vor meinem inneren Auge sehe ich das Bild, wie jemand in sein unbeleuchtetes Auto fährt, das am Rand einer Vorstadtstraße parkt. Er verneint, er habe nur versucht, mit einer Hand seinen Sicherheitsgurt zu lösen, der sei hochgeschnellt und habe seinen Schwanz guillotiniert. Er hat tatsächlich »guillotiniert« gesagt. Wir lachen und lachen. Wir lachen wie Leute, die sehen, wie sich der Rettungshubschrauber der verlassenen Insel nähert.

Später rolle ich mich zusammen, und wir reden, murmeln uns halbe Sätze zu, ohne ein bestimmtes Ziel zu verfolgen, so als wären wir wirklich zusammen im Bett und nicht am Telefon. Er schwört Stein und Bein, dass er auf seinen Händen meinen Geruch wahrnehmen kann. Ich hebe meine eigenen Hände an mein Gesicht und erzähle ihm, dass Mrs Chapman die Töpfe gefallen haben. Dann fährt er weiter und hält nach einer guten Stelle Ausschau, wo er seine klebrige Sportsocke wegwerfen kann. Er fragt mich, warum Kelly und ihr Mann gestritten haben.

»Er wollte rauchen.«

»Zigaretten?«

»Ja. Er ist eklig.«

»Hat er sich entschuldigt?«

»Noch nicht, aber er wird es. Wo sie ihm doch die besten Blowjobs gibt, die er je bekommen hat. Das gibt ein Mann im Leben nicht auf.«

Gerry schweigt so lange, dass ich schon glaube, die Leitung sei zusammengebrochen. Dann sagt er: »Ich weiß nicht. Du wärst überrascht, was Leute so alles zurücklassen.«

Ich will ihn fragen, was er damit meint, aber heute Abend ist er entspannt und glücklich, spinnt Geschichten so lang wie eine Angelleine. Neckend sagt er, er könnte jederzeit nach Charlotte kommen. Er wünscht sich, meine ganzen Freunde kennenzulernen. Vielleicht kann er im Literaturkreis auftauchen. Die Damen sind in weiße Spitze gekleidet, tragen Handschuhe und verschleierte Hüte – nein, wahrscheinlich ist es besser, wenn wir Hochfrisuren tragen. Wir sitzen in Weidensesseln, über uns ein Deckenventilator, der sich langsam dreht. Und wir diskutieren – was wir diskutieren würden? Ah ja, wir sprechen über Virginia Woolf und die Verwendung der Zeitformen in *Mrs Dalloway*. Jemand serviert auf einem silbernen Tablett Gurkensandwichs und Champagner – nein, vielleicht ist Tee besser, Tee in sehr dünnen Tassen aus Porzellan. Und dann klingelt es an der Tür. Er steht in einem Seersuckeranzug im Windfang, einen Strohhut in den Händen. Ich stehe auf, meine Röcke rascheln, und sage: »Ladies, Sie müssen meinen Freund Gerald kennenlernen …« Ich gehe zur Tür und lasse ihn ein.

»Es würde nicht funktionieren. Ich könnte meinen Literaturkreis nie dazu bringen, Virginia Woolf zu lesen.«

Kapitel 32

»Denkst du je an seine Frau?«

Lynn und ich sind mit den Räumen der sechsten und siebten Klasse fertig und befinden uns jetzt im letzten Klassenzimmer der Reihe. Wir haben ein System entwickelt – wir spachteln zusammen die alte Farbe ab, dann klebe ich alles ab und sie kommt hinterher und streicht. Wir sind schnell geworden.

»Als du verheiratet warst«, erwidere ich, »habt ihr, du und Andy, jemals eng umschlungen geschlafen?« Sie schüttelt den Kopf. »Phil und ich machen das auch nicht. Und mit diesem neuen Typ … schläfst du mit dem eng umschlungen?«

Die Frage macht ihr zu schaffen, aber sie fragt nicht, woher ich weiß, dass sie jemanden trifft. »Er hat noch keine Nacht in meiner Wohnung verbracht. Ich würde meine Jungs da nicht mit hineinziehen.«

»Ich weiß, dass du das nicht würdest. Aber wenn Andy die Kinder hat und er bei dir ist, schlaft ihr eng umschlungen?« Sie schüttelt wieder den Kopf. »Nein«, sage ich. »Das habe ich mir gedacht, weil ich die Theorie entwickelt habe, dass man entweder zu den Menschen gehört, die gern im Schlaf jemanden berühren, oder nicht dazu gehört. Ich glaube nicht, dass das anzeigt, wie sehr du den anderen magst, wie toll der Geschlechtsverkehr war oder ob er Ehepartner oder

Geliebter ist. Ich denke, entweder bist du ein Schläfer, der eng umschlungen schläft, oder du bist keiner.«

»Wahrscheinlich hast du Recht, aber was hat das mit seiner Frau zu tun?«

Ich ziehe die Leiter zu den Fenstern hinüber und klettere mit einer Rolle Malerkrepp in der Hand hoch. »Aus diesem Grund weiß ich, warum Gerry und seine Frau noch immer ein Paar sind. Er ist jemand, der eng umschlungen schläft, er möchte, dass wir in Löffelchenstellung schlafen, sein oberes Bein über meiner Hüfte ausgestreckt. Weißt du, wie gerne Männer ihr Bein über deine Hüften werfen, wie sie versuchen, in dich hineinzuklettern, so als wärst du ein Kanu oder etwas Ähnliches? Ich kann das nicht leiden. Das ist, als würde er mich festnageln. Ich kann nur schlafen, wenn ich wie eine Leiche flach auf dem Rücken liege.«

»Wie schlaft ihr beide dann, du und Gerry?«

»Schlecht. Ich habe es anfangs versucht. Ich wollte ihn nicht wegdrücken oder ihm das Gefühl geben, zurückgestoßen zu werden, deshalb habe ich in den ersten Nächten trotzdem versucht zu schlafen, während er mich total eingewickelt hat. Es schien mir nicht zu viel verlangt zu sein. Immerhin ist es doch in Spielfilmen auch so, oder nicht? Du schläfst in den Armen des anderen ein und bis zum Morgen bewegt sich keiner. Aber es hat mich wahnsinnig gemacht. Ich habe gewartet, bis er eingeschlafen war, und dann habe ich mich unter ihm herausgelöst und bin auf die andere Seite vom Bett gerutscht, aber er ist ein Jäger …«

Lynn schiebt den Farbeimer weiter. »Oh nein.«

»Doch. Er gehört zu diesen Jägern. Er rutscht mir im Schlaf hinterher. Ich lande ganz am Rand des Bettes, hänge mit einer Pobacke in der Luft und warte, bis er sich wieder zurechtgelegt hat, dann befreie ich mich erneut, stehe auf und gehe auf die andere Seite vom Bett. Das funktioniert für etwa eine Stunde, bis er sich auf die andere Seite wirft und wieder hinter mir herkommt. Schließlich, nach ein paar Nächten reinster Folter, sage ich ihm, dass ich einfach nicht berührt werden will, wenn ich schlafe.«

»Und damit war er einverstanden?«

»Grundsätzlich schon. Er hat es nicht als etwas besonders Symbolisches oder so gesehen. Als wir dann das nächste Mal zu Bett gegangen sind, habe ich ihm einen dicken, fetten Gutenachtkuss gegeben, mich auf meine Bettseite gerollt und bin geradewegs eingeschlafen. Aber jedes Mal, wenn ich während der Nacht aufgewacht bin, war er wach. Die Hälfte der Zeit war er noch nicht einmal im Bett. Er ist aufgestanden und auf und ab gewandert.«

»Was hast du dann gemacht?«

»Ich habe gesagt: ›Bist du immer noch wach?‹, und er hat geantwortet: ›Ja‹, weil er natürlich noch wach war, da stand und aus dem Fenster schaute. Ich wollte wissen, was er in all den Nächten mache, in denen er auf Geschäftsreise sei, und schließlich erzählte er mir – ich könnte schwören, dass ihn das fast umgebracht hat –, dass er dann drei Kissen aneinanderlegt, quasi als künstliche Frau, sein Bein über sie legt und einschläft. Also habe ich entschieden: ›Gut, wir müssen also eine Susan machen‹, er entgegnete: ›Mach dich nicht lächerlich‹, doch ich holte alle übrigen Kissen aus dem Schrank, und wir legten sie zwischen uns, in die Mitte des Bettes, eine Susan. Er warf sein Bein über sie, ich legte mich auf der anderen Seite flach auf den Rücken, und wir schliefen beide durch bis zum Morgen. Inzwischen machen wir es automatisch so. Ich fordere beim Einchecken sogar zusätzliche Kissen an. Und zwar drei. Ich glaube, sie ist größer als ich.«

Lynn sieht zu mir hoch. »Das ist eine ziemlich verrückte Geschichte, Elyse.«

»Ich weiß. Aber du hast mich gefragt, was ich seiner Frau gegenüber empfinde, und ich versuche deine Frage zu beantworten. Ich habe nicht etwa vergessen, dass sie da ist. Himmelherrgott, sie liegt buchstäblich im Bett zwischen uns. So ist das, wenn du fast vierzig und verheiratet bist und eine Geliebte oder einen Geliebten hast. Du tust alles, was notwendig ist, damit es für jeden gut läuft, für alle Leute in all ihren Betten. Dir wird bewusst ... dir wird bewusst, dass keiner es verdient, verletzt zu werden, weder dein Mann noch seine Frau und vor allem nicht diese vier kleinen Kinder, die nie etwas falsch gemacht haben. Du stellst fest, dass du alles tust, was nötig ist.«

»An dem Tag, an dem ich geschieden wurde«, beginnt Lynn. »Ich weiß nicht ... Willst du eine Pause einlegen?«

Ich nicke. Wir gehen hinaus, überqueren den Spielplatz, kommen an der Hütte vorbei, in der die Jugendgruppe ihre Treffen abhält, und gelangen zu einer Bank, dem einzigen Platz auf dem Kirchhof, der im Schatten liegt. Lynn setzt sich und schraubt ihre Wasserflasche auf.

»Also. Was ist an dem Tag, an dem du geschieden wurdest, passiert?«

»Ich weiß nicht, warum ich dir das erzähle.«

»Weil du glaubst, dass ich es wissen muss. Und wahrscheinlich hast du Recht. Du bist die Einzige, die mir auf diesem Weg schon vorausgegangen ist.«

Sie lacht, nimmt ihre Baseballkappe ab und versucht, ihre Haare aufzuschütteln. »Ich weiß nicht, ob ich es so ausdrücken würde.«

»Komm schon. Wo warst du? In der Stadt oben?«

»Ja ... Ich habe Andrew aus dem Gerichtsgebäude kommen sehen, er sah schrecklich aus. Ich saß in meinem Auto und hab ihm zugesehen, wie er über den Parkplatz ging und in seinen kleinen geleasten Toyota stieg. Er saß einfach nur da, den Kopf auf das Steuerrad gesenkt. Ich hätte nicht sagen können, ob er weinte oder betete oder einfach nur nachdachte. Während wir verheiratet waren, hat er kaum so etwas gemacht ...« Ich lächle, und sie lächelt zurück. »Ich weiß. Aber es hat mir zu schaffen gemacht, dass er so traurig und verloren aussah. Alle haben gesagt ... Du weißt, was alle gesagt haben.«

»Sie haben gesagt, du solltest ihn hassen, weil er derjenige war, der gegangen ist.«

Der, der geht, ist immer der Schuft. Sollten wir jemals auch nur ein Stück weit anerkennen, dass der, der gegangen ist, vielleicht seine Gründe hatte, würden wir nichts Besseres sein als Tiere. Schon bald würden wir Autos jagen und in den Hof pinkeln.

Lynn wirft mir einen Blick zu. »Aber ich konnte ihn nicht hassen. Er sah in diesem Auto so klein aus. Mir ist klar, dass es sich komisch anhört. Aber er saß da, und ich saß da und habe ihn beobachtet. Nach einiger Zeit fuhr er los, und ich folgte ihm. Ich sagte mir, dass er durcheinander sei und dass ich nur sicher sein wolle, dass er gut nach Hause käme. Immerhin ist er noch immer der Vater meiner Jungen. Ich wollte nicht, dass er einen Unfall hat oder etwas Dummes macht. Zumindest habe ich mir das eingeredet, aber eigentlich weiß ich nicht so ganz, warum ich ihm nachgefahren bin. Er entdeckte mich an der ersten Ampel und winkte mir ... Ich weiß nicht einmal, warum ich mich daran erinnere, aber du hast Recht. Es ist komisch, was man letztendlich so alles macht.«

»Was hast du gemacht, als er gewunken hat?«

»Das ist unwichtig. Aber wenn du Phil verlassen solltest, wirst du dich vielleicht dabei erwischen ...«

»Dass ich am Tag unserer endgültigen Scheidung mit ihm auf dem Rücksitz eines Toyotas vögele?«

»So war's damals nicht ganz.«

»Hast du es aus Mitleid gemacht, oder weil du ihn noch immer geliebt hast?«

Lynn wendet den Blick ab. »Ich weiß nicht. Wahrscheinlich war's von beidem ein bisschen.«

»Hast du dich damals schon mit diesem Typen getroffen? Entschuldige, aber ich kenne seinen Namen nicht.«

»Es ist besser, wenn sie keine Namen kriegen. Ja, ich habe mich damals schon mit ihm getroffen, wenn du es so nennen willst. Aber er hatte nichts mit meinen Gefühlen für Andy zu tun. Das ist schwer zu erklären.«

»Ich verstehe schon. Du drehst sie nicht auf und zu wie einen Wasserhahn.«

»Gibt es noch immer etwas in dir, das Phil liebt?«

»Ja, wenn du es so nennen willst. Wahrscheinlich hätte ich damals das Gleiche gemacht. Ich habe ihn gern. Zwar will ich nicht mehr mit ihm verheiratet sein, aber ich möchte nicht, dass er verletzt wird.« Die Tore der Kirche öffnen sich, und Kinder laufen auf den Spielplatz hinaus. Für eine Unterhaltung wird es gleich zu laut sein. Also fahre ich mir mit der Zunge über die Lippen und stelle die Frage, die mich am meisten beschäftigt: »Wünschst du dir manchmal, noch verheiratet zu sein?«

Mit einer einzigen schnellen Bewegung schiebt Lynn ihr Kinn zurück und sieht mir direkt in die Augen. »Um Gottes willen, nein. Nein, um Gottes willen. Jesus und Elvis und eine ganze Herde wilder Pferde könnten mich nicht mehr dahin zurückzerren. Ich wollte dir damit nur sagen, dass du nicht überrascht sein sollst, wenn du am Ende Dinge tust … aber das weißt du ja schon alles. Um ehrlich zu sein, glaube ich, dass du den Weg schon weiter gegangen bist als ich.«

Ich lege meinen Kopf in den Nacken und schaue in die Äste über uns, die wie Sprünge in einem Topf über den Winterhimmel verlaufen. »Tja, das sind schlechte Nachrichten. Ich habe auf dich gezählt, darauf, dass du mir sagst, was als Nächstes passieren wird.«

»Diese Übereinkunft mit der künstlichen Frau, die ihr in der Mitte des Bettes baut, das ist eine äußerst sonderbare Geschichte, Elyse.«

»Ich weiß.«

»Und irgendwie süß.«

Ich hake mich bei ihr unter. Es ist vielleicht das erste Mal – anders als bei schnellen Umarmungen und Küsschen zur Begrüßung und zum Abschied –, dass Lynn und ich uns überhaupt berührten. »Ich finde deine Geschichte, wie du Andy in seinem Toyota einen bläst, auch süß.«

»Lach mich nicht aus.« Aber sie lacht auch.

»Nein, ich verstehe es ja. Die Liebe bringt die Menschen dazu, verrückte Dinge zu tun.«

»Das ist komisch.« Lynn fährt sich über die Augen. »In all diesen Monaten ist es das allererste Mal, dass ich höre, dass du das Wort ›Liebe‹ aussprichst.«

Auch ich fahre mir über die Augen. »Von was, denkst du denn, haben wir eben gesprochen?«

Kapitel 33

Zwei Wochen später kommt eine Postkarte von Mrs Chapmans Galerie, auf der die Vernissage für März angekündigt wird. Auf der Vorderseite ist mein Topf abgebildet.

Ich rufe sie an, um mich zu bedanken, und sie sagt: »Aber meine Liebe, Sie werden ein Riesenerfolg. Die Karten sind erst diesen Donnerstag rausgegangen, und wir haben bereits eine Bestellung. Von diesem Mann aus Boston.«

Ich hatte mit mir gerungen, ob ich Gerry einen Topf schicken soll, mich aber dagegen entschieden. Er hat noch nie meine Arbeiten gesehen, und ich frage mich, ob ihm das Bild auf der Galeriepostkarte wirklich gefallen hat oder ob er einfach nur wollte, dass ich schnell etwas verkaufe.

»Das ist toll«, sage ich.

»Sie wissen schon, meine Liebe, der eine«, erklärt Mrs Chapmann. »Der Mann, der Sie so gerne mag.«

»Die Galerie hat bereits einen meiner Töpfe verkauft«, erzähle ich ihm mittags am Telefon. »Die Postkarte ist erst am Donnerstag rausgegangen. Das ist ein gutes Omen.«

»Ich bin stolz auf dich.«

»Soll ich dir einen schicken?«

»Nein. Das heißt, natürlich hätte ich wahnsinnig gerne einen davon. Ich weiß aber doch, dass du im Moment mit der Herstellung total unter Druck stehst.«

Ich lächle in den Hörer. »Ich könnte dir einen mitbringen, wenn ich am Dienstag hochkomme.«

»Wegen Boston ...« Er erklärt mir weitschweifig und kompliziert alles über mein Ticket und dass bei meiner Ankunft ein Fahrer auf mich warte, weil er eine Sitzung habe, die lange dauern könne; und natürlich müsse ich einen Mantel mitbringen, weil es in Boston immer fünfzehn bis zwanzig Grad kälter sei als in Charlotte, er habe es im Wetterkanal verfolgt, das ist so ziemlich der durchschnittliche Unterschied. Schließlich sagt er: »Macht es dir etwas aus, wenn ich all das Zeug plane?«

»Mir gefällt es.«

»Findest du nicht, dass ich ein ziemlicher Tyrann bin?«

»Ich finde, dass du meine Frau bist.«

»Weil ich manchmal das Telefon auflege und zu mir sage: ›Verdammter Kerl, du bist viel zu beherrschend.‹«

»Es ist schön, nicht denken zu müssen.«

»Ich weiß, dass du all die Kleinigkeiten selbst total gut auf die Reihe kriegst, ich finde nur, dass du es nicht machen solltest. Du solltest nicht damit behelligt werden. Du bist eine Künstlerin.«

»Ich liebe dich.«

»Was?«

»Ich liebe es, wenn du dich um die Details kümmerst.« Es entsteht eine Pause. »Ich muss jetzt aufhören«, sage ich schließlich. »Ich habe heute Abend Literaturkreis.«

»Bring mir einen von diesen Töpfen mit. Ich stelle ihn auf meinen Schreibtisch.«

»Wir fangen an, Geheimnisse voreinander zu haben.«

»Ich weiß. Wir kommen allmählich auf dem Boden der Tatsachen an.«

»Schau dir *Oprah* an.«

»Was?«

»*Oprah*. Schau rein.«

Ich gehe ins Wohnzimmer und schalte den Fernseher an. Die Sendung dreht sich um Mütter, die das Sorgerecht für ihre Kinder verloren haben. Ich vergewissere mich, dass Tory noch immer mit dem Nachbarskind im Spielzimmer ist, dann setze ich mich hin und schaue mir pflichtschuldig die Sendung bis zum Ende an, obwohl mir ein bisschen schlecht davon wird.

Der Abspann hat noch nicht einmal richtig angefangen, da ruft Kelly schon an. »Du musst das befolgen. Alles, was sie gesagt haben.«

»Kelly ...«

»Nein, Elyse, ich meine es ernst. Du denkst, nur weil du die Mutter bist, würde alles automatisch dir zufallen, aber was ist, wenn du Tory verlieren würdest? Hast du darüber schon einmal richtig nachgedacht? Hast du die Szene mit dem Notizbuch gesehen?«

»Sie haben es gerade zusammengefasst, als ich den Fernseher angeschaltet hab, aber ich denke ...«

»Das musst du machen. Deponiere ein kleines Notizbuch mit Spiralbindung in deinem Auto und schreibe jedes Mal auf, wenn du etwas für Tory machst. Immer wenn du sie zum Arzt fährst, zum Baseballtraining oder in der Schule ...«

»Komm runter, ich helfe jede Woche freiwillig ihrer Kunstlehrerin. Erst gestern habe ich den Zweitklässlern geholfen, Häschen aus Pappmaché zu basteln.«

»Schreib es auf. Sorg dafür, dass du auch jedes Mal am Sekretariat haltmachst und dich einträgst, damit sie Aufzeichnungen haben. Du musst vielleicht beweisen, dass du diejenige bist, die alles für sie macht.«

»Jeder weiß ...«

»Zu dem, was alle wissen, gehört auch, dass du einmal im Monat die Stadt verlässt.«

»Für zwei Tage. Willst du mir allen Ernstes sagen, dass die zwei lausigen Tage pro Monat, in denen Phil für unsere Tochter verantwortlich ist, mehr zählen als die übrigen achtundzwanzig, an denen ich die Aufsicht habe? Was ist denn das für eine Mathematik?«

»Und pass mit dem Trinken auf.«

»Ich trinke nicht so viel.«

»Du hast doch die Szene gesehen, wo dieser Kerl ein Foto von ihrer Recyclingtonne gemacht hat, in der all die Flaschen gelegen sind. Hat Phil eine Kamera?«

»Ich trinke nicht mehr als du.«

»Hast du denn die Sendung nicht gesehen? Diese Frauen waren doch auch kein Abschaum. Sie waren ganz normale Menschen, die ein paar Fehler gemacht haben ... Wir sollten wahrscheinlich nicht einmal am Telefon darüber reden. Telefone sind das Schlimmste.«

»Phil würde nie so rachsüchtig sein.«

»Du weißt nicht, wie Phil vielleicht sein würde. Stell dir eine Niederschrift von jedem Gespräch vor, das du jemals geführt hast, Wort für Wort ausgedruckt und auf dem Schreibtisch eines Anwalts aufgestapelt. Und ein paar große aufgemotzte Fotos von deiner Recyclingtonne.«

Das ist ein fürchterlicher Gedanke.

»Und du musst damit anfangen zu dokumentieren, wann du ihr bei den Hausaufgaben hilfst oder dich um ihre Wäsche kümmerst. Selbst das Kochen. Das sind die Dinge, die zählen. Und die Tatsache, dass du die ganze Zeit Blut spendest und dieser Waise in Thailand oder wo auch immer Geld schickst. Lauter so Zeug. Schreib es auf.«

»Wenn ich so leben würde, würde ich den Verstand verlieren.«

»Du hast schon den Verstand verloren, deshalb versuche ich, für dich zu denken. Manchmal wache ich schweißgebadet auf. Ich habe geträumt, dass wir uns auf einem großen Flughafen befinden, und als wir uns umdrehen, ist Tory weg …«

»Danke.«

»Wofür?«

»Du bist verrückt und paranoid, aber wenigstens glaubst du mir, wenn ich sage, dass ich ihn verlasse. Sonst glaubt mir keiner. Phil glaubt nicht, dass ich wirklich gehe, Jeff tut es nicht, und nicht einmal Gerry …«

»Sie kennen dich nicht so wie ich. Sie wissen nicht, wie stark du sein kannst.«

»Danke.«

»Oder wie dumm.«

»Er liebt dich«, sagt Nancy.

Wir sind auf dem Weg zum Literaturkreis, der in Belindas Haus stattfindet. Nancy fährt vorsichtig wie immer. Sie fährt fünfzig auf einer Straße, auf der Tempo siebzig erlaubt ist.

»Woher willst du das wissen?«

»Er hat mich ein paarmal angerufen.«

»Du hast mit Phil gesprochen? Am Telefon?«

Sie wirft mir einen Blick zu. »Nichts wirklich Wichtiges. Wir unterhalten uns über dich. Er fragt mich zum Beispiel, was du gerne zum Geburtstag hättest oder wohin du gerne in Urlaub fahren würdest. Solche Sachen.«

»Der Grill und die Italienisch-CDs waren also deine Idee?«

Sie lächelt. »Nein, sogar ich weiß, dass Phil derjenige ist, der das Grillen übernimmt, und dass du Italienisch sprichst. Aber die Cappuccino-Maschine, das war ich. Er hat gesagt, du hast eine Woche gebraucht, bis du sie ausgepackt hast.«

Ich entgegne nichts darauf. Wir schauen beide unverwandt geradeaus auf die Ampel.

»Er möchte dir eine Freude machen. Deshalb fragt er mich, was du dir wünschst.«

»Warum fragt er nicht *mich*, was ich mir wünsche?«

»Männer machen das nicht gern.« Die Ampel ist noch immer rot. Ich atme aus. Eigentlich dachte ich nicht, dass ich es laut getan habe, aber Nancy atmet auch aus. »Warum fährst du nach Boston?«

»Ich besuche einen Kurs.«

»Oh.« Sie verfolgt die Sache nicht weiter. In letzter Zeit bin ich froh, dass sich meine Freundinnen so wenig für meine Arbeit interessieren.

»Es ist mir unheimlich, dass er dich anruft. Durch Jeffs Eheberatung und Phils Tratscherei hinter meinem Rücken wisst ihr beide viel zu viel über uns.«

»So ist das doch nicht. Er wollte dich überraschen. Wir haben gedacht … wir haben beide gedacht, du würdest es mögen. Ich meine die Cappuccino-Maschine.«

Die Ampel wechselt. Endlich. »Erzähl mir etwas. Erzähl mir etwas Übles über dich und Jeff.«

»Warum?«

»Weil es nicht gerecht ist. Du weißt alles über meine Ehe, und ich weiß nichts über deine. Erzähl mir etwas Übles. Komm schon. Dreh diese Ehe von innen nach außen und zeig mir die Nähte.«

»An meinem letzten Geburtstag hat er mir überhaupt nichts gekauft.«

»Gar nichts?«

»Siehst du? Hat Jeff dich jemals angerufen? Hat er dich je gefragt, ob du ihm sagen kannst, was ich mir wünsche?« Sie biegt in Belindas Auffahrt ein und würgt den Motor ab. »Ich glaube nicht. Phil versucht sehr viel mehr, als du ihm dankst,

Elyse. Das ist alles, was ich dazu sage. Was glaubst du, wie sich ein Mann fühlt, wenn er einer Frau etwas schenkt, und sie packt es nicht einmal aus.«

Nancy öffnet die Fahrertür, aber ich scheine mich nicht bewegen zu können.

»Was hättest du gerne zum Geburtstag geschenkt bekommen?«

Sie lacht. Es kommt eher wie ein Bellen daher.

»Eine Cappuccino-Maschine.«

Kapitel 34

Zum Abschied gibt es eine Zeremonie. Wir haben zwei Tage in seiner Stadt verbracht, wo ständig die kleine, aber doch vorhandene Möglichkeit besteht, dass ihn jemand erkennt, wenn er mir gegenüber im Café sitzt oder wenn wir an einer Ampel stehen. Das gilt ganz besonders hier auf dem Flughafen, als er mich für meinen Rückflug absetzt. Im Auto sind wir übereingekommen, dass wir uns nicht zum Abschied küssen, deshalb bin ich überrascht, dass ich seine Hand auf meinem Kreuz spüre, während wir auf die breiten Glastüren zugehen, die brav vor uns aufgleiten. Sie drückt sich mit einem Hauch von Besitzanspruch an mich, als wir am Automaten stehen bleiben und darauf warten, dass er meine Bordkarte ausspuckt. Wir verfolgen uns gegenseitig mit Blicken, und dann ist er weg.

Ich gehe durch die Personenkontrolle, kaufe Snacks, ein T-Shirt der Boston Red Sox für Tory und irgendeine anspruchlose Illustrierte, wie ich sie zu Hause nie kaufe. Ich mache mein Gate ausfindig, überprüfe mein Handy auf Nachrichten. Es sind keine da, was ein gutes Zeichen ist. Phil erwartet nicht, dass ich anrufe, wenn ich weg bin, und er ruft seinerseits nur an, wenn es ein Problem gibt. Früher habe ich es ihm übelgenommen, dass sich meine Kehle beim Anblick seiner Nummer auf dem Display vor Angst zuschnürte, inzwischen erscheint es mir eine folgerichtige und besonnene Haltung für einen Ehemann. Ich sitze hier an meinem Gate mit der Illustrierten auf dem Schoß und einer Flasche Mineralwasser in der Hand und schaue zu dem Flugzeug hinaus, das mich bald zu meinem – aus Ermangelung eines besseren Ausdrucks – wirklichen Leben zurückbringt. Tory hat morgen einen Schulausflug. Ich muss ihr ein Lunchpaket mitgeben, und wahrscheinlich ist nichts im Kühlschrank. Vielleicht sollte ich auf dem Heimweg vom Flughafen beim Lebensmittelmarkt vorbeifahren. Vielleicht ist es aber auch sinnvoller, zuerst zu Hause vorbeizufahren und die Küche in Augenschein zu nehmen, denn wir haben sicher auch von anderen Sachen nur noch wenig. Die dritte Charge mit Töpfen steht zum Verpacken und Wegschicken bereit, und der Geburtstag meiner Mutter steht bevor. Ich habe vor meiner Abreise eine Karte in die Post gegeben, aber ich darf nicht vergessen, morgen mit Blumen vorbeizuschauen. Dieser Übergang von der horizontalen Welt einer Geliebten zur vertikalen Welt einer Ehefrau ist schwierig. Geht man ihn zu schnell an, kann es gut sein, dass einem schwindlig wird, deshalb brauche ich diese Zeit auf dem Flughafen, diese nutzlosen Stunden, die ich in der Gesellschaft von Süchtigen und Filmstars verbringe.

Ich blättere schnell zu meiner Lieblingskolumne, die fast am Ende steht, wo Humoristen böse, aber witzige Sachen über schlecht gekleidete Promis schreiben. Was hat sie sich bloß dabei gedacht? Was wohl. Keiner weiß je, was die anderen denken. Ich reiße eine Tüte Kartoffelchips auf. In die andere Richtung fliegt sich's leichter. An jedem Morgen, an dem ich fliege, um ihn zu treffen, hole ich mein bestes Parfüm heraus, von Issey Miyake, und meine beste Unterwäsche. Ich stehe in der Badewanne und rasiere mich von oben bis unten. Im Auto höre ich mir Ella und Frank an, und in der Flughafenbar trinke ich ein Glas des besten

Weines, den sie führen, und ich trinke ihn sehr langsam. Ich habe Jane Austen in der Tasche, ich atme bewusst und rede mir zu, mich zu öffnen.

Das ist einfacher. Natürlich ist es das. Es ist einfacher, das Tempo zu drosseln und sich zu öffnen, leichter, sich in diese weichen, kantenlosen Tage zu begeben, die ich mit Gerry verbringe. Aber das hier, dieser Teil, dieses Wegfliegen – das erfordert ein anderes Ritual, ähnlich dem Abschließen des Strandhauses am Ende des Sommers. Ich stopfe mir einen Kartoffelchip in den Mund, schaue mir die Stars in ihren herunterhängenden Rüschen und Leopardenfellimitationen an. Ja, das ist es. Braves Mädchen. So ist es gut. So musst du gehen. Du blätterst in deiner Illustrierten, isst dein Salz, gehst in Gedanken den Inhalt deines Kühlschranks durch. Wasch dir dein Parfüm in dem angeschlagenen Flughafenwaschbecken ab. Pass auf, dass du der Person, die neben dir sitzt, nicht zu viel Platz wegnimmst. Morgen wird das Telefon klingeln, Leute werden kommen und gehen, und es wird dir gutgehen, aber jetzt musst du die zweite Tüte mit Kartoffelchips aufmachen und trauern, weil sich Nicoles Ehe in der Krise befindet. Nicht ihre alte mit dem verrückten Tom, sondern ihre neue, die mit dem Cowboy, der so ein süßes Gesicht hat. Verdammt nochmal. Da nimmt sie die ganze Mühe auf sich und wechselt die Männer, entwurzelt ihre Kinder und führt zwei Haushalte in Nashville und in Australien – der Himmel weiß, dass das nicht einfach sein kann –, und jetzt scheitert auch noch die zweite Ehe. Das ist fast mehr zum Nachdenken, als du ertragen kannst. Du hättest drei Tüten Kartoffelchips kaufen sollen.

Vielleicht sitzt Nicole ja gerade genauso wie du an irgendeinem Abfluggate einer fremden Stadt, immerhin sind Flughäfen die großen Gleichmacher, oder nicht? Die Schönen und die Starken, die Verwirrten und die Verängstigten, sie alle sitzen mit Illustrierten und Mineralwasser da und warten. Du wendest dich der Geschichte von der Tochter des Rockstars zu, die mit ihrem Motorrad betrunken in die Terrasse eines Restaurants in Santa Monica gerast ist. Sie hat eine Frau angefahren, die später behauptet hat, der größte Fan ihres Vaters zu sein, und endlich, ja, endlich kommt sie, die süße Benommenheit, die dich auf Flughäfen überkommt, dieses Gefühl, weder hier noch dort zu sein. Du brauchst diese Zeitinseln, und du hast Mitleid mit Nicole und der Frau, die in Santa Monica angefahren wurde, und selbst mit dem Model, über das gesagt wird, dass sie nur schwanger wurde, um ihre Gefängnisstrafe zu umgehen. Sie hat einen Fotografen angegriffen, der auf einem Flughafen einen Schnappschuss von ihr gemacht hat. Es heißt, sie habe ihn getreten, habe sich rasend vor Wut auf ihn geworfen. Sie habe vulgäre Ausdrücke gegrölt, und der Inhalt ihrer Handtasche sei durch die Luft gesegelt. Aber du weißt, wie ihr zumute war. Es gibt Zeiten, da möchte eine Frau nicht gesehen werden.

Kapitel 35

Der Winter geht in den Frühling über. Torys Baseballteam absolviert ein paar Übungsspiele. Als sie zum dritten Mal überhaupt am Schlagmal steht, überrascht sie alle, indem sie einen Ball bis zum Zaun schlägt. »Wenn wir richtig spielen würden, wäre das ein Triple«, ruft uns ihr Trainer zu, und dann sagt er zu Tory: »Süße, treffen ist eine Sache, aber jetzt musst du rennen.« Sie startet durch zur ersten Base, er macht ein paar Schritte in Richtung Tribüne und sagt: »Ihr Mädchen wird bis zum Ende des Sommers eine Wucht sein, warten Sie nur ab.«

Wenn ihr Team nicht am Schlag ist, ist sie der Catcher. Das klappt anfangs nicht so gut – immer wenn das andere Team eine Läuferin auf der dritten Base hat, brüllt der Trainer »Zurück!«, und sie steht brav auf, zieht sich ihre Schutzmaske ab und geht zur Seite, damit die Pitcherin hinlaufen und alle Würfe zur Homeplate abdecken kann. »Merkt er denn nicht, dass sie unter dieser verdammten Maske nichts sehen kann?«, sagt Phil.

Bis zum Ende des Monats, in dem die Spiele stattfinden, tritt eine Veränderung ein. Tory schafft es vom Knien in die Hocke, und sie fängt an, mehr Bälle zu fangen, selbst wenn es sich um schwierige Bälle handelt. Ein paarmal gelingt es ihr, einen zu hohen Ball aus der Luft an sich zu reißen und zum Pitcher zurückzuwerfen, ohne aufzustehen. »Gutes

Mädchen!«, schreit der Coach. »Sie werden wissen, wer du bist, bevor das hier zu Ende ist.«

Phil erwähnt nie die Handschellen und fragt nie, wo sie abgeblieben sind. Kelly und Mark gehen auf Kreuzfahrt durch den Panamakanal. Lynn und ich werden mit den Räumen der Mittelstufe fertig und machen mit dem Flügel der Teenager weiter. Der Van für das Essen-auf-Rädern gibt den Geist auf, und die Kirchengemeinde plant eine Benefizveranstaltung, um einen neuen kaufen zu können – ein Barbecue mit Flohmarkt während des Osterwochenendes. Ich tyrannisiere den Literaturkreis, bis wir *Madame Bovary* lesen.

Und ich arbeite an meinen Töpfen. Es stellt sich heraus, dass es viele Möglichkeiten gibt, etwas zu zerbrechen. Du kannst es schnell machen, in dem du einmal mit dem Schraubenschlüssel zuschlägst, oder vorsichtig, mit Hammer und Meißel in der Hand. Du kannst es wild machen wie mit einer Piñata oder methodisch wie beim Aufschlagen von Eiern am Schüsselrand. Oder – und das stellte sich als die effektivste Art heraus – du kannst den Topf einfach hoch über deinen Kopf halten und fallen lassen. Den ganzen Winter über bis hinein in den Frühling schaue ich zu, wie die Stücke über meinen Betonboden fliegen.

Frühling

Kapitel 36

»Wach auf«, sagt Phil. »Ich glaube, die Katze ist tot.«

Ich stolpere hinter ihm her auf die Veranda hinaus, wo eine lange Blutspur zu der zusammengesunkenen Gestalt von Pascal führt. Er wurde von der Brust bis zum Bauch aufgerissen, eine ausgezackte, ungleichmäßige Wunde.

»O Gott!«

Phil hält ein Handtuch in Händen, das er über die Katze wirft. »Er ist wohl mit etwas aneinandergeraten, das größer war als er selbst. Wir müssen ihn von der Veranda entfernen, bevor Tory aufwacht.«

»Ich mach das.« Ich beuge mich hinunter und hebe den weichen, geschmeidigen und noch immer warmen Körper des Katers hoch. Er löst sich mit einem leisen, klebrigen Ploppen von der Veranda, und ich spüre, wie sich in meinen Armen etwas bewegt. Ich drehe ihn um, so dass er wie ein Baby eingewickelt ist, und sehe, dass sich in seinen Lungen noch Luft befindet, es ist eher ein Zittern als ein Atmen.

»Er lebt.«

Phil schüttelt den Kopf. »Die Bauchdecke ist durchgerissen. Wickle ihn einfach ein und leg ihn aufs Gras. Er wird bald tot sein.«

Pascal gibt keinen Ton von sich, aber ich spüre, wie er zittert. Mir ist schwindlig. Überall auf der Veranda ist Blut, so als wäre etwas weitaus Größeres als eine Katze getötet worden.

»Lass ihn in der Ecke vom Garten«, wiederholt Phil mit gleichmäßiger, fester Stimme, so wie sie sich anhört, wenn er Tory korrigiert. »Ich kümmere mich darum, wenn ich heimkomme.«

Ich drehe mich um, trage Pascal durch die Küche und greife nach meinen Autoschlüsseln, indem ich mit einer Hand in meiner Handtasche wühle.

»Beruhige dich!«, fordert Phil mich auf, der den Arm ausstreckt, um mich aufzuhalten. Ich habe den Eindruck, als sei das das Einzige, was er in den vergangenen zehn Jahren zu mir gesagt hat. Es ist der Befehl unserer Ehe, das endlose Echo, das von den Wänden des Hauses widerhallt, selbst dann noch, wenn keiner von uns hier ist. Ich schiebe seinen Arm weg, überrascht, wie viel Anstrengung es kostet, überrascht, wie sehr er seine Muskeln gegen mich anspannt. Aber ich drehe mich mit der Hüfte und reiße mich los. Schon bin ich in der Garage und gehe zur Auffahrt.

»Was hast du vor?«, ruft Phil mir von der Tür aus nach. »Es hat keinen Sinn, ihn zum Tierarzt zu bringen. Wenn die Bauchwand gerissen ist, kannst du ihn nicht retten.«

Ich antworte nicht. Ich kann nicht antworten. Ich bin im Auto, halte den Kater noch immer in meiner linken Armbeuge. Ich setze ungeschickt zurück, versuche mit einer Hand zu lenken, versuche meinen Sicherheitsgurt anzulegen. Unser Viertel sieht für mich bizarr und fremd aus, während ich hindurchfahre. Ich spreche mit dem Kater, verspreche ihm, dass ich ihm Rühreier machen werde, wenn wir vom Doktor zurückkommen. Rührei mit Käse, was ich manchmal am Wochenende mache. Es ist sein Lieblingsfressen. Er grollt, gibt einen Laut von sich, der sich beruhigend nach einem Schnurren anhört. Die morgendliche Stoßzeit hat bereits angefangen, und es ist viel Verkehr. Ich rolle Zentimeter für Zentimeter die Providence Road hinunter und stehe an einer Ampel, nur wenige Blöcke von der Tierarztpraxis entfernt, als sich plötzlich Pascals Pfote aus dem Handtuch befreit und einen einzigen geraden Schlag in die Luft macht.

Als ich Pascal und Garcia vom Tierschutz erhielt, waren sie kleine Kätzchen. Ich setzte sie während der kurzen Fahrt nach Hause in eine hohe Pappschachtel, und Pascal war es, der sich als Erster herauskämpfte. Es war Pascal, der irgendwie entdeckte, wie man die glatten Flächen hochkletterte, bis der kleine Kopf durch die Klappen des Pappkartons stieß. Tory quietschte vor Begeisterung bei diesem lustigen und unerwarteten Anblick des Kätzchens, das seinen Hals reckte und aufgrund des ungewohnten Lichtscheins blinzelte. Damals drückte ich ihn wieder hinunter. »Schlimmer Junge«, schimpfte ich und lachte. Von diesem Augenblick an war er mein Liebling.

Doch bei der Bewegung hier handelt es sicht nicht um eine Geste des Erkundens, sondern um einen letzten Krampf. Ich öffne das Handtuch. Der Kater liegt ruhig da, seine Augen sind halb geschlossen, sein Maul ist zu einer Grimasse aufgesperrt. Sein Gaumen ist zu sehen. Das Auto hinter mir hupt. Einen Augenblick lang habe ich das Gefühl, dass die Rippen in meiner Brust eine nach der anderen zerbrechen, aber ich trete aufs Gas, fahre ruckartig an, immer noch Richtung Tierarzt. Ich weiß nicht, wohin ich sonst soll.

Als ich dort bin und anhalte, sperrt die Sprechstundenhilfe die Tür auf. Der Arzt ist noch nicht da, aber das junge Mädchen, das wie so viele Tierarzthelferinnen nett und ländlich wirkt, sieht, wie ich mich mit dem blutigen Handtuch auf den Armen aus meinem Auto kämpfe. »O Mrs Bearden, das sieht nicht gut aus.«

Sie nimmt mir Pascal ab, erfasst mit einem Blick die Lage und schiebt sich durch die Tür. Sie hält geradewegs auf eines der Sprechzimmer zu und muss ihn auf einen Untersuchungstisch gelegt haben, denn sie ist sofort zurück. Ich hebe fragend die Augenbrauen, und sie nickt. Tot, ja, ganz und gar tot. Sie fragt mich, ob ich ihn verbrennen lassen will und, noch immer sprachlos, nicke ich. Obwohl auf einem Schild an der Theke »Barzahlung sofort nach Behandlung« zu lesen ist, besteht sie darauf, mir eine Rechnung zu schicken.

»Es tut mir leid«, sagt sie, und es klingt, als würde sie es auch so meinen, obwohl sie hier jeden Tag mit so etwas zu tun hat. »Wollen Sie Ihr Handtuch zurückhaben?« Ich verstehe ihre Frage offenbar nicht. Als würde sie Französisch sprechen. Ich schüttle den Kopf. Sie sagt irgendetwas wie, ob ich nicht nach hinten kommen und mich hinlegen möchte und ob sie vielleicht jemanden anrufen soll, der mich nach Hause fährt. Vermutlich bin ich sehr blass. Ich fühle mich blass. Wieder schüttle ich den Kopf, und sie lässt mich gehen. Sie hält mir sogar die Tür auf. Natürlich will sie mich so schnell wie möglich aus dem Eingangsbereich weghaben, bevor ihre ersten regulären Kunden in Geschäftskleidung oder Trainingsklamotten auftauchen und Max oder Ridley zum Impfen vorbeibringen. Ich stehe in meinem Nachthemd vor dem Rezeptionstisch, Brüste und Arme blutverschmiert, und sehe wie ein früh aufgestandener Todesengel aus.

Sie behält das Handtuch. Ich fahre nach Hause.

Phil hat offenbar Tory aufgeweckt, angezogen und zur Schule geschickt. Auf der Theke steht eine offene Milchtüte. Ich gehe hinein und werfe meine Handtasche auf den Holzboden, nehme die Fernbedienung und schalte den Fernseher ein.

Ich schaue mich im Haus um, stelle fest, dass es ein hübsches Haus ist. Ich sehe den Kaminsims, der offensichtlich maßangefertigt wurde, und die Sammlung von Töpfen, die darunter auf dem Kaminboden steht. Jemand hat viel Zeit darauf verwendet, sie schön zu arrangieren. Der kleinste ist kunstvoll in Kippstellung ausbalanciert, so dass es aussieht, als würde etwas herausschwappen. In einem Weidenkorb neben dem Fernseher liegen Videospiele und DVDs. Hier lebt ein Kind, der Menge an Prinzessinnengeschichten nach zu urteilen, ist es höchstwahrscheinlich ein Mädchen. Neben einem Ledersessel liegt ein Stapel Bücher. Ein Mann, der liest ... ein Mann, der Geschichtsbücher liest ... ein Mann, dessen besonderes Interesse der Amerikanischen Revolution gilt. In der Spüle befindet sich ein bisschen Geschirr, auf der Küchentheke liegt eine ausgebreitete Zeitung, neben der Hintertür ein Haufen Tennisschuhe. Ein bisschen unordentlich, aber nicht wirklich dreckig. Jemand putzt dieses Haus regelmäßig.

Ich gehe den Flur hinunter und halte mich an den Wänden fest, ein wenig erwarte ich, dass sie unter meinen Handflächen nachgeben, ein wenig erwarte ich, dass sie zusammenbrechen und unter dem Druck meiner Hände in sich zusammenfallen wie Wände in einem Film. Aber das Haus hält stand. Ich gehe in den Garten hinaus, um Garcia zu rufen, sehe sie aber nirgends und frage mich, ob das, was Pascal umgebracht hat, auch sie erwischt hat.

Schließlich gehe ich wieder zurück auf die Veranda, rolle den Schlauch ab und fange an, den Beweis für die enorme Anstrengung wegzuwaschen, die es Pascal gekostet haben muss, auf seiner eigenen Türschwelle zu sterben. Die blutigen Pfotenabdrücke in der Nähe der Hintertür sind richtig schön, wie Blumen, schon bald weichen sie allerdings dem brachialen roten Schmierfleck, der größer und größer wird, bis er an der Glastür endet. Ich lasse den Schlauch laufen, bis die ganze Veranda trieft, dann ziehe ich mein Nachthemd aus, werfe es in die Abfalltonne und gehe unter die Dusche.

Anschließend, noch mit nassen Haaren, fahre ich zur Bank. Sie kennen mich dort. Sie wissen, dass ich normalerweise nicht stumm bin. Wie bei einem Raubüberfall schiebe ich der Bankangestellten einen Zettel über die Theke hin, auf dem ich sie darüber informiere, dass ich ein neues Tresorfach anmieten und ein neues Girokonto eröffnen will. Sie nimmt mich mit in den Tresorraum, und ich benutze die überdimensionalen Schlüssel, um zunächst das Tresorfach zu öffnen, das Phil und ich uns teilen, und dann das zweite, das kleiner und leer ist. Ich lege ein paar Sachen in das zweite Fach – die Sparbriefe, die meine Tanten im Lauf der Jahre Tory geschickt haben, meinen Pass, die Goldmünzen aus Südafrika, die mein Dad mir zum bestandenen Collegeexamen geschenkt hat, den Fonds mit Aktien von Versorgungsunternehmen, der noch immer auf meinen Mädchennamen läuft.

Phil hat das Tresorfach noch nie gesehen. Er arbeitet am anderen Ende der Stadt, und er arbeitet den ganzen Tag, weshalb grundsätzlich ich diejenige bin, die Dokumente herausnimmt und zurücklegt. Die Kontoeröffnung scheint mir riskanter zu sein. Ich transferiere zweitausend Dollar von unserem Geldmarktkonto auf das neue Konto, und während ich das mache, beobachte ich sehr genau die Bankangestellte. Handelt es sich um dieselbe hilfsbereite Frau, die Phil angerufen hat, als ich das Geldmarktkonto eröffnet habe, um zu erklären, warum es viel vernünftiger und kostensparender für mich wäre, nie etwas Eigenes zu haben?

Aber ich bin nur paranoid. Die Bankangestellte interessiert sich nicht für mich oder für das, was ich mache. Sie und die Frau neben ihr unterhalten sich darüber, wohin sie zum Mittagessen gehen wollen. Sie könnten vielleicht den neuen

Mexikaner an der Ecke ausprobieren. An all dem ist nichts Ungewöhnliches, oder? Eine Frau bewegt Geld von einem gemeinsamen Konto auf ein eigenes Konto, ihr Name steht immerhin auf beiden. Es handelt sich nur um ein kleines Jonglieren mit Finanzmitteln, um Ökonomie in der Haushaltsführung. Vielleicht verschleiert sie die Kosten für ihre Schuhe. Die Bankangestellte scheint nur betrübt zu sein, als ich die einfarbigen blauen Schecks auswähle, und sie weist mich darauf hin, dass ich für denselben Preis Schecks mit Kätzchen oder Leuchttürmen oder meinen Initialen in verschlungener Old-English-Schrift bekommen könnte. Das kostet alles dasselbe, erklärt sie mir, aber ich zeige auf meine Uhr, um ihr deutlich zu machen, dass ich noch woanders hin muss. Einfach nur die blauen.

Als Nächstes fahre ich zu den Wohnungen hinter dem Coffee-Shop, wo ich Kelly immer treffe. Ich weiß, dass mich hier selbst ein Einzimmerapartment zwölfhundert Dollar im Monat kostet, weil ich diese Wohnungsgröße mehrmals im Magazin *Apartment Finder* nachgeschlagen habe. Doch diese Anlage liegt in Torys Schulbezirk, in dem Stadtteil, in dem ich mich wohlfühle, und als ich die Musterwohnung betrete, stelle ich sofort fest, dass die Wohnungen in Ordnung sind. Nicht groß, nicht wie zu Hause, aber in Ordnung. Das Mädchen hinter dem Empfangstisch erklärt mir, dass März ein zäher Monat ist. Sie wäre vielleicht bereit, auf die Kaution zu verzichten, wenn ich einen Mietvertrag auf ein ganzes Jahr unterschreiben würde. Sie überreicht mir ein Paket mit Grundrisszeichnungen und versichert mir, dass ich sogar meine eigene Teppichfarbe aussuchen könne, wenn es das sei, was mich abhielte. Sie scheint nicht zu bemerken, dass ich nicht spreche.

Garcia kommt gegen drei endlich nach Hause. Ich nehme sie hoch und spüre, wie ihr kleines Herz in der Brust galoppiert. Ein paar Minuten später setzt die für die Fahrgemeinschaft gerade zuständige Mutter Tory ab. Als Tory herausfindet, dass ich eine Halsentzündung habe, geht sie sehr erwachsen damit um. Sie erledigt ihre Hausaufgaben, ohne dass ich sie drängen muss, ruft die Nummer an, die mit Magnet am Kühlschrank haftet, und bestellt Pizza zum Abendessen. Sie fragt nicht nach Pascal, und ich frage mich, was, wenn überhaupt, Phil ihr erzählt hat und wie er ihr erklärt hat, wo ich heute Morgen war. Es kann Tage dauern, bis sie überhaupt feststellt, dass er nicht mehr da ist. Pascal war ein wilder Kater, er neigte zu plötzlichen Sprüngen und Kratzanfällen. Ich glaube, Tory hatte immer ein bisschen Angst vor ihm. Ich habe nie gesehen, dass sie ihn gestreichelt hat, und es kommt mir so vor, als hätte Pascal zu jenen Wesen gehört, die so schwer zu lieben sind, dass ich – vielleicht zusammen mit seiner Schwester – die einzige Trauernde sein werde. Der Pizzamann kommt, Tory bezahlt ihn mit dem Zwanziger, den ich ihr auf die Theke gelegt habe, und stellt die Schachtel auf den Tisch.

Ich liege in Unterwäsche auf der Couch und schaue mir *Die Katze auf dem heißen Blechdach* an. Ich bin immer wieder überrascht, wie gut Elizabeth Taylor spielt, wie ihre Enttäuschung geradewegs vom Bildschirm auf einen zukommt, wie ihre Verzweiflung durch das Glas hindurch anwächst. Unglückliche Frauen haben mir schon immer Angst gemacht. Wenn ich eine Frau sehe, deren Verzweiflung offen sichtbar ist, ziehe ich mich normalerweise so schnell zurück, dass ich Tassen umwerfe und über Stühle stolpere. Vielleicht ist das ja der Grund, warum ich in diese Umgebung gezogen und mir diese Kirche ausgesucht habe, warum ich es vorgezogen habe, an einem Ort zu wohnen, wo Frauen ihren Schmerz so gut zu verbergen wissen. Doch heute ist etwas anders. Heute bin ich, obwohl ich den Film so oft gesehen habe, zum ersten Mal erleichtert, dass Maggie sich entschließt, bei Brick zu bleiben. Das Universum verlangt bestimmte Opfer, eine bestimmte Mathematik. Für eine, die bleibt, müssen zehn Frauen gehen oder so, und ganz gewiss zählt das Opfer von Elizabeth Taylor mehr als das einer gewöhnlichen Frau. Sie ist so schön wie ein Engel, und wenn jemand dazu berechtigt ist, die Leiden des ganzen weiblichen Geschlechts auf sich zu nehmen, dann ist es höchstwahrscheinlich sie.

Ich schaue hoch und sehe Phil in der Küche stehen. Ich weiß nicht, wie lange er mich schon beobachtet, aber er sieht besorgt aus.

»Warum hast du mich nicht angerufen?«, fragt er.

Ich lege meine Hand an meine Kehle und schüttle meinen Kopf, um ihm zu zeigen, dass ich nicht sprechen kann. Ich Dummkopf, ich hoffnungsvoller Dummkopf, dumm bis zum Letzten, denn etwas in mir denkt selbst jetzt noch, dass er nach Hause gekommen ist, um über etwas Wichtiges zu reden. Vielleicht will er mir sagen, dass es ihm leidtut, nicht mit mir zum Tierarzt gefahren zu sein, oder mich fragen, was mit der Katze passiert ist.

»Du hättest mich anrufen sollen«, sagt er. »Ich habe mittags schon Pizza gegessen.« Dann schaut er unverwandt auf den Bildschirm, beobachtet, wie Elizabeth die dunklen Stufen zum Schlafzimmer ihres Mannes hochsteigt und gegen alle Wahrscheinlichkeit noch ein letztes Mal versucht, ihre Ehe zu retten.

»Sie hat schon gut ausgesehen«, sagt er, »bevor sie fett geworden ist.«

In der Ehe stirbt man so viele kleine Tode, dass ich nicht so recht weiß, warum einer mehr zählt als der andere. Ich öffne meinen Mund und sage ihm, dass ich die Scheidung will.

Kapitel 37

»Die Katze ist gestorben, und jetzt will sie sich scheiden lassen«, behauptet Phil. »Sie gibt mir an allem die Schuld.«

Jeff hebt fragend die Augenbrauen. »Du gibst ihm die Schuld daran, dass die Katze gestorben ist?«

»Ich wollte, dass er mit mir zum Tierarzt fährt. Ich musste in der Stoßzeit fahren und war total aufgelöst, er hätte mitkommen sollen.«

»Du hättest dich in diesem Augenblick nicht losreißen müssen. Der Kater war schon tot.«

»Er war nicht tot, er lag im Sterben.«

Phil schaut Jeff an. »Die Gedärme waren aufgeschlitzt. Er muss tot gewesen sein, bevor sie aus unserem Viertel heraus war.«

»Er hat sich noch den ganzen Weg bis zu Alexander bewegt.«

Jeff springt auf. Das macht er oft. Wie viele kleine Männer ist er schnell und stürmisch. Als er das erste Mal in der Kirche war, hat er allen einen Schreck eingejagt, indem er plötzlich hinter der Kanzel hervorgesprungen und während der Predigt im Mittelschiff auf und ab gegangen ist. Phil und mich hat es auch in der Therapie erschreckt, als Jeff das erste Mal hochgeschnellt ist und angefangen hat herumzulaufen, doch inzwischen haben wir uns daran gewöhnt.

»Okay«, sagt Jeff, »wir können noch den ganzen Tag hier

sitzen und darüber diskutieren, wann genau die Katze eingegangen ist. Ich denke aber, der eigentliche Punkt ist, dass Elyse sich nicht unterstützt gefühlt hat, als sie deine Hilfe gebraucht hat.«

»Um Himmels willen, es war sechs Uhr morgens. Tory lag noch im Bett und hat geschlafen, und ich hatte vormittags drei Operationen auf dem Terminkalender stehen. Was hätte ich machen sollen? Meine Patienten anrufen und sagen: ›Es tut mir leid, dass sie seit gestern Abend nüchtern geblieben sind, um sich für Ihren Eingriff vorzubereiten, aber ich muss heute zu Hause bleiben und mit meiner Frau und einer toten Katze quer durch die Stadt fahren?‹«

Jeff bemüht sich, nicht zu grinsen.

»Ich habe getan, was ich konnte«, sagt Phil. »Ich habe alles verändert, was ich nur verändern konnte. Immer bin ich derjenige, der versucht, alles in Ordnung zu bringen, und ich habe es satt. Ich parke draußen auf der Straße, damit sie die Garage in ein Atelier verwandeln kann, und sie macht nichts anderes, als dazusitzen und mit einem Hammer Töpfe zu zerschlagen. Sie verschwindet und fliegt sonst wohin, und meine Mutter kommt und ihre Mutter kommt, und wir alle tun so, als wäre das ganz normal und in Ordnung, weil jeder weiß, dass man alles tut, was man tun kann, damit Elyse die Ruhe bewahrt. Es ist, als ob wir ertrinken. Sie zieht mich runter, und ich ziehe sie runter ...«

»Ich verstehe, dass du frustriert bist ...«

»Was stimmt nicht mit ihr? Abgesehen von der Katze, meine ich. Was ist los mit ihr? Die meisten Frauen wären glücklich, wenn sie das hätten, was sie hat.«

»Es tut nichts zur Sache, wie die meisten Frauen reagieren würden«, wirft Jeff ein. »Du hast nur eine einzige Frau.«

»Vielleicht sollte sie gehen. Sie redet die ganze Zeit vom Gehen, meinetwegen, sie muss nur packen und gehen. Soll sie doch in ein Apartment ziehen und zur Abwechslung alles selber zahlen, mal sehen, wie ihr das gefallen wird. Elyse muss einmal gehörig in ein Sandwich der Tatsachen beißen.«

»Was soll das denn heißen?«

»Er will damit sagen, dass er nicht glaubt, dass ich allein für mich sorgen kann.«

»Kannst du's?«

Jetzt sieht Jeff einigermaßen panisch aus. »Ich verstehe ja, dass ihr beide wegen der Katze durcheinander seid …«

»Torys letzter Schultag ist am ersten Juni«, sage ich. »Das wäre ein guter Zeitpunkt für die Trennung.«

Jeff zwinkert sehr schnell, schaut von mir zu Phil. »Redet ihr von einer Trennung auf Probe? Oder von einer gerichtlichen? Redet ihr von Scheidung?«

Ich zucke die Achseln. »Wir können noch den ganzen Tag hier sitzen und darüber diskutieren, wann genau die Katze eingegangen ist.«

»Wartet«, sagt Jeff. »Wir wollen nichts dramatisieren. Ihr beide seid schon so viel besser miteinander ausgekommen, und jetzt erlebt ihr einen kleinen Rückschlag. Bei der Eheberatung passiert das immer wieder, und es besteht kein Grund, große Entscheidungen zu treffen …«

»Es ist, als würden wir sterben«, entgegnet Phil. »Los, sag's schon.«

»Wir sterben.«

»Ich sehe, dass ihr beide sehr aufgeregt seid, genau deswegen solltet ihr nicht …«

»Hast du sie nicht gehört? Sie hat gesagt, dass wir beide tot sind.«

Zum ersten Mal seit langem fühle ich einen Augenblick lang einen Anflug von Zuneigung für Phil. Einen Augenblick nur sind wir miteinander verbunden, auch wenn alles, was uns verbindet, Hoffnungslosigkeit ist. Wie ist es so weit gekommen? Hätte ich mich damals, vor Jahren, als er aus der Arbeit nach Hause kam und ich ihm Tory übergeben habe und abgezogen bin, umdrehen und bleiben sollen? Kelly hat vor ein paar Wochen, als wir bei ihr zu Hause Suppe gekocht haben, etwas gesagt. Sie hat gesagt, dass man, wenn man etwas loslässt und dann versucht, den Weg zurück zu finden, es manchmal schafft und manchmal nicht. So arbeitet Kellys Verstand. Sie glaubt, dass alles in den Händen des Schicksals liegt. Das ist einer der Gründe für ihre Liebenswürdigkeit, einer der Gründe, warum sie so leicht verzeihen kann und warum sie wahrscheinlich für immer verheiratet sein wird. Deshalb ist ihr Gesicht so faltenlos, fast abgeklärt, während meins von Falten zerknautscht und meine Stirn gerunzelt ist und meine Augen von einer Seite zur anderen schnellen. Immer auf der Suche nach einem Fluchtweg vor dem Unvermeidlichen. Immer auf der Suche nach dem Ausgang.

Dass Phil gesagt hat, wir würden uns gegenseitig runterziehen, hat mich überrascht. Es hat mich überrascht, dass er bereit war, es geradezu auszuspucken, aber er hat Recht. In dieser Ehe gehen wir beide unter, er genauso wie ich. Doch jetzt – vielleicht weil er endlich bereit war, es zuzugeben – ist es, als würde sein Kopf aus dem Wasser schießen und plötzlich erkenne ich meinen alten Freund wieder. Den Mann, dem ich vertraue, den Mann, der immer genau das macht, was er sagt. Den Mann, der sich so sehr darum bemüht, gerecht zu sein, dass wir, als wir jung, mittellos und jungverheiratet waren, vier neue Reifen kauften und zwei auf mein Auto, zwei auf sein Auto aufzogen. »Es ist nur gerecht«, erklärte er dem Firestone-Händler, »dass wir die gleiche Chance haben, eine Reifenpanne zu haben.«

Phil zwinkert Tränen weg. Er kämpft, kämpft genauso wie ich, doch er ist noch immer da. Ich mache mir keine

Illusionen, mir ist klar, dass dieser Augenblick nicht lange andauern wird. Phil kümmert sich viel zu sehr um die Meinung anderer Leute, und zweifellos wird Jeff mit irgendeiner Idee daherkommen. Die Bücher hinter seinem Kopf sind wie Soldaten aufgereiht, deren einzige Aufgabe es ist, mich in der Ehe zu halten. Jeff wird darin auf irgendeine Pille stoßen, die ich schlucken soll, manche Paare ziehen sich in die Berge von Colorado zurück, eine neue Übung, eine neue Studie, ein Grund, warum wir ein weiteres Jahr weitermachen sollen. Im Moment ist Jeff durcheinander, aber er wird sich fangen. Er hat sein ganzes Leben auf der Überzeugung aufgebaut, dass jede Ehe zu retten ist, und er wird sich von niemandem, nicht einmal von seinem besten Freund und der Frau, die er besteigen möchte, von seiner Überzeugung abbringen lassen. Wir haben ihm Angst gemacht, aber innerhalb von Stunden, Tagen oder Wochen wird Jeff sich einen neuen Plan überlegt haben und Phil zu diesem Plan überreden. Ich mustere Phil, als würde ich versuchen, mir sein Gesicht einzuprägen. Ich muss es tun. Er wird jede Sekunde wieder unter Wasser abtauchen.

Du lässt Menschen los. Manchmal findest du den Weg zu ihnen zurück und manchmal nicht. Von wem hat Kelly gesprochen? Nicht von Mark. Vielleicht von Daniel. Sie spricht nicht über ihn, und dennoch ist er auf gewisse Weise der einzige Gesprächsgegenstand, den wir haben. Wir haben gemeinsam Suppe gekocht, wir haben Blowjobs verglichen, und irgendwie sind wir auf das Thema Loslassen von Menschen gekommen. Hat sie von mir und Phil gesprochen oder von mir und Gerry? Es ist witzig, dass ich sie dastehen und Bohnensuppe in eine Reihe von Plastikbehältern füllen sehe, mich aber nicht genau daran erinnern kann, was sie zu diesen Sätzen veranlasst hat. Wahrscheinlich hat sie von sich und mir gesprochen, darüber, wie oft wir uns aus den Augen verloren und wiedergefunden haben. Kelly ist überzeugt davon, dass wir beide am Ende zusammenleben, irgendwo im Westen, wo der Himmel weit und blau ist. Dorthin gehen wir ihrer Meinung nach, wenn wir alt sind und dieser Abschnitt mit den Männern vorbei ist. Vorbei? Meint sie, wenn alle Männer tot sind? Doch wenn ich sie danach frage, schüttelt sie nur den Kopf. Sie mag das Wort nicht.

Sie werden vor uns sterben. Dessen ist sie sich ziemlich sicher. Weißt du, so ist das bei Männern, normalerweise sterben sie früher als Frauen.

Und dann werden wir unser letztes Kapitel aufschlagen, im Westen, in der einzigen Himmelsrichtung, in die keine von uns beiden jemals jemandem gefolgt ist. Das ist unser Schicksal. Davon ist sie so überzeugt, dass sie schon beschlossen hat, wie wir unsere Möbel stellen werden, die Stücke, die ich aus meinem Leben mitbringe, und die, die sie aus ihrem Leben mitbringt. Die Pläne für unser Haus macht sie in den Nächten, in denen sie nicht schlafen kann. In Gedanken wandert sie durch die Räume, und sie weiß genau, wie alles sein wird. Sie sagt, ich kann das Schlafzimmer mit der Morgensonne haben.

Einen Moment lang sitzen wir alle drei schweigend da. Phil hat schließlich zu weinen angefangen. Jeffs Hände zittern, als er nach seinem Terminkalender greift, die Seiten durchblättert und wieder hinlegt.

»Keiner stirbt«, sagt er. »Keiner ist tot. Wer hat euch beiden erzählt, dass die Ehe etwas Einfaches ist?«

Die anderen sitzen bei meiner Ankunft schon. Die ganze Woche hatten wir schönes Wetter, deshalb haben die Frauen vor ein paar Tagen – bevor Pascal starb und ich stumm wurde – Pläne geschmiedet, unser dienstags stattfindendes Mittagessen ins Café Edison zu verlegen, wo wir draußen auf der Terrasse neben dem künstlich angelegten Teich essen können. Ich setze mich hin, entschuldige mich für mein Zuspätkommen, und sie murmeln ein paar freundliche Bemerkungen. Als mir die Wirtin die Speisekarte reicht, erwarte ich beinahe, dass das Menü des Tages ein Tatsachensandwich ist.

Die Frauen unterhalten sich. Über was, weiß ich nicht, aber es ist gut, dass sie sich unterhalten, denn ich bin noch immer aufgelöst von der Eheberatung, Phils rasantem Losfahren vom Kirchenparkplatz und der Tatsache, dass er ohne zu schauen auf die Straße eingebogen ist und ich mich nicht zurückhalten konnte, ihm hinterherzurufen, er solle vorsichtig fahren. Jeff war uns nach draußen gefolgt, stand da und beobachtete Phils Abgang. Ich hatte Schwierigkeiten, den Schlüssel in die Zündung zu stecken. Ich hatte Schwierigkeiten, mich daran zu erinnern, wo das Café Edison liegt.

Es ist also gut, dass sie sich unterhalten, und auch wenn sie diese Normalität nur vortäuschen, bin ich dennoch dankbar dafür. Ich setze mich und schaue mich um. Der Frühling kommt zeitig. Die Luft ist feucht und warm, voll vom Duft der sich regenerierenden Blumenzwiebeln. Die Gehsteige werden von gelben Tulpen eingesäumt, sie bilden die Abtrennung zwischen dem Pflaster und der Mauer, so dass wir gut betuchten Hausfrauen, wenn wir rückwärtsfahren, unsere Geländewagen nicht eindellen. In diesem Einkaufszentrum gibt es einen Barnes & Noble und einen Ben & Jerry's, einen Smith & Hawken und einen Crate & Barrel. In der Nähe des Springbrunnens verbringt eine Gruppe von Jungen aus dem benachbarten Fußballteam die Osterferien damit, Süßigkeiten zu verkaufen, um ein internationales Turnier im Sommer zu finanzieren. Ich wette, dass jeder einzelne dieser Jungen einen biblischen Namen hat – sie heißen alle Joshua und Gabriel, Adam und Nathan. SCHICKT UNS NACH PERU, steht auf ihrem Schild. WIR HABEN EINEN BALL. Ich lausche den Mozarttönen, dem Plätschern des Wassers in den Brunnen gegenüber, den schwachen Geräuschen von Automotoren und Kindern. Frauen fahren langsam, langsam, langsam über die Bodenwellen, auf dem Sitz hinter ihnen liegen Einkaufstüten, die oben mit bunten, gekräuselten Bändern zugeschnürt sind. In den Tüten befinden sich Tuniken aus einer Art Hanf, der so verarbeitet wurde, das er sich wie Seide anfühlt, Overalls für die Kinder, Gourmetkäsesorten und exotische Früchte, der Roman, der vergangenen Sonntag in der Zeitung besprochen wurde. Das hier ist eine schöne Welt. Das hier ist die Welt, für die Einwanderer sterben, um hineinzugelangen.

»Ich habe gehört, dass du ein bisschen Urlaub bekommst«, sagt Belinda.

»Ja, Phil nimmt Tory über die Osterferien mit zu seiner Mutter.«

»Wie bist du denn aus der Sache rausgekommen?«

»Hast du's nicht gehört? Ich bin im Begriff durchzudrehen.«

Alle lachen.

»Aber sie sind doch bis Ostern wieder da, oder?«, will Nancy wissen. »Ihr habt doch wohl nicht unser Barbecue mit Flohmarkt am Samstag vergessen?«

»Natürlich nicht. Ich habe Millionen von Sachen für den Verkauf. Alles steht verpackt in meinem Schlafzimmerschrank. Du kannst, wann immer du willst, vorbeikommen und sie holen.«

»Wann passt es dir?«

»Mein Gott, komm einfach irgendwann, du weißt, wo der Schlüssel liegt. Ich glaube, es sind zehn oder zwölf Säcke.«

Ich bin noch nicht dahintergestiegen, was Nancy anhat. Irgendein durchscheinender Kaftan mit wallenden Ärmeln und einer weißen Kapuze, mit dem sie aussieht wie eine Braut, eine Braut in einer Burka.

»Na gut, weil wir einen neuen Van für das Essen-auf-Rädern brauchen. Das letzte Mal, als ich ihn gefahren habe …«

»Ich wollte dich gerne etwas zum Essen-auf-Rädern fragen«, sage ich. »Warum bringt ihr Kasserollen zu geschiedenen Männern, aber nicht zu geschiedenen Frauen?«

Nancy dreht sich mit undefinierbarem Gesichtsausdruck zu mir um. »Es läuft wohl im Moment nicht so gut?«

Es läuft wohl nicht so gut. Vermutlich hat Jeff ihr erzählt, dass ich das Sch-Wort gebraucht habe und alle schreiend aus der Therapie gelaufen sind. Zur Hölle, oder hat Phil sie angerufen? Wahrscheinlich hat er sie auf einer Kurzwahltaste. Egal, die Geschichte hat mich quer durch die Stadt eingeholt, wenn ich jetzt so darüber nachdenke, ist das die einzige Erklärung dafür, warum sich die anderen so abnormal normal verhalten, warum seit meiner Ankunft so eine ausgiebige, lebendige Unterhaltung herrscht. Ich habe Hunderte Male weinend in Jeffs Büro gesessen, aber jetzt hat Phil geweint, das ist etwas anderes. Die Tränen von Frauen sind billig, eine billige Währung wie der Yen oder Rupien, und es braucht Hunderte, ja Tausende, um sich dafür nur eine einzige Tasse Tee zu kaufen. Doch die Tränen von Männern … die sind alles wert. Eine einzige kann die allerschlimmste Schuld aufwiegen.

Kelly sieht gequält aus. »Wenn er dich aber noch so gern hat, dass er weint …«

»Genau«, fällt ihr Nancy ins Wort. »Genau so sehe ich das auch.«

»Es war eine einzige Träne. Er hat eine einzige gottverdammte Träne vergossen.« Die Frauen wenden alle ihren Blick ab, als könnten sie angesichts einer solch überzogenen weiblichen Grausamkeit mit Blindheit geschlagen werden, als würde statt Milch Blut aus meinen Brüsten fließen.

Die Bedienung bringt unsere Salate. Sie stellt sie ab, einen vor jeder Frau, wir murmeln ein Danke. Alle außer Nancy. Trotz ihrer ganzen zur Schau gestellten Höflichkeit macht sie den Bedienungen am Ende oft das Leben schwer. Irgendetwas stört sie immer – der Wein ist zu warm, der Fisch ist zu kalt, sie fordert das Dressing extra am Rand. Sie entdeckt ein Stückchen rohe Zwiebel, dabei hat sie doch die Bedienung gefragt, bevor sie die Bestellung aufgegeben hat. Rohe Zwiebeln reizen ihren empfindlichen Gaumen. Sie behauptet, den Geschmack noch Stunden später zu spüren. Ein einziges Stückchen kann ihr die Freude am Abendessen verderben.

Ich beobachte, wie sie ihre Gabel nimmt und in ihrem Salat herumpickt, über den sie nicht sonderlich glücklich zu sein scheint, und ich finde zum wohl tausendsten Mal, dass Nancy arbeiten gehen sollte. Sie ist intelligent und ehrgeizig, sie besitzt eine grenzenlose Energie, und der Himmel weiß, wie sehr sie das Geld brauchen könnten. Sie gehört zu der Sorte Frau, die als Maklerin pro Jahr eine Million verdienen könnte, sie hat eine Art instinktiven Antrieb. Aber sie hat auch drei Kinder und einen Mann, der Pfarrer ist, also dekoriert sie ständig um und staucht Bedienungen zusammen, wenn sie ihr das falsche Salatdressing bringen, anstatt dass sie Geld verdient.

»Hast du mit einem Anwalt gesprochen?«, fragt Belinda.

Ich schüttle den Kopf. Diese Frage schockiert mich. Sie scheint aus dem Nichts zu kommen. Vielleicht schockiert sie auch alle anderen. Es ist schwer festzustellen, wenn wir alle Sonnenbrillen tragen.

»Was immer du machst, zieh nicht aus dem Haus aus«, sagt Belinda.

»Ich muss. Phil zieht nirgends anders hin.«

»Keiner sagt, dass es vorbei ist«, wirft Nancy ein.

»Trotzdem muss sie mit einem Anwalt sprechen«, beharrt Belinda. »Wenn er nicht rausgeht, kann man ihn vielleicht dazu bringen, ins Gästezimmer zu ziehen.«

»Komm schon, Belinda«, entgegne ich. »Es ist kein Geheimnis, mit wem ich es zu tun habe. Phil lässt sich aus diesem Haus nicht einmal mit Sprengstoff vertreiben, wenn also irgendwer irgendwohin geht, dann bin ich das. Ich bin diejenige, die sich verabschieden muss von der Terrasse, vom Teich, von den Enten und BMWs, den Tulpen und den kleinen Jungen mit biblischen Namen, den goldenen Kreditkarten von American Express, und ich muss mich von Ben & Jerry's verabschieden.«

Kelly lächelt flüchtig. »Ich bin mir ziemlich sicher, dass sie bei Ben & Jerrys's auch geschiedene Frauen reinlassen.«

»Wann wurde das Wort ›geschieden‹ ins Spiel gebracht?«, fuhr Nancy auf. »Sie haben einen kleinen Rückschlag erlebt, das ist alles.«

»Das mit Pascal tut mir leid«, sagt Kelly.

»Ich kann einfach nicht«, ich wische mir über die Augen, »ich scheine mich einfach nicht mehr daran erinnern zu können, warum ich ihn geheiratet habe.«

»Mach dich nicht verrückt«, tröstet mich Belinda. »Wir fühlen uns alle ab und an so.« Nancy streicht mit dem Finger über den Rand ihres Weinglases.

»Ich hatte ein schlechtes Jahrzehnt«, sage ich.

»Was du, meine Liebe, nicht verstehen kannst«, entgegnet Kelly, »ist, dass wir alle das gleiche Jahrzehnt hatten.«

Wir sitzen eine Weile da und essen schweigend. Kelly gibt der Bedienung das Zeichen für ein weiteres Glas Wein.

Wir trinken immer alle ein Glas Wein, wenn wir irgendwo nett zu Mittag essen, und manchmal trinken wir auch zwei Gläser, was allerdings sehr selten vorkommt, und doch überrascht mich, wie schnell Kelly ihr erstes hinuntergestürzt hat. Auch Belinda ist fast fertig. Ich habe meines noch nicht angerührt und inspiziere den Wein. Er erscheint blass im Glas, und ich frage mich, was genau es für eine Sorte ist. Normalerweise bestelle ich zuerst, und die anderen bestellen sich das, was ich trinke, heute jedoch habe ich mich verspätet, und eine andere muss die Karte studiert haben.

Der Wein zum Mittagessen ist so eine Sache. Wir bestellen vier Gläser, aber wir würden niemals eine Flasche bestellen. Eine Flasche Wein zum Mittagessen zu trinken ist etwas ganz anderes, als vier Gläser zu trinken. Das ist mathematisch gesehen nicht schlüssig, aber so sind wir eben. Es ist eine der Möglichkeiten, vor uns selbst und den anderen zu verschleiern, wie viel wir wirklich trinken und dass es Zeiten gibt – nicht allzu oft, vielleicht ein-, zweimal im Jahr –, in denen wir kein Recht darauf haben, diese Cafés zu verlassen und uns geradewegs in den Verkehr einzufädeln.

»Du siehst heute gut aus«, sagt Belinda schließlich zu Kelly.

»Danke«, antwortet Kelly. »Wir sehen alle gut aus.« Und das stimmt wirklich. Trotz der spürbaren Anspannung am Tisch, trotz der Tatsache, dass sich Nancy wie eine Mumie eingewickelt hat und meine Augen verschwollen und rot sind, bilden wir eine attraktive Gruppe von Frauen. Wofür auch immer es gut ist.

»Die Männer, die dort sitzen«, ich deute mit meinem Kopf, »warum glaubt ihr wohl, schauen sie nicht zu uns herüber?«

Nancy rutscht ein bisschen auf ihrem Stuhl hin und her.

»Das hier ist nicht gerade ein Ort, um neue Kontakte zu knüpfen.«

»Nein, das weiß ich. Ich weiß, dass sie nicht herüberkommen, mit uns zu reden anfangen und uns ein Mittagessen bezahlen oder etwas in der Art. Aber warum glaubt ihr, schauen sie nicht einmal zu uns herüber?« Die anderen Frauen drehen sich ein wenig auf ihren Stühlen um und werfen mit äußerster Beiläufigkeit einen Blick auf die Männer. Ich habe kürzlich einiges eingekauft – Kalziumtabletten, bessere BHs, ergonomisch geformte Kissen fürs Bett und die gesamte Hautpflegeserie von La Mer. Sinnlose Gesten, nutzlose Versuche, das Unausweichliche aufzuhalten. Ich sehe, wie sich der Horizont verengt, höre ein Fenster zuschlagen. »Die Zeit läuft davon«, sage ich. »Nächstes Jahr werde ich vierzig. Alles, was ich nicht jetzt noch erlebe, erlebe ich vielleicht nie mehr.«

»Die Zeit läuft nicht davon«, widerspricht Nancy.

»Natürlich tut sie das«, erwidere ich. »So ist das nun mal mit der Zeit. Was sollte sie denn sonst tun?«

»Die Menschen machen verschiedene Phasen durch.« Nancys Stimme leiert ein bisschen, als würde sie etwas wiederholen, dass Jeff ihr gesagt hat. »Tory wird erwachsen werden, sie wird gehen, und du und Phil, ihr werdet wieder in ein ganz anderes Stadium kommen.«

»Nein. Er wird noch immer derselbe Mann sein. Ich werde noch immer die dieselbe Frau sein. Es tut mir leid, wie ich mich benehme, es tut mir leid, dass ich dieses Mittagessen kaputtmache, und es tut mir leid um all die anderen Mittagessen, die ich im Lauf der Jahre kaputtgemacht habe, aber es stimmt, und ihr wisst es alle. Ich habe den falschen Mann geheiratet.«

»Elyse …«, sagt Kelly.

»Entschuldigt mich«, wirft Nancy unvermittelt ein. Sie

steht auf, schiebt ihren Stuhl quietschend nach hinten und eilt Richtung Toilette davon. Ich habe einen schlechten Einfluss auf Nancy. Ständig läuft sie hinaus.

»Es ist schwer für sie, wenn du so redest«, sagt Kelly. »Jeff ist Phil so ähnlich.«

Ist er das?

»Das siehst du doch wenigstens ein, oder?«, fährt Kelly fort. »Wenn du Phil verlässt, ist es, als hättest du Jeff verlassen. Es ist, als würdest du sagen, sie soll Jeff verlassen, sie will aber Jeff nicht verlassen.«

»Ich habe nie gesagt, dass sie Jeff verlassen soll.«

»Du musst es nicht laut aussprechen, es ist deine ganze Lebensphilosophie. Du glaubst, dass eine Frau, die klug ist, in der Ehe automatisch unglücklich wird.«

»Sie ist enttäuscht vom bürgerlichen Leben«, erklärt Belinda. »Wie Madame Bovary.«

Es ist vielleicht der einzige Satz, den sie hatte sagen können, der Kelly und mich zum Schweigen bringen konnte.

»Ja … wie Madame Bovary …« Kelly spricht langsam, während sie versucht, wieder in Schwung zu kommen. »Wenn du also behauptest, dass eine Frau ihre Ehe desto mehr bereuen wird, je klüger sie ist, dann macht es nur Sinn, wenn auch das Gegenteil zutrifft. Wenn eine Frau zufrieden ist, dann muss sie dumm sein, zumindest nach Elyse' Vorstellungswelt.«

»Wisst ihr, was meiner Meinung nach an diesem Buch seltsam ist?«, sagt Belinda. »Madame Bovary hat keine Freundinnen.«

Ich trinke einen Schluck Wein. Pinot Gris. »Wir haben alle nur herumgesessen …«

»Ja«, unterbricht mich Kelly. »Wir haben alle herumgesessen und auf unsere Ehemänner geschimpft, wir haben alle auf unser Leben geschimpft, und du hast lauter als alle anderen geschimpft. Das war mehr oder weniger dein Job. Aber, Elyse, ich habe nicht wirklich geglaubt, dass du etwas dagegen unternehmen wirst. Das hat keiner geglaubt. Du hast alle zu Tode erschreckt.«

»Ich weiß.« Ich weiß es wirklich, und ungeachtet dessen, was alle denken, tut es mir leid.

»Darf ich Sie in Versuchung führen?« Eine Bedienung schiebt einen dreistöckigen Dessertwagen auf uns zu. Er schwankt gefährlich auf dem Kopfsteinpflaster der Terrasse, und mit glänzenden schwarzen Fingernägeln zeigt sie auf die verschiedenen Sorten. »Wir haben Crème brûlée mit Buttertoffees, Margarita Mousse, Beeren auf Gallianosoße, gekrönt mit Mascarpone und Biscotti, Grapefruitsorbet, Schokoladensoufflé mit Erdnussbuttereis …«

»Halt.« Mir ist nach Weinen zumute.

»Das ist unanständig«, sagt Kelly.

»Oder unser Küchenchef macht Ihnen, wenn Ihnen das lieber ist, einen Erdbeer-Milchshake.« Die Bedienung ist jung und sehr schlank. Ihre Haare sind so blond, dass ich für einen Moment den Blick abwenden muss. Es ist, als würde man direkt in die Sonne schauen.

»Bringen Sie uns einfach eine gemischte Dessertplatte«, entscheidet Kelly.

»Eine ausgezeichnete Wahl«, zwitschert sie und stakst, den Wagen hinter sich herziehend, davon.

Kelly schaut ihr nach. »Mein Gott, manchmal ist es echt zu viel, oder? Wir sollten den Typen vom Nachbartisch sagen, dass sie ihre Stühle herüberschieben und eine Gabel nehmen sollen.«

»Meint ihr, dass Madame Bovary davongekommen wäre, wenn sie ein paar Freundinnen gehabt hätte?«, fragt Belinda.

»Ich glaube, Madame Bovary wäre davongekommen, wenn sie ein Handy gehabt hätte«, antworte ich.

»Bitte, entmutige sie nicht.« Ich bin mir nicht sicher, zu welcher von uns beiden Kelly das sagt.

»Eigentlich hast du irgendwie Recht, Belinda«, sage ich. »Mir ist es nicht einmal aufgefallen, aber Madame Bovary hat tatsächlich keine Freundinnen.«

Nancy ist von der Toilette zurück. Sie scheint sich das Gesicht gewaschen zu haben. »Was habe ich verpasst?«

»Wir haben eine Dessertplatte bestellt«, erklärt Kelly. »Ach ja, Elyse hat ein paar Probleme mit ihrer Ehe.«

»Ihr habt vor ein paar Wochen Hochzeitstag gehabt, oder nicht?«, fragt Belinda.

Ich nicke.

»Habt ihr Sex gehabt?«

»Ja, unter der Dusche.«

»Unter der Dusche? Ihr habt es im Stehen unter der Dusche getrieben? Dem musst du ein Ende machen, Elyse. Lass ihn im Gästezimmer schlafen. Solange du mit ihm Sex unter der Dusche hast, wird er dich nicht ernst nehmen.«

Kelly lächelt Belinda zu. »Du bist heute ja heiß drauf.«

Ich lächle auch. »Sie hätte *Madame Bovary* schon vor Jahren lesen sollen.«

»Wir machen es ihnen viel zu leicht, mehr sage ich dazu nicht.«

Die Dessertplatte steht vor uns. Jemand hat ein Gitter aus Soßen über die weiße Platte gespritzt, Karamell und Schokolade, in einer Ecke ein Himbeermuffin. Vier Desserts, vier Gabeln, ein Messer, falls wir es auf Geometrie abgesehen haben. Genug für alle, um von allem eine Kostprobe zu bekommen. Ich fahre mit meinem Finger durch das Soßenmuster auf der Platte und führe ihn zum Mund, streiche damit über meine Unterlippe, warte eine Sekunde und lecke sie dann ab.

»Aber ich habe ihn nicht geküsst, als wir unter der Dusche standen.« Das leuchtend blonde Mädchen schiebt ihren dreistöckigen Wagen zu den Männern. Sie schauen zu ihr hoch, lächelnd und erwartungsvoll. »Warum denkt ihr, dass das das Erste ist, was über Bord geht?«

»O Gott«, knurrt Kelly, »warum nimmst du nicht einfach dieses Messer und jagst es uns allen in die Brust?«

»Na, ich denke, manches gewinnt man, und manches verliert man.« Nancy stopft sich ein Stück Schokoladensoufflé in den Mund. Kelly und Belinda senken den Blick auf ihre Teller.

»Was heißt das?«

»Hast du's nicht gehört?«, sagt Nancy honigsüß, schiebt ihre Sonnenbrille hoch und schaut mich an. »Also, das ist komisch. Ich hätte schwören können, dass du die Erste bist, die es erfährt. Lynn und Andy sind heute Morgen nach Belize geflogen. Sie hat ihn zurück.«

Kapitel 38

Nicht nur, dass ich nicht die Erste war, die es gehört hat, es stellt sich heraus, dass ich sogar die Letzte war, die davon erfuhr. Im Lauf der folgenden Woche erfahre ich Stück für Stück die ganze Geschichte.

Am Mittwoch erzählt mir Kelly im Fitnessstudio, dass die Sache mit der Sekretärin nicht funktioniert hat. Das Mädchen war so wahnsinnig jung, was hat Andy erwartet? Egal, er hat Lynn angerufen und war ganz reumütig. Verwaist. Zerknirscht. Er ist in ein Residence Inn gezogen, einen dieser mitleiderregenden Orte draußen beim Flughafen, die voll von Männern sind, die Mist gebaut haben.

Sie hat ihn genau da gehabt, wo sie ihn haben wollte, fügt Belinda hinzu, als sie am Donnerstag anruft. Er hat sie gebeten, nach einem neuen Haus zu suchen, Geld sei kein Thema. Sie haben sich sogar überlegt, in die Gegend nördlich der Stadt zu ziehen, näher zum See. Das würde heißen, dass die Kinder die Schule wechseln müssen, aber Lynn war der Meinung, dass sie einen neuen Anfang brauchen. Klug von ihr, meint Belinda. Sie macht das richtig clever, andererseits hat Lynn das immer gemacht. Der Trip nach Belize stellt eine Art zweite Flitterwochen dar. Sie werden mit Delfinen schwimmen.

Nicht ganz zweite Flitterwochen, korrigiert Nancy mich, als ich sie später im Trader Jo's treffe. Lynn und Andy sind nicht mehr miteinander verheiratet – ihre Scheidung ist seit fast einem Jahr rechtskräftig. Es wird also irgendeine Feier geben, vielleicht sogar eine neue Hochzeit. Ob sich das nicht ein bisschen komisch anfühlen würde, alles noch einmal mit demselben Mann zu erleben?

Das Verrückteste war, flüstert Kelly während des Nachmittagskaffees am Sonntag, dass dieser junge Mann auf dem Parkplatz ihrer Wohnanlage aufgetaucht ist, während sie für Belize gepackt hat, und angefangen hat zu hupen. Ein Junge, wirklich. Er hat sich offenbar in Lynn verknallt, denn es hat eine Szene gegeben …

Die Polizei ist gekommen, erzählt Belinda. Kannst du dir das vorstellen?

Wer weiß schon, was sich der Knabe gedacht hat, murmelt Nancy. Du kennst Lynn. Sie ist immer viel zu nett, als dass es gut für sie ist. Er scheint die Situation missverstanden zu haben und ihre Freundlichkeit ihm gegenüber als etwas anderes gesehen …

Eine Situation kann schnell außer Kontrolle geraten, findet Kelly.

Kannst du dir vorstellen, dass die Polizisten vor Lynns Tür standen?, will Belinda wissen. Ausgerechnet bei Lynn?

Nein, sie nimmt ihren Job bei der Kirche nicht wieder auf, erklärt Nancy. Jeff hat sich deswegen zuerst ein bisschen aufgeregt – immerhin hat er einiges auf sich genommen, um den Kirchengemeinderat davon zu überzeugen, das Geld zu berappen und sie einzustellen. Aber wenn das das Beste für Lynn, Andy und die Jungen ist, dann hat er natürlich Verständnis dafür. Denn das ist das Einzige, was wirklich zählt. Das, was das Beste für Lynn, Andy und die Jungen ist.

Dreiundzwanzig. Belinda hebt ihre Augenbrauen. So alt war der Junge vom Parkplatz, wie sich herausstellt. Dreiundzwanzig.

Schau, Nancy wedelt unter meiner Nase mit einer Postkarte, auf der ein Stück Dschungel zu sehen ist. Sie schreibt, es ist wunderschön dort. Wie im Paradies.

Kelly hat ebenfalls eine Postkarte aus Belize bekommen.

So wie auch Belinda.

Lynn ist eine gute Ehefrau gewesen – wahrscheinlich, überlege ich, die beste von uns allen. Sie war diejenige, die die unzähligen Fähigkeiten, die dieser Job erfordert, am besten beherrscht hat. Nicht nur die Haushaltsführung, das Kochen und die Erziehung der Kinder oder das Talent, ihrem Ehemann ein behagliches und fröhliches Heim zu bereiten. Das ist der leichte Teil. Lynn war auch, was die inneren Aufgaben einer Ehe betrifft, begabt. Sie wusste, wie man sich Nischen schafft, in denen man verschwinden kann, Orte, an denen sie ihre wahren Gedanken verstaut, wie etwa einen zusätzlichen Satz von Autoschlüsseln.

Doch letzten Endes scheint es nicht darauf anzukommen. Eines Morgens informierte sie ihr Mann, als sein Samen noch an ihren Oberschenkeln klebte, dass sie ersetzt worden war. Als er an jenem Tag aus der Tür ging, wegging, sich nach links wandte und den Block hinunterging, folgte sie ihm. Sie folgte ihm, bis er nicht mehr zu sehen war.

»Ich habe ihn verloren«, erzählte sie mir. »Buchstäblich verloren.« Was ist das? Eine Art von Erinnerung, die alle Frauen besitzen, ein dunkler Teil unseres Gehirns, der die Herrschaft übernimmt und uns, fern aller Vernunft, dazu treibt, Männern zu folgen? Wenn es Lynn – die vernünftige, disziplinierte Lynn – dazu getrieben hat, dann muss es allerdings ein sehr starker Impuls sein.

Doch dann, an irgendeinem Punkt – wahrscheinlich nicht im ersten Jahr, eher im zweiten –, fing sie an, Gefallen am Alleinsein zu finden. Vielleicht lag es an dem kahlköpfigen

Jungen von Starbucks, aber ich nehme an, dass es auch etwas mit ihrer harten, handfesten Arbeit bei der Kirche zu tun hat. Dem Geruch von Terpentin, dem Gewicht des Müllsacks auf ihrer Schulter, dem tröstlichen Griff des Hammers in ihrer Hand. In dieser Woche bin ich jeden Tag zu meinem Briefkasten hinausgegangen und habe nachgesehen, ob meine Karte aus Belize angekommen ist. Ich habe ein Stück weit geglaubt, dass Lynn etwas auf die Rückseite schreiben würde, das mir alles erklärte. Sie würde mir mitteilen, warum es so schwer sei zu gehen und – das hat mich so schockiert, dass ich jetzt unvorbereitet und betäubt in meiner Küche stehe, eine Tasse Kaffee an den Lippen – warum es so schwer sei wegzubleiben. Darauf war ich nicht gefasst. Ich verstehe die Anziehungskraft der Ehe, doch ich war der Meinung, dass ich, wenn ich einmal genug Kraft gesammelt hätte, um daraus auszubrechen … Was soll ich jetzt davon halten? Dass Jesus, Elvis und eine Herde wilder Pferde aufgetaucht sein müssen, um sie in diese Ehe zurückzuzerren, die jeder schlicht und einfach für beendet gehalten hatte?

Er ist gekommen, um sie zu holen. Offensichtlich ist es das, was Männer machen. Sobald du weg bist, wirklich weg bist, endgültig, beschließen sie, dass sie dich zurückhaben wollen.

An dem Morgen, an dem er sie verließ, folgte Lynn Andy, bis er außer Sichtweite war, dann drehte sie sich um und ging zurück ins Haus. Sie weckte die Kinder, zog sie an und bereitete sie vor für die Schule. Sie machte die Betten und leerte die Geschirrspülmaschine. Sie band sich ihren Pulsmesser um und absolvierte ihre Vier-Meilen-Runde durch das Viertel. Sie eröffnete ein Bankkonto auf ihren Mädchennamen, forderte online eine Studienordnung an, ließ sich die Haare schneiden, fand eine Wohnung, fand eine Stelle, fand einen neuen Freund. Sie fing an, ihre rosafarbene Chanel-Jacke zu Jeans und Stiefeln zu tragen.

An welchem Punkt fiel Andy auf, dass sie ihm nicht mehr nachfolgte? An welchem Punkt drehte er sich um und sah, dass die Frau, die immer da gewesen war, nicht mehr da war? Ich kann mir vorstellen, wie sie eines Nachts mit Herzklopfen ihren Telefonhörer abnimmt und sich fragt, was wohl passiert sein könnte, wenn noch so spät jemand anruft.

In der Leitung ist seine Stimme zu hören. Er sagt, dass es ihm leidtue. Es sei alles ein Fehler. Er sagt, dass er sie noch immer liebe. Nichts sei geschehen, das man nicht ungeschehen machen könne. Und dann sei da ja noch die Tatsache, dass ihre Kinder ihn Daddy nennen würden.

Menschen können sich ändern, sagt er.

Er sagte ihr, dass er nach Hause kommen möchte.

Ich trage meinen Kaffee auf die Veranda hinaus, mache abergläubisch einen großen Schritt über die Stelle hinweg, auf der wir Pascal gefunden haben. Alle denken, dass Andy seine Lektion gelernt hätte, nur Kelly glaubt es nicht. Lynn sei eigentlich diejenige, die sich geändert habe. (»Diese Theorie«, sagt sie ironisch, »baue ich darauf auf, dass es *immer* die Frau ist, die sich ändert.«) Kelly hat eine recht düstere Einstellung, denn sie ist der Meinung, dass Ehen dann am besten funktionieren, wenn die Frauen wenig erwarten. Sie denkt, dass Lynn gesehen hat, wie schwer es draußen in der Welt ist, und dass sie ihre Erwartungen entsprechend angepasst hat. Doch ich kann mich daran erinnern, wie Lynn erzählt hat, dass ihr, erst nachdem Andy sie verlassen habe, eingefallen sei, wie vernünftig er sein könne. Zum ersten Mal seit Jahren hätten sie angefangen, gemeinsame Entscheidungen zu treffen – den Verkauf des Hauses, die Aufteilung der Fonds, die Terminplanung in Bezug auf ihre Söhne –, und sie hat sich die Frage stellen müssen, warum sie das nicht getan hatten, solange sie zusammenlebten. »Es braucht erst eine Scheidung«, sagte sie, »um dir zu zeigen, wie man verheiratet sein sollte.«

Garcia kommt angeschlendert. Sie springt mir nicht wie früher ihr Bruder auf den Schoß, sondern wickelt sich stattdessen um meine Beine und fängt laut an zu schnurren. Seit er nicht mehr da ist, ist sie zutraulicher geworden. Fast könnte man meinen, ihre Persönlichkeit hätte sich erweitert, damit sie den Raum, den Pascal einst einnahm, ausfüllen kann. Wenn ich mir eine Scheidung vorstelle, bringt mich mein Verstand nur bis zur Schwelle und keinen Schritt weiter. Wie sehr ich es auch versuche, ich kann mir kein Bild vom ersten Tag allein machen, und ich überlege mir, ob meine geistige Gesundheit vielleicht davon abhängt, dass ich es nicht versuche. Es hat zu viel Anstrengung gekostet, genug Schwung für meinen Ausstieg aufzunehmen, es hat mich zu viel Zeit gekostet, die richtige Mischung aus Kraft, Wut und Geld zusammenzustellen, und jetzt, jetzt, wo ich endlich, endlich die Maschinen unter mir spüren kann, kann ich es mir nicht leisten, aufzuhören und nachzudenken. Zumindest nicht über Lynn.

»Sie hat ihn zurück«, sagte Nancy auf ihre herzlose Art, und es ist befremdlich, wie in der Sprache der Rache die Sprache der Versöhnung widerklingt. Nancy beansprucht diesen Sieg gewissermaßen als Erfolg für unser gesamtes Geschlecht. Lynn hat sich einen Vorteil errungen, sie hat ihrer Position zum Durchbruch verholfen, sie hat eine kostenlose Reise nach Belize gewonnen. Es kann nur eine Frage der Zeit sein, bis sie Wände herausschlägt und auf der Rückseite ihres Hauses einen Wintergarten anbaut. »Ich bin so stolz auf sie«, sagte Nancy, und während ich meinen Kaffee austrinke und Garcia gegen ihren Willen auf meinen Schoß setze, muss ich an Belindas Mutter dort unten in

Alabama in der Wohnwagensiedlung denken, die ein Bild von Belindas rotem Ziegelhaus an ihrer Kühlschranktür hängen hat.

»Sie hat mir erzählt«, sagte Belinda einmal grimmig, »dass du das Spiel, das du gewonnen hast, lieben lernen musst. Meinst du, dass das wirklich stimmt? Dass keine von uns jemals glücklich sein wird, bis wir lernen, das Spiel, das wir gewonnen haben, zu lieben?«

Als ich an diesem Nachmittag nach meiner Post sehe, ist meine Postkarte endlich da. Vorne ist ein Foto mit Mayaruinen abgebildet. Die Postkarte ist umgeknickt und ramponiert. Sie sieht aus, als wäre sie von Belize über Guam nach North Carolina gekommen, und ich frage mich, ob Lynn sie als Letzte geschrieben hat, weil sie nicht so recht wusste, was sie mir schreiben sollte. Vielleicht hat sie die Karte tagelang in ihrer Handtasche herumgetragen und mit sich gekämpft, ob sie es wert ist, abgeschickt zu werden. Vielleicht hat sie sie aber auch alle zusammen geschrieben, an der Poolbar, mit einem Fruchtcocktail neben sich, und meine war schlicht und einfach die Nachricht, die sonderbarerweise vom Weg abgekommen ist.

Mit der Karte oben auf dem Stapel Post gehe ich die Auffahrt hinauf, trage sie ins Haus und stelle sie auf die Küchentheke. Dort bleibt sie ein paar Stunden, während ich zwischen dem Haus und dem Atelier hin und her gehe, während ich das Hühnchen zum Auftauen herausnehme, während ich hereinkomme, um meine Schlüssel für den nachmittäglichen Fahrdienst zu holen. Erst als ich mit dem Kochen fürs Abendessen anfange, nehme ich sie wieder zur Hand.

Die Ruine ist dunkel und imposant. Der Mann, der ganz oben steht, sieht so klein aus wie ein Splitter, gegen den strahlend blauen Himmel ist er kaum als menschliches Wesen zu erkennen. Ich drehe die Karte in meinen Händen hin und her, bis die Schrift auf der Rückseite, Lynns mit dicker schwarzer Tinte geschriebene ordentliche und abgerundete Buchstaben, vor meinen Augen verschwimmt. Was immer Lynn gesehen hat, ich muss es auf meine eigene Weise sehen. Was immer sie weiß, ich muss es selbst herausfinden. Ich werfe die Postkarte in den Müll und fange an, in der Spüle den Salat zu waschen.

Kapitel 39

»Alle reden über uns«, behauptet Phil.

Eigentlich reden alle über Lynn. Wir wurden von Seite eins vertrieben, aber es hat keinen Sinn, das Phil zu erklären. »Und wenn sie das tun, wer ist schuld daran?«

Phil macht ein nachdenkliches Gesicht. »Ich erzähle absolut niemandem davon.«

»Komm schon. Ich weiß, dass du mit Nancy telefonierst und sie im Grunde bittest, mich auszuspionieren. Und dann diese ganzen sogenannten Eheberatungssitzungen. Ich wette darauf, wir sind kaum aus Jeffs Büro raus, und schon greift er zum Telefonhörer. Jede Wette, dass er jedes Mal, wenn wir da waren, Nancy danach angerufen hat, um ihr haarklein zu erzählen, was wir alles gesagt haben. Wir reden mit ihm, er redet mit ihr, sie redet mit allen anderen, und ich gehe mit meinen Freundinnen zum Mittagessen und stehe da wie ein Idiot. Es kotzt mich an. Diese ganze Situation ist zum Kotzen.«

Einen Moment lang wirkt Phil schuldbewusst, ein Ausdruck, der nur selten auf seinem Gesicht zu finden ist. »Du meinst, wir sollen uns eine andere Beratung suchen? Jemanden, den wir nicht kennen? Ich könnte ein paar anrufen.«

Wunderbar. Drei Jahre lang habe ich ihn angebettelt, dass wir in eine Eheberatung gehen, und jetzt, so ganz urplötzlich, kommt ihm die Idee. Er steht vor mir, ganz der besorgte Ehemann, brennend daran interessiert, alles nur Erdenkliche zu unternehmen. Vermutlich sollte ich mich damit trösten, dass ich ihn für seine zweite Ehefrau schon bestens vorbereitet habe. Aber für uns – für uns ist es zu spät, um sich auch nur Gedanken darüber zu machen, warum es zu spät ist. Ich schüttle den Kopf. »Ich weiß nicht, warum wir überhaupt in die Beratung gehen.«

»Du willst aufhören.«

»Phil, wir haben bereits aufgehört.«

»Jeff hat mich heute Nachmittag angerufen und einen Vorschlag gemacht. Ich glaube, wir haben ihn mit dem ganzen Zeug von der Katze wirklich beunruhigt. Egal, er hat gesagt, dass Nancy auch an unseren Sitzungen teilnehmen könnte, wenn es dich trösten würde. Damit du nicht das Gefühl hast, die Männer würden sich gegen dich verbünden.«

»Du machst Scherze.«

»Sie haben zusammen Paartherapie gemacht. Vor langer Zeit, bevor die Kinder auf die Welt gekommen sind. Er hat gemeint, in unserem Fall würde sie ganz bestimmt ausgesprochen gern …«

»Jeff und Nancy führen eine beschissene Ehe.«

»Du denkst, dass alle eine beschissene Ehe führen.«

»Nein, nur du und ich und Jeff und Nancy.« Mir fallen noch ein paar andere ein, aber es ist nicht der richtige Zeitpunkt, das zu vertiefen. »Ich will nicht, dass sie mit uns arbeiten. Ich möchte nicht, dass auch noch das bisschen, was von unserer Privatsphäre übrig ist, ganz den Bach runtergeht. Hast du es irgendwie geschafft, unsere gesamte letzte Therapiestunde zu vergessen?«

»Nancy ist deine beste Freundin.«

»Gott steh mir bei, wenn das stimmt.«

»Sie macht sich Sorgen um dich.«

»Auf ihre eigene beschränkte Art tut sie das vermutlich. Aber die Tatsache, dass sie mit deinem besten Freund verheiratet ist, macht sie nicht unbedingt zu meiner besten Freundin.«

»Jeff hätte es ihr nicht erzählt, wenn er nicht glauben würde …«

»Willst du wirklich diese Unterhaltung führen?«

»Nein«, sagt Phil, fühlt sich aber sichtlich unbehaglich. Er denkt an die Zeit zurück, als ich alles getan habe, um ihn dazu zu bringen, mit mir zu sprechen. Er denkt daran, wie ich in Fötusposition zusammengerollt unter der Duschtür hindurch gebettelt habe. Er denkt an die Prospekte mit Bed-and-Breakfast-Pensionen, die ich überall im Haus herumliegen ließ, für den unwahrscheinlichen Fall, dass er sie zufällig sehen und vorschlagen würde, wir sollten ein Wochenende lang verreisen. Daran, wie ich bei Spielfilmen meine Hand nach seiner ausgestreckt habe. Jetzt hat er eine Frau, die das Zimmer verlässt, während er noch redet.

»Vielleicht solltest du es dir noch einmal überlegen und mit mir und Tory nach Florida kommen.« Er folgt mir hinaus in die Garage.

»Nein, wir brauchen diese Pause.« Es ist meine Chance, schon ein paar Sachen für den Umzug am 2. Juni einzupacken und sie zu Kelly zu bringen. Ich möchte keine Kisten herumschieben, während Tory im Haus ist. Ich habe viel darüber nachgedacht und glaube, dass es besser ist, ihr erst eine Woche vor dem eigentlichen Ereignis mitzuteilen, dass wir umziehen. Das heißt aber nicht, dass ich nicht schon ein paar Sachen wegbringen kann, während sie in Florida ist.

»Ich werde Ostern zurück sein.«

Ich drehe mich mit Müll in den Händen zu ihm um. »Ist es das, was dir Sorgen macht? Wie das Ganze für die Nachbarn aussehen wird?«

»Wir werden am Samstag zurückkommen. Rechtzeitig zum Barbecue.«

»Gut, ich hoffe sehr, du hast dafür gesorgt, dass Jeff und Nancy eine Kopie von euren Flugdaten haben.«

»Das ist nicht fair«, sagt er. Phil setzt seine Brille ab und tut so, als würde er die Gläser putzen. Mit viel Aufhebens haucht er sie an und wischt sie ab, doch seine Augen sind nach unten gesenkt. Irgendwann hat er Angst davor bekommen, meinem Blick zu begegnen. »Ich habe gedacht, du würdest dich vielleicht einsam fühlen.«

Das würde ausreichen, um mir die Tränen in die Augen zu treiben, wenn ich noch Tränen in mir hätte. »Mach dir deswegen keine Gedanken.« Ich hebe den schweren grauen Deckel der Mülltonne hoch und werfe den Beutel hinein. »Ich werde nicht einsamer sein als sonst.«

»Unglaublich, wie er auch nur auf die Idee kommen kann, hierherzukommen. Das ist deine Stadt.«

Kelly trägt seit neuestem ihre Haare hochgesteckt, was sie wie eine Lehrerin aussehen lässt, oder vielleicht eher wie einen Pornostar, der die Rolle einer Lehrerin spielt. Ich stelle mir vor, wie sie die Spange hinten aus ihren Haaren löst und ihren Kopf schüttelt, ihre Brille absetzt und plötzlich wunderschön aussieht.

»Ich war in Boston.«

Sie verdreht ihre Augen, als könne sie meine Dummheit nicht fassen. »Das ist etwas ganz anderes, und das weißt du. Wenn ein Kollege von ihm euch zufällig miteinander gesehen hätte, hätte er sich einfach abgewendet. Wenn er Gerry das nächste Mal gesehen hätte, hätte er ihm wahrscheinlich auf die Schulter geklopft. Aber was glaubst du wohl, was passieren würde, wenn dich hier jemand mit einem Mann herumlaufen sieht, den keiner kennt? Glaubst du wirklich, sie würden einfach nur kichern und sich abwenden?«

»Wahrscheinlich würden sie mich mit Pfeil und Bogen verfolgen.«

Kelly verengt ihre Augen zu Schlitzen. »Das ist nicht lustig.«

»Ich habe keinen Witz gemacht.«

Sie schiebt ihren Muffin unangetastet zur Seite. »Du bist nicht einmal vernünftig genug, um Angst zu haben. Du hast doch wohl nicht vor, ihn zu dir nach Hause zu holen, oder etwa doch?«

»Ich weiß nicht. Warum eigentlich nicht? Phil und Tory reisen morgen ab.«

Kelly streckt die Hand über den Tisch und packt mich am Handgelenk. »Schalt ausnahmsweise mal einen Gang runter und hör mir zu. Wenn Phil sich entschließt, Tory haben zu wollen, was willst du dann tun? Du hast kein Geld, Elyse, du hast keine Bleibe.«

Ich will schon fragen: »Nicht einmal bei dir?«, lasse es aber. Ihr Haus ist nicht wirklich ihr Haus, es ist Marks Haus, und er würde mich nicht dort haben wollen. Noch viel weniger mich und meine Tochter und meine Katze und meine Töpfe.

»Nancy hat auf deinen Armen Blutergüsse gesehen«, fährt Kelly fort, sie lehnt sich näher zu mir, senkt die Stimme ein wenig. »Sie hat vor Monaten, damals um die Ferienzeit, darüber geredet, und egal was du von ihr denkst, Nancy ist nicht dumm. Wenn du ihr genug Zeit lässt, bringt sie eins und eins zusammen. Und wenn Nancy bei dir Flecken entdeckt, wenn du vollständig bekleidet bist, wie kannst du glauben, dass Phil nichts merkt?«

Ich verrate ihr nicht, dass die Blutergüsse, die Nancy gesehen hat, von jenem Abend stammen, an dem Phil mich mit Handschellen ans Bett gefesselt hat. »Es sind noch zweiundfünfzig Tage bis zum 1. Juni«, sage ich. »Bis dahin wird die Wohnung fertig sein.«

»In zweiundfünfzig Tagen kann eine Menge geschehen.«

»Ist es wirklich so schlimm, wenn er zu mir nach Hause kommt? Ich will, dass er sieht, wer ich bin.«

»Du willst, dass er sieht, was du aufgibst. Das ist ein gefährliches Spiel. Mehr sage ich dazu nicht. Du spielst ein gefährliches Spiel.«

Kelly meint, ich hätte nicht genug Verstand, um keine Angst zu verspüren, aber sie irrt sich. Seit ich das Sch-Wort ausgesprochen habe, kommt mir die ganze Welt wie ein gefährliches Spiel vor. Gestern musste ich mich zweimal übergeben. Letzte Nacht habe ich drei Stunden geschlafen. Alle meine Freundinnen sind verheiratet. Sie sind vielleicht nicht mehr meine Freundinnen, wenn ich nicht mehr verheiratet bin. Auf meinem Girokonto habe ich nur viertausend Dollar. Gestern Abend ging Tory mit ihrer Urkunde für den zweiten Platz im Buchstabierwettbewerb direkt zu Phil. Sie krabbelte auf seinen Schoß. Vielleicht liebt sie ihn mehr. Vielleicht würde sie lieber bei ihm bleiben. Ich schalte die Nachrichten ein, in Brasilien hat es einen Flugzeugabsturz gegeben, in Taiwan ein Erdbeben, eine Frau aus einer Nachbarstadt verließ den Supermarkt und endete eingesperrt im Kofferraum ihres Autos. Diese Frau war wie ich, sie war einfach nur jemand, der ein paar Sachen einkaufen wollte und urplötzlich finden sie sie im Kofferraum ihres eigenen gottverdammten Autos. Ich werde von Angst eingehüllt, sie ist unsichtbar wie die Luft, aber sie ist da. Ich versuche, nicht einzuatmen, mache es aber täglich.

Kelly seufzt, streicht sich die Haare aus der Stirn. Sofort fallen sie ihr wieder ins Gesicht. »Wann also fliegt der Wunderjunge ein?«

»Am Mittwoch.«

»Werde ich ihn kennenlernen?

»Das bezweifle ich.«

»Manchmal frage ich mich, ob es ihn wirklich gibt.«

Manchmal frage *ich* mich, ob es ihn wirklich gibt.

»Elyse, es besteht die Möglichkeit, dass er dich nicht liebt.«

»Vielleicht liebe ich ihn nicht.«

»Nein. Hör mir zu. Es besteht die Möglichkeit, dass er sich überhaupt nicht ernsthaft für dich interessiert. Egal, was er sagt, egal, was du empfindest, das ist alles nicht real.«

»Er karikiert Stimmen. Er macht Pepé le Pew nach.«

Kelly befestigt die losen Strähnen ihres Haares wieder im Knoten. »Meinst du das Stinktier?«

»Ja, das französische Stinktier in den Cartoons. Pepé le Pew.«

»Pepé le Pew war ein Vergewaltiger.«

»Pepé le Pew war kein Vergewaltiger.«

»Ich glaub's nicht, dass wir in unserem Leben an einem Punkt angelangt sind, wo du so etwas für romantisch hältst. Mein Gott, was ist mit dir passiert? Du warst einmal Ballkönigin.«

»Nein, wirklich, er hat sich meine Beine um die Schultern gelegt und dabei gesehen, dass ich diese Blutergüsse habe. Er zog meinen Fußknöchel zu seinem Gesicht und sagte – ganz französisch: ›Sie hat sich selbst verletzt, um mir ihre Liebe zu beweisen. Es ist seltsam, ja, aber romantisch, nicht wahr?‹« Ich warte, aber von Kelly kommt keine Reaktion. Ihr Gesicht ist ausdruckslos, so als hätte sie Probleme, der Geschichte zu folgen. »Findest du das nicht süß?«

»Du kannst kein Französisch.«

»Er hat nicht Französisch gesprochen, er hat Englisch mit französischem Akzent gesprochen.«

»Oh ja, das ist etwas ganz anderes.«

»Dir stinkt es nur, dass ich glücklich bin. Du hast Angst, dass ich tatsächlich bekomme, was ich haben will und du es nicht aushältst. Weil du immer das Goldmädchen warst. Du solltest eigentlich diejenige sein, die Pepé le Pew bekommt.«

»Hier geht es nicht um mich.«

»Genau das versuche ich dir zu erklären. Du glaubst, was damals passiert ist, wird wieder passieren, aber du musst eines begreifen, Kelly: Ich bin nicht du.«

»Du musst nicht so verdammt erfreut darüber klingen.«

»Du hast vergessen. Du hast vergessen, wie es sich anfühlt. Versuch's. Nur für eine Sekunde. Erinnerst du dich noch an den Tag, an dem wir ihn auf der Veranda angerufen haben?«

»Erinnerst du dich noch an den Tag, an dem du mich in die Klinik gefahren hast?«

»Gerry ist nicht Daniel. Du hast ihn noch nicht einmal kennengelernt.«

»Das muss ich nicht. Männer wie er gebrauchen Frauen nur, sie brauchen sie völlig auf.«

»Ist es das, was du dir jede Nacht einredest? Rechtfertigst du so die Ehe mit Mark und das Leben in diesem großen marmornen Haus?«

»Fahr zur Hölle.«

»Wenn ich dort ankomme, sorge dafür, dass du das Tor aufmachst und mich einlässt.«

Als hätten wir es geplant, stehen wir mit einer einzigen Bewegung vom Tisch auf. Ich hole meine Autoschlüssel heraus, und sie setzt sich genauso unvermittelt wieder hin. »Er spielt nur mit dir«, sagt sie. »Eines Tages wachst du auf und siehst es als das an, was es ist.«

In dieser Nacht krame ich Daniels Briefe an Kelly heraus und lese sie wieder einmal alle durch. Ich lese langsam, der Reihe nach. Ich lese sie laut. Jemand muss sich daran erinnern. Während ich sie lese, sitze ich auf dem Boden, blinzle in dem dämmrigen Licht, bis ich höre, wie Phils Auto in die Garage fährt. Dann laufe ich zum Schrank und stopfe sie in die erste große Tüte, die ich finde.

Doch an der Tür steht nicht Phil, sondern Kelly.

»Sei nicht böse auf mich«, sagt sie. »Du ahnst nicht, wie sehr ich hoffe, dass ich mich irre.«

Kapitel 40

Die Zeiten sind vorbei, wo man jemanden am Flughafen auf romantische Weise begrüßen konnte. Moderne Sicherheitsmaßnahmen verbieten es, zum Gate zu gehen, geschweige denn, mit einem Arm voll Blumen auf der Rollbahn zu stehen. Gerry und ich haben uns schon auf Flughäfen überall im Land gegenseitig aus den Augen verloren, und als er nach Charlotte fliegt, schaffen wir es, uns richtig zu verfehlen. Auf der Ankunftstafel steht, dass seine Maschine vor zwanzig Minuten gelandet ist, aber ich kann ihn in der Gepäckausgabe nicht finden.

Mein Handy klingelt.

»Wo bist du?«, fragt er.

»Oben, ich verlasse gerade den Schalter von US Airways.«

»Okay, wir sind nah beieinander. Ach, warte eine Minute, vielleicht sollten wir uns heute lieber nicht treffen, ich habe nämlich eben diese umwerfende Frau entdeckt. Sie kommt direkt auf mich zu, trägt diese leuchtend rote Jacke …«

Ich lache, schaue mich um, sehe ihn aber noch immer nicht. »Wo bist du?«

»Oh Mist, vergiss es. Sie telefoniert. Vielleicht hat sie schon einen Freund. Ja, ja, sie sucht eindeutig jemanden, sie dreht sich um 360 Grad, wie eine Ballerina …«

Dann sehe ich ihn, an einen Ticketschalter gelehnt, sein Handgepäck über der Schulter und das Handy am Ohr. Auf seinem Gesicht liegt ein breites Lächeln, und ich habe den Eindruck, in den besten Spiegel dieser Welt zu schauen, denn auch ich lächle, und ich fühle mich schön, unglaublich, strahlend, schlank, jung. Ich gehe auf ihn zu, und er fängt mich mit einem Kuss auf, während wir die Handys noch immer an unsere Ohren gepresst haben, so dass wir durch Satelliten miteinander verbunden sind, die hoch über uns Signale durch den Weltraum senden, durch unsere Haut, durch eine Reihe von Nervenimpulsen, die immer noch knistern und zittern, als sich sein Mund auf meinen drückt.

»Du hast dich verändert«, sagt Gerry. Er sieht sich ein Foto von Tory und mir an, das vor ein paar Jahren an Weihnachten aufgenommen wurde.

»Nicht sehr. Meine Haare sind kürzer.«

»Es ist mehr als nur das. Warum sind wir hier?«

»Ich weiß nicht so ganz.«

Er steht vor dem Kühlschrank, liest Torys Softball-Trainingsplan, die Liste mit den bevorstehenden Osteraktivitäten, Speisekarten von den örtlichen Chinesen und Pizzerias. Garcia geht ihm um die Beine, und er beugt sich hinunter und hebt sie hoch. Sie macht es sich wie ein Baby, das auf sein Bäuerchen wartet, über seiner Schulter bequem. In diesem Haus ist selbst die Katze untreu. Am Kühlschrank hängt ein Cartoon, den ich vor Monaten aus dem *New Yorker* ausgeschnitten habe. Auf einer Couch sitzt ein Ehemann und sagt: »Ich verstehe wirklich nicht, was dir zu schaffen macht«, während hinter ihm seine Frau an die Wand NIE PASSIERT IRGENDETWAS sprüht.

Ich warte darauf, ob er lacht. Er tut es nicht.

»Ich muss dir etwas sagen«, beginnt er. Ich lege meine Arme um seine Taille und lausche Garcias Schnurren.

»Ich weiß.«

»Wenn du das machst, kann ich nicht mit dir kommen.«

»Das habe ich auch nicht von dir erwartet.« Und wie bei allem, was ich jemals zu Gerry gesagt habe, weiß ich in dem Augenblick, in dem ich es ausspreche, dass es der Wahrheit entspricht. Glaubt er, dass ich weinen werde? Ich fühle mich nicht nach Weinen. Es ist kein Ende, obwohl es vielleicht das Ende eines Anfangs ist. Ich dachte, dass es ihm helfen würde, mich klarer zu sehen, wenn ich ihn hierherbringe, aber das Gegenteil ist der Fall. Er ist von meinen Töpfen, Fotos und Terminkalendern mit Familienaktivitäten so überwältigt, dass er seine Augen schließt. Ich ziehe ihn ein bisschen näher an mich und schließe ebenfalls die Augen. Meine Knie sind leicht gebeugt, meine Beine geöffnet, und mir wird bewusst – ohne dass es mich allerdings völlig überrascht –, dass ich ihn stütze.

Ich hatte vor, heute Abend für uns beide zu kochen, und habe Spaghetti, Trüffelöl, Parmaschinken und Parmesan eingekauft, doch diese plötzliche Häuslichkeit ist zu viel für ihn. Ich erzähle ihm, dass es aberwitzig ist, wo ich doch so ein Fan von alten Spielfilmen bin, dass ich *Casablanca* noch nie vollständig gesehen habe. Also habe ich ihn für heute Abend ausgeliehen und Sachen zum Kochen gekauft. Aber wir müssen nicht hierbleiben. Wir können in ein Restaurant gehen. Wir können uns für die Nacht ein Hotel suchen.

Er öffnet die Augen, lässt seine Arme von meinen Schultern zu meinen Hüften gleiten. »Wenn es das ist, was du willst«, sagt er, seine Stimme klingt erleichtert. Unsere Welt besteht nicht aus Pasta und Blockbustern, unsere Welt besteht aus Gänseleber und Weckanrufen.

»Tatsächlich mein Haus zu sehen, war dir etwas zu viel, oder?«

»Nein. Es ist nur so, dass es genauso aussieht wie mein Haus. Bei uns hängt das gleiche Zeug am Kühlschrank. Ihr habt unsere Badewanne. Ich weiß ganz genau, wie viel diese Badewanne kostet.«

»Du kannst nicht glauben, dass es in Amerika eine Frau gibt, die dumm genug ist, diese Badewanne zu verlassen.«

»Du weißt, dass ich nicht vom Geld spreche. Nicht nur vom Geld. Ich rede davon, wie es sich anfühlt, wenn alles zusammenkommt. Du und dieser Mann …«

»Phil.«

»Was?«

»Mein Mann heißt Phil.«

»Glaubst du, ich rede hier nur von Geld, wenn es darum geht, dass du bereit bist, all das Zeug hier, das du und Phil angesammelt habt, zu verlassen?«

»Nicht wirklich.«

»Aber um das zu verlassen … musst du die ganze Zeit über unglücklicher gewesen sein, als mir bewusst war.«

»Es ist wirklich in Ordnung so«, versichere ich ihm und spüre, wie sich in mir etwas bewegt, als ob mein Herz an eine andere, tiefer gelegene Stelle meiner Brust umzieht. Er spricht in meine Haare. Ich glaube, er sagt, dass es ihm leidtut, aber es gibt nichts, was ihm leidtun muss. Er hat von Anfang an mit offenen Karten gespielt. Er ist Bergsteiger. Er ist geübt darin, an Dingen festzuhalten, aber nur für eine Sekunde. Er hält sich lange genug fest, um sein Gleichgewicht zu finden und den nächsten Griff zu sehen. Und dann lässt er los.

Festhalten und loslassen, festhalten und loslassen. Das hat mich die Zeit mit ihm gelehrt, diesen Rhythmus der Bewegung von einem unheimlichen Ort zum anderen, diesen Rhythmus, der dir erlaubt, eine große Kluft zu überwinden, ohne hinunterzufallen. Es ist ein Bergsteigerklischee – schau nicht hinunter –, aber er hat mir oft erzählt, das auch das Hinaufschauen riskant ist. Denk nicht über das nach, was du hinter dir gelassen hast oder was vor dir liegt, denn sicher bist du nur, wenn du dich auf das konzentrierst, was sich unmittelbar vor dir befindet. Das hat mich die Zeit mit ihm gelehrt, warum also scheint es ihn so zu überraschen, dass ich es jetzt weiß? Ich muss an die erste Unterhaltung denken, die wir jemals miteinander geführt haben, irgendwo in der gefährlichen Luft zwischen Phoenix und Dallas, in der er mir erzählt hat, dass man nie jemanden loslässt, der sich in Schwierigkeiten befindet. Solltest aber du derjenige im freien Fall sein, wird es als ehrenhaft angesehen, wenn du dein Seil kappst und dafür sorgst, dass du niemanden mit dir hinunterziehst. Solche Spiele erfordern, so erklärte er mir, ein hohes Maß an Vertrauen. Nicht nur den Glauben, dass der andere durchhält, denn durchzuhalten ist der leichte Teil. Der schwerere Teil ist das Vertrauen darauf, dass der andere weiß, wann er loslassen muss.

»Wir könnten jetzt zum Hotel hinüberfahren.«

Er schüttelt den Kopf. »Du hast den Film geholt. Lass ihn uns anschauen.«

»Es gibt kein Happy End. Die Liebenden kommen am Schluss nicht zusammen.«

Er seufzt. »Ich halte es aus, wenn du es schaffst.«

Wir gehen ins Wohnzimmer, starten den DVD-Player. Wir sitzen auf der Couch, und ich lege meinen Fuß in seinen Schoß. Die Nazis bedrohen Paris. Ingrid kommt in eine Bar. Dort ist alles sehr schemenhaft. Sam spielt Klavier. Gerry hebt meinen Fuß hoch und küsst die Sohle. Dreißig Minuten nach Spielfilmbeginn klingelt das Telefon. Nancy. Sie fragt mich, ob ich schon Zeit hatte, mich einsam zu fühlen, und bevor ich ihr sagen kann, dass es nicht so ist, nicht wirklich, fängt sie an, die neuen Vorhänge zu beschreiben, die sie im Wohnzimmer aufhängt. Sie ruft eigentlich nicht wegen der Vorhänge an. Sie ruft an, um Einblick in die

Situation zu erhalten, um zu erfahren, ob ich sie bei der nächsten Beratung mit dabeihaben will, falls Phil und ich tatsächlich wieder zur Eheberatung zurückkommen. Sie ruft an, um mir zu zeigen, dass sie mir die vielen Schwierigkeiten, die ich gemacht habe, verzeiht. Sie vergibt mir, dass ich eine Spinnerin und unzufrieden bin. Sie weiß nicht, dass ich eine Schlampe bin, aber würde sie es wissen, würde sie mir auch das verzeihen. Nancy fragt, ob ich vielleicht nächste Woche irgendwann Lust hätte, mit ihr zu den Outlets zu fahren und mir das Material anzusehen. Sie schätzt meinen Sinn für Farben. Außerdem würden wir nie irgendetwas zusammen unternehmen, nur sie und ich. Wir könnten einen Tagesausflug daraus machen.

Ingrid Bergmann verlässt Humphrey Bogart, und ich kenne genug von dem Film, um zu wissen, dass sie ihn mindestens zweimal, vielleicht sogar öfter verlassen muss. Einen Mann zu verlassen ist so schwer, dass es nicht immer gleich beim ersten Mal funktioniert, nicht einmal in Spielfilmen. Gerry ist ganz in ihre Geschichte vertieft und hält zärtlich meine Füße, einen in jeder Hand, während Nancy über Ausführungen und Gardinenstangen und dem Preis von alldem spricht. Sie sagt, egal wie sorgfältig man plant, es kostet immer mehr, als man denkt.

Es besteht keine Notwendigkeit, ihr zu antworten, nur ab und an ein Murmeln reicht. Und ich liebe Gerry dafür, dass er nicht fragt, wer am Telefon ist, dass er es auch später nicht macht, wenn wir zurückspulen und die Stellen, die ich verpasst habe, nochmal abspielen. Ingrid weint. Sie weint so wunderschön. Vielleicht fast so wunderschön wie Elizabeth Taylor, obwohl ich mich allein schon bei dem Gedanken treulos fühle. Nancy sagt, sie mag ein weiches Grün, den Ton zwischen Moos und Salbei, aber vielleicht ist Grün ja zu viel, vielleicht wird sie sich mit der Zeit satt daran sehen und ist vielleicht glücklicher, wenn sie bei Blau bleibt und nur von Lavendelblau zu Kobaltblau wechselt. »Jeff würde mich für verrückt halten, wenn ich Blau durch Blau ersetze. Aber du weißt ja, wie Männer sind. Du kannst ihnen nicht klarmachen, dass es eine Menge verschiedener Blautöne gibt.«

»Richtig«, sage ich. »Eine Menge verschiedener Blautöne.«

Als sie auflegt, bin ich nicht mehr böse auf sie.

Genau eine Stunde und zwanzig Minuten später, obwohl wir nicht messen und nicht zählen müssen … Genau eine Stunde und zwanzig Minuten später, nachdem ich mich in der Dusche an Gerry angelehnt und ihm erlaubt habe, mir die Haare zu waschen … nachdem ich meine Hände gegen die gekachelte Wand gestemmt und mich nach vorne gebeugt habe, damit er meine Beine einseifen kann, zuerst das eine, dann das andere, und dann »wechseln« gesagt habe, während ich mich vor und zurück bewegt habe und mich die Sanftheit in seiner Stimme an meinen Vater erinnert hat … Genau eine Stunde und zwanzig Minuten später, nachdem wir unter einem der Sofakissen die Fernbedienung gefunden und die erste Runde von *Jeopardy!* angesehen haben … nachdem er in seinem Büro angerufen hat, um eingegangene Nachrichten zu checken … nachdem ich ihm die beiden Schachteln gezeigt habe, die ich bereits gepackt und im Schrank des Gästezimmers versteckt habe …

Genau eine Stunde und zwanzig Minuten später ziehe ich ein Paar Handschellen aus einer Schublade und halte sie hoch.

»Hey Pepé. Kommen dir die bekannt vor?«

Als ich ein Kind war, las ich wie alle anderen auch die Superhelden-Comics und entschied – ich lebte in einer kleinen Stadt auf dem Land mit liebenswerten, besorgten Eltern –, dass ich am liebsten die Fähigkeit, mich unsichtbar zu machen, als Supermacht besäße. Dies musste meiner Meinung nach die ultimative Freiheit bedeuten, vielmehr noch als die Fähigkeit zu fliegen. Die Macht, die es mir erlauben würde, ohne beurteilt und gesehen zu werden, durch die Welt zu spazieren.

Was ich nicht vorhersehen konnte, war, dass ich eines Tages diese Macht besitzen würde. Es ist leicht. Es funktioniert so: Heirate, bekomme ein Kind, ziehe bestimmte Kleidungsstücke an und fahre eine bestimmte Sorte Auto, und dann, unmittelbar vor deinem vierzigsten Geburtstag, erwachst du eines Morgens und stellst fest, dass dir dein Kindheitswunsch erfüllt wurde. Du bist unsichtbar geworden. Du kannst die Straße entlangwandern, mit deinem Geliebten Händchen halten, und keinem fällt auf, dass du an deinen Handgelenken Handschellen trägst. Andererseits bemerkt doch keiner jemals irgendetwas, oder? Die vergangenen neun Monate haben mir zumindest das beigebracht.

Wir entschließen uns, einfach etwas zum Essen zu kaufen, verlassen das Haus und fahren zu dem Einkaufszentrum, wo Belinda und ich Lynn gesehen haben, wie sie Scones aß. Auf dem Parkplatz verbindet er sein linkes Handgelenk mit meinem rechten, und wir kämpfen uns durch dieselbe Autotür hinaus. Anschließend gehen wir, unnatürlich vereint, zu Dean & Deluca.

»Ich verhungere«, sagt Gerry und zieht das Wachs von einem Block Gouda herunter, damit wir ihn während des Einkaufs essen können. Obwohl er den Preisaufkleber zum Bezahlen mitnimmt und sagt: »Das auch«, fühlt es sich an, als würden wir etwas sehr Schlimmes, sehr Illegales tun. Wir haben zu viel gekauft, wie Leute, die nie wieder essen werden. Zwei kleine Hackbraten, ein Stück geräucherter Lachs, eine Schachtel mit buntem Paprikasalat aus roten, grünen, gelben und orangefarbenen Paprika und eine weitere mit kurz angebratenen Erbsenschoten. Ein Baguette, ein Glas Oliven, überdimensionale Frischkäse-Brownies, eine große Flasche Mineralwasser, eine Piccoloflasche Champagner und eine Banane. Alles Lebensmittel, die man mit einer Hand essen kann.

Gerry und ich nehmen die Tüte mit nach draußen zum Brunnen, der gegenüber dem Geschäft liegt, und fangen an, alles auf einem Tisch auszubreiten. Für meinen nächsten Diätversuch muss ich mir merken, dass ich, wenn ich mit meiner linken Hand esse, in allem langsamer bin, und ich stelle fest, dass ich nicht annähernd so hungrig bin, wie ich gedacht hatte. Ich merke, dass ich mich mit weniger zufriedengeben kann, dass es mich nicht aufregt, wenn mir ein Bissen Lachs oder eine Ecke roter Paprika von der Gabel fällt. Irgendwann fängt Gerry an, mich zu füttern, und ich stelle mir vor, wie uns eine Frau von der anderen Seite des Vorplatzes aus beobachtet und zusieht, wie er mir eine Gabel in den Mund schiebt. Es wirkt, anders als in einem Film, linkisch. Eine Zinke sticht mich beim Mundwinkel in die Lippe, der Rand seines Plastiksektglases stößt gegen meine Zähne. Unter dem Tisch gleitet seine Hand zwischen meinen Oberschenkeln hoch und zieht dabei meine Hand mit. Die Logistik eines gemeinsamen Bananenschälens macht uns fast fertig. Wir kichern und genießen das jüngste unserer albernen, schwindelerregenden Geheimnisse.

Ich bin so damit beschäftigt, dass ich nicht gleich die obdachlose Frau bemerke, die sich uns nähert.

»Möchten sie ein paar Süßigkeiten haben?«, fragt sie. Sie verkauft Süßwaren.

Gerry scheint ähnlich durcheinander zu sein. »Nein«, antwortet er. »Nein danke, wir haben genug«, als wäre sie eine Bedienung. Auf unserem Tisch stehen so viele Schachteln und Tüten. Die Frau bleibt stehen. Sie trägt einen Trenchcoat und sieht aus, als wäre sie schwanger. Der Mantelgürtel sitzt straff über ihrem festen Bauch, aber sie ist viel zu alt, um schwanger zu sein. Ich lege meine freie Hand auf Gerrys Arm.

Doch er fischt schon in seiner Gesäßtasche nach dem Geld. Gerry hält seine Geldscheine mit einem Gummi zusammen, die Frau bemerkt es und fragt: »Möchten Sie einen Geldbeutel?« Offenbar verkauft sie auch Geldbeutel. Geldbeutel und Süßwaren. Mit meiner rechten Hand und seiner linken Hand ziehen wir den Gummi von dem Geldhäufchen, das sich vor uns wie eine Blume aufblättert. Einer umringt von Zwanzigern und Zwanziger von Fünfzigern. Er zögert. Sollte die Obdachlose es komisch finden, dass sich ein Mann und eine Frau mit Handschellen aneinandergefesselt vor Dean & Deluca aufhalten, so sagt sie es nicht. Die Vorkommnisse in ihrem Leben haben sie eindeutig große Toleranz gelehrt.

Ich greife ins Seitenfach meiner Handtasche und ziehe einen kleinen filigranen Schlüssel heraus.

»Ich mach das«, sagt Gerry, doch ich habe ihn bereits befreit.

Er fischt zwei Fünfziger aus dem Stapel Geld. »Ich brauche keinen Geldbeutel, Ma'am. Aber nehmen Sie das, und vielen Dank.«

Die Frau schlurft fort. Sie bleibt nicht stehen, um die anderen Menschen an den anderen Tischen anzusprechen, die die ganze Szene mit einer gewissen Beunruhigung beobachtet haben. In dieser Gegend der Stadt bekommt man nicht viele Obdachlose zu Gesicht.

»Du bist so gutmütig«, sage ich.

Er wird rot, will nicht, dass ich ihn für gutmütig halte.

»Nein, wirklich. Du hast ein reines Herz.«

Er schüttelt die Handschellen ab, sie fallen auf den Boden. Keiner von uns hebt sie auf. Gerry fängt an, die Geldscheine vom Tisch einzusammeln. »Selig sind die, die reinen Herzens sind.« Seine Stimme ist nicht ganz fest. »Denn ihrer ist ... was ist ihrer? Was bekommen die, die reinen Herzens sind?«

»Sie erhalten das Königreich des Himmels«, erkläre ich ihm. Sie erhalten es drei- bis viermal am Tag.

Kapitel 41

Am Morgen des Barbecues fährt Phil mit Tory eine Stunde früher hinüber, damit sie den Flohmarkt mitaufbauen können. Ich bleibe zu Hause und backe Cupcakes, zweiundsiebzig, alle einzeln verpackt und mit Preis versehen, dann lade ich sie ins Auto und fahre zur Kirche.

Der Parkplatz ist bereits bis auf den letzten Flecken besetzt, und der Rasen ist voll mit Leuten. Ich muss mein Auto hinter dem Müllcontainer einparken. Eben mache ich mich auf den Weg zur Küche, um jemanden zu holen, der mir mit den Schachteln hilft, da sehe ich Belinda den Gehsteig entlang auf mich zukommen. Sie geht schnell.

»Du musst hier weg«, sagt sie. »Er weiß es, er weiß alles.«

»Was meinst du damit? Was weiß er?«

»Geh nicht hinein. Es ist nicht sicher.«

»Von was zum Teufel redest du? Wo ist Tory?«

»Ihr geht es gut, ihr geht es gut, aber geh nicht da hinein, Elyse. Er ist wirklich außer sich. Steig einfach ins Auto.«

»Ich gehe ohne Tory nirgends hin.« Ich halte auf die Eingangstür zu, Belinda springt nach vorn und packt mich am Arm. »Ich hole sie«, sagt sie. »Ich bringe sie zu Kellys Haus. Du fährst auch dorthin, und zwar sofort. Nancy hat gesagt, sie hat sich verpflichtet gefühlt, es ihm zu sagen. Du kennst sie ja. Sie hat sich dazu verpflichtet gefühlt, es ihm zu sagen, aber er ist sehr aufgeregt, Elyse, und du musst einfach ins

Auto einsteigen und losfahren.« Ich stehe auf der ersten Stufe zum Kirchenraum, als die Tür auffliegt und Phil herauskommt.

Seine Hände sind voll mit Briefen, und ich kann mit einem Blick sehen, dass es sich um Kellys handelt, die, die ich ihr versprochen hatte, zu verbrennen. Er geht die Stufen herunter, die Briefe in der Hand, und hinter ihm sehe ich Nancy in der Kirchentür, die eine leuchtend rosafarbene Tüte in der Hand hält. Jetzt wird mir alles klar. Sie ist zu meinem Kleiderschrank gegangen, wie ich es ihr gesagt hatte, um die Kleider für den Flohmarkt zu holen. Sie hat alle Tüten mitgenommen, einschließlich der leuchtend rosafarbenen von Frederica's, in der sich Mieder, halterlose Strümpfe und High Heels befinden, die ich in dem vermasselten Versuch, meinen Mann zu verführen, vor Monaten gekauft habe. Wie konnte sie auf die Idee kommen, dass ich der Kirche Dessous stiften würde? Nein, natürlich ist sie nicht auf die Idee gekommen – sie hat ihren Fehler sofort bemerkt, als sie die Tüte aufgemacht hat, doch dann hat sie die Briefe darin gesehen. Nancy ist auch nur ein Mensch. Sie hat die Briefe gelesen. Diese Briefe, diese sorgfältig verfassten Briefe ohne Namen und Datumsangaben. Natürlich ist sie davon ausgegangen, dass sie an mich geschrieben wurden. Und dann – man kennt das ja – hat sie sich verpflichtet gefühlt, es meinem Mann zu sagen. Wie hätte das alles anders ausgehen sollen? Ich schaue sie an, der bloße Neid steht ihr ins Gesicht geschrieben. Es ist der gleiche Gesichtsausdruck, der sich hundertprozentig auch bei mir widergespiegelt hatte, als ich die Briefe zum ersten Mal las, der gleiche Ausdruck, der sich im Gesicht jeder Frau widerspiegelt, die Zeugin der Liebesgeschichte einer anderen wird – oder glaubt, es zu sein. Sie hat die Briefe gelesen und sie dann dem Mann überreicht, der jetzt auf mich zukommt, der Mann, der nicht fähig gewesen ist, das Mieder und die Strümpfe wiederzuerkennen, die ich an jenem ausschlaggebenden Abend getragen habe, als er gegrinst und mich gefragt hat, wer ich versuchen würde zu sein. Sein Gesicht ist aschfahl, und er nimmt zwei Stufen auf einmal, rennt fast. Den Beweis gegen mich hält er in Händen, die Liebesbriefe einer anderen Frau und einen Stapel durcheinandergeratener Unterwäsche, die ich nur einmal getragen habe. Ich schaue die drei an, Belinda, deren ausgestreckter Arm sich noch immer zwischen uns befindet, als könnte sie Phil irgendwie zurückhalten, Nancy, die die große Tüte umklammert und deren Gesicht vor lauter Triumph glüht, und Phil, der glaubt, etwas verloren zu haben, das er nie besessen hat. Und dann höre ich mich selbst das Falscheste tun, was ich wohl tun konnte. Ich höre, wie ich zu lachen anfange.

Die Briefe flattern aus Phils Händen.

Ich sage: »Ich kann alles erklären.« Phil holt mit seiner Faust aus und trifft mich.

Ich verstehe. Heute ist der Tag, an dem ich für alles, was ich getan habe, bezahlen werde. Nicht für so albernes Zeug wie Handschellen, nein, für die großen Dinge, wie den Versuch, glücklich zu sein. Phil holt erneut mit seiner Faust aus, Belindas Mann ist an meiner Seite, wirft den Kindern einen Nerfball zu, einen von denen, die einen sirenenartigen Ton von sich geben, wenn sie durch die Luft fliegen, und ich denke, dass Tory vielleicht unter ihnen ist.

Ich sage: »Ich kann alles erklären.«

Phil sagt: »Dieses Mal nicht.« Er öffnet seine Hand, schüttelt sie, als wäre sie nicht mehr durchblutet, dann formt er wieder die Faust, holt aus und trifft mich so heftig, dass ich mich drehe.

Ich stehe schwankend am Rand der Kirchentreppe. Noch

nie zuvor bin ich geschlagen worden, noch nie zuvor war ich in einen Kampf verwickelt.

Zwei Tage später wird Kelly Fotos von meinem Gesicht aufnehmen, drei, um sie an meinen Anwalt zu schicken und sie meiner Akte zuzufügen. Sie wird weinen, wenn sie durch das Kameraobjektiv schaut, sie wird mir immer und immer wieder erzählen, dass sie nicht glauben kann, dass das passiert ist, und ich werde ihr am Ende einen Drink machen. Sie wird mitten in ihrem Gästeschlafzimmer stehen und mir zuflüstern, dass die Blutergüsse in Wirklichkeit so viel schlimmer aussähen als auf dem Foto und wir vielleicht Make-up benutzen sollten. Ein bisschen dunklen Lidschatten, um die Farbe zu betonen, es wäre ja keine Lüge, überhaupt keine Lüge. Sie wird sich zu mir vorbeugen und fragen, warum ich die Briefe nicht verbrannt habe, warum nur habe ich das nicht getan, warum nur?

Sobald ich wieder aufrecht stehe, will ich Kelly anrufen. Ich muss Kelly anrufen, sie wird kommen und Tory holen. Wo ist Tory? Ist sie dort drüben mit den Kindern und jagt dem Ball hinterher, oder ist sie drinnen? Bitte, lieber Gott, lass sie drinnen sein.

Jemand schreit laut auf. Ich sehe Nancys versteinerte Miene, als ich an ihr vorbeitaumle, und ich weiß, was ihr durch den Kopf gegangen ist, als sie die Briefe gelesen hat, denn auch ich habe es gedacht. Sie hatte sich nur für einen Augenblick gefragt: »Warum sie und nicht ich?« Und ich weiß, wie es sich anfühlt, wenn du dich diesem Neid hingibst, wenn du den Beweis in den Händen hältst, dass eine andere Frau auf eine Weise geliebt wurde, auf die du nicht geliebt wurdest. Ist das alles, was wir letztlich wollen? Sind wir wirklich so oberflächlich und dumm, dass unser Bedürfnis, geliebt zu werden, alles andere außer Kraft setzt, dass es unsere Arbeit, unser Zuhause, unseren Gott und selbst unsere Kinder nur als Zeitvertreib erscheinen lässt? Nancys Gesicht ist sehr blass, sie legt sich die Hände ans Kinn und lehnt sich leicht nach hinten, so als wäre sie diejenige, die mit Fäusten malträtiert wurde. Sie hat sich verpflichtet gefühlt, es ihm zu sagen, das hat sie gefühlt, denn man weiß ja, wie sie ist, und ich stehe fast wieder senkrecht. Fast bin ich wieder im Gleichgewicht. Ich stehe einen Augenblick lang schwankend da, dann nähert sich Phils Gestalt, fällt wie ein Schatten über mich, und schlägt erneut zu.

Hier, auf der untersten Treppenstufe der Kirche, die ich acht Jahre lang besuchte, übergebe ich meinen Körper der Luft. Im Augenblick des Aufpralls, in dem Augenblick, in dem seine Faust meine Wange trifft, weiß ich haargenau, was zu tun ist. Ich bin nicht bereit, flach umzufallen und eine Verletzung meines Rückens zu riskieren. Ich drehe mich um, strecke meine Arme nach vorn, um mich abzustützen, und im Moment meines Umdrehens schaue ich Phil in die Augen. Ich weiß, es ist das Schlimmste, was ich ihm je angetan habe – ich habe mein Gesicht mit seiner eigenen Hand geschlagen.

Später wird er in den Wald hinter dem Gemeindesaal laufen und weinen, weil er nicht dazu erzogen wurde, eine Frau zu schlagen, genauso wenig wie ich dazu erzogen wurde, geschlagen zu werden. Ich hätte die Briefe verbrennen sollen. Wie gemein von mir, sie zu behalten, wie gemein von mir, zu fallen und ihn mit hinunterzureißen, einen Mann zu nehmen, der immer nur ganz normal sein wollte, und ihn in einen Mann zu verwandeln, der seine Frau schlägt. Morgen werde ich von Kellys Gästeschlafzimmer aus einen Anwalt anrufen, und ich werde diesem Anwalt sagen, dass ich den versöhnlichen Weg gehen möchte, dass es keinen Grund gibt, rachsüchtig zu sein.

Ich drehe mich gerade weit genug um, denn ich war einmal eine Cheerleaderin – in der unteren Reihe, ja, aber trotzdem eine Cheerleaderin –, und ich weiß, wie man seine Stellung mitten in der Bewegung korrigiert. Ich weiß, wie ich meine Knie beugen und anziehen muss, gerade so viel, dass ich beim Aufschlag auf dem Boden über die Schulter abrolle und mein Gesicht schütze, aber hart genug aufkomme, um den Bluterguss zu bekommen, den ich brauche. Ich werde hart genug fallen, um zu tun, was ich tun muss, aber nicht hart genug, um mir eine ernsthafte Verletzung zuzuziehen. Jahre später werden Phil und ich Seite an Seite auf Abschlussfeiern und Hochzeiten und den Taufen unserer Enkel sitzen, und es wird so in Ordnung sein, wie Dinge, die vorbei sind, immer in Ordnung sind, und so werfe ich meine Arme nach vorn und greife nach der Zukunft, wie auch immer sie aussehen mag, die auf der anderen Seite dieses Bodens liegt.

Es gibt drei mögliche Gründe für eine Frau, ihren Mann zu verlassen. Er muss sie schlagen oder trinken oder fremdgehen, und Phil trinkt nicht und geht nicht fremd, also fällt mein Kopf nach hinten, als seine Faust mein Kinn trifft, und gibt den scharfen Knall einer losgehenden Pistole von sich, das vertraute Geräusch von etwas, das zerbricht, und das einzig Grauenhaft daran ist, dass Tory alles mitansieht. Denn sie ist da, ja, sie steht neben Belindas Mann. Sie hat die Stirn in Falten gelegt, als würde sie über einem schweren Matheproblem brüten; in dem Versuch, alles auf die Reihe zu bringen, arbeitet es in ihrem Kopf wie wild. Sie denkt, dass sie das, was sie sieht, nicht sieht. In Gedanken schreibt sie bereits alles um. Sie will nicht Zeugin des Anblicks werden, wie ihr Vater ihre Mutter schlägt, und noch bevor ich auf den Boden aufschlage, überredet sie sich, dass sie etwas anderes gesehen haben muss. Belinda steht neben ihr und zieht Tory zurück, in der anderen Hand hat sie bereits das Handy. In drei, vielleicht vier Jahren, wird alles wieder in Ordnung sein. Phil wird wieder verheiratet sein, und ich werde einen Geliebten haben – einen, der ganz sicher schwarz, weiblich, jünger, älter, verheiratet, Moslem oder sonst irgendwie wahnsinnig unpassend ist, denn das ist mein Karma. Und sie werden die Achseln zucken und sagen: »Nun, ihr wisst ja, wie Elyse ist. Sie kann nicht zur Ruhe kommen, hat es nie gekonnt.« In ein, vielleicht zwei Jahren wird es in Ordnung sein, und aus diesem Grund strecke ich mich aus nach der Zukunft, als würde es sich um eine Wasseroberfläche handeln, in die ich mit dem geringst möglichen Aufspritzen eintauchen muss.

Es tut mir leid, dass Tory da ist, aber Belinda scheint es im Griff zu haben. Sie wirkt ruhig. Sie wirkt sogar so ruhig, wie ich sie noch nie zuvor gesehen habe. Sie zieht Tory zurück, dreht ihren Kopf weg von uns. Ich hätte die Briefe verbrennen sollen, ich hätte ins Auto steigen und abfahren sollen, aber ich bin hier, stürze, und der Boden rast auf mich zu, erhebt sich, um mir wie eine alte Freundin entgegenzukommen. Irgendwo schreit irgendjemand gellend auf, vielleicht ist es aber auch der Nerfball.

Und Jeff. Jeff ist da, er kommt über den Rasen. Einmal hatten er und ich einen Wortwechsel darüber, ob Frauen auf die Militärschule gehören oder nicht. Einmal hatten wir einen Wortwechsel darüber, ob in Rätseln Hinweise akzeptabel sind oder nicht. Jeff und ich haben uns oft gestritten, doch heute wird er der Erste sein, der bei mir ist. Er ist bereits losgelaufen. Er wird mich mit einer einzigen schnellen Handbewegung hochreißen, einer Handbewegung, die heftiger und überraschender ist als die, die mich überhaupt erst niedergeschlagen hat. Diesen Schmerz werde ich morgen früh als Ersten spüren. Wenn ich mich in Kellys Gästezimmer auf die Seite rolle, wird mich der Schmerz in dem Arm zusammenzucken lassen, den er mir in dem Bestreben, mich wieder auf die Beine zu stellen, fast ausgerenkt hätte. Es birgt eine gewisse Ironie in sich, wenn der Mensch, der kommt, um dich zu retten, dich weitaus stärker verletzt als der Mann, vor dem er dich retten will, aber ich werde mich in Wochen, Monaten oder Jahren nicht darüber beschweren. Nicht bis ich eine sehr viel ältere Frau bin und mit meiner besten Freundin im Westen lebe.

Jeff wird mich mit einer einzigen kräftigen Handbewegung hochziehen, als könnte er, indem er mich aufrecht hinstellt, alles auslöschen, was eben passiert ist, als könnte er all diese Augenzeugen vergessen lassen, was sie eben gesehen haben, und dann wird er nach Phil greifen, um ihn wegzuziehen. Letzteres wird eine etwas leere Geste sein, denn Phil dreht sich ebenso wie ich um und will in den Wald laufen. Es wird Jeff sein, der in die Küche gehen und Eis holen wird. Er wird es in ein Papiertuch wickeln und mir ans Gesicht halten. Es wird Jeff sein, der – immer wieder – sagen wird, dass es ihm leidtut.

Belinda ruft Kelly an, Kelly wird schnell da sein. Sie wird Tory mitnehmen und ins Auto setzen, und sie will auch mich mitnehmen, aber ich werde ablehnen, ich kann fahren, möchte mein Auto nicht hierlassen. In meiner fast schon komischen Benommenheit werde ich darauf bestehen, die kleinen Cupcakes auszuladen, bevor ich fahre. Ich werde allen erzählen, dass ich zweiundsiebzig gebacken habe, und Belinda wird schließlich die Cupcakes nehmen, nur um mich zum Schweigen zu bringen. Sie wird sie die Treppen hochtragen, während ich einen Augenblick allein auf dem sich leerenden Kirchhof stehe und mich umschaue. Ich werde das Bedürfnis unterdrücken, in den Wald zu laufen und nachzusehen, ob es Phil so weit gutgeht.

Seine neue Frau wird nett sein. Ich werde sie mögen, Tory

wird sie mögen. In zwei Jahren, vielleicht drei, wird sie an einem Freitag kommen, um Tory für das Wochenende abzuholen und erwähnen, dass sie kurz bei Domino's vorbeifahren und Pizza holen wird, und ich werde sagen, dass in meinem Kühlschrank eine halbe Pizza liegt und sie sie mitnehmen kann. Sie wird antworten: »Der Gedanke, dass ich dir deinen Ehemann und dann auch noch die Pizza genommen habe, wäre mir verhasst«, und ich werde sagen: »Bitte! Ich war mit beiden fertig.« Und wir werden lachen, weil sie eine nette Frau ist und ihre Anwesenheit mein Leben erleichtert. Wir tun so, als würde uns nicht auffallen, wie sehr wir uns ähnlich sind, und wir werden so etwas wie Freundinnen sein.

Hoch über mir sehe ich einen Streifen blauen Himmel, wie auf einer Kinderzeichnung. Aus einem geparkten Auto dringt Musik. Ich rieche die Holzkohle vom Grill, und der Boden kommt auf mich zu. Ich atme aus, gerade so weit, dass es im Augenblick des Aufpralls einen leisen Schrei gibt. Es tut ein bisschen weh, aber das kann ich wegstecken, es ist nicht allzu schlimm. Ich bin überrascht, eindeutig überrascht, mich hier so in der Luft zu befinden. Und ja, es ist eine Schande, dass das ausgerechnet hier und jetzt, beim Barbecue am Abend vor Ostern, passiert, aber es musste doch irgendwann passieren, stimmt's? Ich konnte doch nicht einfach so davonkommen. Ich denke, da sind wir einer Meinung. Jeff sagt, dass es ihm leidtut, so sehr leidtut, und er zieht mich hoch, zieht mich grob hoch. Ich bin nun endgültig zu bemitleiden, und eine Frau, die geschlagen wurde (noch dazu auf den Kirchenstufen), hat auf alle Fälle das Recht zu gehen. Das gestehen dir selbst die Christen zu, also drehe ich mich in Richtung Boden, und einen Augenblick lang scheint es, als würden meine Schweißnähte aufplatzen und Stücke von mir wie Bohnen aus einer ausgestopften Puppe herausfallen. Ich werde so viel mehr Aufträge akquirieren müssen. Ich werde jeden Galeriebesitzer, jede Galeriebesitzerin, die ich je kennengelernt habe, anrufen müssen. Ich werde herausfinden müssen, wie ich zu einer Krankenversicherung komme. Wer sitzt dort im Auto? Warum hören sie Radio, und was ist das für ein Lied? Ich glaube, es ist Miles Davies, andererseits halte ich alles für Miles Davies.

Phil ist ein großer Mann, doch Jeff ist es nicht, trotzdem zieht er mich mühelos hoch, und mir fällt ein, wie leicht Männer den Körper einer Frau durch den Raum bewegen können. Aus diesem Grund gibt es unsere Körper, um von ihren Körpern durch den Raum transportiert zu werden, warum also soll man etwas anderes vortäuschen? Ich denke an Gerry, wie er sich im Bett über mich beugt, wie er einen Arm unter mich gleiten lässt und mich bewegt, mich in einem Stück bewegt, vorsichtig, als wäre ich bei einem Unfall verletzt worden. Sein Gesicht bekommt einen anderen Ausdruck, wenn er mich sieht, sei es auf der anderen Seite einer Hoteltür oder auf einem Flughafen, und obwohl er weiß, dass ich in diesem Hotel oder auf diesem Flughafen bin, wirkt er immer ein bisschen überrascht. Ein bisschen erleichtert. Ich werde Gerry mein ganzes Leben lang kennen. Er ist der einzige Abschied, mit dem ich mich nicht befassen muss. Wir werden ein Liebespaar sein, dann Freunde und dann wieder ein Liebespaar, und Jahre später, wenn ich sechzig oder vielleicht sogar schon siebzig bin, werde ich, eine weiße Keramikkaffeetasse in der Hand, einen Blick aus meinem Schlafzimmerfenster nach unten werfen, beobachten, wie er sein Auto einparkt und auf meine Tür zugeht. Ich werde an die Fensterscheibe klopfen, und er wird hochsehen. Seine Augen sind älter, und sein Leib ist dicker, aber wenn er sein Kinn hebt und mich dort oben am Fenster sieht, wird er noch immer sein Flughafengesicht haben. Wir werden uns immer und immer wieder finden, auf Flughäfen und in Hotels rund um die ganze Welt, doch das hier ist der Teil, den ich alleine erledigen muss, und es kann nicht er sein, den ich in der Menschenansammlung sehe, denn er ist nicht hier.

Wer sind überhaupt all diese Leute, die mich beobachten? Sie sind so schnell hergekommen, vom Grill, aus der Kirche und von den Tischen, auf denen sich die Kleider stapeln, denen wir entwachsen sind. Wer sind diese Leute, woher sind sie gekommen, und warum regt uns das Unglück unserer Freunde so auf? Sie stehen in einem Halbkreis und beobachten mich, und ich glaube, ich kann sie murmeln hören, allerdings untereinander. So, das war es also, das stimmte also die ganze Zeit nicht. Er ist ein Schläger. Wer hätte das gedacht? Die Briefe, die Phils Händen entglitten sind, sind nicht meine Briefe, es sind Kellys Briefe, sie wird es allen erzählen, und ich werde ihnen noch viel mehr leidtun. Arme Elyse, die immer so unglücklich war, aber keiner von uns wusste so richtig warum. Das sind Kellys Briefe, nicht meine, und doch höre ich das Zischeln, als das Gras um meinen Kopf herum wächst, süß vom Saft des Frühlings. Diesen Teil vergisst man immer, dass nämlich das Leben sich während des Winters unter der Oberfläche regeneriert, dass das Glück zurückkommt. Man vergisst, dass der Körper die Fähigkeit besitzt, Freude zu empfinden, dass er nach ihr wie nach Wasser lechzt. Man vergisst, dass das eine aufhören und das andere anfangen kann. Es gibt immer einen Ausweg, hinaus aus den kaputten Orten, auch wenn man das zunächst nicht weiß – natürlich nicht, wer könnte das schon? Sei vorsichtig, Tory. Aus diesem Grund haben die Dinge Kanten.

Ich schaue hinunter und sehe unter mir den Boden, glänzend und grün und bedeckt mit Liebesbriefen, und mir ist bewusst, dass es in Wirklichkeit nicht der Boden, sondern die Tür ist, die Tür, nach der ich mein ganzes Leben lang gesucht habe, und ich weiß, dass der Trick darin besteht, dass man die Beine anzieht und sich abrollt, und ich weiß nicht, warum ich diejenige bin, die aufgrund einer Formalität befreit wird. Ich weiß nicht, warum ich diejenige bin, die diese zweite Chance erhält, aber ich bin es, und das Geräusch, das entsteht, wenn er mich schlägt, ist wie das Knallen eines Sektkorkens, wie eine Pistole, die losgeht, oder wie Gefängnistüren, die auseinandergleiten, wie ein gutsitzender Schlag, der einen Softball in die Sommerluft emporhebt. Das Gras wächst um meine Ohren herum in die Höhe und dämpft den Laut eines Schreis, den verklingenden Jazz aus dem Auto. Ich schließe meine Augen und atme. Das Gras ist weich und kühl. Es riecht sauber. Es riecht wie Gnade.

Damals, als Kelly und ich Chearleaderinnen waren, stand ich immer am Fuß der Pyramide, weil ich kräftig und imstande war, jemanden hochzuheben. Ich schaute immer zu Kelly hoch und beneidete sie um den Mut zu springen. Sie besaß etwas, das ich nicht besaß, Vertrauen in die unten Stehenden.

»Das Schwierige ist, darüber nachzudenken«, sagte sie ein ums andere Mal, und ich bin überzeugt, dass ich all das später verstehen werde, wenn ich alt bin, wenn ich in Sicherheit bin, wenn ich tot bin. Es kam einmal ein Mädchen zur Welt, und an den heißen Nachmittagen, an denen wir uns auf dem Schulsportplatz trafen, um die neuen Abläufe zu erlernen, sagte Kelly manchmal: »Willst du denn nicht einmal versuchen, ganz nach oben zu kommen? Elyse, man hat nur ein Leben.« Man hat nur ein Leben, man hat nur ein Leben ... Ich habe nur ein Leben, aber es ist gewaltig.

Einmal fragte ich Kelly, ob der Augenblick, in dem man loslässt und sich fallen lässt, nicht beängstigend ist? Und sie antwortete, Nein, wenn es schließlich so weit sei, sei es nicht das, was du erwartet hättest. Du sähest alles klar, und du hättest alle Zeit der Welt. Sie hatte Recht.

Kapitel 42

Nach zwei Wochen in Kellys Gästeflügel ziehen Tory und ich in die Wohnung. Nicht in die, die ich mir an dem Tag, an dem Pascal gestorben ist, reserviert hatte, sondern in eine andere, die den Vorteil hat, dass sie eben jetzt frei geworden ist – vermutlich deshalb, weil sie einen abscheulich leuchtend türkisfarbenen Teppich hat.

Ich fahre zu Target. Du kannst einen Mann lieben und einen anderen verlassen, einen Mann lieben und ihn trotzdem verlassen, und einen Mann verlassen, obwohl du ihn nie geliebt hast, du kannst mit jedem, der dir begegnet, ins Bett gehen oder wie eine Nonne leben, und am Ende landest du doch bei Target. Ich kaufe einen Toaster, einen Fernseher und einen Dosenöffner, eine Mikrowelle, Töpfe und Pfannen und eine Muffinform, drei Handtücher, drei Waschlappen, eine Badematte, zwei Bettwäschegarnituren, eine Waage, diese billigen Tupperware-Imitationen, ein Sieb, zwei Weingläser und einen Staubsauger. Ich kaufe Socken, Unterwäsche und Jeans für Tory, kaufe außer Schuhen und Mantel alles so, dass sie es zweifach hat, damit wir zwischen den beiden Häusern nicht so viel Zeug hin und her schleppen müssen, was es einfacher macht. Einen Einkaufswagen schiebe ich, einen anderen ziehe ich, Schrubber und Besen schauen heraus und stoßen an alles, woran ich vorbeikomme. Die Leute gehen mir aus dem Weg. Ich komme auf über siebenhundert Dollar und lasse alles über meine Visa Card laufen, die neue, die auf meinen Mädchennamen ausgestellt ist. Es dauert einen ganzen Nachmittag, die Küche einzurichten und die Geräte auszupacken und in Gang zu bringen. Der Staubsauger liegt auf seiner Seite, als wäre er erschossen worden. Vorhin war Kelly da, um mir zu helfen, aber wir haben ihn zusammengeschraubt, bevor wir kapiert haben, dass wir die Walze falsch eingebaut haben, so dass wir die linke Seite wieder aufmachen und von vorne anfangen müssen. Sie hat eine Flasche Wein mitgebracht, doch ich habe vergessen, einen Korkenzieher mitzubringen. Sie ist gegangen, um einen zu kaufen, und kommt mit einer Tüte Lebensmittel zurück – Ketchup und Salz, Cola light und Toilettenpapier, all das, was man braucht, wenn man sich ein neues Zuhause einrichtet. Ich habe Angst, sie zu fragen, wie viel ich ihr schulde.

Seit wir gegangen sind, ist es die erste Nacht, in der Tory bei ihrem Vater übernachten wird, und Kelly hat angeboten, sie von der Schule abzuholen und bei ihr zu bleiben, bis ihr Vater von der Arbeit nach Hause kommt. Tatsache ist, dass Kelly jeden Nachmittag in mein altes Haus gefahren ist, um die Lichter anzuschalten. Als ich sie das erste Mal gebeten habe, das zu tun, hat sie mir zugestimmt – wie im Moment jeder zustimmt, alles für mich zu tun, worum ich bitte –, aber ich habe ihr angesehen, dass sie es als sonderbare Bitte empfindet.

»Dreh einfach nur die Strahler draußen und ein paar drinnen an«, habe ich zu ihr gesagt. »Vielleicht das Fernsehen.« Ich kann mich nicht mit dem Gedanken abfinden, dass Phil sein Auto in der leeren Auffahrt abstellt, dass Phil die dunklen und stillen Stufen hochsteigt, dass Phil auch nur die flüchtige Illusion verwehrt wird, in diesem Haus warte jemand auf ihn.

Wenn ich selbst schon überrascht bin, dass ich Zärtlichkeit für meinen von mir getrennt lebenden Mann empfinde, dann ist das nichts im Vergleich zu dem Schock, den andere Leute verspüren, angesichts meines Mitleids für ihn. Inzwischen sind die Blutergüsse auf meinem Gesicht verschwunden, aber als ich dem stämmigen, lärmenden Uptown-Anwalt die Fotos zeigte, die Kelly aufgenommen hatte, geiferte er geradezu. Er sagte: »Mit dem Kerl verfahren wir hart«, und als ich antwortete: »Ich will aber nicht hart mit ihm verfahren«, sah er mich neugierig an, als wäre ich eine dieser gebrochenen Frauen, die glauben, sie würden es verdienen, geschlagen zu werden.

Mein Scheidungsanwalt hat plumpe Finger, Augen mit schweren Lidern, einen unpassenden schwarzen Pferdeschwanz, der sich wie ein Fragezeichen über seine Schulter legt. Er sieht albern aus, wie einer der letzten alten Musterknaben, aber alle haben mir versichert, dass er der Beste in der Stadt ist, und dass ich ihn, selbst wenn ich ihn nicht leiden könnte, nehmen müsste, bevor Phil ihn nimmt. Das ist die Sorte Mann, die mir die Hälfte von Phils Boot verschaffen kann, wenn Phil denn ein Boot hätte.

»Wie lautet denn Ihre Geschichte, Herzchen?«, fragte er mich, und für einen Augenblick überlegte ich mir, sie ihm zu erzählen, aber sein Honorar beläuft sich auf vierhundert pro Stunde, und bei solchen Preisen kann ich es mir nicht leisten, von jedem restlos verstanden zu werden.

Ich setzte an: »Ich habe ihn wirklich betrogen, er hat nur die Einzelheiten falsch verstanden«, aber selbst das öffnet die schwere Tür der Erinnerungen – noch etwas, was ich mir nicht leisten kann. Zumindest nicht gerade jetzt. »Ich möchte bloß fair sein«, sagte ich.

Er nickte langsam, als wäre es eine ganz neue Erfahrung, Mutter Teresa als Klientin vor sich zu haben. Den versöhnlichen Weg zu gehen, wird nicht bestraft. Mein Ehemann hat mir dreimal ins Gesicht geschlagen, auf den Kirchenstufen vor hundert Zeugen am Tag vor Ostern. Ich werde einen sehr großzügigen Vergleich bekommen.

Während Kelly weg ist, wühle ich mich durch die Target-Tüten, bis ich ein Weinglas finde. Ich ziehe den Preisaufkleber ab, nehme mir eine Dose Cola light und gehe ins Schlafzimmer, um das Bett herzurichten. Die Matratze ist alt, ausgeliehen aus dem Gästezimmer in der Eigentumswohnung meiner Mutter, auf der Oberfläche sind Flecken von meinem jugendlichen Menstruationsblut, es sieht aus wie eine Landkarte von der Karibik. Ich habe auch vergessen, bei Target eine Bettauflage zu kaufen, und werde morgen wieder hinfahren müssen. Ich muss eine Liste schreiben.

Die Betttücher auszubreiten und über die Matratze zu spannen erschöpft mich, und ich lege mich für nur einen Augenblick hin und schließe die Augen. Dieser Tag wird vorübergehen, und der nächste, und der nächste. Es wird viele Kleinigkeiten geben, und ich werde mich um sie kümmern. Die nächsten paar Wochen und Monate werden hart werden, und ich wünsche, ich könnte für uns alle den Schnelldurchlauf einschalten. Ich denke an das kleine tapfere Lächeln, dass Tory mir geschenkt hat, als ich die Disneyposter an ihre Wand geheftet habe. »Sie sind sehr schön«, sagt sie, »so schön wie …«

Sie wollte »daheim« sagen, korrigierte sich aber schnell und sagte »in Daddys Haus«. Mir brach das Herz, nur für eine Minute, und ich sagte: »Ja, Daddys Haus.« Ich erzählte ihr, dass sie wie die Stadtmaus und die Feldmaus aus der Geschichte sei, die wir immer lesen – wenn sie bei mir ist, ist sie die Stadtmaus, wenn sie bei ihrem Daddy ist, ist sie die Feldmaus. Sie nickte heftig, als ob das alles ein großes Abenteuer sein würde. Natürlich will sie wieder in ihrem alten

Zimmer sein. Die Wohnung ist so leer, dass es darin hallt. Tory wird für das, was sie mitangesehen hat, einen Preis zahlen müssen. Der Tag der Abrechnung wird für sie kommen, und für mich, aber ich kann im Moment nicht stehen bleiben und darüber nachdenken. Die Betttücher haben noch frische Falten, und wenn ich darauf liege, riechen sie stark nach Färbemitteln. Ich hätte sie waschen sollen, bevor ich sie überzog. Ich scheine nicht mehr klar denken zu können. Garcia springt aufs Fensterbrett.

»Was siehst du?«, frage ich sie. »Siehst du Vögel?« Meine Wohnung liegt im dritten Stock. Ich bin heute die Treppen ein Dutzend Mal hochgestiegen, habe volle Kisten heraufgetragen und leere Kisten hinunter. Aber das ist es wert. Mir gefällt es hier oben. Ich bin so groß wie die Gipfel der Bäume, und der Windhauch, der durch die offenen Fenster dringt, ist frisch und süß. Garcia schlägt mit der Pfote gegen die Scheibe und ein leiser grollender Ton dringt aus ihrer Kehle. Sie hat noch nicht verstanden, dass ihre Jagdtage vorbei sind.

»Du siehst sie, nicht wahr?«, frage ich sie. »Ich muss dich beim Wort nehmen, weißt du, denn ich bin halbblind.« Toll. Der erste Tag allein, und schon unterhalte ich mich mit der Katze.

Ich klopfe auf das Bett, doch sie springt nicht herüber, um sich neben mich zu legen. »Ich glaube, dass wir beide ziemlich bald wirklichen Frieden empfinden werden.«

Sie schaut mich skeptisch an. Den Kopf zur Seite gelegt wie Kelly.

»Nein, ich meine das wirklich so. Alle glauben, das ist der schwere Teil, aber ich weiß, dass wir das Schlimmste hinter uns haben.«

Es klingelt an der Tür. Ich höre es zum ersten Mal.

Jeff steht da, an den Rahmen gelehnt, die Daumen in den

Gürtelschlaufen seiner Jeans. »Ich habe nur einen Augenblick Zeit«, sagt er. »Aber ich wollte vorbeischauen und mich vergewissern, dass es dir gutgeht.«

»Am Montag habe ich ein Vorstellungsgespräch beim Community College. Es könnte sein, dass sie eine Keramiklehrerin brauchen.«

»Das meinte ich nicht«, sagt er. »Ich habe gehört, das Tory dieses Wochenende bei Phil bleibt.« Sein Blick ist besorgt. »Bist du sicher, dass es eine gute Idee ist?«

»Er hat Tory nie wehgetan. Ich habe dir die Wahrheit gesagt. Das war das erste und einzige Mal, dass Phil mich geschlagen hat. Er ist in Ordnung.«

»Es tut mir leid«, sagt er einmal mehr. Seit zwei Wochen sagen die Leute zu mir nichts anderes mehr. »Nancy hat gedacht, sie hätte Blutergüsse gesehen, und ich hätte auf sie hören sollen.«

»Das war viel komplizierter. Eines Tages, wenn du und ich richtig alt sind, setzen wir uns hin, ich schenke dir eine Tasse Kaffee ein und erzähle dir die ganze Geschichte.«

Er lächelt, als ich das sage, ist aber nicht getröstet. »Man kennt die Menschen nie richtig, oder?« Er schaut an mir vorbei in die leere Wohnung. »Man weiß nie, was in einer Ehe wirklich vor sich geht.«

Ich sehe ihm an, dass ihm sein Eingeständnis wehtut. Immerhin ist er Pfarrer, er ist Eheberater. Er war unser Freund. Es war seine Aufgabe festzustellen, was in unserer Ehe vor sich ging. Einen Augenblick denke ich, er streckt die Hand aus, um mich zu berühren, aber er hält kurz vor meinem Arm inne und packt stattdessen den Türrahmen, als hätte er vorübergehend das Gleichgewicht verloren. »Es ist nicht das, was du glaubst«, versichere ich ihm. »Er wird gut zu Tory sein.«

»Aber wenn du je …«

»Was? Eine Stelle bei der Kirche brauche?«

Er hat die Güte zu lächeln. »Nancy wird in ein oder zwei Tagen vorbeischauen. Sie kann jetzt noch nicht kommen. Sie fühlt sich schlecht wegen dem, was geschehen ist.«

»Jeff, zu dieser Geschichte gehört noch weitaus mehr.«

»Sie denkt, sie hätte es verhindern können.«

»Wie? Sag ihr, dass ich niemandem böse bin. Ich dachte, ich könnte es alles auf die Reihe kriegen. Ich dachte, ich hätte alles unter Kontrolle. Aber dann – ich weiß nicht, am Ende ging alles so schnell, dass niemand etwas hätte aufhalten können. Es ging an dem Morgen los, als die Katze gestorben ist.«

»Heute … was wirst du heute machen.«

»Fertig auspacken. Und dann wird Kelly mit mir zum Essen gehen. Es wird mir gutgehen, wirklich.«

Über Jeffs Schulter hinweg sehe ich, dass Belinda die Treppe hochkommt. In den Händen hält sie eine rechteckige Kasserolle. Diese ist mit Alufolie zugedeckt, und zum ersten Mal seit zwei Wochen füllen sich meine Augen mit Tränen.

»Sie stammt nicht von einer Verstorbenen«, sagt sie leicht schnaufend, als sie die letzten Treppenstufen nimmt. »Ich habe sie selber gemacht. Aber es ist eine echte. Hühnchen und Nudeln und Campbells Pilzcremesuppe.«

»O mein Gott. Danke dir. Ich lege sie in die Tiefkühltruhe.«

Sie wirft einen Blick in mein Wohnzimmer mit dem einzelnen Klappstuhl, den ich normalerweise in meinem Auto aufbewahre und mit zu Torys Softballspielen nehme, mit der Lampe, die auf dem Boden steht, dem auf der Seite liegenden Staubsauger und dem unsäglichen türkisfarbenen Teppich, und sagt: »Mir gefällt, wie du das hier gemacht hast.«

»Danke. Ich werde zur Minimalistin.«

Plötzlich fällt mir auf, dass sie beide draußen auf dem Treppenabsatz stehen. »Wollt ihr zwei nicht reinkommen? Wir können alle zusammen auf dem Bett sitzen.«

»Liegt es an mir, oder ist jeder hier wunderschön?«

Kelly sieht sich um. »Es liegt an dir.«

Wir sind drei Blocks weiter in ein spanisches Restaurant gegangen. Einer der Vorteile am Dasein einer Stadtmaus liegt darin, dass man innerhalb eines zehnminütigen Fußwegs von der Wohnung aus zu einem Dutzend Restaurants kommt. Als Kelly zurückkommt, nachdem sie mit Tory gewartet hat, findet sie mich in meinem lächerlich sauberen weißen Badezimmer, wo ich versuche, mir ein Haarteil an meinem Hinterkopf festzustecken. Ich habe nicht einmal gewusst, dass ich ein Haarteil besitze, doch an einem der Tage, an denen Kelly hingefahren ist, um das Licht anzumachen, hat sie einen Müllbeutel gepackt und ein paar von meinen Sachen hineingeworfen. Ich kippte den Beutel mitten auf meinem Bett aus, und da fiel das Haarteil heraus, zusammen mit ein paar anderen Dingen, von denen ich vergessen hatte, dass ich sie besaß, etwa eine lilafarbene Tunika und Jeans, die mir zu eng gewesen sind.

»Schau dich an – in Levi's und mit langen Haaren. Du siehst aus wie sechzehn. Woher hast du das Zeug?«

»Das hast du mir in dem Müllbeutel mitgebracht.«

»Tatsächlich? Verdammt, ich habe gar nicht so recht gewusst, was ich da einpacke, so war ich in Eile. Ohne dich im Haus zu sein, ist ziemlich gruselig, Elyse.«

»Wie geht es ihr?«

»Großartig. Sie ist zu ihm gelaufen. Sie haben ausgesehen, als wäre nichts passiert.«

»Gott sei Dank.«

»Den ganzen Nachmittag lang schien sie …«

»Glücklich darüber zu sein, zu Hause zu sein? Du kannst es ruhig laut sagen.«

Kelly nahm einen Lippenstift, zog den Deckel ab und drehte ihn heraus. Ein glänzender roter Zylinder, der sich langsam drehte und verlängerte und am Ende in der Form meiner Lippen abgerundet war. »Das sieht obszön aus, findest du nicht auch?«, fragte sie. »An dem Tag, an dem du mit dem hier auf den Lippen aus New York heimgekommen bist, habe ich gewusst, dass nichts mehr so sein wird, wie es einmal war.«

»Möchtest du ihn haben?«

Sie schüttelte den Kopf. »Nicht meine Farbe.«

Doch sie half mir, meine Haare festzustecken, und weil ich die Levi's trug und sie ein Kleid anhatte und wir nicht ganz zusammenpassten, wühlten wir nochmals in dem Müllbeutel herum, bis wir eine Jeans und ein T-Shirt für sie fanden. Anschließend gingen wir die drei Blocks bis zu dem Restaurant, wo wir vor die Wahl zwischen einer einstündigen Wartezeit oder einem Essen an der Bar gestellt wurden, weil dort jeden Freitagabend eine Band spielt. Kelly sagte, dass sie nicht gern an Bars äße, und bestellte einen Summer, aber ich überredete sie, ihn zurückzugeben. An einer Bar zu essen, ist ein Stück Freiheit.

Vor allem an dieser Bar, wo in meinen Augen alle wunderschön aussehen.

»Nein, das tun sie nicht«, entgegnet Kelly. »Du bist wunderschön. Schau dich an.« Sie zeigt auf den Spiegel, der sich hinter den Spirituosenflaschen befindet, und ich halte einen Moment inne, um mich zu mustern. Die langen Haare sind ein Schock, ebenso das Lila der Tunika. Normalerweise trage ich Brauntöne oder Schwarz. Ich sehe anders aus, das ist richtig, allerdings bin nicht ich diejenige, die wunderschön ist.

Wir befinden uns in einem ziemlich steifen, rustikalen Restaurant, sie servieren uns Wein in einem Krug. Eine Menge weißen Sangria, der so klar ist wie Wasser, und als Kelly mir nachfüllt, ist der Krug so schwer, dass sie teilweise am Glas vorbeizielt und ihn auf der gefliesten Theke verspritzt.

»Weißt du, was Phil machen wollte, als er mich auf eurer Couch hat sitzen sehen?«, fragte sie. »Du glaubst es nicht, er hat allen Ernstes versucht, sich mit mir zu unterhalten.«

»Tatsächlich?«

»Er hebt Tory hoch, dreht sich mit ihr im Kreis. Er hat Grillhähnchen mitgebracht, deshalb mache ich mich auf den Weg, doch er folgt mir zur Auffahrt und versucht mit mir zu reden. Ihr beide wart rund eine Million Jahre verheiratet, während dieser Zeit haben er und ich nicht ein einziges Mal ein Gespräch geführt, an das ich mich erinnern kann, und jetzt, urplötzlich, sucht er es. Ich soll dir ausrichten, dass du noch immer kommen und tagsüber dein Atelier benutzen kannst, wenn du möchtest. Als ob das was Großartiges wäre …«

»Es ist etwas Großartiges.«

»… und er sagt, dass es gut sei, dass du mich hast. Er sagt: ›Ich bin froh, Kelly, dass Elyse dich hat, sie wird dich jetzt brauchen.‹«

»Was ist daran falsch?«

»Warum hat er ›jetzt‹ gesagt? So als hättest du mich nicht gebraucht, während du mit seinem wunderbaren, großartigen und fantastischen Selbst verheiratet warst. Ich will dich ja nicht beleidigen oder so oder überkritisch wirken, aber manchmal kann dein Mann ein bisschen unsensibel sein.«

Und das von der Frau, die Fotos von meinen Blutergüssen gemacht hat. »Süße, bist du betrunken?«

»Und was wäre wenn? Wir sind nicht mit dem Auto unterwegs.«

»Phil redet Blödsinn. Am meisten habe ich dich gebraucht, als ich noch bei ihm war.«

»Genau das macht mir Angst.« Sie wirft ihren Kopf zurück und schleudert ihre Haare so heftig zurück, dass sie die Schulter des Mannes treffen, der auf dem nächsten Barhocker sitzt. »Jetzt, wo du von ihm getrennt bist, brauchst du mich vielleicht nicht mehr.«

Komisch, dass sie das Gleiche sagt, das Gerry gesagt hat. Komisch, dass die beiden Menschen, die mich am besten kennen, mich in diesem Punkt so falsch verstehen. »Genau, Kelly, ich habe zwei Wochen bei dir gelebt, du hast mir Geld geliehen und mir einen Anwalt besorgt, jeden Tag mein Kind abgeholt, meinen ganzen Mist zusammengepackt und umgezogen, für mein Ketchup bezahlt, dieses Haarteil für mich gefunden, von dem ich nicht einmal gewusst habe, dass ich es besitze, und es mir an den Hinterkopf gesteckt. Richtig, ich brauche dich überhaupt nicht.«

Der Barkeeper stellt eine Platte zwischen uns. Thunfisch, Marcona-Mandeln, Oliven und geringelte Streifen Zitronenschale, die sorgfältig auf einer langen weißen Platte angeordnet sind. »Schau dir das an«, sage ich zu Kelly. »Es ist perfekt.« Ich atme langsam und tief ein.

»Du wirst irgendwohin verschwinden und ein großartiges Leben führen.«

Die Bar verschwimmt. Ich krümme meinen Rücken, rutsche auf dem Stuhl hin und her. Meine Energie, die in diesen vergangenen Tagen und Wochen so schwach ausgeprägt war, scheint mich wieder mal im Stich zu lassen. »Stopp mal für einen Moment und wirf einen Blick auf diese Platte. Sie ist so herrlich. Wie ein Gemälde.«

Kelly sieht brav nach unten. Der Thunfisch ist von einem

leuchtenden Rosa, die Oliven glänzen schwarz, und wenn ich auf die Zitronenschale drücke, schickt diese einen feinen Zitrusnebel in die Luft. Ich nehme die Gabel, tauche sie ins Essen. Es wird nicht andauern. Nicht der Thunfisch, nicht dieser Abend, nicht diese plötzliche Welle der Freude. Alles geht vorüber. Der Preis dafür, dass du etwas genießt, ist, dass du es aufbrauchst. Letzten Endes gleitet dir jede Freude aus den Händen, und vielleicht ist das ja die größte Freude überhaupt, dieses Gefühl, dass dir etwas aus den Händen gleitet.

»Gib mir deinen Lippenstift«, bittet Kelly.

Ich hole ihn aus meiner Handtasche und gebe ihn ihr. Kelly beugt sich näher zum Barspiegel und beginnt, ihre Lippen anzumalen.

»Ich kann doch heute bei dir übernachten, oder nicht?« Der Lippenstift rutscht ihr vom Mund, während sie spricht und hinterlässt einen Klecks, der fast bis zu ihrer Nase reicht. Während der letzten Monate habe ich sie in eine Reihe von unmöglichen Situationen gebracht. Ich habe sie in Angst und Schrecken versetzt, und ich habe sie ausgepowert, genauso wie sie im Lauf unserer langen Freundschaft mich manchmal in Angst und Schrecken versetzt und ausgepowert hat.

»Schau uns an«, bitte ich sie.

»Ich habe gedacht, ich soll mir den Thunfisch anschauen.«

»Wir sind fertig mit dem Thunfisch-Anschauen. Jetzt will ich, dass du uns beide im Spiegel ansiehst.« Sie legt den Lippenstift weg und schaut mit zusammengekniffenen Augen auf die Bar. Wir waren immer wie Fotonegative zueinander, sie so hell und ich so dunkel, doch heute Abend sehen wir uns seit Jahren zum ersten Mal ähnlich. »Jetzt schau dir diese Frauen vor uns an. Sie sind wunderschön, stark und jung. Es sind sehr bedeutende Leute. Bald wird irgendetwas mit ihnen geschehen. Mit beiden.«

»Bist du betrunken?«

Ich lange mit der Serviette in der Hand hinüber, um ihren Lippenstift abzuwischen: »Nicht im Geringsten.«

»Es geht in Ordnung, wenn ich heute Nacht bei dir bleibe, oder?«

»Natürlich. Aber Kelly ...«

»Ich weiß, ich weiß. Wir sind bedeutend. Irgendein Mist wird bald mit uns geschehen. Wir sind die Helden unseres eigenen Lebens.«

Während sie spricht, gestikuliert sie wild und trifft mit ihrem Arm beinahe den Thunfisch, den Steinkrug und die Schulter des Mannes neben uns. Stattdessen erwischt sie meinen Lippenstift, fegt ihn über die Terrakottatheke und schickt ihn kreiselnd über die Kante. Bevor ich mich bewegen oder auch nur etwas sagen kann, macht Kelly etwas, das mich überrascht. Sie fängt ihn noch im Flug.

Gewinnen Sie ein tolles Buchpaket mit fünf Taschenbuch-Bestsellern!

Sie haben den Roman von Kim Wright gelesen?
Dann können Sie bestimmt diese Fragen richtig beantworten!

Wer beobachtet Elyse und Gerry beim Küssen in der Flughafenkapelle?

- ○ eine Nonne auf der Durchreise
- ○ der Flughafenpfarrer
- ○ Jesus

Wie heißen Elyses Katzen?

- ○ Bonnie & Clyde
- ○ Pascal & Garcia
- ○ Hilde & Horst

Was hat Elyse von ihrem Ehemann Phil zum Geburtstag bekommen?

- ○ eine Cappuccino-Maschine
- ○ ein Edelstahltopfset
- ○ eine Perlenkette

Gewinnen Sie! Machen Sie mit! Im Internet unter www.heyne.de/Frauen-Bestseller vom 1. bis 31. August 2010.

Viel Glück wünscht Ihnen
Ihr
Wilhelm Heyne Verlag

Eine Teilnahme ist nur online unter
www.heyne.de/Frauen-Bestseller
möglich. An der Verlosung nehmen ausschließlich persönlich eingesandte Antworten teil. Mehrfacheinträge (manuell oder automatisiert) sind nicht zugelassen.
Der Rechtsweg ist ausgeschlossen.

HEYNE